KB042781

백만 번의　　　세계가　　끝날 무렵

백만 번의 세계가 끝날 무렵

Meet Me in Another Life

공보경 옮김

캐트리오나 실비 지음

문학수첩

이번 삶을 주신
엄마, 아빠에게

차
례

제1부

영원의 시간 … 11
눈을 떠 … 37
되돌릴 수 없어 … 62
사랑은 전쟁 … 92
운명대로 … 115

제2부

다른 하늘도 있어 … 129
더 나은 세상 … 145
우리는 여기에 … 159
다시 만날 때까지 … 181
뒤돌아봐 … 197

제3부

다시 이별 … 211
이제 그만 … 239
잃을 게 없는 삶 … 265
빛을 따라가 … 295
우리는 누구일까 … 315
별 안에서 … 341
하나뿐인 선택 … 374
★★★ … 413

감사의 말 … 420

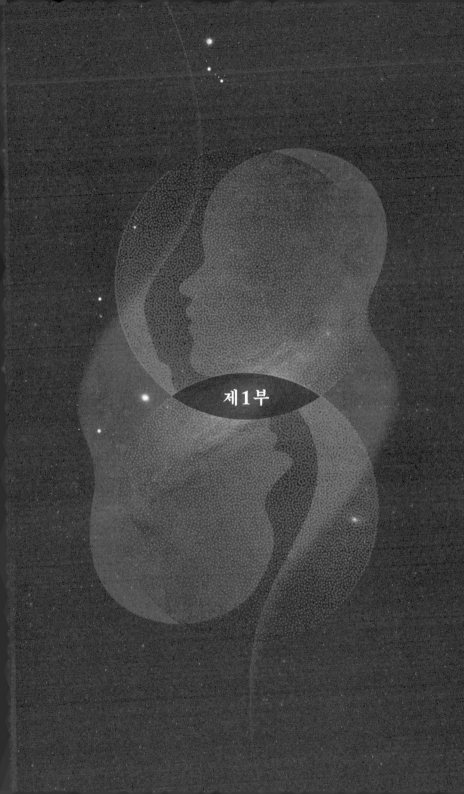

제 1 부

영원의 시간

다시 시작할 수 있으면 얼마나 좋을까.

머리를 파랗게 염색하지 말걸. 관심 좀 가져달라고 애원하듯 보색 효과가 두드러지는 오렌지색 피나포어 드레스(앞치마 스타일의 민소매 미니원피스—옮긴이)를 입지도 말걸. 인파로 북적이는 국제 학생 환영 파티 따위엔 오는 게 아니었다. 앞의 남자가 악을 쓰는데 음악 소리가 다시 높아져 뭐라고 하는지 못 알아듣겠다.

그녀가 소리친다.

"뭐라고?"

남자가 그녀의 귀를 향해 몸을 기울인다.

"전에 널 만났던 것 같다고!"

그녀는 옅은 미소를 지으며 잔에 반쯤 남은 레드 와인을 단숨에 들이켠다. 와인을 더 가지러 가야겠다는 뜻으로 잔을 흔들어 보이며 남자의 옆을 지나간다. 어둠 속에서 조명이 번쩍이는 곳을 지나 비상계단이 있는 바 쪽으로 걸어간다.

'나가고 싶어.'

돌연 마음이 급해진다. 차가운 바람이 부는 바깥으로 얼른 나가고 싶다.

그녀는 재건된 쾰른의 구시가지가 한눈에 보이는 자갈 깔린 광장으로 나가서 막연히 묻는다.

"누가 이따위 아이디어를 냈어? 뭐라는지 들리지도 않는 곳에서 '서로 알아가기' 행사를 개최한 게 대체 누구냐고?"

도시는 대답하지 않는다. 하지만 소음이 문제가 아닌 걸 소라는 알고 있다. 진짜 문제는 자신이다. 사흘 전 중앙역을 나선 후부터 쭉 자신과 남들 사이에 뚫을 수도 없고 보이지도 않는 유리 장벽이 가로놓여 있는 느낌을 받았다. 음악과 술이면 그 장벽을 뚫을 수 있을지 모른다고 기대하며 파티에 참석했다. 하지만 밤새 거울 속 자신에게 악을 쓴 기분이다. 장벽 너머에서는 응답도 없었다. '무슨 공부 해? 물리학이라니, 젠장! 어디서 왔어?' 메아리처럼 같은 질문을 받으면서 소라는 점점 더 외로워졌다.

그냥 정처 없이 걷기로 한다. 살살 부는 바람이 머리카락을 뒤로 넘기고 얼굴의 열을 식혀준다. 광장의 좁은 골목을 지나자 편편하게 펼쳐놓은 비단 같은 라인강이 오른쪽에 보인다. 왼쪽에는 풀로 뒤덮인 안마당 너머로 11시 7분에 바늘이 멈춘 시계탑이 하늘을 찌를 듯 서있다.

소라는 운명을 믿지 않지만 그래도 어떤 길은 다른 길보다 좋지 않을까 생각한다. 대학에 와서 무수한 미래의 문지방에 선 채로 첫 주를 보내고 있자니 현기증이 난다. 여기가 인생의 출발점인데 벌써 길을 잘못 든 것 같다. 한 행성, 한 도시, 한 파티에서조차 왜 행복할 수 없을까? 대체 무엇이 소라를 이렇게 만들었을까, 무엇이 시야 한옆으로 유령이 어른거리게 한 걸까?

출입문 앞에서 걸음을 멈춘다. 자물쇠와 사슬 따윈 가볍게 무시하고 울타리를 훌쩍 뛰어넘어 풀밭에 내려선다. 앞서가던 그림자가 어느새 사라졌다. 열 걸음 만에 완전히 새로운 세상에 들어섰다. 별들을 지붕 삼아 인 고요한 세상. 소라는 오랫동안 잠수했다가 수면으로 올라온 사람처럼 숨을 깊게 들이마신다. 풀밭에 드러누우려다가, 먼저 온 사람이 있는 걸 알아챈다. 우주를 숨으로 쭉 빨아들이려는 듯 팔다리를 펼치고 고개를 뒤로 젖힌 채 누워있는 청년이다.

같은 종류의 영혼을 만나면 반가워할 사람이 있을지도 모르겠다. 하지만 소라는 화부터 난다. 오롯이 내 것인 줄 알았던 공간을 그에게 빼앗긴 것 같아서다. 소라는 풀밭에 서서 두 가지 상황을 생각해 본다. 소라는 혼자이고 여기는 어두우니 거리를 둬야 할 수도 있다. 하지만 어쩌면 저 남자가 술에 취했거나 기절했을 수도 있으니 가서 확인해 봐야 할 것도 같다. 소라는 숨을 훅 들이마시며 두 번째일 가능성에 걸어보기로 한다.

"저기요? 음… Ist alles okay(괜찮아요―옮긴이)?"

청년이 재빨리 일어선다. 소라는 그를 쓱 훑어본다. 커다란 눈과 검은 고수머리. 잘생기긴 했는데 꼴값을 할 수도 있겠다 싶어 신경이 곤두선다. 키는 작은 것 같다. 소라의 키가 180센티미터나 되니 어지간한 사람들은 다 작아 보인다.

남자가 기대에 찬 목소리로 묻는다.

"Englisch(영국인이에요―옮긴이)?"

"아. 예. 뭐." 소라는 웃는다. "들었으니 알겠지만 내 독일어는 영어에 독일식 억양만 얹은 거예요."

그는 설명을 해야겠다 싶은지 방금까지 누워있던 자리를 힐끗 돌아본다.

"난⋯." 그는 우물거리다가 곧장 자기소개로 넘어간다. "산티아고 로 페즈예요. 산티라고 불러요."

억양이 이름과 어울린다. 소라는 그가 악수를 청하며 손을 내밀었다는 걸 잠시 후에야 알아챈다.

소라는 그의 손을 잡고 악수한다.

"기절했나 확인하려고 온 거예요."

"장난해요? 클럽의 맥주 가격이 5유로나 해요. 돈이 없어서 기절할 정도로 마시지도 못해요." 그는 속으로 웃고 있는 것 같다. "이름이 뭐예요?"

"그래요. 역시 자기소개가 빠지지 않죠. 늘 그런 식이니까." 소라는 그의 손을 계속 잡고 흔들며 말한다. "소라 리슈코바요."

그는 악수하다 말고 그 손으로 그녀를 가리키며 말한다.

"억양은 영국인 같은데 이름은 영국인 같지 않네요."

시끌벅적한 파티의 좋은 점은 이런 식으로 '네 존재를 설명해 봐!' 따위의 대화를 나누지 않아도 된다는 거다. 소라는 한숨을 쉬며 짧게 말한다.

"아빠는 체코인, 엄마는 아이슬란드인이고, 난 영국에서 자랐어요." 그녀는 어깨를 으쓱하고 덧붙인다. "교육 때문에요. 어떤 분위기인지 알 거예요."

그는 시선을 의식하며 한 손으로 머리카락을 쓸어 넘긴다.

"우리 아버지는 버스 기사고 어머니는 가게에 일 나가서서 난 잘 모르겠는데요."

"아, 미안해요. 그런 뜻이 아니라….." 입에서 나오는 말마다 계속 꼬인다. 이 남자 대체 뭐야? 소라는 소리 없이 웃는다. "젠장. 이제부터는 그냥 내 이름을 제인 스미스라고 하는 게 낫겠어요."

산티는 짐짓 사과하는 척 두 손을 들어올린다.

"대화의 물꼬를 트려고 한 건데 미안하게 됐네요."

"대화하자고 한 적 없어요." 소라는 두 팔로 자기 몸을 감싸며 하늘의 별을 올려다본다. "그냥 나와서 혼자 있고 싶었어요."

"물론 그랬겠죠. 그대의 도시에 무단 침입한 나를 용서해 주길."

그는 놀리듯 고개 숙여 인사하며 물러선다.

소라는 당황한다.

"잠깐만요."

산티가 돌아선다.

"미안해요. 오늘 밤엔 누구와도 말이 잘 통하지 않네요. 소음이나 다른 사람들 때문인 줄 알았는데 나 때문인 것 같아요. 이제….."

그는 재미있어하는 것 같기도 하고 성가셔하는 것 같기도 한 눈빛으로 그녀를 보며 묻는다.

"이제 뭐요?"

소라는 손가락을 딱 소리 나게 튕긴다.

"이제 알겠어요. 다시 가서 누워줄래요? 아까 누웠던 그 자리에요. 내가 여기 온 적 없는 것처럼요."

그대로 가버릴 줄 알았는데 산티는 어깨를 으쓱하고 웃으며 가서 눕는다. 소라는 이 남자에 대해 조금은 알 것 같은 느낌이다.

"됐어요. 거기 그대로 있어요."

소라는 왔던 길로 되돌아간다. 어둠 속, 울타리 옆에 서서 셋까지 센다. 그대로 떠나려다가 문득 '맙소사, 내가 왜 이러지'라고 생각하며 다시 풀밭으로 돌아간다. 당황한 산티에게 손을 내밀자 그는 소라의 손을 잡고 일어선다.

소라가 가볍게 말한다.

"안녕. 난 소라 리슈코바라고 해요. 처음 보는 얼굴이네. 만나서 반가워요."

심장이 한 번 뛰고 산티의 얼굴에 싱긋 웃음이 감돈다.

"난 산티아고 로페즈 로메로예요." 그는 소라의 손을 잡고 힘차게 악수한다. "산티라고 불러요."

"반가워요." 소라는 그의 손을 놓더니, 문득 민망해진 손을 허리에 엉거주춤하게 올린다. "음, 술 먹고 뻗어있던 게 아니면 여기서 뭘 하고 있었어요?"

"별을 보고 있었죠."

완벽하게 평범한 행동이었다는 듯한 말투다.

소라의 심장이 쿵쿵 뛴다. 아스라한 도시 불빛 사이로 눈을 가늘게 뜨고 하늘을 올려다본다.

"여기선 별이 잘 보이지 않을 텐데요."

"그렇죠. 저 위에서라면 잘 보일걸요."

산티는 시계탑 꼭대기를 가리킨다.

소라는 눈을 깜박인다.

"설마 저기 올라가자고요?"

산티는 어깨를 으쓱한다.

"그쪽이 제트팩(우주 유영에 사용하는, 등에 메는 개인용 분사 추진기—옮긴이)을 갖고 있는 게 아니라면요."

소라는 벽돌이 일부 무너진 시계탑을 올려다본다. 어쩐지 마음에 든다. 드디어 올바른 방식으로 종이 울린 것 같다. 느낌이 온다. 심장이 쿵쿵 뛰었다. 있어서는 안 될 자리에 와있을 때, 제정신인 사람이라면 가려고 하지 않을 장소에 가게 되면 드는 기분이다. 먼저 저 시계탑에 올라가자고 말했어야 했다. 지금 같이 올라가면 이 남자한테 잘 보이려고 따라가는 것처럼 보이지 않을까.

"반쯤 무너진 시계탑에 당신이랑 같이 올라갈 이유는 없어요! 당신을 잘 알지도 못하잖아요."

그는 이미 풀밭을 가로질러 걸어가며 묻는다.

"누군가를 진심으로 잘 아는 게 가능할까요?"

"만난 지 얼마 안 된 사람보다는 잘 알겠죠."

소라는 그를 따라잡는다.

"그럴까요? 우린 서로에게 영원히 불가사의로 남겠네요."

소라는 가벼운 농담을 진지한 토론으로 바꾸는 남자의 말솜씨에 감탄한다. 머릿속에서는 그딴 게 뭐가 중요하냐고 하는데, 오늘 밤 처음으로 뭔가 재미있는 일이 일어날 것 같은 느낌이 든다. 소라가 묻는다.

"증거 있어요?"

"우리 부모님이요. 30년 동안 부부로 사셨는데, 아버지는 어머니한테서 여전히 충격적인 면을 발견하곤 하세요."

"그렇군요. 어머님도 아버님에 대해 같은 말을 해요?"

그는 혼란스럽고 경계하는 표정이다.

"그건 왜요?"

"여자를 같은 사람으로 취급하기 싫어하는 남자들의 전형적인 대사 잖아요. '아, 그 여자는 정말 불가사의해.' 30년 동안 뭘 원하는지 남편 한테 줄기차게 말해왔는데 남편은 귓등으로도 안 들은 거죠."

산티는 날카로운 눈빛으로 미소 짓는다.

"그쪽 부모님이 그런가 보네요."

"아, 아뇨. 우리 부모님은 서로에 대해 다 파악하셨어요." 공기가 싸늘해서 소라는 목도리를 당겨 여민다. "상대의 말이 다 끝날 때까지 기다리지도 않으세요. 요즘은 어떤 식으로 끝날지도 다 알고 계셔서 대화를 통째로 건너뛰세요."

먼저 울타리를 뛰어넘은 산티가 손을 내민다.

"그게 서로를 속속들이 다 알아서이기 때문만은 아닐 거예요. 관계에 대해서는 알지만 아무래도… 음, 뭐라고 해야 할까요. 서로의 한쪽 면만 아는 거죠."

소라는 그의 손을 잡지 않고 혼자서 울타리를 올라간다.

"무슨 뜻이에요?"

"그러니까 내 말은, 두 분은 서로를 남편과 아내로만 알고 있다는 거예요. 친구들, 심지어 딸인 당신과는 이런저런 얘기를 하고 행동도 하지만 부부끼리는 자신을 온전히 내보이지 못하는 겁니다. 누군가를 완전하게 알 수는 없어요. 그러려면 상대에게 모든 걸 내보여야 하는데 그건 불가능하니까요."

그들은 탑 아래에 가서 선다. 탑을 이룬 돌에 온통 낙서가 그려져 있다. 펜과 페인트로 쓴 여러 겹의 글자들, 10여 개의 언어로 무수히 덧칠되어 어떤 글자인지 알아볼 수도 없다. 소라는 위를 올려다본다. 생각보다 탑이 높다. 산티는 물러서라는 눈빛으로 그녀를 힐끗 돌아본다. 그의 눈빛에 오기가 난 소라는 들쭉날쭉한 벽의 틈새로 성큼성큼 걸어간다.

한 세계를 벗어나 다른 세계로 들어온 기분이다. 탑에 혼자 들어온 줄 알았는데 어느새 산티가 옆에서 나란히 걷고 있다. 온 우주에서 오직 그의 숨소리만 들린다. 그들은 별빛이 점점이 박힌 어두운 하늘을 올려다본다. 아직 붙어있는 지붕 타일의 틈새로 얼핏 별들이 보인다.

소라는 반쯤 무너진 계단을 밟고 올라간다. 안쪽 벽을 따라 나선형으로 올라가는 계단이다. 그녀는 산티를 돌아보며 말한다.

"우리가 결국 계단을 오르네요."

"오르지 않을 이유가 없죠."

소라는 그의 말을 곱씹으며 계단의 첫 번째 틈새 앞에 선다. 호기심 때문에 목숨을 거는 게 뭐 어때서? 이 질문에 대한 답은 할 필요도 없다. 소라는 틈새를 훌쩍 뛰어건넌다. 머리부터 발끝까지 전율이 인다. 위로 올라갈수록 틈새는 점점 넓어진다. 소라는 손으로 잡고 발로 디딜 만한 곳을 열심히 찾는다. 벽돌 사이의 틈새를 발판 삼아 점점 위로 올라간다. 얼마 후부터는 계단 오르는 일에 온전히 집중한다. 파티에 관한 생각, 산티에게 남긴 끔찍한 첫인상, 길을 잘못 들까 걱정하던 마음이 모두 사라진다. 여기서는 오직 위로 올라가는 길뿐이고 그 끝은 탑 꼭대기다. 구름에 가려진 별들을 향해 나아가는 길이다. 벽의 틈새 너머로 구름에 가려진 밤하늘이 보이지만 추락 걱정은 접어두기로 한다. 바람이 휘파람 소리를 내고 지나가며 그녀의 흘러내린 머리카락을 눈 위로 넘겨준다. 잠시 멈췄다가 다시 계단을 오르는데, 저 아래 대각선 방향으로 산티가 따라 올라오는 게 보인다. 본인이 계단을 올라가는 것보다 계단을 올라오는 사람을 보고 있는 게 더 오금 저린다. 공기를 타고 흥얼거리는 노랫소리가 올라온다. 잠시 후 산티의 입술이 움직이는 걸 보고 소라는 노랫소리의 출처를 알게 된다.

"지금 노래를 불러요?"

소라는 믿기지가 않는다.

벌어진 틈새 너머로 훌쩍 건너뛴 그가 손에 묻은 먼지를 털어낸다.

"예."

그는 소라 옆을 지나 나선형 계단의 마지막 부분을 마저 올라간다. 소라는 콧노래의 의미를 생각해 본다. 두렵지 않다는 뜻일까. 여기서 추락하는 것도, 잘못된 선택을 하는 것도 겁나지 않는다는 뜻일까. 잠시지만 소라는 그가 몹시 부럽다.

그를 따라 출입구 너머 나무로 된 단에 올라선다. 삼면의 아치형 구조물 너머로 도시의 풍경이 내려다보인다. 네 번째 면은 시계의 뒷면이라, 녹이 잔뜩 슬어있는 기계 장치가 자리하고 있다. 계단을 올라오느라 몸에 열이 오른 소라는 목도리를 벗어서 녹슨 못에 걸어두고 단 끄트머리에 걸터앉아 고개를 뒤로 젖힌다. 도시의 불빛에 가려지지 않은 하늘에 별들이 흩뿌려져 있다. 신이 죽으며 격하게 뱉어놓은 핏자국 같다. 소라가 나지막하게 말한다.

"현실이 가끔은 비현실적으로 보이는 게 참 희한하죠? 원래 그러면 안 되잖아요. 우린 현실을 어디에 비교하면 좋을까요?"

"우리가 기억 못 하는 더 현실적인 것과 비교해야겠죠." 산티는 그녀의 옆에 와 앉으며 그녀의 시선을 쫓아 하늘을 올려다본다. "어렸을 때는 우리와 천국 사이에 가로놓인 벽의 구멍에서 새어나오는 빛이 별이라고 생각했어요."

소라의 입술에 미소가 번진다.

영원의 시간

"난 별이 하늘 안쪽에 박혀있다고 생각했어요. 내 방 침실 천장에 있는 야광 별처럼요."

"나도 야광 스티커 있었는데. 혹시 가져왔어요?"

소라는 놀리려고 하는 말인지 알 수가 없어 조심스럽게 그의 표정을 살핀다.

"아뇨. 오디세움(ODYSSEUM. 과학, 기술, 우주여행과 미래를 주제로 전시 및 3D 등을 통해 경험할 수 있도록 만들어진 체험형 박물관—옮긴이)에서 새 스티커를 사기는 했어요." 소라는 강 건너 모험 박물관 오디세움을 손으로 가리킨다. 오디세움의 유리 벽이 투광 조명을 받아 빛나고 있다. "아주 멋진 곳이에요. 기념품점에서 유럽우주국 배지도 팔더라고요. 나중에 한번 가봐요." 소라는 소리 내어 웃는다. "거기 가면 손님들이 다들 당신보다 열 살 이상 어릴 거예요."

산티가 조용히 의견을 내놓는다.

"우린 나이가 들면서 자연스럽게 그런 곳을 찾지 않게 돼요. 아이 때는 누구나 별을 좋아하잖아요. 다들 우주 비행사가 되고 싶어 하죠. 우주를 탐험하면서 아무도 가보지 못한 곳에 가보고 싶어 하고요. 그러다 나이가 들면서 어느 순간부터 더 이상 하늘을 올려다보지 않게 돼요. 땅만 보면서 현실적으로 살자는 결심을 하는 거죠."

"난 아니에요." 소라는 만난 지 얼마 되지도 않은 이 남자에게 마음이 기울어, 가슴속에 품은 가장 큰 비밀을 털어놓으려 한 게 믿기지 않는다. 말해봤자 이 남자도 빤한 반응을 보이지 않을까. 웃으면서 흥미로운 척 대충 받아주고는, 실제로 일어날 가능성이 없으니 포기하라는 선의의 충고나 해대겠지.

산티는 별들을 향해 고개를 돌리며 말한다.

"나도요. 저 위에 올라가 보고 싶어요. 원하는 건 그게 전부예요."

이 도시에 온 후 처음으로 소라는 긴장이 풀리면서 진심으로 미소 짓는다.

"왜 그런 걸 원하는데요?"

그는 당연한 걸 묻느냐는 눈빛으로 소라를 쳐다본다.

"신을 만나고 싶어서요."

소라가 웃는다. 그의 말을 당연히 농담이라 생각했다. 그런데 그는 웃음기 없이 차분한 눈으로 그녀를 돌아본다. 화난 눈빛은 아니지만, 웃어넘길 분위기도 아닌 것 같다.

소라는 인상을 쓴다.

"신이 우주에 살고 있다고 믿어요?" 소라의 물음에 그는 살짝 웃는다. "저 위 천국에 관한 얘기는 웬만하면 알잖아요. 비유적인 표현이지만요."

그는 진지하게 대답한다

"우주에는 '위'라는 개념이 없어요."

"우주에서라면 당신도 키가 작다고 할 수 없겠네요? 참 편리하겠어요."

소라는 생각 없이 내뱉고 만다.

그는 상처받은 표정이다. 소라는 시간을 되돌려 말을 주워 담고 싶지만, 이 우주에서 시간은 한 방향으로만 흐를 뿐이다.

"내가 우주로 가고 싶은 이유는, 우주에서라면 내가 머릿속에 떠오른 대로 지껄인 바보 같은 말을 아무도 듣지 못할 것 같아서이기도 해요."

그녀의 말에 산티는 웃지도 않고 묻는다.

"진짜 우주로 가고 싶은 이유가 뭐예요?"

소라는 한숨을 쉰다.

"이 모든 것으로부터 가급적 멀리 있고 싶어서요."

소라는 탑과 도시, 지구라는 행성을 모호하게 가리킨다.

"이 모든 것이요?" 그가 일어서며 휘청하자 소라는 얼른 손을 뻗는다. 산티는 아치형 구조물에 기대어 중심을 잡는다. "이 모든 게 뭐가 어때서요?"

"그냥요." 소라는 어깨를 으쓱한다. "나쁘진 않아요. 그냥 여기 있는 것들이니까. 난 늘… 다른 곳에 가고 싶어요."

"무슨 뜻인지 알아요." 산티는 도시를 바라보며 덧붙인다. "그런데 여기도 참 멋지잖아요."

탑에 올라오고 처음으로 소라는 아래를 내려다본다. 산티의 말대로 밤의 도시는 경이롭다. 이글거리는 균열들이 이리저리 뻗어나간 행성 같다. 저 아래, 자갈 깔린 광장이 희미하게 반짝이고, 광장 중앙의 분수가 은빛 안개를 뿜어낸다. 왼편에는 성당의 쌍둥이 첨탑이 하늘을 향해 뻗은 고딕풍 로켓처럼 날카롭게 서있다. 광장 주변에는 서로 어울리지 않는 건물들이 강을 향해 쭉 늘어섰다. 연기처럼 부옇고 차가운 숨을 내쉰 소라는 폭격으로 망가졌다가 재건된 도시, 공사가 끝없이 계속되는 이 도시의 공기를 들이마신다. 그녀의 시선이 라인강을 가로지르는 호엔촐레른 다리로 향한다. 강물 표면에 반사된 도시의 풍경은 마치 물 아래 잠겨있는 또 다른 도시를 보여주는 것 같다.

소라는 다리를 가리키며 묻는다.

"저 다리에 자물쇠가 잔뜩 달린 거 알아요?"

"알죠. 걸어서 지나가면서 봤어요. 인상적이더라고요."

소라는 콧방귀를 뀐다.

"참 멍청한 짓이에요. 다른 커플 수천 쌍이 했던 것과 똑같은 짓거리를 하면서 우리만의 사랑을 축하하자는 거잖아요."

"커플들만 자물쇠를 매단 건 아니에요. 메시지도 읽어봤어요. 부모님, 자녀, 친구의 이름을 새긴 자물쇠들도 있어요."

"그건 더 안 좋죠! 모든 인간관계가 똑같이 진보하게 만들어야 해요!"

그는 짓궂은 눈빛으로 그녀를 바라본다.

"아름답단 생각은 안 들어요? 보편적이잖아요?"

"자그마치 2톤이나 돼요. 사람들이 보편적으로 한 행동으로 다리에 더해진 무게가 2톤이나 된다고요." 소라는 고개를 젓는다. "이러다 조만간 다리 전체가 강으로 무너져 내릴 거예요."

"상징적으로 생각해요." 산티는 경이로움에 사로잡힌 목소리다. "인간의 사랑 무게에 짓눌리는 공학 기술의 기적적 산물이잖아요."

놀리는 게 분명하다.

"다리가 상징적으로 무너지면 사람들도 상징적으로만 죽을 테니 퍽이나 고마워하겠네요."

소라의 말에 그는 신나게 웃는다. 놀림깨나 당했을 것 같은 웃음소리다. 계속 웃는 그를 보면서 소라는 이 남자에 대해 중요한 점을 알게 된 기분이다.

여기 너무 오래 앉아있었다. 이곳에는 탐색해서 알아낼 만한 게 더 있어 보이긴 한다. 소라는 일어나서 바닥의 구멍을 빙 돌아서 간다. 시계의 녹슨 기계 장치를 살펴볼 작정이다.

산티가 따라 일어서며 묻는다.

"불이 필요해요?"

"아뇨, 나도 있어요."

소라는 라이터를 꺼내 불을 켠다.

"담배 피워요?"

그는 놀란 목소리다.

"아뇨. 엄마가 줄담배 피우는 걸 보면서 자랐어요. 그 흔적이라고 해두죠."

소라가 라이터 불로 기계 장치를 비추자 산티는 가까이 오며 묻는다.

"우리가 고칠 수 있을까요?"

소라는 기계 장치 하나에 체중을 실으며 밀어본다.

"아뇨, 아주 멈춰버린 것 같아요."

산티는 그 장치를 반대 방향으로 밀다가 포기하고 물러선다.

"그런 것 같네요." 그는 깜박이는 라이터 불빛 속에서 그녀를 힐끗 보며 미소 짓는다. "영원의 시간에 온 걸 환영합니다."

허세 부리는 말 같지만 소라에겐 이 순간을 정확히 묘사한 말로 들린다. 시간의 흐름에서 끄집어낸, 시작도 끝도 없는 순간을 가리키는 표현으로 이보다 더 적합한 말이 있을까.

"우리 둘이 이 순간을 기념할까요?"

산티의 말에 소라는 눈을 깜박인다.

"무슨 뜻이에요?"

산티는 재킷 안쪽에 손을 넣어 짙은 색 나무로 된 자그마한 물건을 꺼낸다. 그가 그 물건을 펼쳐 끝이 가느다란 칼날을 보여주고 나서야 소라는 그게 접이식 칼임을 알아챈다.

소라는 그 칼을 바라보며 묻는다.

"무슨 피의 의식이라도 하자고요?"

"아뇨! 어휴. 체코, 아이슬란드, 영국의 피를 물려받은 사람답게 너무 격정적이네요."

소라는 고개를 젖히고 깔깔 웃는다.

"어느 나라인지 다 기억하다니 대단해요. 다른 사람들은 백 번은 얘기해 줘야 기억하던데."

그는 소라를 힐끗 쳐다본다.

"주의 깊게 들었거든요."

소라는 칼을 달라는 뜻으로 손을 내민다. 산티가 건네주자 소라는 칼날을 라이터 불빛에 이리저리 비춰본다.

"뭐야. 이걸로 사람을 찔러 죽일 수도 있겠어요."

"보자마자 왜 그런 걸 떠올려요?" 산티는 고개를 절레절레 흔든다. "할아버지한테 물려받은 칼이에요."

소라는 미심쩍은 눈으로 그를 쳐다본다.

"사람을 찌를 것도 아니면서 칼은 왜 가지고 다녀요?"

"그러는 당신은 담배도 안 피우면서 라이터를 왜 가지고 다닙니까?"

소라는 어깨를 으쓱한다.

"무언가를 불로 태워야 할 일이 있을지도 모르잖아요."

"벽에 칼로 뭔가를 새겨야 할 일이 있을지도 모르죠."

그는 칼을 도로 받아 들고 아치형 구조물 사이에 있는 기둥 쪽으로 걸어간다.

그가 벽돌에 칼로 무언가를 새기자 소라는 그의 어깨 너머로 그걸 보고 읽는다.

"산티아고 로페즈 로메로."

그는 그녀에게 칼을 내민다.

"당신 이름 철자를 몰라서요." 그는 소라의 어깨 너머로 그녀가 글씨를 새기는 모습을 바라본다. "이런 말 하기 좀 그런데, 방금 새긴 그건 알파벳 같지 않은데요."

소라는 자기 이름 'Thora'의 아이슬란드어 첫 글자인 'Þ'를 새기고 벽돌에서 파낸 부스러기를 털어낸다.

"알파벳 맞아요. 룬 문자인데 아이슬란드어에서는 요즘도 써요. 예전에는 영어 알파벳에도 있었어요."

"내가 당신 이름의 철자를 *제대로* 몰랐던 거네요."

그들의 이름이 벽돌 벽에 건조하게 새겨졌다. 두 이름 사이에 '와'도, '♥' 표시도 없이. 그저 공유하는 공간이 있을 뿐이다. 소라는 결심하고 말한다.

"파티장에서 나오길 잘한 것 같아요."

"그러게요. 아무래도 운명이었던 것 같죠?"

소라는 눈을 깜박인다.

"뭐라고요?"

"운명이요. 우리가 서로를 만난 것도 그렇고, 같이 탑을 오른 것도 그렇고요."

소라는 웃는다.

"뭐예요? 결정론자예요? 인간의 자유 의지는 환상일 뿐이고, 우주는 언덕을 굴러 내려오는 공과 같다, 뭐 그런 얘기?"

그는 고개를 젓는다.

"결정론이 아니라, 운명 얘기를 하는 겁니다."

"차이가 있나요?"

그는 다시 단 가장자리에 걸터앉는다.

"결정론은 모든 게 무의미하고 우린 그걸 바꿀 수 없다는 주장이죠.

운명은 신께서 우릴 통해 이행하시는 계획이 있다는 뜻이고요."

"그렇군요." 소라는 천천히 덧붙인다. "우리가 이 탑을 올라온 유일한 이유가 신께서 우리가 그렇게 하길 원하셨기 때문이다?"

산티는 짜증 날 정도로 침착하게 받아친다.

"그런 식으로 작동하진 않아요. 신께서는 직접적으로 우리가 뭔가를 하도록 만들지 않으세요. 별을 보기 위해 부서진 탑을 오르는 선택을 하는, 그런 종류의 사람들로 우릴 만드시죠."

소라는 머리카락을 뒤로 쓸어 넘기며 말한다.

"어디서부터 손을 대야 할지 모르겠네요. 나를 나라는 사람으로 만드는 게 뭔데요?" 클럽을 나설 때 떠올랐던 생각이 머릿속에 메아리치자 소라는 인상을 찌푸린다. "유전적인 요소가 개입할 수도 있을 거예요. 신은 내 부모님이 별난 사람들인 걸 잘 알 테니까. 그런 면은 내 어린 시절, 내가 살면서 경험한 일들과 상당한 관계가 있을 거예요." 한 시간 전에 와인을 한 잔 마셨을 뿐인데 논쟁하다 보니 취기가 오른다. "생각해 봐요. 당신 부모가 당신이 태어나기 전에 쾰른으로 이사 왔다면? 그래서 당신이 여기서 자랐다면? 우리 부모님이 서로를 만난 네덜란드에서 쭉 사셨다면? 우리가 어렸을 때… 음, 뭔가 비극적인 일이 일어났다면? 우린 지금과는 완전히 다른 사람이 됐을 거예요."

산티는 고개를 젓는다.

"그건 받아들일 수 없어요. 어디서든 우리의 본질은 같아요. 우리에게 무슨 일이 일어나든 우린 늘 같은 사람이에요."

"알았어요. 사고 실험을 해보자고요. 오늘 밤에 당신은 일련의 결정 과정을 통해 이곳 풀밭에 누워 별을 올려다보고 있었죠?"

그는 머뭇거리다 대답했다.

영원의 시간

"그렇기는 하지만 나라는 사람의 본질 때문에 그런 결정을 내린 겁니다."

"그렇게 따지면 당신은 어떤 결정도 내린 게 아닌 거잖아요?" 소라는 재미있다는 얼굴로 그를 돌아본다. 어느새 도시와 별에 관해서는 잊었다.

"난 다른 결정을 할 수도 있었어요. 강으로 내려가려고 했었고, 클럽으로 돌아가려고도 했죠. 내가 둘 중 하나만 했어도 우린 여기서 이렇게 대화를 나누고 있지 못할 거예요."

그는 싱긋 웃으며 묻는다.

"이 대화가 우리의 본질을 크게 바꿔놨다고 생각해요?"

"내 주장을 꼬아서 해석하는 거 그만해요!" 소라는 약이 오른다. 자기는 온갖 모순되는 생각들을 속에 욱여넣은 사람인데, 그는 안정적인 본질을 가진 사람 같아서다. "그리고 난 그렇게 생각하지 않아요. 적어도 이 대화는 아니에요. 하지만 만약 우리가… 다시 만나, 서로의 삶의 일부가 된다면…."

그가 더욱 환하게 웃는다.

"내 삶의 일부가 되고 싶어요? 소라, 난 당신에 대해 잘 알지도 못해요!"

소라는 그의 어깨를 툭 친다. "친구끼리도 서로의 삶에 늘 변화를 일으켜요." 소라는 소매를 걷어 이틀 전 벨기에 구역에서 새긴 문신을 보여준다. 손목에 새긴 옅은 색깔의 별 무리 문신 부위가 아직 불그스름하다. "이걸 예로 들어볼게요. 내 친구 릴리가 대학 생활을 시작하게 된 기념으로 같이 문신을 새기자고 했어요. 10년 전에 릴리를 만나지 않았다면 지금 내 손목엔 문신이 없을 테니 말 그대로 물리적으로 다른 상태일 거예요."

산티는 그녀의 팔을 잡고 불빛에 비춰본다.

"뭘 새긴 거예요?"

"별자리요. 여우자리. 내 성인 리슈코바가 여우라는 뜻이거든요." 소라는 딱지가 앉기 시작한 가장자리 부분을 손으로 긁는다. "바보 같은 소리지만, 이 문신을 통해 내가 누구인지 상기할 수 있어요. 내가 이 별자리에 속한 사람이라는 것도요."

산티가 단 끄트머리에 놓인 나뭇잎을 손으로 툭 치자 나뭇잎이 이리저리 흔들거리며 지상으로 내려간다.

"그런 걸 기억하려고 문신까지 새길 필요가 있어요?"

산티는 모욕하려던 게 아니지만 소라에겐 모욕적으로 들린다. 그가 그녀의 속을 꿰뚫어 보고, 본질적으로 모순된 인간임을 알아챈 것 같아서다.

성당의 종이 울린다. 새벽 2시다. 소라는 결심이 흔들리는 기분이다. 산티의 주장이 틀렸음을 보여주고도 싶다. 소라는 이 탑에 오르기로 선택했고, 이제 내려가는 선택을 하기로 한다.

"그만 내려가야겠어요."

산티는 싱긋 웃는다.

"그 말 할 줄 알았어요."

소라는 그를 향해 눈을 위로 굴린다.

"좋아요. 당신과 신이 틀렸다는 걸 증명해야 하니 여기 계속 있을게요."

"얼마든지요. 난 가야겠습니다."

산티는 돌아서서 바닥의 구멍 아래로 내려가 버린다.

영원의 시간

소라는 여기 더 머물면서 별들과 호젓한 시간을 보내야겠다고 생각한다. 하지만 예상보다 빨리 외로움이 밀려든다. 계단을 내려가면서 실수로 아래를 내려다본다. 탑은 곧 어두컴컴해지고 산티가 어렸을 때 천국의 불빛이라 생각했다는 별빛만이 탑 안을 비추고 있다. 이 탑 아래에는 단단한 땅이 있으니, 오늘 밤 소라가 여기서 추락하면 아마 죽어서 천국으로 가게 될 것이다. 손바닥에 땀이 맺힌다. 벽돌 벽의 움푹 들어간 자리에 발을 끼우고, 다음 발 디딜 곳을 찾아 이리저리 더듬는데 손이 자꾸 미끄러진다. 얼른 앞으로 손을 뻗어 튀어나온 벽돌을 붙잡고 벽에 몸을 바짝 붙인다.

그렇게 서서 벽돌 벽 사이의 틈새를 내다본다. 그 사이로 뭐가 보일지는 이미 알고 있다. 도시 위에 펼쳐진 별 총총한 하늘일 것이다. 그런데 막상 그 틈새로 보이는 건 끝없이 굴절된 자기 모습이다. 무한한 소라들이 두려움 가득한 눈으로 그녀를 되쏘아 보고 있다.

소라는 하마터면 벽을 잡은 손을 놓칠 뻔한다. 눈을 질끈 감고 안전한 계단 쪽으로 발을 옮긴 뒤 주저앉고 만다.

"소라?" 산티가 계단을 다시 올라오며 묻는다. "괜찮아요? 무슨 일 있어요?"

"아뇨. 그냥… 뭘 좀… 본 것 같아서…."

소라는 말끝을 흐린다. 뭘 봤는지 정확히 알고 있다. 악몽이 되살아난다. 그녀가 결심할 때마다 무한하게 쏟아져 나오는 자기 모습. 그중 하나는 거의 영원히 잃어버린 자기의 모습이다.

"뭔데요?"

소라는 산티의 걱정스러운 눈빛을 마주 보며 놀리듯 말한다.

"신이요."

산티는 미소를 지으며 고개를 절레절레 흔든다.

"우리가 너무 높은 곳에 올라왔나 보네요."

계단을 다 내려가 땅을 딛고 서자 소라는 팔다리가 후들거린다.

"우리가 여길 올라갔다 온 게 믿기지 않아요."

그녀의 말에 산티는 웃으며 받아친다.

"난 믿기는데요."

"우리가 그렇게 설정했으니 당신은 뭐든 다 믿겠죠."

그런데 뭔가 허전하다. 소라는 손을 목으로 가져간다.

"어머! 목도리를 저 위에 두고 왔어요."

산티는 그 말이 떨어지자마자 틈새를 넘어가고 있다.

"가져올게요."

"아뇨! 그러지 말아요. 싸구려 목도리예요. 중요한 물건도 아니고요."

그 목도리는 아버지가 새출발을 하는 소라에게 행운을 빌어주며 직접 뜨개질해서 준 선물이다. 소라는 아버지와 헤어지던 날을 떠올린다. 아버지가 끝까지 소라의 선택을 나무란 바람에 부녀는 서로에게 모진 말을 내뱉고 헤어졌다. 소라는 어깨를 편다. 그 목도리는 이제 필요 없다. 이 도시를 정복한 기념으로 도시 꼭대기에 깃발 삼아 걸어 놨다고 생각하면 그만이다.

"확실해요?"

"그럼요."

"알았어요." 그는 어깨 너머를 돌아보며 묻는다. "린덴탈로 걸어서 돌아갈 거예요?"

소라는 선택지를 가늠해 본다. 이런 식으로 대화를 마치고 싶지 않다. 하지만 집까지 한참 걸어가며 얘기를 나누다 보면 분위기가 틀어질

가능성이 커진다. 소라가 그를 다시 모욕할 수도 있고, 그가 작별 키스를 기대할 수도 있다. 차라리 분위기가 완벽하게 좋을 때 헤어지는 게 낫겠다.

"아뇨… 친구 릴리를 클럽에 두고 왔어요." 소라는 핑계를 지어낸다. "다시 가봐야겠어요. 별일 없는지 확인해야죠."

"그래요." 그는 머뭇거리다 묻는다. "번호 줄 수 있어요?"

"그럼요."

소라는 그가 알려준 번호로 전화를 걸고 그는 핸드폰 화면에 찍힌 부재중 통화 번호를 확인한다. 그는 어떤 식으로 이 만남을 끝내야 할지 모르겠다는 듯 어정쩡하게 물러서며 말한다.

"그럼. 잘 가요."

"잘 가요."

그들은 반대 방향으로 걸어간다. 소라는 뒤돌아보지 않는다.

소라는 그에게 전화할 날을 뒤로 미룬다. 수작을 거는 것처럼 보일까 봐서다. 그에게 그런 식의 관심이 가지 않는 것도 사실이다. 소라는 같은 기숙사에 사는 여학생 줄스에게 반해있다. 이제 곧 줄스한테서 반응이 올 것 같은 분위기다. 이런 상황에서 산티처럼 진지하고 예측 불가능한 청년과 엮여 괜한 오해를 빚고 싶지 않다. 그러면서도 지금 소라는 천장의 야광 별을 올려다보면서, 쌍성(雙星)의 이끌림과 상호 궤도를 생각한다. 여자가 남자에게 절친한 친구가 되고 싶다고 말하는 방법이 세상에 있으면 좋을 텐데. 그럼 그녀가 어떤 형태로 존재하든—산티 나이의 청년이든 나이 든 여자든 통 속의 뇌든—그는 껍데기 안쪽의 진실한 그녀와 교류해 주지 않을까.

수 주일 후, 그런 생각을 하며 기숙사 게시판 앞을 지나가는데 꽃으로 둘러싸인 산티의 얼굴이 보인다.

소라는 우뚝 멈춰 선다. 벽에 낙서처럼 휘갈겨 쓴 글씨체로 '고인의 명복을 빕니다'라는 글이 적혀있다. 사진도 그렇고 그 글도 그렇고, 공존할 수 없는 언어들을 한 문장 안에 쑤셔 넣은 것처럼 보인다.

줄스가 옆으로 와 서며 묻는다.

"얘기 들었어? 너무 끔찍하더라. 구시가지에 있는 시계탑 아래서 발견됐대. 사람들 얘기로는 탑에서 뛰어내렸대."

"뛰어내린 게 아니야."

소라의 머릿속에 어떻게 된 상황인지 생생하게 그려진다. 탑 꼭대기에서 나부끼는 그녀의 목도리. 목도리 너머 별들을 바라보며 탑의 계단을 올라가는 산티. 그는 자신을 믿고, 신이 세상에서 이끌어 주는 길을 확신한 나머지 잘못하면 추락할 수 있다는 생각조차 하지 않았을 것이다.

소라는 그와의 논쟁에서 이기고 싶었지, 이토록 암울한 승리의 증거를 거머쥐고 싶지는 않았다. 소라는 그의 인생에 영향을 미쳤다. 가장 지독하고 영원한 영향이었다. 소라는 탑을 올라갈 때 자꾸만 손이 미끄러져 추락할 뻔했던 게 기억난다. 왜 이게 일종의 교환처럼 느껴지는 걸까? 어째서 산티가 그녀 대신 추락한 것처럼, 그녀 대신 죽은 것처럼 느껴질까?

소라는 수 주일 전의 자신에게 너무 화가 나 몸이 떨린다. '차라리 분위기가 완벽하게 좋을 때 헤어지는 게 낫다.' 어쩌면 그렇게 멍청한 생각을 했을까? 대체 얼마나 멍청하면 존재하는 혼란과 복잡성 대신 존재하지도 않는 완벽을 선택했을까?

"아는 남자였어?"

줄스가 묻는다.

소라는 입을 연다. 산티의 영혼이 입술에 깃든 것처럼 '누군가를 진심으로 잘 알 수는 없어'라고 말하고 싶다. 대신 소라는 이렇게 대답한다.

"응."

소라는 탑 꼭대기에 함께 올라간 날 밤에 산티를 오롯이 내면에 담았다. 산티는 신의 얼굴이 보고 싶어서 별에 닿고 싶어 했었다.

줄스가 소라를 껴안고 어깨에 머리를 기댄다. 줄스는 겨우 열일곱 살이다. 동급생들보다 한 살 어린 줄스지만 그녀와 함께 있으면 소라는 돌봄을 받는 것처럼 안전한 기분이 든다. 줄스의 품 안에서 소라는 또렷이 미래를 본다. 마치 산티의 영혼이 그녀의 귀에 운명을 말해주는 듯하다. 소라는 줄스와 함께 위로주를 마시러 술집에 갈 것이다. 그들은 얘기를 나누다가 입을 맞추고, 소라는 자기 방에서 문 세 개를 사이에 둔 줄스의 방으로 건너갈 것이다. 소라가 바라는 건 그게 전부겠지만, 슬픔으로 망연자실한 상태라 오랫동안 그걸 깨닫지 못할 것이다.

다음 날 아침, 소라는 줄스를 깨우지 않고 조용히 줄스의 방을 나선다. 소라는 산티를 추모하는 꽃과 카드가 놓인 현관 홀로 내려간다. 산티를 이해한 사람이 있는지 알고 싶어 카드에 적힌 글을 읽어본다. '보고 싶다, 친구야.' '넌 좋은 놈이었어.' '신의 은총이 함께하길.' 하나같이 기계가 쓴 것 같은 내용이다. 지독한 외로움이 느껴진다. 대학교에 들어오고 수 주일 만에 세상을 떠났으니, 사람들이 그에 대해 아는 거라고는 그가 도서관에서 미소를 지어줬다거나 술집에서 술을 사줬다거나 하는 게 고작이다. 차라리 소라가 산티에 대해 더 잘 알 것이다.

소라는 오디세움에서 산 유럽우주국 배지를 추모 장소에 놓아두기로 한다. 사람들이 이상하게 볼까 봐, 소라는 산티와 만난 날 밤에도 그 배지를 착용하지 않았다. 배지를 테이블 뒤쪽에 놓아두고 사진 속 그의 얼굴을 바라본다. 다시는 별을 향해 손을 뻗을 수 없을 것 같다. 그래도 그녀가 옳은 길을 가고 있다면 산티도 함께 걸어주지 않을까.

"찾고 있던 걸 찾았길 바랄게요."

소라가 나지막하게 말한다.

이틀 후 새벽 3시 무렵, 소라는 스프레이 페인트를 사 들고 구시가지로 걸어간다. 그리고 탑 아래쪽 색 바랜 낙서 위에 그를 위한 글을 적는다. **'영원의 시간에 온 걸 환영해요.'**

눈을 떠

,

늦 었 다 .

　늘 있는 일이다. 산티는 한결같이 곱슬한 자기 머리카락처럼 언제 어디서나 늘 늦는다. 새 학년 첫날부터 그런 습관을 내보일 필요는 없을 텐데 말이다. 학생이었어도 좋지 않은 상황인데 그는 25년 경력의 교사씩이나 되니 더욱 용서가 안 된다. 그는 자갈 깔린 광장 한가운데의 분수 옆을 지나 사람들 사이를 서둘러 빠져나간다. 부서진 시계탑 앞을 지나가면서 시간을 확인하려고 고개를 든다. 시계탑의 시계가 11시 8분에 멈춰있는 걸 잊고 있었다.

　오늘 아침 그는 엄청나게 높은 곳에서 떨어진 것처럼 침대에 널브러진 채 눈을 떴다. 전에도 꾸었던 꿈을 또 꾸었다. 그리고 이 삶이 현실임을 확인하려고 아파트 안을 30분이나 돌아다녔다. 아침 식사를 달라고 야옹거리는 고양이 펠리세트, 어머니가 코바늘로 뜬 식탁보, 발

코니에 앉아 다가오는 비구름을 근심에 찬 표정으로 바라보는 엘로이즈 수녀 그림을 보니 비로소 이 삶으로 돌아온 게 실감 난다. 그는 시끌벅적한 시장을 빠져나와 국제학교의 조용한 안뜰로 걸어 들어가면서 이 학교에 어울리는 사람인 척 표정을 가다듬는다. 무의식적으로 재킷 안에 손을 넣어 할아버지가 주신 칼의 매끈한 나무 케이스를 만져본다.

교실로 들어가자 일곱 살짜리 아이들 서른 명의 시선이 일제히 그에게 쏠린다. 얼굴만 다르고 나머지는 똑같다. 교사만 느낄 수 있는 데자뷔다. 아이들에겐 한 번뿐인 학년이지만 교사는 같은 1년을 되풀이해서 살아가기 때문이다.

"안녕. 난 로페즈 선생님이야. 과학 과목 담당이지. 이 교실에서 여러분은 세상에 대해, 세상이 어떻게 작용하는지에 대해 배우게 될 거야. 우리가 이미 알아낸 것들과 알아내려고 하는 것들에 대해 배운다는 얘기지." 그는 교실을 둘러보며 아이들과 시선을 맞춘다. "올해 여러분이 꼭 배웠으면 하는 게 있어. 우린 주변에 있는 모든 것에 관심을 가져야 한다는 거야. 뭐든 당연하게 생각하지 말고. 그게 바로 과학이거든." 일부 단어를 삭제하거나 문구를 다듬어 가면서 수년째 해온 연설이다. 하지만 아이들이 듣고 있기나 할까. 아이들은 그의 억양과 손짓, 입고 있는 옷 같은 자기네 나름의 기준으로 그를 평가하고 있다. 그리고 마치 동물처럼 그가 자기네 무리의 일원인지 아닌지를 무의식적으로 판단하려 든다. "지금부터 서로에 대해 알아보는 시간을 가져보자. 손을 들면 내가 말할 기회를 줄게. 이름을 말하고 커서 뭐가 되고 싶은지 얘기하면 돼. 내가 그 내용을 칠판에 그릴게. 그럼 우린 서로에 대해 조금씩 알게 되는 거야." 몇몇은 손을 드는데 대부분은 손을 들 생각도 없다. "지금 손을 들지 않아도 어차피 이따가 다 시킬 거야. 나중에는 칠판에 남은 공간이 별로 없어서 여러분의 장래 희망이 조그맣게 기록될 수밖에 없어. 조그맣게 그려지고 싶지 않으면 빨리 손을 드는 게 나아."

그러자 여럿이 손을 들기 시작한다. 그는 웃으며 오른쪽에 앉은 소년에게 말한다.

"너부터 하자. 이름이 뭐지?"

"벤이요."

"커서 뭐가 되고 싶니, 벤?"

"축구 선수요."

빤한 시작이다.

"멋지네. 어느 팀에 들어가고 싶어?" 소년이 대답하려는데 산티는 말을 끊는다. "레알 마드리드. 나랑 똑같네! 멋지구나!" 다른 아이들이 웃음을 터뜨린다. 산티는 칠판 쪽으로 돌아서서 축구공을 헤딩하는 소년을 그린다. 그가 한 걸음 물러서자 몇몇 아이들이 깔깔거린다. 어차피 예술 작품을 그리는 것도 아니다. 산티는 그림 연습에 좀 더 시간을 들여서, 적당한 수준이 아니라 인상적인 수준으로 그려보고 싶다는 생각도 해본다. 하지만 어차피 아이들의 관심을 잡아둘 수 있을 정도면 충분할 것 같다.

"다음." 그는 위로 들어 올린 손들의 바다를 쭉 둘러본다. 그의 시선이 한 소녀에게 향한다. 중간 길이의 갈색 머리, 나이에 비해 큰 키, 몸에 비해 성숙해 보이는 삭막한 푸른 눈을 가진 소녀다. "너. 이름이 뭐지?"

소녀는 손을 내리며 대답한다.

"소라 리슈코바요."

"리슈-코-바." 그는 첫음절에 강세를 둔 소라의 발음을 따라 하며 묻는다. "철자가 어떻게 돼?"

소라는 철자를 말한 뒤 침울하면서도 자부심이 담긴 투로 덧붙인다.

"여우라는 뜻이에요."

"그래? 내 이름은 늑대라는 뜻인데."

소라도 그를 따라 미소 짓는다. 소녀가 바보처럼 씩 웃자 옆자리 소년이 키득거린다. 산티는 가슴이 아프다. 세상은 이 아이들 중 하나를 아직 끝장내지 않았다. 기쁨이 등짝에 목표물처럼 새겨져 있는 저 소녀. 그는 소용없는 줄 알면서도 속으로 기도한다. '이대로 늘 무사하길, 소라 리슈코바.' 1년 후면 소라는 무엇이 자기를 행복하게 해주는지보다 남들이 자기를 어떻게 생각하는지에 더 관심을 두기 시작할 것이다.

"커서 뭐가 되고 싶니?"

그의 물음에 소라는 망설임 없이 대답한다.

"우주 비행사요."

산티는 애써 미소 짓는다. 축구 선수나 수의사, 자동차 경주 선수가 되고 싶어 하는 아이들을 대하는 건 어려울 게 없다. '그래, 꿈을 따라가 봐'라고 말해주면 그만이다. 결국 그 아이들 대부분은 콜 센터 같은 곳에서 일하게 될 것이다. 그런데 우주 비행사가 되고 싶어 하는 아이를 대하는 건 정말이지 쉽지 않다.

산티는 인생 절반만큼의 후회를 숨으로 삼키며 말한다.

"힘든 선택이지만 가치는 있을 거야."

산티는 파란색 분필로 칠판에 소라의 모습을 그린다. 우주 헬멧을 쓰고 작은 행성에 깃발을 꽂는 작고 열정적인 모습으로. 뒤돌아보니 얼굴이 달아오른 소라는 그의 눈을 쳐다보지도 못하고 있다.

산티는 반 아이들의 꿈을 모두 칠판에 그렸다. 칠판에는 래퍼, 케이크 장식가, 의사 등으로 가득하다. 소라는 아무 제한 없는 세상으로 발을 내디딘 듯 칠판 가장자리에 둥둥 떠있다. 산티는 줄 친 종이를 건네며 말한다.

"자, 이제부터 미래의 자기 모습에 관한 글을 쓰고 그림을 그려보자. 아까 얘기한 장래 희망을 머릿속에 상상해 봐. 그 모습을 종이에 담아서 나한테 보여주면 돼."

그는 15분 동안 평화로운 시간을 즐기기 위해 의자에 앉는다.

시야 한쪽 구석에서 손을 든 아이가 보인다. 소라다.

"왜?"

"선생님은요?" 소라가 말갛게 빛나는 얼굴로 묻는다. "선생님의 장래 희망은 뭐였어요?"

그는 주저 없이 거짓말한다. 너와 똑같은 꿈을 꿨지만 실패해서 여기서 이렇게 살고 있다고 말할 수는 없으니까.

"난 과학 선생님이 되고 싶었어. 꿈을 이뤘지."

아이들 사이에서 웃음과 한숨이 섞여 나온다. 아이들의 꿈을 그린 칠판에 선생님은 없다.

소라가 다시 손을 든다.

산티는 한숨을 쉰다.

"그래, 소라."

"칠판에 선생님 꿈도 그리셔야죠."

다른 아이들도 말을 보탠다.

"맞아."

"그려주세요, 선생님."

남은 자리는 소라의 꿈 바로 옆인 칠판 가장자리다. 그는 그 자리에 제일 조그맣게 자기 모습을 그린다. 고승처럼 정수리는 휑하게 비고 미친 과학자처럼 옆머리는 곱슬곱슬한 모습이다. 아이들을 대할 때의 첫 번째 규칙. 아이들이 약점을 찾아내기 전에 먼저 내 약점을 까발려라. 그가 그 그림 밑에 '로페즈 선생님'이라고 적자 아이들이 신나게 웃는다.

그는 허리를 굽혀 과장되게 인사를 하고는 의자에 앉는다. 굳이 보지 않아도 소라가 계속 손을 들고 있는 걸 알 수 있다.

"마지막 질문이야. 그 질문만 하고 글쓰기 해야 해."

그러자 소라가 말한다.

"선생님도 우주 헬멧을 써야죠. 안 그러면 숨을 못 쉬어요."

그는 칠판을 돌아본다. 그는 각 그림이 별도의 우주에 속한다고 상상하며 그렸다. 그런데 소라가 그를 자기 우주로, 자기가 탐험하는 작은 행성의 궤도로 끌어들인 것이다.

"네 말이 맞네." 그는 머리에 얼른 거품 같은 동그라미를 그려준다. "자, 됐다. 이제 조용히 글 쓰자."

그는 소라의 관대함에 묘하게 감동받고 자리에 앉는다. 그날 하루가 끝날 무렵 텅 빈 운동장을 가로질러 자갈 깔린 거리로 나서면서도 계속 그 생각이 머릿속을 맴돈다. 낮게 깔린 구름 아래, 퀴퀴한 구시가지의 건물들이 그를 짓누르는 듯하다.

산티는 이 삶이 의미 있길 바란다. 평소대로라면 그는 잡음과 소음뿐인 세상을 신념에 따라 묵묵히 살아갔을 것이다. 하지만 이런 순간이면 그는 무엇을 위해 사는지를 분명히 상기하곤 한다. 그가 이루지 못한 꿈을 소라는 이룰 수 있지 않을까. 어쩌면 그는 소라가 별을 향해 나아갈 수 있게 하는 첫걸음이 될 수도 있다.

이게 끔찍한 생각인 걸 안다. 그가 자식을 낳지 않고 사는 이유 중 하나가 바로 좌절된 꿈을 자식에게 투영하고 싶지 않아서다. (또 다른 이유는 엘로이즈가 그와 이혼하고 프랑스로 돌아갔기 때문이다.) 그는 젠 타우르 술집의 황금색 간판 아래를 지나 술집 안으로 들어가 앉아, 이 건 다른 경우라고 자신에게 반박한다. 소라는 그에게 꿈을 말했다. 그게 가능한 꿈인 걸 소라에게 알려주는 게 그의 역할이다.

바텐더 브리기타가 좁고 긴 잔에 지역 라거 맥주를 담아 그의 앞에 내려놓는다. 산티는 브리기타에게 잔을 들어 보이고 맥주를 마신다. 바 뒤쪽 거울 속에 담긴 젠타우르 술집의 반사된 풍경을 맥주와 함께 들이켠다. 대여섯 가지 언어로 떠드는 소리가 밀려온다. 진한 퀼른 사투리, 표준 독일어, 영어, 러시아어, 스페인어. 아는 언어들을 입 모양으로 따라 해본다. 구시가지의 술집에 모여 노는 새로운 대학생 무리 때문에 퀼른 링(퀼른 이넨슈타트에 있는 약 6킬로미터 길이의 반원형 도로 —옮긴이)에 교통 체증이 심해졌다는 익숙한 불평이 대화의 주된 내용이다. 그도 예전에는 그런 대학생이었다. 노땅들에게 짜증을 유발하는 줄도 모르고 비틀거리며 젠타우르 술집에 들어오곤 했으니까. 믿기지 않지만 이제 그도 노땅이 됐다.

평소 그는 친구 하이메를 여기서 만나 같이 술을 몇 잔씩 마시곤 했다. 지금 하이메는 가족을 만나러 스페인에 돌아가 있다. 산티는 혼자 맥주 한 잔을 다 마시고 자리에서 일어선다. 습관처럼 하늘을 올려다보는데 도시의 불빛에 가려 별이 보이지 않는다. 휘황하게 조명을 밝힌 노이마르크트 쇼핑 거리를 걸어가면서 가사 없이 익숙한 가락으로 콧노래를 흥얼거린다. 다양한 이름을 가진 이 도시가 이제 고향처럼 느껴진다. 토박이들에게는 쾰른, 국제학교 교사들에게는 콜론, 그의 가족에게는 콜로니아인 도시. 가족들은 그에게 언제 돌아오냐고 물으며 '콜로니아'라는 이름을 입에 올렸다. 여기가 오래전에 콜로니, 즉 식민지였고 외국인들이 만들고 이름을 붙인 도시라는 역사적 의미를 지명으로 간직하는 건 스페인 사람들뿐이다. 산티는 보이지 않는 옛 로마 제국의 방벽을 넘어간다. 그도 외국인이지만 이 도시를 정복하려는 게 아니라 그냥 지나가고 있을 뿐이다.

핸드폰이 울린다. 아우렐리아 누나다. 그는 나무가 늘어선 널찍한 링도로를 가로질러 벨기에 구역으로 들어가 전화를 받는다.

"누나."

"통화 괜찮아?"

거리가 멀어서인지 누나의 목소리가 압축된 듯 들린다. 2천 킬로미터 정도 떨어져 있는데 수 광년쯤 떨어져 있는 것 같다.

"어. 퇴근하고 집으로 걸어가고 있어."

지나가던 남자가 산티를 힐끗 보더니 배수로에 침을 카악 뱉는다. 산티가 스페인어로 말하고 있어서일까, 아니면 다른 이유가 있는 걸까? 그것도 아니면 아무 이유도 없는 건가? 그의 뇌는 어디에도 속하지 못한 채 빙글빙글 돌며 지친 춤을 춘다.

누나가 묻는다.

"새로 맡은 애들은 어때?"

"똑같지 뭐." 그는 곧 남다른 소라를 떠올리고는 고쳐 말한다. "우주비행사가 되고 싶다는 아이가 있더라."

누나는 공감한다는 투로 묻는다.

"그 애한테 뭐라고 말할 거야?"

"최선을 다해보라고 해야지."

누나는 잠시 조용하다가 묻는다.

"그런 종류의 애야?"

산티는 뭐라고 대답할지 잠시 생각한다. '내가 듣고 싶은 말이었거든.' 하지만 입에서는 다른 말이 나온다.

"국제학교에 다니는 부잣집 아이야. 나보다 기회가 많겠지." 누나가 더 무어라 말하기 전에 그는 화제를 돌린다. "내 조카는 어떻게 지내?"

누나는 지친 목소리다.

"글쎄. 6주에 한 번 전화해서 생존 신고만 하고 있어."

산티는 미소를 지으며 길모퉁이를 돌아간다.

"언제 한번 외삼촌 사는 곳에 오라고 전해줘."

"네가 가까이 살면 걔가 굳이 너 사는 곳까지 갈 필요도 없겠지. 엄마가 너 알무녜카르의 그 일자리에 지원할 거냐고 물어보라셔."

누나가 그 얘기를 꺼내면서 자기가 원하는 화제로 돌아갈 심산임을 그는 눈치챘어야 했다. 그는 한숨을 쉬며 말한다.

"생각해 보고 있어."

"안 하겠단 얘기네." 그가 대꾸를 하지 않자 누나가 계속해서 말한다. "산티, 너 거기서 사는 게 편하지 않다고 늘 말했잖아."

"그랬지."

하지만 그는 가족에게 진실의 절반밖에 말하지 않았다. 고향을 떠난 지 30년이 넘었지만, 한 번씩 숨도 잘 쉬어지지 않을 만큼 고향에 대한 진한 그리움이 밀려오곤 한다. 급한 걸음으로 차갑게 스쳐 지나가는 낯선 이들 사이에서 하루하루를 살아가다 보니 여기서 늘 겉도는

것 같아 신경이 곤두선다. 그는 왼손으로 핸드폰을 옮겨 들고 오른손
으로 아파트 건물 현관 열쇠를 더듬거리며 찾는다.

"아직… 여길 떠날 준비가 안 됐어."

사실이 아니다. 하지만 누나에게 어떻게 말해야 할지 모르겠다. 고
향으로 돌아가는 게 꼭 잘못된 방향으로 가는 것처럼 느껴진다.

누나가 한숨을 쉰다.

"네 문제가 뭔지 나는 잘 알아. 넌 이 행성에 살고 싶지 않은 거잖아."

그는 웃으며 계단을 올라간다.

"역시 누나는 날 너무 잘 알아."

"아, 이만 끊어야겠다. 일자리에 대해서는 생각 좀 잘 해봐. 알았지?"

그는 그러겠다고 약속하고 전화를 끊는다. 현관문을 열고 집 안의
조명을 켠다. 엘로이즈가 분재로 만들려다 실패해 두고 간, 이리저리
뒤틀린 채 지나치게 많이 자란 관목에 물을 주고 소파에 무너지듯 주
저앉는다. 피곤한데 기운이 너무 없다 보니 편히 쉬어지질 않는다. 바
닥을 가로질러 주방으로 들어간 펠리세트가 갑자기 그의 어깨 근처에
서 다시 나타난다. 그는 펠리세트의 턱을 쓰다듬어 준 뒤 맥주를 한 잔
더 마시고 학생들의 과제물을 채점하기 시작한다. 소라의 과제물 차례
가 되자 나중에 찬찬히 보려고 과제물 더미 맨 아래로 옮겨둔다.

다른 학생들의 과제물 채점을 끝마친 후에야 드디어 소라의 과제물
을 들여다본다. 소라는 그가 칠판에 그려줬던 자그마한 행성을 과제물
에 그린 뒤 보라색 호수, 기이한 나무들, 발가락에 눈이 달린 외계인
을 추가했다. 상상력이 어찌나 풍부한지 그림 속 상황이 잘 파악되지
않을 정도다. 그는 행성 측면에 비죽 튀어나와 있는 인물을 유심히 들
여다본다.

눈을 떠

"리슈코바 박사로구나."

그는 조용히 중얼거린다.

소라는 자기를 어색한 자세의 멀쑥한 인물로 그려놓았다. 우주 헬멧 아래로 머리카락이 비쭉 튀어나온 게 보인다. 손에는 붉은 물질이 담긴 유리병 같은 걸 의기양양하게 들었다. 그 옆에 적힌 설명을 보니 '표본'이란다. 소라는 나이에 비해 글을 잘 쓴다. 뜻도 완전히 모르면서 길고 거창한 단어를 쓰려는 경향도 있다.

과제물에 평을 쓰기 시작하던 그는 소라의 그림에 자기도 그려져 있는 걸 알아챈다. 행성의 맞은편 측면에 크레용 자국처럼 그려진 조그마한 사람. 그 그림의 두 배 크기로 이름을 적어놓지 않았다면 그는 그게 자기인 줄 몰랐을 것이다.

"내 키에 대해 적지 않아서 다행이네."

그는 중얼거리며 맥주를 한 모금 들이켠다.

그리고 그 과제물에 이렇게 쓴다. '잘했다. 나도 초대해 줘서 고마워.'

다른 과제물 위에 소라의 과제물을 올려놓고 뒤로 기대어 앉는다. 재미있으면서도 울적하다. 소라가 부럽다. 그 나이에 어울리는 소소한 고통이 부러운 게 아니라 무한한 잠재력을 가진 존재라는 착각이 부러운 거다. 그는 자신을 주저앉혔던 일들을 머릿속에서 되새김질해 본다. 그는 집안에 돈이 부족했고, 물리학 시험을 망쳤으며, 가족들은 그에게 안정적인 일자리를 찾으라고 닦달했다. 그중 몇 가지가 정당한 핑계에 해당할지 따져본다. 어쩌면 그는 자신을 파괴해 버렸는지도 모른다. 다시 실패할 일이 생기지 않도록 자기를 철저히 무너뜨렸을 수도 있다. 신은 그가 다른 일을 하길 바라는 것일까.

그는 소파에 앉아 기적에 관한 생각을 하다가 꾸벅꾸벅 존다. 미동도 없이 무표정한 얼굴로 두 손을 양옆으로 펼친 채 자갈 위에 13센티미터쯤 떠있던 남자에 관한 생각이다.

학부모 상담일에 산티는 그들을 처음 만난다. 소라의 어머니는 비교신화학자이고 아버지는 프로 권투 선수처럼 몸이 다부진 철학자다.
산티가 손을 내밀며 인사한다.
"리슈코바 씨, 리슈코바 부인."
그러자 소라의 아버지가 말한다.
"리슈카 박사라고 불러주십시오." 악수하는 손아귀 힘이 너무 세다. "딸의 성 리슈코바는 제 성의 여성형입니다."
소라의 어머니가 말한다.
"저는 라스무스도티르 박사예요."
소라의 아버지는 지나칠 정도로 크게 웃으며 말한다.
"아내는 남성형이든 여성형이든 제 성을 따르지 않기로 해서요."
소라 어머니의 억양은 외국인 티가 별로 나지 않는다. 산티가 다니는 이 학교처럼 비싼 국제학교 출신인 모양이다. 소라의 아버지는 알코올 중독 기미가 살짝 있다. 손을 떨고 지나치게 열정적인 태도를 보이는 게 꼭 폭탄 외피처럼 위태로워 보인다.
"따님은 무척 영리한 아이예요."
"우리도 압니다." 소라의 아버지는 다시 큰 소리로 웃는다.
"애가 한 가지를 꾸준히 못 하는 게 문제예요." 소라의 어머니가 말한다.
"자기가 흥미를 느낀 분야에는 집중을 잘하고 있습니다." 산티는 자기가 왜 소라를 두둔하는지 알 수가 없다. 반대여야 하는 거 아닌가.

눈을 떠

지금 여기서는 모든 게 거꾸로다. 그는 중년 남자의 몸으로 들어온 어린아이가 된 기분이다. 이런 상황에서 뭘 어떻게 해야 하는지 알면 좋겠다.

리슈카 박사가 묻는다.

"과학 교사시죠?"

"예."

"음. 저희는 소라가 인문학 쪽으로 더 소질이 있다고 보고 있습니다. 글쓰기라든지 역사 쪽이요."

"소라가 글을 잘 쓰긴 합니다. 앞으로 살면서 여러 방면에서 계속 발전시켜 나갈 기술이죠. 과학을 공부하다 보면 관심 분야를 파고들면서 다른 기회를 만들어 낼 수도 있을 겁니다."

부모는 눈빛을 주고받는다. 잠시 후 라스무스도티르 박사가 산티를 쳐다보며 말한다.

"소라가 우스울 정도로 우주에 집착하는 걸 말씀하시는 것 같네요."

산티는 어이없어하는 기미를 읽어낸다. 비웃음 섞인 말투에 위로 굴리는 눈. 만화 같다. 이 상황을 전혀 이해 못 하는 일곱 살짜리 아이 같은 부모다. 소라가 자기 부모에 대해 설명한 적이 있는데, 산티는 소라가 과장하는 줄 알았다.

"우습지 않습니다." 부모의 말을 대놓고 반박해서는 안 되기에 산티는 얼른 고쳐 말한다. "제 말은, 어떤 분야든 흥미를 갖고 파고드는 게 중요한 동기 부여가 될 수 있다는 뜻입니다. 북돋워 주시는 게 좋아요. 적어도 적극적으로 말리지는 마세요."

그들은 납득이 안 되는 눈치지만 고개를 끄덕거리고 감사 인사를 하며 일어선다. 산티는 떠나는 그들을 바라보며 '신의 시험이 쉬웠으면 무의미했을 것'이라는 말을 떠올린다.

　다음 날 오전 쉬는 시간, 산티는 커피를 들고 교실로 돌아간다. 소라
가 책상 앞에 앉아 그림을 그리고 있다. 손목 안쪽에 흐릿한 점들을 찍
는 중이다. 산티는 소라를 바라보다가 말을 건넨다.
　"소라, 쉬는 시간이야."
　소라는 고개도 들지 않는다.
　그가 다시 말한다.
　"나가서 놀아야지."
　"교실에 있고 싶어요."
　원칙대로라면 소라를 교실 밖으로 내보내야 한다. 자연 상태에서 그
는 아이를 보호해 줄 수 없다. 자연에서 사자에게 붙잡힌 가젤은 쓰러
진 채로 씰룩거리며 내장이 뽑히게 마련이다. 하지만 아이의 부모에게
여전히 화가 나 있는 그는 자연에 저항하기로 한다. 그가 다가와 옆에
앉자 소라는 움찔하더니, 이내 고개를 숙이고 열심히 색을 칠하기 시
작한다.
　"뭘 그려?"
　소라가 눈을 든다. 수줍음 많은 열대 물고기처럼 반짝이는 파란 눈
이다.
　"하데스(그리스 신화에 나오는 죽은 자들의 신, 저승의 지배자―옮긴이)
요."
　"우와." 산티는 소라의 그림을 바라본다. 온통 시커먼 배경에 폭발한
건물 잔해들과 아기 머리를 한 토끼 같은 생물이 그려져 있다. "그리스
신화를 좋아하는구나?"

소라의 표정이 애매하다.

"엄마 아빠가 그리스 신화 책을 주셨어요."

부모와 고전 교육이 소라에게 제일 먼저 영향을 준 모양이다.

"신화는 참 재미있어. 현상을 과학적으로 해석할 수 있게 되기 전에 사람들이 세상을 어떤 시각으로 바라봤는지 알 수 있어서 흥미롭지."

이렇게 산티와 별들은 소라에게 두 번째로 영향을 주는 것이다.

"그렇죠. 고대 그리스인들은 사람이 죽어서도 계속 삶을 이어간다고 생각했대요."

산티는 인상을 찌푸린다.

"넌 그렇게 생각하지 않니?"

소라는 대놓고 비웃음이 담긴 눈빛으로 그를 쳐다본다.

"선생님은 과학 담당이잖아요."

이렇게 말하고는 다시 지옥 같은 풍경이 담긴 그림으로 시선을 돌린다.

산티는 신중하게 표현을 고르며 뒤로 몸을 기댄다.

"사람이 죽고 나서 어떻게 되는가에 대해 과학이 아직 많은 걸 알려주지 못하기는 해."

소라는 도전적인 눈빛으로 그를 올려다본다.

"알려주잖아요. 죽으면 곰팡이가 피고 분해돼요. 지난주에 우리가 했던 빵 실험처럼요. 그렇게 살은 분해되고 해골만 남는 거죠."

"맞아. 하지만 그건 우리가 관찰한 결과일 뿐이야. 사람의 다른 부분은 계속 살아갈 수도 있지 않을까? 우리가 관찰하지 못하는 부분 말이야."

소라는 연필을 잘근잘근 씹는다.

"그건 알 수 없을 거예요." 어쩐지 화가 난 표정이다. "죽은 사람이랑 얘기해서 물어볼 수 있는 게 아니면요."

"음. 아무래도 내가 너보다 먼저 죽을 테니까 약속할게. 죽은 후에 뭔가가 더 있으면 꼭 돌아와서 너한테 알려주도록 애써볼게."

"고맙습니다."

소라가 활짝 웃는다. 좀 전의 수줍음은 온데간데없다. 이 나이 때 소라는 시시때때로 변하는 것처럼 보이지만 착각이다. 미래의 소라는 이미 이 안에 있다. 산티가 할 수 있는 일은 미래의 소라가 모습을 나타내도록 돕는 것뿐이다.

산티는 일어서며 말한다.

"그 전에 오디세움에 견학부터 가자."

소라가 깜짝 놀라 그를 쳐다본다.

"모험 박물관이요?"

그는 고개를 끄덕인다.

"어때?"

소라의 얼굴에 기쁨이 한가득 퍼져나간다.

강 건너에 있는 오디세움은 회의장 건물과 아우토반 사이에 자리하고 있다. 산티는 뒤처진 아이들을 이끌고 호엔촐레른 다리를 건너 성당 종소리가 요란하게 울려 퍼지는 곳으로 걸어가면서, 자신이 왜 이 일을 하는지 떠올린다. 소라를 위해서라고 생각하며 마음을 다잡는다. 아이 둘이 난간의 자물쇠를 비틀어 대고, 또 다른 아이는 쭈뼛거리며 비둘기 사체를 손으로 찔러보려 하고 있다.

"얘들아!"

그가 손뼉을 친다. 신의 은총 덕분에 그는 아이들을 데리고 무사히 계단을 내려가, 섬유 유리로 만든 행성 모형들이 여기저기 놓인 운동장을 지나서, 박물관의 활기찬 로비로 들어선다. 그는 입장료를 내고 아이들을 한 명씩 회전문으로 들여보낸다. "이따가 3시에 구내식당에서 보자." 그가 이 말을 하자마자 아이들은 공깃돌처럼 흩어진다. 겨자색 목도리를 두르고 혼자 뛰어가는 소라도 그중 하나다. 마음 같아서는 소라를 따라다니면서 질문을 받아주고 싶지만 소라가 질색할 것이다. 이럴 땐 혼자 길을 찾게 두어야 한다.

그는 전시물들 사이로 쌍곡선을 그리며 이리저리 거닌다. 이곳에는 하도 자주 와서, 폭탄이 떨어져 박물관이 박살 날 경우 전시실을 하나씩 재건할 수도 있을 것 같다. 별자리와 전혀 맞지 않는 엉뚱한 자리에 작은 조명등이 점점이 박힌 가짜 천문관의 곡선 벽, 천상의 기사들처럼 줄지어 서있는 텅 빈 우주복들. 그는 우주 비행사 헬멧 커버에 반사된 자신의 일그러진 모습을 포착한다. 소라의 그림을 생각하자 웃음이 난다. 금색 코팅한 플라스틱 헬멧 커버의 굴곡에 조그마한 외계인 같은 모습이 나타난다.

그는 뒤돌아보며 말한다.

"왔구나, 소라. 목도리 멋지네."

"가려워요." 소라는 답답해하며 목도리를 손으로 잡아당긴다. "아빠가 떠준 거예요."

그는 근육질의 철학자가 떨리는 손으로 뜨개질하는 모습을 상상하다가 눈을 껌벅이며 말한다.

"우리 어머니는 코바늘뜨기를 하셔."

소라는 이해가 안 된다는 눈빛이다.

"아, 그래. 내가 진작 설명했어야 했는데. 과학적으로 말하자면, 나 같은 고대 인간한테도 어머니가 있거든." 그는 지친 얼굴에 미소를 띠며 묻는다. "박물관을 더 구경하고 싶지 않아?"

"다 봤어요."

그는 놀라서 소라를 바라본다.

"천천히 둘러보지 않은 것 같은데."

소라는 어깨를 으쓱한다.

"이런 거 말고 다른 게 있을 줄 알았어요."

세상의 한계를 뚫고 싶어 하는 호기심이 느껴져 그는 가슴이 아리다.

"뭐가 궁금한데?"

소라는 이마에 주름까지 잡으면서, 우주 비행사 헬멧에 비친 그들의 모습을 골똘히 바라본다.

"우주복을 입고 있는데 옷에 구멍이 나면 정말 피가 부글부글 끓고 폐가 터져요?"

산티는 소라의 걱정스러운 얼굴을 바라보며 어떻게 대답할지 고민한다.

"글쎄. 구멍이 작으면 우주복 안의 기압이 천천히 줄어들겠지. 공기가 점점 없어지면서 잠이 들 거야." 그는 안심시키려 미소를 지으며 묻는다. "다른 질문 있어?"

"예. 창문에 관해 묻고 싶어요."

"창문?"

소라는 열심히 고개를 끄덕거린다.

산티는 이 대화가 어떤 방향으로 흘러갈지 감이 잡히지 않는다. 소라가 설명하는 동안 박물관을 한 번 더 천천히 구경시켜 주면 될 것 같다. 그는 소라를 데리고 우주복들이 놓인 홀을 지나 천문관 쪽으로 향한다.

"저희 집 다락방 창문 너머에 정원이 있거든요. 위치상 방향이 그쪽이니까 창문 너머로 정원이 보여야 맞아요. 그런데 아니에요. 다른 곳이 보여요."

"다른 곳?"

그는 무심히 들으면서 천문관 1층 여기저기에 놓인 전시물을 구경한다. 이 중에 어떤 전시물이 소라의 관심을 붙잡을 수 있을까. 그는 '프록시마 B: 지구와 제일 가까운 행성'이라고 적힌 전시물 앞에 멈춰 선다. '가까운'이라는 표현 때문에 소라가 반발할지도 모른다는 생각이 든다.

"네." 소라는 그를 기다리지 않고 먼저 걸어간다. "창문 아래에 있어야 할 덤불이 없어요. 하얀 꽃들이 피어있는 정원이 보여야 하는데 어떤 건물이 있어요. 그런데 진짜 건물 같지 않고 꼭 무슨… 꿈에서 나오는 것처럼 생겼어요."

"묘하구나."

천문관을 나와 막다른 통로에 이르자 산티는 걸음을 늦춘다. 그들 앞의 닫힌 문에 '공사 중'이라고 적힌 노란색 안내문이 붙어있다. 산티는 그리로 다가가 문틈으로 들여다본다. 문 너머는 온통 컴컴하다.

"죄송합니다."

누군가 영어로 말하는 소리에 산티는 뒤돌아본다. 파란 외투를 입은 키가 크고 머리가 긴 남자다. 복장을 보니 아이들에게 재미있게 가르쳐 주는 일을 하는 박물관 직원 같은데 표정은 여느 직원과 다르다. 할 말이 있는데 어떻게 말을 꺼내야 할지 모르겠는 듯 안절부절못하는 표정이다. 엘로이즈가 떠나기 전에 저런 표정을 짓곤 했었다.

"그 방은 아직 준비가 안 됐습니다. 볼 만한 방이 있으니 안내해 드리겠습니다."

남자가 손으로 오른쪽을 가리키는데, 산티가 기억하기로 그쪽 벽에는 케플러 망원경으로 찍은 사진이 붙어있었다. 지금은 그 벽에 열린 문이 보인다.

남자는 초조한 미소를 지으며 산티와 소라를 번갈아 쳐다본다. 소라를 산티의 딸이라 생각하는 것 같다. 엘로이즈와의 사이에서 아이를 가져본 적 없는 산티는 속이 쓰리지만 미소를 지으며 말한다.

"알겠습니다. 들어가 볼게요."

그 방은 좁고 휑하다. 판지를 잘라 붙인 달, 그리고 '로켓 미션'이라는 버튼 누르는 게임기가 있을 뿐이다. 산티는 주머니에 손을 넣고 게임기로 다가가며 중얼거린다.

"어휴. 비용을 무지하게 아꼈네."

소라는 여전히 자기 얘기에 몰입한 채 그를 따라온다.

"창문 밖으로 나가보려고 했어요. 창밖에 뭐가 있는지 보고 싶어서요."

소라는 어린아이답게 능숙한 손놀림으로 게임기 버튼을 눌러 로켓을 발사시킨다.

"창문을 넘어가면 안 돼." 산티는 자기도 그렇게 생생한 꿈을 꿔본 적 있는지 생각해 본다. 있었더라도 선생님에게 얘기했을 것 같지는 않다. "지난주에 배운 중력 기억하지?"

소라는 모형 로켓이 중간권으로 올라가는 모습을 바라보며 눈을 위로 굴린다. 단단한 로켓 부스터가 다 쓴 양초처럼 아래로 스르르 내려

눈을 떠

간다.

"저는 추락하지 않았을 거예요. 추락했더라도 창문 너머가 진짜 정원이 아니라 다른 어떤 장소인지 확인할 수 있었겠죠."

뼛속까지 과학자다. 정원에 떨어져 누운 딸을 부모가 보면 어떻게 될지 상상이 된다. '로페즈 선생님이 뭐든 당연하게 생각하지 말라고 했다고요.'

"그래서 제가 묻고 싶은 건 이거예요. 창문을 통해 다른 장소로 갈 수 있을까요?"

그는 미간을 찌푸린다.

"내가 이해를 못 했나 보다. 너희 집 정원 같은 장소를 말하는 게 아니지?"

"아니에요. 제 말은… 다른 장소로 갈 수 있느냐고요."

산티는 모형 로켓의 위치를 나타내는 깜박이는 빛이 곡선을 그리며 화면을 가로질러 가는 모습을 바라본다.

"다른 세상을 말하는 거니?"

소라의 표정이 밝아진다.

"네. 다른 세상이요."

산티는 미소 짓는다. 과학 교사가 되면 아이들과 나누게 되리라 상상했던 바로 그런 종류의 대화다.

"아마 아닐걸. 적어도 지구에서는 그게 되질 않아. 우주에는 구멍들이 있어서 한 장소에서 멀리 떨어진 다른 장소로도 갈 수 있지만 말이야."

소라는 인상을 쓴다.

"제 방 창문이 그런 구멍 중 하나라면요?"

"아니. 네가 본 건 빛으로 인한 착시일 거야."

소라가 실망한 것 같아 그는 덧붙인다.

"그렇다고 네 얘기가 재미없다는 건 아니야! 아주 흥미로웠어. 보이는 방식에 따라서 뭔가를 봤다고 착각할 수 있거든."

"제가 뭘 봤는지는 제가 잘 알아요."

기계가 목이 졸린 듯 삐 소리를 낸다. 화면이 번뜩이면서 그들에게 동전을 투입하라고 재촉한다.

산티는 주의를 돌릴 수 있어 다행이라 생각한다.

"보렴. 이대로 우주 잔해 구역을 통과할지 아니면 경로를 새로 설정해서 여길 피해 갈지 정해야 해."

소라는 갑자기 게임에 집중하면서 까치발로 화면을 유심히 들여다본다.

"경로를 재설정하는 게 더 안전할 것 같아요. 하지만 그렇게 하면 목표 지점까지 더 오래 걸려요."

산티는 신중하게 말을 고른다. 어떤 대답을 해야 정답인지, 적어도 이 기계가 원하는 답이 무엇인지 그는 알고 있다. 하지만 소라에게 늘 조심하면서 안전한 길을 택하라고 가르치고 싶지 않다.

"우리한테는 방어막이 있어. 모든 걸 막아주진 못하겠지만 어느 정도는 보호해 줄 거야. 경로가 길어지면 연료 소모도 늘어나. 네가 선장이니까 네가 결정해."

소라는 곰곰이 생각한다. 이마에 주름까지 잡고 고민하는 모습이 실제보다 나이 들어 보인다.

"우주 잔해 구역을 통과해야겠어요." 소라의 손가락이 버튼 위에서 맴돈다. 산티에게는 소라의 망설임이 진동처럼 느껴진다. "잘못되더라도 게임을 다시 하면 되니까요."

눈을 떠

소라는 초조하게 웃는다.

"그건 좀 비겁한데. 어떤 선택이든 끝까지 밀어붙여야지."

소라는 놀란 눈으로 그를 올려다본다.

"잘못된 선택이면요?"

"잘못된 선택이라는 건 없어. 그냥 그렇게 될 뿐이야."

"이러다 죽어도 선생님이 그렇게 말하나 볼 거예요."

소라는 버튼을 꾹 누른다. 우주선이 휙 날아가더니 화면이 캄캄해진다.

산티는 화면을 치고 콘솔도 쿵 내리쳐 본다. 먹통이다. 소라는 무릎을 굽히고 게임기의 케이블을 이리저리 움직여 본다.

"고장인가 봐요." 일어선 소라는 파란 외투를 입은 남자를 찾는다. "저기요? 직원 아저씨?"

복도로 나가보지만 주변에는 아무도 없다.

산티는 손목시계를 확인한다.

"그만 가자. 시간 다 됐어."

학년 마지막 날 소라는 그를 만나러 교실로 찾아온다. 소라의 부모는 딸을 집중 인문학 프로그램이 있는 학교로 전학 보내기로 했다. 산티는 그들을 말려보려 했다. 기계처럼 견고한 세상에 달려들어 봤지만, 그들은 꿈쩍도 하지 않았다. 산티는 소라의 인생에 개입할 수 있는 시간이 끝났음을 받아들이며 품위 있게 물러섰다.

소라는 그의 책상에 카드를 쓱 내민다.

"이거 드리려고요."

"고맙다."

그는 그 자리에서 카드를 열어보지 않는다. 감정적으로 반응하지 않을 자신이 없어서다. 이 자리에서 감정적으로 구는 건 소라가 기대하는 선생님의 모습에 부합하지 않을 것이다.

"다른 학교로 전학 가기 싫어요."

산티는 지금이 한 손에 꼽을 수 있을 만큼 귀한 순간임을 안다. 나중에 다 자란 소라의 모습을 떠올릴 수 있는 순간이다. 큰 키에 어색한 자세, 화난 얼굴로 집중한 표정, 뭐든 할 수 있는 소라의 모습이 머릿속에 그려진다.

"괜찮을 거야." 산티는 소라에게 받을 자격이 있는 것을 내준다. 바로 확신에 찬 미소다. "넌 나중에 멋진 우주 비행사가 될 거니까."

소라는 두 손을 마주 잡고 이리저리 비틀며 말한다.

"이젠 우주 비행사가 되고 싶지 않아요."

그는 심장을 주먹으로 얻어맞은 느낌이다.

"그래?"

"저도 선생님 같은 선생님이 되고 싶어요."

그가 포기했던 꿈을 소라는 더 추구하지 않겠다고 말한다. 이렇게 된 건 그의 탓이다. 신은 그가 스스로 일을 그르치게 만들었다. '다음에는 이렇게 하지 말자'라고 다짐하지만 다음이 있을지 모르겠다.

"안녕히 계세요."

소라는 목멘 소리로 말하고는 도망치듯 교실을 떠난다.

그는 카드를 열어본다. 마지막으로 그림을 그려줬겠거니 했는데 글이 적혀있다.

눈을 떠

늑대 선생님께,

제가 좋아하는 선생님이 되어주셔서 고마워요.

나중에 다시 만나요.

사랑을 담아,

소라

산티는 책상 서랍에 카드를 집어넣는다. 무수히 겪어온 과정이다. 학생들은 작별을 고하고, 무선 라디오의 침묵 속으로 잡음이 파고든다. 소라가 지금은 그를 그리워하겠지만 그는 곧 소라의 인생에서 배경으로 밀려나 기억마저 흐릿해질 것이다. 소라 역시 이 교실을 거쳐 간 수백 명의 다른 학생들처럼 잊히고 희미해지겠지. 10년쯤 후에 그를 거리에서 보더라도 소라는 오래전에 끝나버린 관계를 어색하게 복구하기보다는, 왔던 길을 되돌아가며 그를 피하려 할 것이다. '나중에 다시 만나요.' 그럴 일은 없을 것임을 그는 이미 안다.

되돌릴 수 없어

,

젠 타 우 르 술집의 구석 자리에 앉은 소라는 브리기타가 와인을 가져오길 기다린다. 낮에 홀로 술집에 앉아있는 것에 대한 사회적 용인을 바라듯 테이블 위에 배선도를 펼쳐놓았다. 하지만 배선도에는 누번 이상 눈길을 주지 않을 것임을 소라는 알고 있다. 요즘 소라의 의식은 우주를 떠돌고 있다. 몸은 에렌펠트 지역의 아파트에서 강 건너 엔지니어링 회사를 오가며 쾰른을 이리저리 굴러다니고 있다. 우주의 관점에서 보면 그 거리는 너무 짧아서 소라는 가만히 서있는 것이나 마찬가지로 보일 것이다.

햇살 사이로 떨어지는 먼지를 바라보다가 이렇게 사는 것에 대한 변명을 떠올려 본다. 부모님에게 했던 비현실적이고 똑똑하지도 않았던 변명. 그리고 중요한 선택을 해야 할 때마다 찾아오는 마비. 살면서 선택의 기로에 설 때마다 소라는 선택한 길에 갇히게 될까 봐 겁을 내며 되돌아가곤 했다. 그러다 보니 관계를 맺으려 했던 모든 사람과 결국에는 이별할 수밖에 없었다. 그런 태도는 하늘을 둘러친 벽처럼 그녀를 가로막아 꿈과도 멀어지게 했다.

브리기타가 테이블에 술잔을 탁 소리 나게 내려놓는다.

"고마워요."

소라는 시선도 들지 않고 무심코 말한다. 그런데 손가락에 닿은 술잔이 차가워 놀란다. 그녀가 주문한 술이 아니라 길고 좁은 잔에 담긴 이 지역 라거 쾰슈 맥주다.

"그거 제 겁니다."

술집 안 저쪽에서 누군가 말한다.

검은 고수머리의 그 남자는 소라 또래인 20대 중반으로 보인다. 그는 레드 와인이 담긴 술잔을 들어 보인다. 소라는 조심스럽게 고개를 끄떡인다. 남자가 미소를 지으며 다가오자 소라는 두려움에 가까운 떨림을 느낀다.

억양을 들어보니 독일인은 아닌 듯하다. 소라는 안전한 선택을 하기로 하고 영어로 말한다.

"당신이 내 술을 갖고 있다고 해서 내가 당신이랑 말을 섞을 이유는 없다고 보는데요."

"당신이 내 술을 갖고 있는 건 어떻게 하고요?"

스페인 사람인가. 그런데 영어를 쓰는 게 자신 있어 보인다.

"자요." 소라는 테이블 위로 쾰슈 맥주를 쓱 밀어 보낸다. "이걸로 상호 작용은 끝이에요."

남자는 받침 위에 와인을 올리고 그녀 쪽으로 밀어 보내고는 테이블 맞은편에 앉는다.

"그래요? 실수를 기회로 바꿔보는 건 어때요?"

"브리기타는 실수를 하지 않아요."

소라는 술잔 위로 바텐더를 힐끗 바라본다. 브리기타는 편리하게도 다른 손님을 응대하고 있다.

"흠, 그럼 이게 실수가 아니라는 건데." 남자는 나지막하게 말하며 턱을 손으로 톡톡 친다. "그쪽은 어떤 가설을 세웠어요?"

'젠장.' 소라의 약점은 과학자에게 약하다는 거다.

"브리기타가 오늘 내 하루를 망치려 한다는 거요."

"데이터가 좀 더 필요하겠는데요." 남자는 몸을 앞으로 기울이고 목소리를 낮추면서 바 쪽을 곁눈질한다. "브리기타가 당신을 안 좋아한다는 느낌을 받았어요?"

그의 속삭임에 소라는 전율한다. 터무니없는 일이다.

"아뇨. 브리기타는 나한테 늘 잘해줬어요."

그러자 그는 의기양양한 표정으로 뒤로 편안히 기대어 앉는다.

"그럼 브리기타가 당신 하루를 망치려는 게 아니라 더 좋게 만들어주려 한다고 가정하는 게 맞지 않아요?"

소라는 입가에 미소가 번지려는 걸 억지로 참는다.

"자신감이 넘치시네요."

그의 미소에 그녀의 마음도 풀린다.

"엔지니어예요?"

소라는 대답 대신 덤덤하게 그를 쳐다볼 뿐이다.

그는 혼란스러워하며 미간을 찌푸린다.

"아니라는 뜻입니까?"

"아, 미안해요. 작업 멘트를 치나 해서. 뭐 이렇게 시작하는 멘트요.

되돌릴 수 없어

'엔지니어예요? 왜냐하면….'" 소라는 말끝을 흐리다가 덧붙인다. "아, 모르겠어요. 나사못 관련된 일을 해요."

그는 별안간 소리 내어 웃는다.

"아뇨. 난 그냥… 배선도를 보고 한 얘기예요." 그는 소라의 팔꿈치 밑에 깔린 서류를 손으로 톡 친다. "그런데 아까 그 말, 작업 멘트로 괜찮네요. 나중에 꼭 써먹어 봐야겠어요."

소라는 자기도 모르게 미소 짓는다. 두 사람이 눈을 마주 본 순간, 둘 사이에 무언가가 오간다. 소라가 존재조차 믿지 않는다고 생각했던 묘한 무언가다. 소라는 욱하는 마음에 따지듯 묻는다.

"그런데 누구세요?"

"산티요."

그가 손을 내민다.

소라는 그의 손을 잡고 말한다.

"이 술을 다 마실 때까지만 같이 있어줄게요. 그 후에는 혼자서 시무룩하게 술을 마시면서 혼자만의 계획으로 돌아갈 거예요. 어때요?"

그는 두 손을 들어 보인다.

"나한테 선택권은 없는 것 같군요."

그들은 쾰른에서 산 지 얼마나 됐는지부터 시작해 이런저런 얘기를 나누기 시작한다. 산티는 석사 학위 공부를 하러 쾰른에 왔고, 소라는 열 살 때 부모님을 따라 영국에서 쾰른으로 옮겨와 살았다. 한 시간도 채 안 되어 두 사람은 자신들이 어디에서 왔고, 앞으로 어디로 가고 싶은가에 관한 대화에 푹 빠져들었다.

"저 밖에 엄청 많은 게 있어요." 산티는 테이블을 손으로 탁 치며 강조한다. "사람들이 여기가 전부인 것처럼 생각하는 게…" 그는 술집

안, 다른 손님들 그리고 바깥 광장을 막연히 가리키며 덧붙인다. "이해가 안 돼요."

결심이 선 소라는 그의 손을 잡고 일어선다.

산티는 그녀가 자기를 이 세상에서 끌어내 다른 세상으로 데려가려는 것처럼 쳐다본다.

"왜요?"

"나가려고요. 당신이랑 같이."

그는 놀랍고 기쁜 얼굴로 일어선다. 그가 술값을 계산하겠다고 하지만 소라는 광장에 나가서 기다리라고 말한다. 브리기타가 잔돈을 가지러 계산대로 간 동안 소라는 바 뒤의 거울에 비친 자기 모습을 바라본다. 발그레해진 얼굴, 쑥스러운 표정. 자기 눈을 마주 보고 싶지 않다. 소라는 고개를 돌리고 바 모퉁이를 돌아 안쪽으로 들어와 선다. 거울 속에서 무언가 희미하게 빛난다. 고개를 돌린 소라는 그 자리에 얼어붙는다. 지금 눈에 보이는 게 무엇인지 이해하려 애써본다. 하늘에서 내려다본 바깥 광장의 풍경, 한 줄기 연기 같은 분수, 반짝이는 용의 비늘 같은 자갈들이 거울 속에 담겨있다. 기대에 찬 모습으로 그녀를 기다리는 검은 머리의 산티도 조그맣게 보인다.

"손님?"

소라는 움찔하며 정신을 차린다. 어느새 앞으로 다가온 브리기타가 바 안쪽에 들어가 있는 소라의 발을 눈빛으로 가리킨다.

그제야 소라는 물러선다.

"죄송해요."

브리기타에게 잔돈을 건네받으며 소라는 한 번 더 거울을 들여다본다. 지금 보이는 건 자기 모습뿐이다.

되돌릴 수 없어

잔돈을 주머니에 넣고 천천히 술집을 나선다. 산티는 아까 소라가 하늘에서 내려다본 바로 그 자리에 서있다. 햇빛 한 줄기가 마치 손가락으로 가리키듯 그를 환히 비추고 있다. 소라의 어깨를 타고 전율이 흐른다.

"무슨 일 있어요?"

그가 묻는다.

"아무것도 아니에요." 소라는 자신이 본 것 같은 무언가를 그에게 말할 수 없다. 말했다간 그는 그 현상에 의미를 부여하려 할 것이다. 소라는 그에게 손을 맡긴다. "어디로 갈까요?"

"신만이 아시겠죠."

그는 미소 띤 얼굴로 말한다.

그들을 벨기에 구역으로 데려갈 트램을 가져온 신은 잠기지 않은 초록색 공동 현관문 너머 콘크리트 계단으로 그들을 이끈다.

3층까지 올라간 소라가 묻는다.

"왜 이런 꼭대기 층에서 살아요?"

산티가 그녀를 돌아보며 싱긋 웃는다.

"위에서는 더 또렷이 보이거든요."

그의 집 문은 초록색 유리가 끼워져 있고 아무렇게나 무성히 자란 식물들이 가장자리에 자리하고 있다. 여전히 혼란스러운 소라는 그 집 문지방이 다른 세상으로 통하는 출입구, 즉 윙윙거리는 소리를 내는 포털처럼 느껴진다. 문 너머를 바라보며 자기를 여기로 이끈 인과의 사슬을 되짚어 본다. 소라는 젠타우르 술집에 가서 와인 한 잔을 주문했다. 브리기타는 그 술을 엉뚱한 테이블에 가져다줬다. 그리고 소라는 궤도를 돌다가 산티의 거실로 오게 된 것이다. 파란 소파, 커피 테이블, 벽에 붙은 별자리표. 순간 검은 형체가 휙 지나가자 소라는 깜짝 놀라 소리친다.

"어머나!"

"암고양이 펠리세트예요. 물리학 법칙을 따르지 않는 녀석이죠." 산티는 멋쩍어하며 손으로 머리카락을 쓸어 넘긴다. "어쩌다 한 번씩 내 아파트로 문이 열리는 다른 차원에 펠리세트가 살고 있다는 게 내 가설이에요."

"최초의 우주 고양이 펠리세트네요."

산티는 빙그레 웃는다.

"그런 표현을 쓴 사람은 당신밖에 없어요."

소라는 그를 받아들인다. 그는 익숙하면서도 새롭다. 그녀의 지난 삶 동안 이 남자는 어디 있었을까?

산티는 조심스럽게 소라를 바라본다. 충분히 이해할 만한 태도다.

"저기… 커피 한잔 마실래요?"

소라는 고개를 젓는다. 확신이 들어서다. 소라는 확신에 익숙해지지 않다. 이 느낌을 믿을 수 없다. 대체 어디서 비롯된 느낌일까.

"뭔가 어색하네요. 그런데… 내가 아직 당신 이름을 몰라요."

소라는 그와 만난 순간부터 빠르게 흘러간 찬란한 시간을 되돌아본다. 소라는 그의 이름을 아는데, 어째서 그는 그녀의 이름을 모르고 있을까? 문득 그의 관점에서 자신이 어떻게 보일지 생각해 본다. 보라색 머리에 가죽 재킷을 입고 수수께끼 같은 내용이 적힌 서류를 들고 있는 이름 모를 여자.

"맞혀봐요."

그는 실패하고 싶지 않은 시험을 앞둔 사람처럼 인상을 쓰며 집중한다.

"영국에서 태어났다고 했죠?"

소라는 웃음이 새어 나오려는 걸 참으며 고개를 끄덕인다.

"제인 스미스."

소라는 웃음을 터뜨린다.

"통계적으로 따지면 괜찮은 추측이었어요. 그런데 아니에요. 내 이름은 소라예요. 소라 리슈코바. 산티는 어떤 이름의 약자예요?"

"산티아고 로페즈 로메로요." 음절 하나하나가 딱딱 맞아떨어진다. "만나서 반가워요." 그는 악수를 청하며 손을 내민다.

소라는 그 손을 잡지 않는다. 대신 그의 공간으로 성큼 걸어 들어가 입을 맞춘다.

산티는 뒤로 물러서지 않지만 딱히 반응하지도 않는다. 덕분에 소라는 인공호흡을 하는 것 같은 기분이 들기 시작해 입술을 떼며 묻는다.

"혹시… 이건…."

"소라 리슈코바."

그는 숨 가쁜 목소리로 그녀의 이름을 말하고는 키스하기 시작한다.

그들은 서로를 갈망하듯 입술을 탐한다. 소라는 그를 침실로 밀어붙이며 재킷을 벗는다. 그는 이미 그녀의 셔츠 단추를 풀고 있다. 그가 목을 애무하기 시작하자 소라는 고개를 뒤로 젖히고 연신 웃음을 터뜨린다.

얼마 후 소라는 산티의 침대에 늘어져 누워있다. 아직 오후다. 몰래 빠져나가려면 어두워야 하는데 아직 어둠이 내리지 않았다. 젠장. 그녀가 만났던 전 남자친구들과는 달리 이 남자는 잠들지도 않고 짜증나는 미소를 지으며 그녀를 바라보고 있다. 산티는 소라의 손을 잡더니 손목 안쪽에 점점이 새겨진 문신을 보고 묻는다.

"이건 무슨 의미야?"

"별자리. 작은여우자리야. 여우를 의미해." 소라도 그를 바라본다. "나 원래 이런 사람 아니야."

"뭐가?"

"남자를 처음 만난 날 한 침대에 눕는 사람."

산티는 어깨를 으쓱한다.

"괜찮아. 나도 안 그래."

"남자랑 안 그런다고?"

"남자든 여자든." 그는 확신이 없는 표정으로 묻는다. "그런데 넌 여자들이랑은 달랐어?"

"달랐지."

그는 농담인지 확인하려는 듯 그녀의 표정을 살핀다.

소라는 콕 집어 확인시켜 준다.

"농담 아니야."

그는 살짝 놀란 눈치지만 비난하는 표정은 아니다.

"날 예외로 쳐줘서 영광이네."

"내가 인격 형성기 때 섹시한 마리아치(멕시코 전통 음악을 연주하는 유랑 악사—옮긴이)가 나오는 영화를 우연히 봤거든. 넌 운이 좋았던 거야." 소라는 그를 놀리며 미소 짓는다. "그 영화를 보지 않은 다른 우주에서라면 난 너한테 관심 없었을지도 몰라."

산티는 그녀에게 다가가며 말한다.

"지금부터 내가 하려는 말 때문에 날 침대 밖으로 걷어차지는 말아 줘."

그러고는 손가락으로 그녀의 보라색 머리카락을 돌돌 감는다.

"약속은 못 해."

그는 그녀를 진지하게 바라본다.

"널 조금 전에 만난 것 같지 않아."

다음 순간 그는 침대 아래 바닥으로 쿵 떨어진다. 그 소리가 소라에겐 무척 고소하게 들린다.

"여자 꼬시는 기술을 쓰는구나. 누구한테 배운 수작이야. 그런 개소리는 날 침대로 끌어들이려 애쓸 때 했어야지."

그의 헝클어진 머리카락부터 매트리스 수평선 위로 올라오더니 나머지 몸도 따라 올라온다. 소라는 그가 자기 몸 위로 올라오는 모습을 기쁜 눈으로 바라본다. 그는 그녀의 머리 양옆에 팔꿈치를 대고 그녀를 내려다보며 말한다.

"내가 널 다시 침대로 끌어들이고 싶다면 어쩔래?"

소라는 좌우로 눈을 돌리면서 베개와 침대 머리판, 보르헤스의 책과 과학소설이 쌓인 협탁을 처음 보는척한다.

그러고는 재미있어하는 그의 갈색 눈을 올려다보며 말한다.

"넌 이미 성공했어."

다음 날 아침, 눈을 뜬 소라는 실존적 공황 상태다. 여기가 어디인지 몰라서가 아니다. 어디인지 정확히 알고 있다. 여기는 산티의 아파트다.

소라는 의미 있게 느껴지는 모든 것으로부터 늘 도망치며 살았다. 지금은 모든 것이 가슴이 아릴 정도로 의미심장하게 다가온다. 소라와 산티 사이에 웅크리고 누운 검은 고양이부터 소라의 옷이 아무렇게나 놓여있는 코바늘뜨기 깔개, 잠이 든 산티의 오르락내리락하는 숨소리까지 전부.

순간 소라는 숨이 가빠진다. 여기서 나가야겠다. 침대를 빠져나가 조용히 옷을 입으려는데, 잠귀 밝은 산티가 눈을 뜨더니 침대 옆자리로 팔을 뻗는다. 놀란 펠리세트가 펄쩍 뛰어오른다.

"어디 가?"

"커피 사러. 뭐 마실래?"

"블랙커피."

"알았어. 금방 올게."

소라는 밝은 목소리로 말한다. 부츠를 신고 문을 나선 그녀는 계단을 내려가 초록색 공동 현관문을 통과해, 가로수가 늘어선 벨기에 구역의 거리를 걸어간다. 공원에는 야생 앵무새들이 비스듬히 쏟아지는 햇살을 받으며 나무 사이로 내려앉고 있다. 소라는 공원을 가로질러 계속 걸어간다. 이윽고 집이 있는 에렌펠트로 들어선다. 도시의 지붕 위로 솟아있는 등대 앞을 지날 때까지 걸음을 멈추지 않는다. 전력 회사가 제일 가까운 바다에서 200킬로미터나 떨어진 이곳에 엉뚱하게 만들어 놓은 등대다. 길을 건너 아파트 안으로 무사히 들어간 소라는 문을 닫고 문짝에 등을 기댄 채 주저앉는다. 화재 현장에서 탈출한 것처럼 가쁜 숨을 몰아쉰다. 어질러진 익숙한 방 안 풍경을 돌아본다. 영화 〈컨택트〉를 '다시 보기' 할 때만 사용하는 텔레비전, 아빠한테 받은 것이지만 지금은 외풍을 막으려고 창문 틈새에 끼워놓은 목도리, 줄스가 놔두고 간 것인데 태울 수도 버릴 수도 없어서 그냥 놓아둔 향초. 30분 전에 잠에서 깨어 아파트에 누워있던 산티를 생각해 본다. 그는 그녀가 돌아오길 기다리고 있을 것이다.

소라는 속삭이듯 말한다.

"괜찮아. 그 남자를 다시 볼 일은 없어."

소라는 젠타우르 술집에 발길을 끊는다. 아쉽지만…. 소라는 그 집 와인도, 브리기타가 그녀를 동네 사람처럼 대해주는 것도 좋았다. 하지만 거기 가면 그 남자가 있을 것이다. 그녀가 우주의 계획을 받아들이길 기다리는 남자. 우주의 계획 따위 엿이나 먹으라지. 소라는 구시가지 반대쪽 지역에서 새로운 술집을 찾아내 홀로 앉아 와인을 마신다.

3주 후 소라는 아파트에서 길을 따라 조금 내려간 곳에 있는 터키 카페에 릴리와 함께 앉아있다. 소라가 창밖을 너무 오래 쳐다보고 있었는지 릴리가 그녀의 귓가에 손가락을 딱 소리 나게 튕긴다. 그 소리에 놀란 소라가 현재로 돌아온다.

릴리가 다 안다는 듯 묻는다. "여자 문제야?"

소라는 한숨을 푹 쉰다. "이번엔 아니야."

릴리는 미간을 찌푸린다. "그럼 남자 문제? 오랜만이네."

소라는 릴리에게 산티 얘기를, 그를 두고 떠나야 했던 이유를 말할까 말까 망설인다. '그 남자는 완벽했어. 그게 문제였어.' 릴리는 미친 짓을 했다는 합리적인 대답을 내놓을 것이다.

릴리는 민트 차에 꿀을 잔뜩 부으며 묻는다.

"줄스랑 끝나고 나서 만난 사람 있어?"

줄스의 이름은 여전히 고통스럽다. 줄스가 소라에게 잘 대해준 모든 일들, 소라가 줄스의 마음을 상하게 한 모든 일들이 한꺼번에 떠올라서다.

"딱히."

릴리는 예리한 눈빛으로 소라를 가만히 쳐다본다.

"됐다. 아리송한 대답만 하고 있네. 나도 지금 탐정 놀이 할 기분 아니거든. 속 털어놓고 싶을 때 전화해. 지금은 과학소설 축제 계획이나 짜자. 빨리 예약하지 않으면 표 매진이야."

하루하루 시간이 흘러갈수록 소라는 우주가 산티를 다시 그녀의 인생길에 던져주길 기다리게 된다. 처음에는 경계하는 마음으로, 나중에는 몹시 갈망하면서. 소라는 달려오는 발소리와 그녀의 어깨를 짚는 손길을 기다리며, 에렌펠트 지역과 벨기에 구역 사이에 있는 공원을 몇 번이고 가로지른다. 과학소설 축제에 간 소라는 산티의 침대 옆 협탁에 놓여있던 책들을 떠올리고는, 관련 영화가 상영 중인 어둑한 영화관에서 그의 얼굴을 찾아본다. 그러다 마침내 어느 주말 오후에 마음을 굳게 먹고 젠타우르 술집에 들어간다. 처음 그를 봤던 테이블에 그가 앉아있을 거라 기대하면서. 하지만 술집 안에는 늘 바 쪽 자리에 앉아있는 뚱한 동네 사람 홀게르, 그리고 창가에서 속닥거리며 얘기를 나누는 커플뿐이다.

소라는 늘 앉던 자리에 앉아 레드 와인 한 잔을 주문한다. 기다리는 동안 배선도를 꺼내놓고 신중하게 팔꿈치로 누른다. 모든 걸 그때와 똑같이 만들려는 것이다. 하지만 그녀가 제어할 수 없는 다른 점들이 자꾸 끼어든다. 속닥거리는 커플, 달라진 테이블 배치 같은 세세한 차이점들이 그녀가 애써 자아내려는 미친 마법을 깨부수려 한다.

와인을 가져온 브리기타는 와인을 바라보는 소라의 눈빛이 너무 절망적인 걸 알아채고는 머뭇거리며 묻는다.

"와인 주문하신 거 맞죠?"

소라는 고개를 끄덕이고 한 모금 마신다.

"브리기타, 전에 내가 여기 마지막으로 왔을 때 당신이 음료를 바꿔준 바람에 얘기를 나누게 됐던 남자 기억해요? 검은 머리의 스페인 남자요. 키가 좀 작던."

"아, 예. 산티 씨요. 그분도 여기 안 온 지 꽤 됐어요. 손님과 비슷한 시기에 발길을 끊었죠."

브리기타는 바 뒤로 돌아가고 소라는 앉은 자리에서 힘이 쭉 빠져버린다. 다시 시작해 보려고, 이번에는 다른 선택을 해보려고 했지만 무리다. 우주가 자신을 어딘가로 밀어붙이고 있다는 느낌이 들어 도망친 거였다. 지금은 우주가 그녀를 반대 방향으로 밀어붙이는 게 느껴져 더 화가 치민다.

"제기랄."

남은 와인을 마저 들이켠 소라는 트램을 타고 벨기에 구역으로 간다. 아파트 건물 계단을 올라가 산티의 집 문을 두드린다.

문이 살짝 열린다.

"펠리세트, 안 돼." 그의 목소리에 소라의 심장은 초신성처럼 타오른다. 드디어 문을 연 그는 소라를 보더니 아무 말도 하지 않는다. 그저 숨을 후 내쉬고는 그녀를 안으로 들인다. 그 숨소리에 담긴 의미는 안도일 수도, 실망일 수도 있다. "커피 마실래?"

"차 있으면 줘."

소라는 그를 따라 주방으로 들어간다.

산티는 찬장을 열고 깔끔하게 정리된 상자와 깡통들을 바라보며 말한다.

"엘로이즈가 나가기 전에 차를 남겨뒀을 것 같기는 한데."

소라는 그 이름을 기억해 둔다. 룸메이트였나? 전 여자친구? 소라는 바 스툴을 끌어당겨 앉는다.

"내가 커피 사러 나갔다가 돌아오지 않은 이유가 궁금했겠네."

산티는 팔짱을 끼고 조리대에 기대어 선다.

"그때 내 나름으로 가설을 세워봤어. 그런데 그 가설로는 네가 지금 이 집에 온 이유가 설명이 안 돼."

"어떤 가설이었는데?"

그는 어깨를 으쓱한다. "네가 나를 그만큼 좋아하진 않았다는 거."

"아니. 그건 틀렸어."

산티의 이마에 주름이 깊어진다.

"그럼 두 번째 가설로 넘어갈게. 커피숍이 다른 차원으로 빨려 들어갔고 넌 이제야 겨우 거길 탈출해서 여기로 돌아온 거야."

"정답에 가깝긴 하네." 소라는 미소 짓는다. "맞진 않아. 문제는 내가 널 너무 많이 좋아한다는 거였어."

주전자에 물이 끓는다. 산티는 찻잔에 물을 부으러 가며 말한다.

"그 말에 대해 자세히 설명해야 할 거야."

소라는 입술을 깨물고 적합한 표현을 고민한다.

"우주가 널 어딘가로 밀어붙이는 느낌을 받은 적 있어? 반드시 일어나야 하는 일이라 그냥 따라야만 하는 느낌?"

산티는 미소 띤 얼굴로 티백을 꺼낸다.

"자주 있는 일은 아니지."

"그 느낌을 받았어. 너를 보자마자." 소라는 팔짱을 끼며 말을 잇는다. "그날 여길 그렇게 떠난 이유도 그래서야. 나는 그런 느낌을 믿지 않아. 전혀. 누가 나한테 이래라저래라 하는 것도 질색이고."

산티는 그녀에게 다가와 찻잔을 건넨다.

"운명이라고 해도?"

"운명이라면 특히 더 질색이야." 소라가 의자에 앉은 덕분에 산티의 키가 그녀보다 커졌다. 소라는 그의 눈을 올려다본다. "그런데 지금 결심했어. 우주가 날 이쪽으로 밀어붙이는 게 아니야. 내가 선택한 거지."

산티는 곤혹스러운 표정이다. 소라는 그게 어떤 뜻임을 알아챘다. 발밑의 땅이 확 꺼지는 것 같다.

"아, 이런. 내가 멍청했어. 네가 아직도 나한테 관심 있다고 믿었거든. 너한테 지금 여자친구가 있을 수도 있는데. 아니면 이미 수도승 같은 게 됐거나."

그는 여전히 진지한 얼굴로 고개를 젓는다.

"상관없어. 수도승 훈련 같은 건 언제든 그만둘 수 있으니까."

소라는 천천히 고개를 끄덕이고는 차를 한 모금 마신다. 그리고 찻잔을 조리대에 내려놓고 그를 끌어당겨 품에 안는다.

소라는 곧장 그의 집으로 들어갔다. 이것도 처음 있는 일이다. 부모님께는 저녁 식사 중에 말씀드린다. 아버지는 아무 말도 하지 않는다. 어머니는 충분히 생각하고 내린 결정이냐고 묻는다.

소라는 명랑하게 대답한다.

"아뇨. 전혀요. 멋지지 않아요? 살면서 한 번쯤은 충분히 생각하지 않고 그냥 저질러도 되잖아요. 다각도로 고찰하지 않고 그냥요. 함축된 의미를 깊게 파고들지 않고. 그냥… 그 일이 일어나게 두는 거죠. 어때요?"

두 분은 대답이 없다. 소라는 이렇게 꾸준히 무너져 가는 존중에 관해 공감해 줄 형제나 자매가 있으면 좋겠다고 잠시 진심으로 바란다.

소라는 눈을 깜박이다 의자에서 일어나 접시를 모은다.

"음, 좋은 대화였어요."

산티의 집으로 돌아온 소라는 현관 앞에서 펠리세트에게 발이 걸려 넘어질 뻔한다. 산티가 묻는다.

"저녁 식사는 어땠어?"

소라는 혀를 내밀며 소파에 앉는다.

"부모님한테 무슨 얘기를 하면 그게 꼭… 글쎄 모르겠어. 회의적인 벽에다 대고 고백하는 기분이야."

산티는 미소 지으며 와인 한 잔을 가져다준다.

"어떤 분들인지 알 것 같아."

소라는 그의 머리에 자기 머리를 갖다 대고 기대며 대화하듯 혼잣말한다.

"잘되지 않을 거야."

산티가 인상을 찌푸리며 그녀를 바라본다.

"누가 그런 말을 해?"

"전에 사귄 사람들이. 제일 최근에는 여자친구였던 줄스가 그렇게 말했어. 우리가 헤어질 때 내 문제가 뭔지 말하더라고."

"네 문제가 뭔데?"

"난 늘 다른 곳에 있고 싶어 해. 지금 있는 곳에 만족한 적이 없어."

그는 어깨를 으쓱한다. "나도 그래."

소라는 그를 힐끗 쳐다본다. "무슨 뜻이야? 내가 보기에 넌, 평온 그 자체인데."

그의 얼굴에 슬며시 미소가 퍼져나간다. "겉으로 보기엔 그럴지도 모르겠네. 속으로는 늘 무언가를 찾아 헤매거든." 그는 소라의 뺨을 쓰다 듬고 그녀의 머리카락을 귀 뒤로 넘겨준다. "그런 면에서 우린 같아."

소라는 자신의 외로움에 대해, 줄스와 그 전에 사귄 여자친구, 남자

친구 들에 대해 생각한다. 그들이 죄다 유령처럼 느껴진다. 산티한테
서도 유령처럼 투명한 느낌을 찾아보려 하지만 그의 존재감은 견고하
다. 빛을 가리고 있는 것만으로도 그가 현실에 존재함을 알 수 있다.
소라는 반쯤 웃으며 묻는다. "우리가 함께 있으면서 불만이 싹트면 그
땐 어떻게 할 거야?"
그는 미소 짓는다.
"혼자 있으면서 불만족스러운 것보단 낫겠지."

청혼받은 소라는 벌컥 화를 낸다.
산티는 이해할 수가 없다. 그는 굽혔던 무릎을 펴고 일어선다.
"네가 원하는 게 이건 줄 알았어."
소라는 입을 연다.
"원하는 거 맞아."
"내가 뺨이라도 친 것 같은 표정인 이유는 뭔데?"
"모르겠어." 소라는 팔짱을 낀다. "기분이 좀… 이상해."
"이상이라."
인내심을 발휘하는 그의 목소리에 긴장감이 스민다. 그는 여전히 청
혼 반지를 손에 들고 있다.
"치워. 그러고 있으니까 꼭 벼룩 서커스 단장 같아."
그는 당황한 표정으로 아래를 내려다보고는 웃음을 터뜨린다. 반지
를 주머니에 넣고 그녀에게 다가가 손을 잡는다.
"부탁이야. 내가 이해할 수 있게 해줘."
소라는 한숨을 쉰다.
"우리가 어떻게 만났지?"

"기억 안 나?"

"모든 질문에 직설적인 답을 할 필요는 없어, 산티."

그는 인상을 쓴다.

"우리가 만난 방식이 뭔가 잘못됐다는 거야?"

"아니. 내 말은… 그래, 맞아. 브리기타가 내 와인을 엉뚱한 테이블에 갖다주지 않았다면 어떻게 됐을까? 네 술을 내가 아니라 다른 누군가에게 갖다줬다면?"

"그럼 지금 난 홀게르 씨한테 청혼하고 있겠지." 소라는 웃지 않는다. 그녀를 바라보는 산티의 눈에 어쩔 줄 몰라 하는 기색이 스친다. "하지만 브리기타는 그러지 않았어."

"바로 그거야!" 소라는 자신이 옳다는 게 입증됐다는 듯 외친다. "결국 우리 인생이… 이렇게 흘러왔잖아." 소라는 큼직한 손동작으로 반지를 가리킨다. "어쩌다 일어난 멍청한 일이 우리 인생을 좌우했다고."

산티는 팔짱을 끼며 반박한다.

"어쩌다 일어난 일은 아닌 것 같은데."

소라는 눈을 치켜뜬다.

"그럼 신이 원하는 일이라서 나한테 청혼한 거야? 그게 더 기분 나빠. 그게 더 안 좋은 일인 걸 어떻게 모를 수가 있어?"

그는 아무리 돌멩이를 던져도 다 흡수해 버리는 호수처럼 잔잔하고 흔들림 없는 눈빛으로 받아친다.

"난 평생 징후를 기다려 왔어. 확신을 주는 무언가가 필요했어."

"더 말하지 마."

소라가 말리지만 그는 계속 말한다.

"널 만나고 그 느낌이 왔어. 그런데 네가 사라져 버리니까…" 그는 초조하게 웃으며 덧붙인다. "내가 꼭 미친 것 같더라. 내 느낌이 옳다고 확신했는데 그걸 부정당하니까… 신께서 나한테 장난을 치는 건가 싶기도 하고." 그의 눈빛에 담긴 두려움은 소라가 그동안 늘 도망쳐 다녔던 바로 그것이다. "넌 나랑 같은 감정이 아니라서 겁내는 거잖아."

"아니. 너랑 같은 감정이라서 두려워." 당황하는 그에게 소라가 말한다. "이게 가능할 것 같질 않아! 그래서 믿을 수가 없어."

"나는…." 산티는 멈칫한다. "운명이니 뭐니 하는 얘기는 잠시라도 잊자. 응?"

소라는 고개를 끄덕인다. "알았어."

산티가 다가온다. 다투다가 이렇게 말이 필요 없는 순간이 찾아오곤 한다. 소라가 필요로 하는 건 그의 손길, 그의 관심, 그녀의 눈을 들여다보는 그의 눈이다. 그러고 있으면 시간의 흐름이 감당할 수 있을 정도로 느려져서, 추락하기 직전 같은 아슬아슬한 기분을 덜 느끼게 된다.

"내가 청혼하는 이유는 널 사랑해서야. 너의 정신과 몸, 짜증 날 정도로 회의적인 태도, 자기만의 공간을 원하는 자세를 사랑해. 고개 젖히고 웃는 모습도 사랑스러워. 다시는 너 없이 살고 싶지 않아."

소라는 눈을 깜박이다가 대답한다.

"좋아. 그렇다면 받아들일게."

그들은 그레이트 세인트 마틴 교회에서 결혼한다. 강가에 늘어선 파스텔색 주택들 뒤에 자리한 동화 속 성처럼 생긴 교회다. 산티의 직장 동료이자 친구인 하이메가 신랑 들러리, 릴리가 소라의 신부 들러리 노릇을 해준다. 그들이 성당에서 걸어 나오는데 종탑의 종이 울리기 시작한다. 소라는 몸이 같이 울리는 기분이다. 종소리의 진동이 흘러

들어와 온몸을 은은하게 흔들어 박살 낼 것 같다. 소라는 한바탕의 웃음으로 진동을 몸 밖으로 흘려보낸다.

오디세움에서 피로연을 한다. 하객들은 가짜 천문관을 어슬렁거리며, 유령 같은 우주인들의 멀건 눈빛 아래서 동결 건조 카나페를 집어먹는다. 피로연은 소라가 기대한 만큼 재미있는데, 특히 춤이 시작되자 흥이 난다. 소라는 고개를 젖히고 웃으며 릴리의 손을 잡고 빙글빙글 돈다. 한쪽 구석에서는 소라의 아버지가 산티의 아버지에게 라틴어로 말을 걸고 있다. 다른 쪽 구석에서는 아우렐리아가 두 사람을 보면서 웃고 있고, 또 한쪽 구석에서는 산티가 온 마음을 담은 눈으로 소라를 바라보고 있다.

다음 날, 일찌감치 일어난 소라는 그를 깨우지 않고 조용히 집을 빠져나간다. 그는 여전히 잠귀가 밝지만 숙취 때문에 뒤척임 하나 없이 깊게 잠들었다. 소라는 전에 그를 떠났을 때와는 반대 방향으로, 도시 한가운데로 걸어간다. 산티와 처음 만났던 곳 맞은편에 있는 무너진 시계탑 앞으로 다가간 소라는 주머니에서 유성펜을 꺼낸다. 시계탑 벽에 유성펜으로 '**되돌릴 수 없어**'라고 적는다. 소라는 선택을 하고 나서도 여전히 두렵다.

행복이 어떤 식으로 시간에 영향을 미치는지 소라는 예상하지 못했다. 행복은 그녀의 손가락 아래로 스르르 흘러 환상적인 모양으로 뒤틀리며 시간을 빠르게 흘러가게 만든다. 소라는 매 순간을 붙잡으려 애쓴다. 과학소설 축제에 참여했다가 집으로 돌아오면서, 마지막으로 본 영화의 끝 장면에 대해 너무 시끄럽게 토론해 대서 이웃들이 경찰을 불렀을 정도다. 산티는 주방에서 노래를 흥얼거리며, 탁자에 두 사

람의 모습을 조그맣게 그린다. 그들의 삶을 불완전하게나마 기록하는
것이다. 소라의 스페인어 실력은 조금씩 좋아져서 그녀가 툭 던진 농
담에 산티의 아버지는 30분 동안이나 웃음을 그치지 못한다. 크리스
마스에 산티는 눈 내리는 모습을 바라보며 앉아있는 소라에게 쿠키를
가져다준다. 임신한 소라는 나른한 모습이다. 산티가 그녀를 부른다.

"내 사랑."

소라는 믿기지 않는 눈으로 그를 바라본다.

"이런 방이 생길 줄은 생각도 못 했어."

"뭐?"

"우리가 서로를 알아가는 동안에는 말이야. 이렇게 될 줄은… 이런
건 불가능할 줄 알았다고."

"뭐가?"

그는 미소 띤 얼굴로 다시 묻는다.

소라는 속으로 대답한다.

'널 이렇게 많이 사랑하게 될 줄 몰랐어.'

그의 청혼은 소라의 내면 깊숙한 곳에 있는, 이해할 수 없는 깊숙한
무언가를 건드리며 그녀를 좌절하게 했다. 지금도 마찬가지다. 소라
는 그 감정의 실체를 이해하고 싶지만 딱 짚어 말할 수가 없다. 산티는
알 것이다. 그는 알아야만 한다.

"아무것도 아니야."

소라는 쿠키를 집어 입에 넣는다.

에스텔라는 1월에 태어났다. 고통이 영원히 이어질 것 같은 기나긴
밤이었다. 산티는 의사들에게 소리쳤다. '내 아내가 아파하는 거 안 보
여요? 고통을 멈춰달라고요.' 소라는 기억나는 모든 욕을 체코어와 아

이슬란드어, 영어로 고래고래 내질렀다. 그러다 더는 내뱉을 욕이 없어졌고 소라는 길게 뻗어나간 고통의 곡선 그 자체가 되었다. 눈앞이 아득해지면서 손을 잡아주는 산티의 모습이 사라졌다. 얼마 후 그들은 아기를 씻기기 위해 데려갔고, 산티는 마치 파도처럼 다시 그녀의 곁으로 돌아왔다. 그의 손이 먼저 그녀를 찾았고 이어서 그의 눈이 다가왔다. 따뜻하고 두려움에 찬 눈이었다.

소라가 나지막하게 중얼거린다.

"공평하지 않아."

그가 가까이 몸을 기울인다.

"뭐가?"

"날 그런 식으로 쳐다보는 거. 난 이렇게 지독하게 고통스러워하는 널 볼 일이 없을 거니까."

그는 여전히 걱정스러운 눈빛으로 미소 지으며 받아친다.

"시도해 보기도 전에 포기하다니 너답지 않아."

소라는 힘없이 그의 손을 잡는다. 잠시 후 그들이 소라에게 에스텔라를 데려온다. 이제 모든 게 영원히 달라졌다.

소라는 엄마가 된 자신을 생각해 본 적이 없었다. 응당 아이를 사랑해야 할 텐데 그러지 못할까 봐 걱정했다. 그런데 막상 아이를 보자 놀라울 정도로 쉽게 사랑하게 됐다. 그 외에는 온통 어려운 일투성이다. 에스텔라를 계속 살게 하고 행복하게 해주는 일, 젖을 먹이고 기저귀를 갈고 에스텔라가 내는 온갖 소리에 전전긍긍하면서 사이사이에 토막잠을 자는 일도 어렵기만 하다.

시간이 지나도 별로 쉬워지질 않는다. 힘든 나날이 일상이 됐다. 산티의 누나 아우렐리아가 찾아왔고 에스텔라는 고모 '껌딱지'가 돼서 열심히 옹알이하며 고모를 따라다닌다. 그리고 어느새 다섯 살이 된 에스텔라는 영어와 스페인어를 반반 섞어가며 뒤죽박죽인 문장을 구사한다. 소라는 살면서 이보다 더 누군가를 사랑해 본 적이 없다. 그러던 어느 날 병원에서 전화가 걸려 온다.

일상적인 혈액 검사였다. 소라와 산티는 아이를 한 명 더 가질 생각이라 건강 검진을 받으러 갔었다. 지금 그들은 병원 대기실에 앉아있다. 산티는 소라의 손을 꼭 잡는다. 그녀의 검사 결과가 문제인 것처럼. 그의 엄지가 손가락 관절을 계속 문질러 대자 소라는 도저히 못 참겠어서 손을 뺀다.

"소라."

"아니. 신의 계획을 받아들여야 하느니 어쩌니 하는 말 안 들을래. 난—."

"산티아고 로페즈 씨?"

간호사가 부른다.

소라는 산티를 따라 작은 진료실로 들어간다. 간호사가 그들 뒤로 진료실 문을 닫는다.

잠시 후 진료실을 나온 소라는 산티를 로비에 두고 화장실에 다녀오는 척 자리를 뜬다. 끝없는 계단을 올라가면서 소라는 속으로 악을 쓴다. '이게 어떤 감정인지 알잖아.' 이런 감정이 느껴질 만하다. 그녀의 안에 두려움이 제대로 자리 잡았다. 9층 비상계단으로 나간 소라는 6년 만에 담배를 피운다. 핸드백 바닥에 갖고만 다니던 담배라 퀴퀴한 냄새가 난다. 건물들 사이로, 영원히 10시 45분을 가리키는 시계 아래의 무너진 시계탑에 그녀가 오래전에 써놓은 글귀가 보인다. '되돌릴 수 없어.' 소라는 규칙을 깼고, 선택했다. 그리고 지금 원치 않았던 바로 그 자리에 와있다. 산티는 그녀보다 먼저 죽을 것이다. 그녀의 세상에서 견고했던 부분이 사라진다는 얘기다. 도시는 무너지고 탑도 바스러질 것이다. 사방의 천에 거대한 구멍이 뚫려 그녀를 그 구멍 속으로 끌어당길 것이다.

속도 모르고 산티는 저 아래 쏟아지는 빗속에 서서 할아버지의 칼을 만지작거리고 있다. 제기랄, 그는 평온해 보인다. 그가 평생 바랐던 대로, 믿음에 대한 진정한 시험에 직면해서일까.

삶의 속도가 느려진다. 반짝이는 빛의 조각들이 종양과 병동의 지긋지긋한 오후로 늘어진다. 어느 날 밤, 병상 옆에서 잠든 소라는 목 근육에 경련이 일고 목뼈가 빠진 느낌에 깨어난다. '에스텔라.' 소라는 딸 생각에 당황했다가 이내 마음을 놓는다. 에스텔라는 산티의 어머니, 즉 제 할머니 곁에 안전하게 있을 것이다.

언제 깼는지 산티가 다정하고 기진맥진한 눈빛으로 그녀를 바라보며 묻는다.

"괜찮아?"

소라는 그를 바라보다 웃음이 터질 뻔한다. '아니. 난 무너지고 있어. 일어서서 병원 밖으로, 이 도시 밖으로, 세상 너머로 달아나고 싶어.' 하지만 그에게 말할 수 없는 몇 가지가 있다. 에스텔라와 시어머니, 하이메는 말해도 되지만 소라는 말할 수 없는 것들. 그녀의 입에서 나오면 칼이 되어 심장을 찌를 말들. 그들이 소리 내어 맹세하며 무언으로 맺었던 약속의 일부. 계약서에 깨알처럼 자잘한 글씨로 적혀있지만, 소라는 언제 동의했는지 알 수 없는 부분이다. 병상 옆에 앉은 소라는 그의 손을 잡고 육체의 한계에 분노한다. 소라는 그의 아내로 있고 싶지 않다. 근본적이고 무한한 다른 무언가가 되고 싶다. 이 말또한 입 밖으로 낼 수 없다.

소라는 그의 손을 꼭 잡는다. "괜찮아. 사랑해. 다시 자."

산티는 치료에 차도를 보이지 않는다. 놀랍지도 않다. 소라는 일이 이렇게 될 줄 진즉에 알았다. 애석한 인생의 궤도다. 산티가 탁자 앞에 와 앉는데 소라는 그 자리를 박차고 나가고 싶어진다. 소라는 규칙을 깨고 이 얘기를 털어놓는다. 산티는 소리 내어 웃을 뿐이다. 소라는 산티를 사랑한다. 어째서 그는 상황을 점점 더 견디기 어렵게 만드는 걸까?

에스텔라의 여섯 살 생일날 산티는 세상을 떠난다.

그제야 소라는 그동안 산티의 굳건한 믿음에 얼마나 의지해 왔는지 깨닫는다. 마지막 순간에 그의 믿음은 흔들리고 만다. 산티는 신이 기다리는 곳으로 가고 싶지 않다는 듯 소라의 손을 붙잡는다. 그 후 소라는 거의 1년 가까이 미친 사람처럼 꾸준히, 그가 돌아오기를 기다린다. 그런 얘기는 아무에게도 하지 않는다. 릴리, 부모님, 에스텔라를 돌봐주기 위해 쾰른으로 건너온 아우렐리아까지 다들 소라를 지켜보고 있다. 소라는 계단에서 발소리가 날 때마다 산티가 집으로 오고 있다고 생각하지만 가족들에게는 말하지 않는다. 가족들이 알면 집으로 쳐들어와 산티의 유령을 쫓아낼까 봐서다. 그래서 소라는 슬픔을 속으로 내리누르며 아무 말도 하지 않는다.

산티와 10년을 함께 살았다. 때로는 그 시간이 영원 같고, 은하계의 나선팔처럼 휘어져 팽창하는 것처럼 느껴졌지만 충분하지 않았다.

소라는 여길 떠나버릴까 생각한다. 에스텔라를 데리고 중앙역으로 가서 긴 통로에 선다. 어딘가로 향하는 기차들이 스크린에 나타났다가 사라진다. 결국 소라는 기차표를 사지 않고 역을 나선다. 떠나려면 산티를 만나기 전에 떠났어야 했다. 지금은 너무 많은 것들이 소라를 여기 묶어두고 있다. 직장, 에스텔라의 학교, 오랫동안 살던 곳을 두고 소라를 도우려 여기로 와준 아우렐리아. 그 모든 게 실은 중요하지 않다는 걸 알면서도 인정하지는 않는다. 여길 떠나면 산티가 찾아오지 못할 거라는 미친 생각 때문에 소라는 여기 매여 살아간다.

에스텔라는 달라졌다. 산티가 죽었을 때 산티의 딸이었던 부분이 같이 죽어버린 걸까. 에스텔라는 점차 산티를 닮은 것도 아니고 소라를 닮은 것도 아닌 새로운 존재가 되어간다. 에스텔라는 산티와 소라가 미친 발명가처럼 자신의 일부를 재료로 써서 만들어 낸 사람이다. 이보다 더 기적적이고 잔인한 일은 없지 않을까. 소라는 에스텔라의 이불을 잘 여며주고 이마에 입을 맞춘다. 상처가 영원히 아물지 않으리라는 걸, 멀쩡히 살아있는 채로 창이 박히게 될 걸 알면서도 대체 가슴에 창이 박혀도 좋다고 언제 동의했을까.
"아빠는 어디 있어요?"
에스텔라가 묻는다.
피를 더 흘려야 할 모양이다.
"아빠는 돌아가셨어."
"알아요." 에스텔라는 진지하게 묻는다. "그런데 어디 있는데요?"
소라는 혼란스럽다. 에스텔라가 할머니, 할아버지와 이런 얘기를 한 건가. 한 명은 에스텔라에게 산티가 천국에 있다고 말했을 것이고, 다른 한 명은 소라가 에스텔라 나이 때 삼촌이 죽은 후 들은 말, 즉 삼촌은 더 이상 세상에 존재하지 않는다는 말을 해줬을 것이다.

되돌릴 수 없어

"어디에 있을 것 같아?"

에스텔라는 야광 별이 잔뜩 그려진 천장을 올려다본다. 그 별들은 에스텔라가 태어나기 전부터 그 자리에 있었다. 추억이 가시철사처럼 소라를 찌른다. 천장의 별들은 산티가 딸을 위해 사다리를 밟고 올라가 천장에 만들어 놓은 우주다.

"아빠는 다른 어딘가에 있을 것 같아요. 기다리고 있을 거예요."

소라는 숨을 죽인다. 설명할 수는 없어도 확신에 찬 말을 딸의 입을 통해 듣고 있으니 기분이 너무 이상해서 무슨 뜻이냐고 묻기가 두렵다. 소라는 겨우 입을 연다.

"뭘 기다리는데?"

에스텔라는 대답하지 않고 조용히 돌아눕는다. 소라는 잔에 와인을 따르고 펠리세트와 함께 소파에 앉는다. 눈이 거의 보이지 않는 늙은 고양이 펠리세트가 애가를 부르듯 나지막하게 가르랑거린다.

소라는 계속 살아간다. 오기로, 습관으로, 딸에 대한 사랑으로 삶을 이어간다. 온갖 별난 버릇과 바보 같은 점투성이던 에스텔라는 어느새 소라가 아는 가장 훌륭한 사람으로 자라났다. 소라는 결코 이해하지 못할 연금술이다. 소라는 벨기에 구역의 아파트 꼭대기 층을 떠나지 않는다. 계단이 너무 많다고 에스텔라가 말려도 듣지 않고, 계단을 다 오르기까지 15분이나 걸리는 느려터진 할머니가 되었지만 상관없다. 소라를 만나러 온 릴리는 시간이 점점 빨라지는 느낌이라고, 손가락 사이로 매 순간이 너무 빠르게 흘러가 버린다고 말한다. 소라는 동의할 수 없다. 소라에게 시간은 거대한 빈자리를 남기고 깔때기 속으로 빨려 들어가는 우주처럼 길게 늘어나는 것이기 때문이다.

릴리는 무슨 뜻인지 알겠다는 듯 미소 짓는다.

"산티를 다시 보게 될 거라고 생각하는구나."

"아니!"

자동으로 이 말이 튀어나온다. 소라는 회의론자다. 회의론자라는 단어를 알기 전부터 쭉 그런 기질이었다. 소라는 자신이 어쩌다가 존재하게 된 원자 집합체라고 생각한다. 삶이 끝나면 원자들은 이리저리 흩어질 것이다. 어쩌면 릴리 말이 맞을 수도 있겠지. 생각보다 더 깊은 곳에, 소라의 뿌리 깊은 원칙보다 더 깊숙이 짜증 나는 확신이 자리한 것 같기도 하니까. 산티의 믿음이 바이러스처럼 조용히 소라의 내면에 파고들었을 수도 있으니까. 산티를 다시 보지 못하는 건 생각조차 할 수 없다.

소라는 입술을 오므린다. 슬퍼서가 아니라 화가 나서다. 산티는 어떻게 나한테 이런 짓을 할 수가 있지? 산티만 아니었으면 이렇게 살지 않았을 것이다. 죽은 남편이 돌아오길 기다리는 처량한 여자가 아니라, 원래 생각한 대로 완전한 사람으로 살 수 있었다. 하지만 단 한 번의 선택으로 모든 게 바뀌었다. 소라는 대들 듯 내뱉는다.

"그때 나가서 돌아오지 말았어야 했어."

릴리는 소라의 어깨를 손으로 꼭 잡아주고 차를 더 끓이러 간다.

마침내 때가 왔다. 폐렴으로 폐가 망가져 기침할 때마다 온몸이 부서지는 것 같다. 어쩐지 전에도 겪은 일 같다. 뇌 기능이 서서히 멈추고 있다. 이런 기시감은 의식이 죽어가며 나타나는 부수적인 현상일 것이다. 산티가 이 자리에 있으면 그와 이 문제로 논쟁할 수 있을 텐데.

의식이 흐려지면서 부옇게 변해가는 시야 한옆으로 에스텔라가 보인다. 에스텔라가 울고 있다. 슬퍼하는 에스텔라를 보니 가슴이 미어진다. 상처는 아직 소라의 목숨을 끊어놓지 못했지만 눈물의 소금기가 상처를 절인다. 소라는 남은 힘을 다해 딸의 손을 꼭 잡으며 말한다.

"내가 선택을 잘못했어. 그 선택을 취소하고 다시 시작하고 싶어."

사랑은 전쟁

산티는 열한 살인 딸을 오늘 처음 만난다. 딸은 나이에 비해 키가 큰 편이다. 일자 눈썹인 딸은 부드러운 머리카락을 뒤로 넘겨 하나로 높이 묶었다. 두 손은 긴 소매에 가려 보이지 않는다.

사회복지사가 입을 연다.

"이쪽은 소라예요. 소라, 이분들은 로페즈 부부야."

"산티라고 부르렴."

그가 손을 내민다. 소라는 그의 눈을 쳐다보지도 않고 손을 잡는다.

아내가 말한다.

"난 엘로이즈야."

엘로이즈는 소라를 위해서라기보다는 사회복지사에게 잘 보이려고 옷을 차려입었다. 회색 정장이 아니라 무늬가 들어간 원피스를 입고, 땋은 머리를 위로 틀어 올렸다. 평소와 달리 완고하고 신경이 예민한 사람처럼 보이지만 미소를 짓자 따뜻한 빛이 퍼져나가는 듯하다. 엘로이즈가 악수 대신 손을 흔들며 인사하자 소라는 놀라 올려다보더니 팡 터지듯 환한 미소를 짓는다.

그들은 고아원 바깥에 마련된 탁자 앞에 앉는다. 정원이라고 부르기에는 어울리지 않는 공간이다. 죽어가는 잔디와 얕은 연못. 아무렇게나 가지를 뻗은 나무들이 도심으로 향하는 주요 도로를 어설프게 가리고 있다. 무릎 사이에 두 손을 넣고 앉은 소라는 부부의 눈을 마주 보지 않고 묻는 말에만 대답한다. 산티는 아이들을 상대해 본 경험이 많이 없어서, 앞으로 키울 아이라기보다는 사무실을 찾아온 고객 대하듯 소라의 표정을 읽는다. 소라는 영리하고 수줍음이 많으며 내면에 상처가 깊은 아이 같다. 잘 들어보니 유머 감각도 있어 보인다.

엘로이즈는 소라의 경계선을 허물어뜨리려고 앞으로 몸을 기울이며 묻는다.

"여기서 뭘 하는 게 제일 재미있어?"

소라는 엘로이즈의 눈을 바라보며 무표정하게 대답한다.

"풀 자라는 걸 보는 거요. 재미있어요."

산티는 피식 웃음이 난다. 소라의 입가에 미소가 걸렸다가 이내 사라진다.

만남의 시간이 끝나고 사회복지사가 그들 부부를 차까지 배웅해 준다. 차창 너머로 고아원의 난간을 녹슨 못으로 콕콕 쪼아 뜯어내는 남자아이의 모습이 보인다.

"어떻게 생각해?"

엘로이즈의 물음에 산티는 그녀를 마주 보며 간단히 답한다.

"우리 아이야."

엘로이즈는 촉촉해진 눈으로 고개를 끄덕이며 나지막하게 말한다.

"그래. 나도 그렇게 생각했어."

그들은 백 장 가까운 서류를 작성하고 열 번도 넘게 면접을 치른다. 결혼 생활, 매일 반복적으로 하는 일, 퀼른에 산 지 얼마나 됐는지 같은 질문에도 일일이 답변한다. 쉽지 않은 일이지만 마음을 굳게 먹고 견뎌낸다. 그리고 마침내 상을 받는다. 소라의 개인사와 사진이 연도 별로 정리된 파일을 받은 것이다. 절박해 보이는 파란 눈의 아기 사진을 보니 그들이 고아원에서 만난 시무룩한 소녀가 그 사진 속 시간에 갇혀있는 듯하다. 페이지를 넘긴 산티는 소라의 친부모 관련 내용을 읽어본다. 친모는 소라가 두 살 때 가출했고, 대학 교수이던 친부는 지원금이 끊기자 서서히 알코올 중독에 빠지면서 교수직을 잃었다. 결국 사회복지국 직원이 집으로 찾아가 강제로 문을 열었는데, 집 안에는 빈 술병들이 널렸고 걸음마를 배울 나이인 어린 소라가 악쓰며 울고 있었다. 소라는 삼촌에게 인계됐는데 당시 소라의 사진을 보니 훨씬 어린 아이한테나 맞을 것 같은 꽉 끼는 스웨터를 입었다. 차림도 그렇고 제대로 된 돌봄을 받지 못한 모습이다. 사진 속 소라는 스웨터의 오소리 그림만큼이나 잔뜩 화난 표정이다. 소라는 여러 위탁 가정을 전전하다가 고아원까지 오게 됐다. 아이를 원했지만 낳지 못했고 눈물도 오래전에 말라버린 산티와 엘로이즈 부부가 찾아오지 않았다면 소라는 끝내 입양에 실패한 아이가 되어 고아원에서 계속 살아야 했을 것이다.

파일을 다 읽어갈 때쯤 산티는 눈물을 흘리며 엘로이즈에게 태블릿을 건네고 말한다.

"뭐 좀 마시면서 보는 게 좋을 거야."

사랑은 전쟁

엘로이즈가 딸이 될 소라의 인생사가 담긴 파일을 보는 동안 산티는 엘로이즈에게 줄 음료를 가지러 간다.

그들은 연녹색이던 방을 보라색으로 다시 칠하면서 그 방을 소라의 방으로 부르기 시작한다. 산티는 야광 페인트를 사서 진짜 별자리 모양으로 천장에 신중하게 별을 그린다.

늦봄이 다 되어서야 그들은 소라를 집으로 데려올 수 있었다. 산티가 현관문을 열자 고양이 펠리세트가 펄쩍 뛴다. 엘로이즈는 망설이며 문 앞에 가만히 서있는 소라에게 말한다.

"네 방은 2층에 있어. 문 열어놨는데, 가서 볼래?"

고개를 끄덕인 소라는 삐걱거리는 계단을 조심스럽게 밟고 올라간다. 두 사람은 기대와 두려움이 섞인 심정으로 따라 올라간다.

소라가 기뻐하며 소리친다.

"대박! 별이 있어요!"

스페인에서 산티의 누나 아우렐리아는 귀가 찢어진 길고양이를 집으로 데려온 적이 있었다. 처음 몇 주 동안 그 고양이는 아우렐리아가 데려다 놓은 위층 방 밖으로 나오려 하지 않았다. 1층 거실에서 돌아다니는 낯선 거인들을 무서워한 것이다. 소라도 한동안 천장에 별이 그려진 방에 틀어박혀 나오지 않았다. 식사 시간에만 잠시 나와 조용히 먹기만 했다. 산티가 썰렁한 농담도 하고 바보 같은 낙서도 보여주며 친해지려 했지만 반응이 없었다. 엘로이즈에게만 어쩌다 한 번 미소를 보여줄 뿐이었다.

소라가 위층으로 올라간 뒤 산티는 엘로이즈에게 묻는다.

"무슨 일 있나? 웃기는 녀석이지? 방이 너무 좋다고 소리까지 지르더니만."

"재는 우릴 재미있게 해주려고 온 게 아니야." 엘로이즈는 접시를 치우며 정곡을 찌른다. "우리를 좋아할지 말지도 아직 정하지 않았을 거야."

"당신은 좋아하더라. 저 애가 받아들이지 못하는 건 나야."

엘로이즈는 어깨를 으쓱한다.

"내가 당신보다 나으니까."

엘로이즈가 농담 삼아 한 말에 그는 웃으려다가 만다. 소라가 한 사람에게만, 즉 그에게만 무관심하게 굴고 있어 마음이 좋질 않다.

산티는 한숨을 쉬며 두 팔로 아내를 감싸안는다. 그녀의 땋은 머리를 옆으로 밀치고 목덜미에 입을 맞춘다.

산티의 품 안에서 몸을 돌린 엘로이즈는 그의 얼굴을 쓰다듬으며 말한다.

"인내심을 가져. 우리가 먼저 소라한테 의미 있는 사람이 돼야 소라도 우리한테 그런 존재가 되어줄 거야."

엘로이즈가 나간 후 산티는 주방에 남아 아내의 말을 곱씹는다. 그는 소라를 입양해 아이에게 필요한 안정적인 삶을 누리게 해줘야겠다고 생각했다. 하지만 소라가 필요로 하는 건 그런 게 아닐 수도 있다. 어쩌면 그는 포기한 꿈 대신에 이 고민 많은 소녀에게 관심을 쏟으며 마음을 달래고픈 것인지도 모른다.

그날 밤 그는 병원 침대에서 익사하는 꿈을 꾼다. 눈을 뜨고 텅 빈 천장을 올려다보는데 심장이 쿵쾅쿵쾅 뛴다. 우주를 빼앗긴 것 같은 기분이다. 욕실을 나온 그는 소라의 방 앞을 지나가다가 목소리를 듣는다.

사랑은 전쟁

그는 방 쪽으로 가까이 가며 묻는다.

"소라? 뭐라고 말했니?"

멈칫한 소라가 발로 방문을 밀어 연다. 소라는 침대에 누워있고 펠리세트는 그 옆에서 가르랑대고 있다. 소라가 손가락으로 손목을 감싸쥔 채 천장을 올려다보고 있다.

"저 별들이요. 하늘의 별자리 모양이랑 똑같아요."

산티는 딸이 과학자가 될 소질이 있겠다는 느낌이 든다.

"맞아! 진짜 별자리 그대로 그렸어."

소라가 고개를 갸웃한다.

"우주에서도 저렇게 보여요?"

"아니. 완전히 다르게 보일 거야. 다른 행성에 사는 존재는 저 별들을 우리처럼 별자리로 엮어서 생각하지 않을 수도 있어."

소라는 얼굴을 찌푸린다.

"원래 서로에게 속한 별들이 아니에요?"

"아니야. 고대인들은 별들을 보면서 그림을 떠올리고 별자리를 만들었어. 사람들이 원래 그렇잖아. 하늘을 올려다보면서 자기 모습을 투영하지."

"자기 모습이요?" 소라는 콧방귀를 뀐다. "우리 모습이겠죠. 왜 아저씨는 자기가 인간이 아닌 것처럼 말하세요?"

"빵상빵상 까르릉."

소라가 큰 소리로 웃자 산티는 잠시 기분이 좋아진다.

"우리 같네요."

"뭐가?"

그는 미소 띤 얼굴로 묻는다.

"아저씨랑 나, 엘로이즈 아줌마요. 멀리서 보면 우린 가족처럼 보이지만 실은 아무 관계가 없잖아요."

좋았던 기분이 확 가라앉는다. 산티는 그들 세 사람의 관계를 생각해 본다. 그와 엘로이즈는 서로의 궤도를 도는 쌍성이고, 소라는 몇 광년 떨어진 곳에서 떠다니는 별일까.

"위치에 따라 다르게 보일 수 있지. 대상을 어떤 관점으로 볼지는 우리가 선택할 수 있어."

그는 문틀을 손으로 톡톡 치고는 소라에게 우는 모습을 보이지 않으려 그 자리를 떠난다.

계절이 바뀌었다. 엘로이즈가 키워보려 애쓴 분재 나무는 화분 밖으로 마구 자라났다. 소라의 내면에도 비슷한 변화가 일었다. 변화는 언제나 일어나고 나무는 그저 자랄 뿐, 어쩌면 이 모든 건 서로 무관할지도 모른다. 산티는 늘 이렇듯 상징을 통해 세상을 보았다. 집에 돌아와 보니 어머니가 만들어 준 코바늘뜨기 담요가 거실 바닥에 떨어져 있다. 담요 한가운데가 시커멓게 타서 구멍이 뚫린 걸 보고도 그는 별로 놀라지 않는다.

엘로이즈는 아직 집에 오지 않았다. 오늘 구시가지에서 트램 두 대가 충돌한 바람에 응급실 의료진들이 초과 근무를 하게 되어서다. 산티는 담요를 집어 들고 천천히 계단을 올라간다. 사회복지사가 했던 말을 떠올리며 속으로 되뇐다.

'침착하자. 늘 차분하게 아이를 대해야 해.'

문득 이 말이 머릿속을 맴돈다.

'소라는 바다니까 부딪힐 바위가 필요할 거야.'

사랑은 전쟁

소라의 방문을 노크한다. 소라는 들어오란 말도 하지 않고 발로 문을 살짝 밀어 열더니, 그가 문을 마저 여는 모습을 바라본다.

산티는 두 손으로 담요를 들고 책상 앞 의자에 앉는다. 한 땀 한 땀 사랑을 담아 끈기 있게 이 담요를 뜨개질한 어머니를 생각하니 화가 나지만 참는다.

"이 담요는 어머니가 만드신 거야."

소라는 그의 눈을 마주 보지 않는다.

"알아요. 그래서 그런 거예요."

그는 이해가 안 되어 소라를 멍하니 바라본다. 목소리를 높여 대체 왜 그랬냐고 묻고 싶다. 누군가 사랑으로 만든 물건을 어떻게 불로 태울 수 있지? 사회복지사의 목소리가 다시 머릿속에 맴돈다. '아이는 부모의 한계를 시험하려 할 거예요.'

"이 집을 다 태워버리지 않은 것만도 다행이구나."

"불행일 수도 있죠." 소라가 쏘아붙인다. "어떤 관점으로 보느냐에 따라 다르다면서요."

'행동에 결과가 따른다는 걸 알려줘야 해. 안 그러면 무슨 짓이든 해도 된다고 생각할지도 몰라. 그렇게 되면 아이의 장래에 도움이 되지 않을 거야.'

그는 다시 숨을 들이마시며 말한다.

"코바늘뜨기를 배워서 이걸 고쳐놓도록 해. 시간이 얼마나 걸리든 상관없어. 내일 학교 끝나고 집에 오면 시작하자."

소라는 콧방귀를 뀐다.

"전 그런 거 못 만들어요."

"그래서 이렇게 해놨니? 넌 이렇게 아름다운 걸 못 만들 것 같아서?"

“아뇨. 이유는 말씀드렸는데요.”

산티는 물에 빠져 죽어가는 느낌이다. 폐에 공기가 모자란 것처럼 숨이 막힌다.

“배워서 해봐. 내일부터 시작이야.”

산티는 문 쪽으로 걸어간다. 아이에게 돌이킬 수 없는 심한 말을 하지 않는 게 중요하다.

“아저씨를 증오해요.”

아이는 제 나이보다 더 오래 산 사람처럼 악의에 찬 말을 내뱉는다.

산티는 무표정을 유지하려 애쓰지만 잘 되지 않는다.

“참 안됐네. 난 널 사랑하는데.”

“어떻게요? 어떻게 저를 사랑할 수가 있어요?” 아이의 표정이 구겨진다. “저를 잘 알지도 못하잖아요. 저는 그냥 아저씨 집에 왔고, 아저씨는 제 아빠인 척할 뿐이에요. 그래요. 이해는 해요. 쉽게 사랑을 줄 수 있는 귀여운 여자아이를 데려왔다고 생각했겠죠. 거짓말까지 하실 필요는 없어요.”

“거짓말 안 해.”

그는 목소리에 감정이 묻어나지 않도록 조심한다.

‘침착하자.’

속으로 다시 되뇌어 보지만 허리케인을 억지로 짓누르려는 것처럼 뜻대로 되질 않는다.

“난 진심이 아닌 말은 하지 않아. 난 널 만나기 전부터 사랑했어.”

소라는 그를 빤히 쳐다본다.

“그건 불가능해요.”

그는 어깨를 으쓱한다.

"상관없어. 그게 사실이니까."

소라는 침대보를 손가락으로 꾹 누르면서 적당한 단어를 떠올리려 애쓴다.

"사랑은 그런 식으로 작용하지 않아요. 아무 이유 없이 다른 사람을 그냥 사랑할 수는 없어요. 그 사람의 정체성이나 행동, 외모가 마음에 들어서 사랑하는 거죠. 사랑받을 가치가 있어야 하는 거예요."

그는 소소한 깨달음을 얻는다. 소라가 원한 건 바로 이런 논쟁이구나.

"너는 그런 존재가 아니게 되면, 즉 사랑받을 가치가 없어지면 더 이상 사랑하지 않겠네?"

소라는 분명한 사실에 근거를 둔 것처럼 확신에 차서 도전적으로 대답한다.

"그렇죠."

산티는 고개를 절레절레 젓는다.

"소라, 그건 그렇지가 않아. 가치가 있어야만 사랑받는다면, 다들 언젠가는 사랑받지 못하는 존재가 될 수 있다는 거잖아. 우린 당연히 세상으로부터 사랑받아야 하는 존재야." 그는 소라에게 미안해하며 미소 짓는다. "때로는 당연히 해야 할 사랑을 주지 않기도 하지만."

소라는 분노에 찬 눈으로 그를 바라본다. 그 순간 산티는 소라의 분노가 그의 안으로 흘러들어 그의 분노가 되었음을 느낀다. 문득 신이 그에게 준 삶의 목적이 소라를 구원하는 것이라는 생각이 든다. 그러려면 소라가 비참한 삶을 살고 있다는 전제가 깔려있어야 하지 않나? 소라가 당연히 받아야 할 사랑을 지금까지 못 받고 살았다면, 세상이 소라에게 미납한 엄청난 양의 사랑을 그는 어떻게 채워줄 수 있을까?

산티는 잠시 주방으로 물러나기로 한다. 이 논쟁에서 이겼다는 느낌이 들지 않는다. 작은 싸움에서 패배해, 운 좋게 목숨을 부지한 채로 절름거리며 물러서는 기분이다.

병원 근무복 차림으로 귀가한 엘로이즈가 손에 열쇠를 들고 가만히 서서 그에게 말한다.

"자기, 또 손톱을 물어뜯고 있네." 산티는 자기 손가락을 내려다본다. 30년 전에 없앤 습관이 유령처럼 슬그머니 돌아왔다. 엘로이즈는 등 뒤로 현관문을 닫으며 말한다. "소라 앞에서는 그러지 마."

산티는 나지막하게 웃는다.

"내가 과연 소라한테 그 정도 영향을 미칠 수나 있을까?"

엘로이즈는 외투를 벗고 냉장고를 열더니 탁자 쪽으로 걸어와 산티 앞에 맥주 한 병을 내려놓는다.

그는 맥주 뚜껑을 열고 벌컥벌컥 마시며 묻는다.

"맥주가 고팠는데 어떻게 알았어?"

"난 당신을 아니까. 당신은 늘 시험을 치르는 것처럼 살잖아. 언제나 우수한 성적으로 시험에 통과하고 싶어 하지." 엘로이즈는 그의 이마에 입을 맞추고 흐트러진 머리카락을 매만져 준다. "하지만 이건 시험이 아니야. 합격점 같은 건 없어. 우린 그냥 소라가 전보다 덜 힘들게 살도록 해주면 되는 거야."

다음 날 산티는 소라에게 코바늘뜨기를 가르치기 시작한다. 소라는 일부러 어설프게 굴다가 10분쯤 지나자 더는 못 하겠다고 투덜거린다. 산티는 네모 칸의 수를 헤아려 바느질 진도를 확인한다. 조금씩 느릿느릿하게 늘었던 네모 칸은 소라가 잘못 뜬 부분을 풀어버린 바람에 거의 제자리로 돌아오고 말았다. 산티는 네모 칸을 점수로 계산해서 딱딱 말해준다. 그들은 전쟁을 치르듯 뜨개질을 하는 중이지만, 그래도 그럭저럭 함께 만들어 나가고 있다.

담요 수선이 끝나기도 전에 소라는 주방에서 음식을 몰래 가져오기 시작한다. 엘로이즈와 산티는 범죄 현장에 출동한 형사처럼 소라의 방에 들어가 침대 밑 깡통에 숨겨둔 증거물을 찾아낸다. 비스킷, 감자칩 봉지, 시들어 쪼글쪼글해진 사과, 조각조각 나눠서 각각 포장해 둔 초콜릿 바. 산티의 눈에는 영락없는 군대 비상식량처럼 보인다. 창턱에는 각기 다르게 물을 채워둔 컵 열세 개가 놓여있다. 산티가 차례로 톡톡 치자 묘한 가락이 흘러나온다.

"꼭 쫓기는 동물처럼 살고 있네." 집 안에 둘뿐이지만 엘로이즈가 목소리를 잔뜩 낮추고 말한다. 소라는 유일한 친구 릴리와 밖에서 놀고 있다. "이걸 다 치워야 할까?"

산티는 깡통 뚜껑을 닫아 침대 밑에 도로 밀어 넣는다.

"아니. 자기가 안전하다는 걸 알게 해줘야지."

그는 방금 찾은 종이들도 그 옆에 도로 놓는다. 불가능한 상상의 세계를 그려둔 지도들이다.

엘로이즈가 입술을 잘근잘근 씹는다. 원래 입술을 씹는 습관이 있었는데 지난 몇 주 동안 더 심해졌다.

"어쩌면 소라는 완전히 안전하다는 느낌을 절대 못 받을지도 몰라. 지금까지 겪은 일들 때문에 안정감이라는 감정을 못 느끼게 됐을 수도 있어."

산티가 제일 싫어하는 게 바로 절망이다.

"소라에겐 시간이 필요할 거야."

산티는 어머니에게 전화를 건다. 정원 끄트머리의 나무 그루터기에
앉아 통화를 하는데, 그가 스페인어로 말하는 걸 소라가 듣기 싫어해
서다.

소라가 처음 발끈한 날 산티는 이유를 물어봤다.

"왜 싫은데?"

"저에 대한 얘길 하시는데 저는 알아들을 수가 없잖아요."

그는 눈을 위로 굴린다.

"소라, 내가 늘 네 얘기만 하는 건 아니야."

여름밤 공기가 한층 무겁게 느껴진다. 정체 모를 새가 나무 사이에서
부드럽게 노래하고 있다.

전화기 너머에서 어머니가 말한다.

"그 아이를 여기로 데려와. 네가 데려오면 되잖니? 나도 손녀 얼굴
좀 보자."

산티는 이마를 손으로 문지른다. 쾰른으로 거주지를 옮겨 온 후로
집에 한 번도 가지 않았다. 대신 가족이 그를 보러 이곳으로 와주길 기
다렸다. 여기서는 늘 온갖 일이 일어난다. 엘로이즈도 그렇고, 직장
문제도 있고, 이제 소라도 키워야 한다.

"어린 까치가 좀 더 안정되면 저희가 그리로 갈게요."

이런 통화를 할 때면 그는 소라의 이름 대신 어린 까치라는 별명을
쓰곤 한다. 알아들을 수 없는 언어로 통화를 하는데 자기 이름이 간간
이 언급되면 소라의 신경이 곤두설 것 같아서다.

어머니가 속생각을 굳이 말하지 않아도 그는 짐작할 수 있다. 그의
어린 까치는 평생 안정되지 않을 것이고, 그가 소라를 안전하게 지키
려 만든 새장의 창살에 소라는 몸에 피가 나도록 부딪치기만 할 거라

사랑은 전쟁

고 생각하시겠지.

그 주 후반, 젠타우르 술집에 들렀다가 집으로 돌아온 산티는 주방 탁자 위에 열쇠를 내려놓는다. 훌쩍 뛰어오른 펠리세트가 그의 손에 몸을 비벼댄다. 산티는 계단 위쪽을 향해 소리친다.

"소라?"

집 안에 부자연스러운 정적이 흐르고 있다. 그는 계단을 올라가 소라의 방문을 두드린다.

"나 좀 들어갈게."

그는 문을 밀어 연다. 늘 보던 대로 너저분하다. 팬파이프 구실을 하는 물컵들이 창턱에 쭉 세워져 있고, 침대 위에는 네모난 뜨갯감이 놓여있다. 욕실에는 아무도 없다. 마지막으로 그가 엘로이즈와 함께 쓰는 침실을 들여다본다. 소라가 그 방에 있을 거라고는 생각하지 않았다. 그는 세상이 하는 말을 상징적으로 해석하는 편인데, 지금 세상은 재난이 발생했음을 알리고 있는 듯하다. 경찰에 신고해야겠다는 생각이 든다.

그때 천장에서 발소리가 들린다.

산티는 다락문을 열어본다. 다락에 올라간 소라가 사다리를 끌어 올려놓았다. 자기만의 은신처를 찾은 도망자처럼. 산티는 사다리를 끌어 내리고 삐걱거리는 가로대를 밟으며 서둘러 올라간다. 혹시 소라가 다쳤을까 봐, 구하기엔 너무 늦어버렸을까 봐 겁난다.

다행히 다치지는 않았다. 소라는 엘로이즈가 차마 내다 버리지 못한 아기 침대 옆에 책상다리로 앉아있다. 마치 아기 유령과 놀고 있는 것처럼 손가락이 아기 침대의 창살 사이로 들어가 있다.

"아이를 낳고 싶으셨나 봐요."

산티가 소라한테서는 정말이지 듣고 싶지 않았던 말이다. 그 말이 소라의 입에서 엉킨 덩굴처럼 흘러나온다.

'네가 우리 아이야. 우리가 원한 건 너뿐이야'라고 말하는 게 정답일 것이다. 하지만 적당한 말로 둘러대서 될 일이 아님을 안다. 소라가 순순히 받아들일 리 없다. 그가 아무리 적절한 말을 해도 소라의 귓등에도 들어가지 않을 테고 결국 그는 상처받을 것이다.

"낳으려고 애썼는데 안 되더라. 그럴 운명이 아니었나 봐."

"운명요?" 그 말에 소라는 입술을 일그러뜨린다. "제 부모님도 원래 운명대로라면 저를 키웠어야 했어요. 저는 학교생활을 잘하고 대학에 가서 물리학이랑 생물학을 공부하고 우주 비행사가 될 운명이었을 테고요." 산티는 움찔한다. 소라는 그를 제대로 기습한 걸 잘 모르는 눈치다. "하지만 그렇게 되지 않았어요. 아저씨랑 엘로이즈 아줌마는 자기 아이를 못 낳아서 저를 데려온 것뿐이에요." 소라는 화가 나는지 소매 끝을 당겨 손목을 내리덮으며 도리질한다. "아무도 선택 같은 선 못 해요. 다른 점이 있다면 아저씨는 의미 있는 쪽으로 살려고 한 거예요. 결국은 신이 원하는 대로 된 거잖아요. 우리는 어쩔 수 없이 그렇게 사는 거고요."

산티는 총알이 다 떨어진 기분이다. 더는 차분하게 이성적으로 토론할 수 없을 것 같다. 그가 남몰래 간직해 온 두려움을 소라가 말로 드러내고 말았다는 것, 그가 최악의 거짓말쟁이라는 것을 인정할 수가 없다. 사실 그는 게을러서 꿈을 이루지 못해놓고 운명이라며 포기했을 뿐이다.

다락방 창문을 세차게 때리는 소리에 산티는 화들짝 놀란다. 신이 주먹으로 유리창을 친 줄 알았다. 소라는 이미 창문 앞으로 가서 죽어가는 새의 날개를 세심하게 살핀다.

"아."

조용히 숨을 내쉬는 소라는 새가 죽어가는 동안 완전히 다른 사람이 된 듯하다. 산티를 밀치고는 사다리를 붙잡고 미끄러지듯 내려가는데, 저러다 손을 다칠 것 같다.

산티는 소라를 따라 아래층으로 내려가 정원으로 나간다.

"찾았어?"

산티는 소라가 새라도 되는 것처럼, 추락해서 반쯤 죽은 새인 것처럼 곧장 소라에게 다가간다.

소라가 두 손을 펼쳐 보인다. 밝고 선명한 초록색을 띤 새인데, 가만 보니 도시에 서식하는 야생 앵무새다. 날개를 접고 눈을 감은 채 얌전히 누워있는 모습이 꼭 장난감 새 같다.

"안됐구나."

"죽지 않았어요." 소라는 힘줘 말하고는 새의 깃털을 쓰다듬으며 새에게 입으로 살살 숨을 불어 넣는다. 새는 눈을 떴다가 감으며 씰룩거린다.

산티는 와인에 취하듯 밀려드는 희망에 취하는 느낌이다.

"안으로 데려가자. 따뜻하게 해줘야 해."

그들은 충진재가 들어있는 상자를 엘로이즈의 서재에 놓아두고 펠리세트가 들어오지 못하게 문을 닫는다. 산티는 피펫으로 새에게 물 먹이는 방법을 보여준 뒤 소라가 손가락으로 새의 깃털을 쓰다듬는 모습을 바라본다. 소라의 손은 늘 소매에 가려져 있거나 주먹을 쥐고 있어서 손가락을 보기가 쉽지 않다. 이렇게 조용히 몰두한 모습도 처음

본다.

하루하루 시간이 흐르고 새는 결국 죽지 않았다. 산티는 이제 소라를 보러 방으로 찾아가지 않는다. 집에 돌아오면 곧장 서재로 향한다. 소라가 십중팔구는 서재에 가있기 때문이다. 소라는 웅크리고 앉아 상자 안을 들여다보면서 새에게 먹이를 주거나 잠든 모습을 보고 있다. 가끔은 새에게 완전히 몰두해 있어서 산티는 그가 지켜보지 않을 때 소라가 어떤 모습인지 짧게나마 볼 수 있다. 산티는 부드러운 눈빛으로 새를 바라보며 경이로워하는 소녀의 모습을 보석처럼 차곡차곡 기억에 담아둔다. 딸 소라처럼 화가 많고 과묵한 아이가 이런 무력한 존재를 이토록 다정하게 보살피다니 볼수록 놀랍다. 어쩌면 소라는 지금 자기를 돌보는 것인지도 모른다. 그와 엘로이즈가 적당한 거리를 두고 선한 의도로 소라를 챙겨주려 했을 때는 이 정도 효과를 내지 못했다.

"새의 이름을 정했어요."

"그래?"

소라는 작은 손가락 끝으로 새의 깃털을 조심스럽게 쓰다듬으며 말한다.

"우라키타요."

어린 까치라는 뜻이다. 산티가 소라에게 붙인 스페인어 별명이기도 하다. 산티는 우라키타의 의미를, 그게 다른 새를 일컫는 별명으로 이미 쓰이고 있다는 말을 할 수가 없다. 그가 쓰는 스페인어 단어의 의미를 유추해 낼 만큼 소라가 똑똑한 아이인 걸 진즉에 알았어야 했다.

소라는 무릎 너머로 그를 힐끗 쳐다보며 묻는다.

"이 새가 죽으면 우리 책임이에요?"

산티는 숨을 훅 들이마신다.

사랑은 전쟁

"넌 어떻게 생각해?"

소라는 한참 생각하다가 대답한다. 그는 그 목소리에 담긴 긴장감을 알아채지 못한척한다.

"우리 책임은 아니에요. 우리가 다치게 한 게 아니니까요. 우린 새를 낫게 해주려고 최선을 다하고 있어요."

"맞아."

산티는 이 일을 계기로 소라가 저 자신을 용서하고 그들 부부도 용서해 주길 바라는 마음이다.

새는 잘 회복됐다. 며칠 지나자 폴짝폴짝 뛰어다니더니 서재 안에서 짧은 거리를 폴폴 날아다닌다. 소라는 까르르 웃음을 터뜨린다. 산티가 들어본 적 없는 명랑한 웃음소리다.

"앵무새는 목소리를 기막히게 잘 따라 해." 산티는 머리 위로 파닥이며 날아가는 새를 피해 고개를 숙인다. "말을 가르쳐 보든가."

소라는 그를 돌아보며 미심쩍어하는 목소리로 묻는다.

"정말이에요?"

그는 고개를 끄덕인다. 소라의 관심을 사로잡은 것 같아 기쁘다.

"공을 꽤 들여야 해. 잘된다는 보장은 없어."

이 말은 소라의 귀에 들어가지도 않은 것 같다. 소라의 시선은 이미 새에게 쏠려있다. 새에게 무슨 말을 가르칠지 생각하느라 머릿속이 바쁜 게 보인다. 산티는 미소를 지으며 소라가 혼자 생각하게 두고 그 자리를 떠난다.

그 후로 집에 오면 서재 문이 늘 닫혀있다. 서재 안에서 소라가 어떤 말을 계속 되풀이하는데 정확히 어떤 말인지는 알 수 없다. 그러던 어느 날 서재 문이 열려있는 걸 본 그는 안에 들어가도 될지 고민하며 그 앞에 가 선다.

"산티 아저씨."

소라가 부른다.

소라가 그에게 오라고 말하는 건 고사하고 그의 이름을 부르는 것조차 무척 드문 일이라 그는 머뭇거린다.

"어, 왜?"

"좀 들어와 보세요."

소라가 다급하게 요청한다.

안에 들어가 보니 소라는 소파에 앉았고 앵무새는 소라의 손가락에 홰를 타듯 앉아있다. 소라의 얼굴에 감정이 다 드러나 있다. 초조하고 생기 가득한 얼굴이다. 아이의 변화가 너무 빨라서 산티는 그 모습을 전부 따라잡기 버거울 정도다. 소라가 앵무새에게 나지막하게 말한다.

"자, 우라. 할 말이 있지?"

그러자 앵무새가 말한다.

"도와주세요. 난 이 새 안에 갇혔어요."

소라가 의기양양하게 웃으며 고개를 든다. 산티는 잠시 멍하니 바라본다. 그러다 놀랍고 기뻐서 웃음이 나오기 시작한다. 어느새 그들은 숨도 못 쉴 정도로 신나게 웃고 있다.

"이 말을 몇 번이나 되풀이해서 알려줬어요. 결국 되더라고요." 소라가 앉은 자리에서 들썩이자 놀란 앵무새가 책장으로 훌쩍 날아간다. "이제 다른 것도 가르쳐 봐야겠어요."

산티는 미소를 지으며 등받이에 기대어 앉는다. 신의 섭리에 경외감이 든다. 그동안 그가 해온 온갖 노력은 하늘에서 떨어진 다친 새가 한 일에 비하면 아무것도 아니었다. 그는 속으로 기도한다.

'감사합니다. 이런 선물을 주셔서 정말 감사합니다.'

신은 우리에게 베푸시고 다시 거둬 가신다. 다음 날 저녁 산티가 집에 돌아와 보니 서재가 비어있다. 두려움에 가슴이 쿵쾅거리는 채로 집 안을 둘러본다. 소라의 방 창문 너머로 보니 소라가 정원에 나가있다. 산티가 그의 어머니와 전화 통화를 하던 나무 그루터기에 소라가 오도카니 앉아있는 모습이 보인다.

산티는 소라의 옆으로 가 선다. 소라가 울고 있지 않아서 더 걱정된다. 깊은 슬픔을 느끼는데 눈물을 흘리지 않는 건 내면의 어딘가가 망가져서일 수도 있어서다.

"우라를 밖으로 데리고 나왔어요. 신선한 공기를 쐬고 싶어 할 것 같아서요."

"아, 아이고." 산티는 눈높이를 맞추려고 옆에 웅크리고 앉아 묻는다. "언제?"

"오늘 아침에요. 아직도 돌아오지 않았어요." 소라의 목소리가 잠겨있다. "왜 안 올까요? 그냥 날아가 버린 거면 어떻게 해요?"

이게 어쩌면 시험일 수 있음을 산티는 깨닫는다. 어떻게 기를까가 아니라 어떻게 떠나보낼까에 관한 이야기를 해줘야 하나. 사랑과 노력을 쏟아부어 기르고 난 후에는 아무리 힘들고 애가 타도 떠나보내야 한다는 것. 산티는 소라의 손을 잡는다.

"우라는 늘 위험을 감당하면서 살았어. 위험을 감당할 만한 가치가 있는 삶이라서가 아닐까?"

소라는 손을 확 잡아 뺀다.

"그만하세요. 또 그러시네요. 저한테 질문을 던져놓고 마치 제가 스스로 답을 찾아낸 것처럼 유도하잖아요. 사실은 아저씨가 듣고 싶은 답을 하게 만드는 거면서. 빙빙 돌리지 말고 그냥 말하세요."

산티는 어쩔 수 없이 목소리가 높아진다.

"네가 한 일을 자랑스럽게 생각하면 좋겠어. 네가 아니었으면 우라는 살아남지 못했을 거야."

"차라리 죽게 둘 걸 그랬어요."

어쩌면 진심일 수도 있겠다는 생각이 든다. 몹시 화를 내는 걸 보니 확실한 것 같다. 산티는 정원 너머 숲을 바라본다. 새가 소라의 손을 떠나 훨훨 날아가는 모습이 눈앞에 그려진다. 두렵지만 벅찬 자유로움을 느꼈을 것이다. 그리고 이 지점과 저 지점의 사이에 잠깐 담장에 내려가 앉았겠지. 산티는 늘 이런저런 상징으로 세상을 읽어내려 해왔다. 하지만 이번에는⋯ 사랑을 준 이의 품에서 달아난 야생 앵무새의 일에 관해서는⋯ 그렇게 하지 않기로 한다. 그의 딸은 새가 아니니까. 딸은 그저 소라다. 그는 소라를 그렇게 쉽게 떠나보내지 않을 것이다.

"내일 다시 놀러 올지도 몰라."

소라는 격하게 고개를 짓는다.

"오지 않을 거예요. 돌아온다고 해도 저를 기억 못 하겠죠. 제가 존재한 적도 없는 것처럼 되어버릴 거예요."

"네가 우라를 기억하잖아."

은하계처럼 광대한 주제에 관한 얘기라도 나누는 것처럼 어째서인지 단어 하나하나가 무겁게 느껴진다.

"그러니까 더 안 좋은 거죠."

소라는 눈물이 말라붙은 눈에 힘을 주며 그를 올려다본다.

사랑은 전쟁

"다시는 보고 싶지 않아요."

식물이 눈이 없어도 태양을 인지하듯, 산티는 소라를 어떻게 대해야 할지 직감한다. 이 일은 혼자서 감당하게 돼야 할 것 같다. 그는 소라의 어깨를 한번 두드려 주고는 집으로 걸어간다.

하지만 그의 직감은 틀렸다. 논쟁은 끝난 게 아니었다.

"왜 아저씨는 늘 저보다 잘 안다고 생각하세요?"

산티는 걸음을 멈추고 돌아선다. '내가 네 부모이고 너보다 나이가 많으니까'라는 대답은 거짓말처럼 공허할 것 같다.

"글쎄. 지금은 그런척하는 게 내 일이 아닐까 싶은데."

그 말에 소라는 뜻밖에도 말문이 막힌 듯하다. 그는 한숨을 쉰다. 너무 피곤하고 지쳐서 하면 안 될 질문을 하고 만다.

"넌 왜 그렇게 나한테 화가 나있니?"

소라의 얼굴은 그저 고요하다. 소라에 대해 어느 정도 알게 된 산티는 저 얼굴 아래 어떤 감정이 올라와 있는지 알 것 같다. 아마 소라 본인도 이해하지 못하는 감정일 것이다.

산티는 익히 아는 땅을 떠나 탐험가 본능에 의지해 나아가기로 한다. 야생에는 찾아볼 만한 가치가 있는 무언가가 있을 테니까.

"소라, 난 널 버리고 떠난 사람이 아니야."

소라는 묘한 눈빛으로 그를 빤히 쳐다본다.

"아저씨도 떠날 거잖아요."

그는 소라 앞에 웅크리고 앉는다. 자꾸 잡아 빼려는 소라의 손을 꼭 붙잡는다.

"난 절대 널 떠나지 않아."

소라에게 거짓말을 하면 안 된다. 그는 믿음이 가고, 예측할 수 있으며, 불가능한 약속을 하지 않는 사람이 되어야 한다. 하지만 이 말을 하는 순간만큼은 그도 자신이 한 말을 믿기로 한다. 표정을 보니 소라도 그의 말을 믿는 것 같다.

"거짓말."

소라는 그의 손을 뿌리치고 집으로 달려가 등 뒤로 문을 쾅 닫아버린다.

산티는 지친 눈을 손으로 문지른다. 하늘을 올려다보니 그가 천장에 베껴 그린 별들이 구름에 가려 보이질 않는다. 오래된 꿈이 그를 사로잡는다. 저 위에 올라가, 이 모든 걸 한눈에 볼 수 있는 각도에서 내려다보고 싶었는데.

이미 너무 늦었다. 그에게는 닫혀버린 길이다. 앞으로도 쭉 그는 제한적이고 어설픈 시야로 그럭저럭 살아낼 수밖에 없다. 더 넓게 볼 수 있는 누군가가 길을 인도해 주길 바라면서. 그는 어깨를 펴고 딸의 뒤를 따라 집으로 향한다.

사랑은 전쟁

운명대로

˚

소 라 는 무중력 상태로 떠있다.

압력을 받아 귓속에 윙윙 소리가 들리는 상태로 물 밑을 떠다닌다.
바다를 닮은 푸른 머리카락의 끄트머리가 눈앞에 너울거린다. 회색에
푸른색이 섞인 너른 호수가 흐릿하게 펼쳐져 있다. 소라가 탐색하려
는 무한한 세상이다. 모터보트의 진동 소리, 호숫가에서 노는 아이들
의 외침이 물속에 메아리친다. 소라는 꽤 오래 숨을 참을 수 있다. 두
손으로 물을 저어 방향을 돌리고 물 아래로 쑥 내려가서는, 수영 가능
구역의 가장자리를 표시한 부표들이 줄지어 놓인 곳으로 헤엄쳐 간다.
몇 초만 더 가면 부표 밑을 지나 열린 대양으로 탈출해 격한 자유를 맛
볼 수 있을 것이다.

그 순간 무언가가 소라의 발꿈치를 잡는다. 소라는 벗어나기 위해
발작적으로 발길질을 하는데 그것은 발목을 놓아주질 않는다. 작은 줄

다리기가 펼쳐지고 소라는 지고 만다. 수면을 향해 거꾸로 끌려 올라간 후에야 풀려난다. 물이 코로 들어가 질식할 것 같다.

물 밖으로 나온 소라는 숨을 헐떡이며 산티에게 쏘아붙인다.

"바보 같은 게."

발헤엄을 치며 웃던 산티는 수면에 반사되는 햇빛에 눈을 찡그리며 말한다.

"너 한계선 밑을 지나서 헤엄치려고 했잖아." 산티는 소라에게 물을 튕긴다. "내가 못 볼 줄 알았어?"

소라도 그에게 물을 튕긴다.

"그래서 뭐?"

"이쪽 물에서 놀면 되지 왜 넘어가려고 그래?"

소라는 코를 찡그린다.

"천 명쯤 되는 사람들이 오줌 싼 물에서 멀리 떨어지고 싶었어."

산티는 과장되게 안심하는 표정을 지으며 고개를 살짝 기울인다.

"사실 천 명에다가 한 명을 추가해야 맞아."

"윽! 더러워."

소라는 물을 발로 차며 최대한 빨리 헤엄친다. 산티가 곧장 뒤따라 오자 소라는 크롤 수영법으로 바꿔 쉽게 거리를 벌리면서 호숫가 쪽으로 향한다. 물 밖으로 나간 소라의 몸에서 물이 뚝뚝 떨어지고 발이 모래 속으로 쑥쑥 박힌다. 이런 여름의 한낮이면 퓌링어 호숫가는 도시의 열기를 피해 놀러 온 가족들로 북적인다. 소라는 나무 사이로 쾰른의 스카이라인이 보이는 지점까지 호숫가를 터벅터벅 걸어간다. 호숫가에 깔아둔 수건과 그 자리에 엎어놓은 《은하수를 여행하는 히치하이커를 위한 안내서》가 보인다. 책을 집어 드는데 산티가 옆으로 와

운명대로

수건에 올라서더니 벌렁 드러누워 눈을 감는다. 소라는 책을 읽어보려 하지만 호숫가는 물속과 달리 시끌벅적하고 안전하며 사람들이 내는 익숙한 소음으로 가득하다. 소라는 책 너머로 산티를 힐끗 쳐다본다. 시체처럼 가만히 누워있는 게 재미있는 모양이다.

"문신을 할까 생각 중이야."

소라의 말에 산티가 투덜거린다.

"어휴."

소라는 한숨이 나온다. 산티를 우주로 날려버리고 싶을 때가 반이고 산티가 그렇게 멀리 가지 않길 바랄 때가 반이다. 조금만 삶의 궤적이 달랐어도 산티가 여기 있지 않았을 거란 생각을 하면 기분이 이상해진다. 8년 전 비에 젖은 도로에서 2초 동안 일어난 사고로 산티의 혈육은 모두 세상을 떠났다. 당시 소라는 외동딸이었다. 그때가 어땠는지 기억난다. 그 무렵 소라는 외로웠지만 혼자서도 만족하고 자기를 잘 챙기며 살았다. 그런데 지금은 말수도 적고 재미라곤 없는 산티에게 의존하고 있다.

"지루해."

소라가 구시렁거리자 산티는 눈도 뜨지 않고 받아친다.

"속이 좁아서 지루한 거야."

소라는 산티가 움찔할 때까지 그에게 모래를 튀기다 묻는다.

"해적 놀이 할래?"

산티는 그제야 눈을 뜨더니 눈을 위로 굴리며 대꾸한다.

"우린 더 이상 열두 살 어린애가 아니야."

뜨끔하다. 소라는 어렸을 때 하던 놀이를 더 이상 못 할 만큼 나이를 먹고 싶지는 않았다. 지금도 그 정도로 나이가 든 것 같지 않다. 산티는 열네 살 소년들이 좋아할 만한 게 무엇인지 알고 있다. 자동차, 소녀들, 싸움질. 누이와 높은 파도를 타고 탐험하며 노는 것은 해당 사항에 없다. 오늘도 산티는 소라와 함께 여기 오고 싶어 하지 않았다. 부모님이 말다툼하는 소리를 들으며 집에 있기 싫어서 따라온 것뿐이다.

소라는 물을 바라보며 그 아래 푸른 세상을 떠올린다. 물 아래로 내려가면 소음이 확 줄어들고 빛이 일렁인다. 무엇보다 충분히 시간을 두고 찾아보면 발견할 수 있을 것 같은 진실이 숨겨져 있다.

"한계선 너머로 헤엄쳐 가지 못하게 막는 이유가 뭐야?"

산티가 나지막하게 대답한다.

"위험하니까. 경고 표지판도 있잖아. 읽을 줄 알지?"

"아니."

소라가 쏘아붙인다.

산티는 한쪽 눈을 뜨고 소라가 손에 든 책을 힐끗 쳐다본다. 소라는 책을 홱 엎어놓는다. 그는 엷은 미소를 지으며 고개를 절레절레 흔든다.

소라는 대화의 끄트머리를 잡고 이어간다.

"언제부터 표지판을 신경 썼어? 에렌펠트의 등대 주변에 표지판이 잔뜩 있지만 넌 그냥 등대에 올라갔잖아."

산티는 일어나 앉아 등에 붙은 모래를 털어낸다.

"그건 다르지."

"뭐가?"

"등대는 탐험할 가치가 있으니까."

소라는 콧방귀를 뀐다.

"그 안에 아무것도 없었다며. 빈 껍데기지 뭐."

"전에는 뭔가가 있었을지도 몰라. 하지만 이 호수에는 오줌이랑 오래된 깡통 말고 아무것도 없어."

"탐험도 안 해보고 어떻게 알아." 산티는 자기가 더 잘 아는척하고 있다. 소라가 질색하는 짓이다. "그리고 왜 그렇게 오빠처럼 굴어?"

"오빠니까."

"30분 먼저 태어난 것뿐이잖아. 그 정도는 차이도 없는데 무슨."

산티는 그들이 거의 같은 시간에 태어난 게 큰 의미가 있다고 생각한다. 운명이 그들을 하나로 묶어 미래까지 닿게 한 것일 테니까. 닮은 구석이 별로 없는데도 사람들에게 쌍둥이라고 말해야 하는 것도 우습다. 소라는 팔짱을 끼고 쏘아붙인다.

"무슨 뜻인지 알잖아. 넌 나를 놀다가 다칠 수도 있는 어린애로 취급해. 난 어린애가 아니야." 소라는 자신을 어린애라고 생각한 적이 없다. 아빠 차를 타고 젖은 도로를 달리던 여섯 살 때도 그랬고 열네 살이 된 지금도 마찬가지다. 비교도 안 될 만큼 화날 이유가 충분한 산티를 앞에 두고 있으니, 소라는 아무리 속이 터져도 분노를 표출할 수가 없었다. "내가 여자라서 그런다고 인정하지 그래."

"여자라서가 아니야. 멍청한 짓을 하면서 위험에 빠지는 걸 두고 볼 수가 없어서 그래."

소라는 기억해야 하는 걸 가끔 잊곤 한다. 산티는 인생에서 이미 너무 많은 걸 잃었다. 소라까지 잃는 건 생각만으로도 미쳐버릴 것 같지 않을까. 그가 믿는 신이 그를 도저히 견딜 수 없는 시험으로 밀어 넣는다고 여길지도 모른다.

"산티, 여긴 호수일 뿐이야." 소라는 이렇게까지 부드럽게 말해본 적이 없다. "상어도 없고 쓰나미도 없어. 나한테는 아무 일도 일어나지 않아."

소라는 자신에게 어떤 일이 일어나길 *바란다는* 것, 미지의 일이 일어나고 그로 인한 여파가 밀려오길 꿈꾸고 있다는 것은 굳이 말하지 않는다. 말로 표현 못 할 만큼 몹시도 간절한 염원이지만 말이다.

"그냥 하지 *마*."

산티가 단칼에 자른다.

소라는 반박하려고 입을 열었다가 닫는다. 이렇게 잠자코 참을 성질이 아닌데 산티를 위해서라면 기꺼이 참을 수 있다. 이런 걸 누구한테 배웠을까.

소라는 고개를 수그리고 그가 쳐다볼 때까지 들이댄다.

"난 아무 데도 안 가."

"내 친부모님도 날 두고 떠나게 될 거라는 생각은 하지 않으셨을 거야." 그는 손으로 얼굴을 문지른다. "그런 생각은 아무도 안 해. 그냥 그렇게 되는 거지."

산티는 평소에 친가 얘기는 잘 하지 않는다. 소라는 그의 혼잣말을 엿듣는 기분이 들어 가만히 앉아 듣기만 한다.

"아버지는 말을 하던 중간에 돌아가셨어." 그는 손톱을 물어뜯으며 인상을 찌푸린다. "이 생각이 머릿속에 계속 떠올라. 왜 신은 아버지가 마저 말하게 두지 않았을까?"

'신은 아무 상관도 없으니까.'

이 생각을 하면서 소라는 '어쩔 수 없는 일'의 범주에 그 일을 넣기로 한다.

"그때 아저씨가 무슨 말을 하고 있었는데?"

"중요한 말은 아니었어. 다음 갈림길을 놓고 어머니랑 언쟁을 좀 하셨지." 산티는 몸을 살짝 떤다. "만약 아버지가 죽음을 준비할 수 있었으면 무슨 말을 하고 싶으셨을까."

"나는…" 소라는 망설인다. 지금 자기 생각을 말해도 될지 모르겠다. "죽는 순간에 준비가 되어있고 싶지 않아. 그냥 살다가… 가고 싶어. 뭘 하고 있든 그냥. 살다가 그냥 죽으면 좋겠어."

산티는 눈을 들어 소라를 바라본다.

"죽는 게 무섭냐?"

"응." 소라는 망설이지 않고 대답한다. "겁이 나. 그래서 죽고 나서 뭐가 더 있을 거란 생각을 하지 않아." 소라는 어깨를 으쓱한다. "네 생각은 다르겠지만. 넌 죽으면 네 부모님이랑… 여동생 곁으로 갈 거란 생각을 하잖아."

그는 호숫가 너머 먼 곳을 바라보며 고개를 끄덕인다. 소라는 그들 둘이 죽는 모습을 상상해 본다. 하늘에서 떨어진 활활 타오르는 혜성이 그들을 각자 믿는 곳으로 보내주는 상상이다. 묘한 외로움이 밀려온다. 산티는 완벽한 사후 세계에서 가족을 만날 텐데 자신은…. 소라는 입을 꾹 다문다. 소라는 더 이상 존재하지 않을 테니 그를 그리워하지도 않을 것이다.

산티는 묻어놓고 잊어버린 무언가를 찾는 듯 모래를 손으로 판다. 소라는 무릎을 두 팔로 끌어안고 앉아 그 사고를 생각한다. 소라한테서 외로움을 가져간 대신 산티에게 고통을 안긴 사고. 산티를 포기해 그의 가족을 돌아오게 할 수 있다면 기꺼이 그렇게 할 거라고 백 번도 넘게 생각했다. 소라는 지금 그 결심을 마음에 되새긴다. 눈을 감고, 호숫가에 홀로 있는 상상, 산티가 그의 진짜 여동생과 부모님을 다시 만나는 상상을 한다. 소라는 이렇게 가슴 아픈 상상을 곱씹는 걸 즐긴다. 피부에 반달 모양 상처 한 쌍이 생길 때까지 살을 꼬집는 것처럼.

하지만 산티는 소라가 더는 그렇게 하지 못하게 한다.

"이 얘기는 처음 하는 건데. 가족이 세상을 떠나고 나서 한동안은 나도 곧 죽을 거라고 생각했어." 그는 어린 시절의 자신을 비웃듯 소리 내어 웃는다. "신이 실수를 한 걸 테니까. 실수를 깨달으면 나를 데리러 올 거라고 생각했어." 산티는 불규칙적으로 뛰는 심장 박동에 맞춰 손으로 모래를 푹푹 찌른다. "우리 방에서 생활하게 된 처음 며칠 동안은 도저히 잠을 잘 수가 없었어. 그냥 누워서 기다렸어."

소라도 기억한다. 그때 소라도 좀처럼 잠을 못 이뤘다. 익숙한 방, 익숙한 침대에 누워 천장에 붙은 야광 별자리를 바라보면서 어쩌다 모든 게 달라졌는지 생각했다. 비어있던 방 저쪽이 어느 날 갑자기 산티의 시커먼 형체, 주저하는 얕은 숨소리로 채워지게 된 것에 대해 생각하고 또 생각했다.

"그 상태에 대해 상상하는 건 어렵지 않았어. 죽음 말이야. 꼭 내가 죽음을 기억하는 것 같더라고."

소라는 문득 소름이 돋는다. 아찔한 어지럼증이 밀려왔다가 사라신다. 산티가 떨리는 목소리로 말을 잇는다.

"내가 될 수 없는 모든 미래의 모습을 계속 생각했어. 난 하늘을 나는 법을 배우지 못할 거야. 별을 보기는커녕 세상을 두루 볼 기회도 없겠지."

산티는 울고 있다. 소라는 그를 차마 쳐다볼 수가 없다. 이런 얘기에 익숙하지 않은 탓이다. 이대로 호수로 뛰어들어 지금처럼 무겁게 심신을 짓누르지 않는 고요하고 푸른 세상 속에 숨고 싶다.

산티가 손으로 얼굴을 문지르자 얼굴에 모래 자국이 남는다.

"가족이 너무너무 보고 싶어. 하지만 죽고 싶진 않아. 내 멋대로 죽어서 찾아가면 가족들이 나를 용서해 줄지도 모르겠고."

그는 입을 꽉 다물고 소리를 꾹 누르는 채로 몸을 떨며 흐느낀다. 옆에 앉은 소라는 꼼짝 할 수가 없다.

'도와줘.'

소라는 특별히 누구에게 하는 말이 아니라 무작정 머릿속으로 도와달라 외친다. 산티의 진짜 여동생의 유령에게 한 말일 수도 있다. 산티를 이렇게 슬프게 만든 사람도, 슬픔을 이겨내도록 산티를 위로해야 할 사람도 실은 그 여동생일 테니까. 소라는 어떻게 해야 할까? 이 질문에 대한 답은 단어나 생각이 아니라 영혼을 사로잡는 느낌으로 다가온다. 소라는 팔을 벌려 산티를 끌어당겨 안는다. 산티는 소라에게 기댄다. 그의 내면의 부서진 곳을 소라가 고쳐줄 수 있을 것처럼. 그의 어깨 너머로 무심한 세상이 펼쳐져 있다. 모래성을 짓는 아이, 얼굴에 책을 펼쳐 올린 채 잠든 남자, 파란 외투를 입고 호숫가 가장자리를 따라 달리는 긴 머리 남자. 소라는 이렇게 화가 난 적이 없다. 죽어버린 산티의 가족에게, 산티를 버린 산티의 신에게, 산티가 원래 되어야 할 모습이 아니라 지금의 모습으로 변하게 만든 무심한 우주에게 분노가 치민다. 가족이 죽지 않았다면 산티가 어떤 모습이 되었을지, 소라가 한 번도 만난 적 없는 또 다른 산티가 명확하게 그려진다. 그 이미지가 어디서 온 것인지 모르겠다. 지금보다 차분하고, 덜 분노에 차있고, 더 많이 웃는 모습이다. 산티는 원래 그랬어야 했다. 그리고 산티가 없는 소라는 더 외롭고 더 잘 토라지고 용서를 더 못 하는 사람이 됐을 것이다. 어쩌면 그들은 여전히 이 호숫가에 와있을 수도 있다. 아마 떨어져 앉아있을 것이다. 소년은 바다 같은 푸른 머리카락의 부루퉁한 소녀를 알아보지 못하고, 소녀는 친구들과 함께 웃고 떠드는 소년을 알아보지 못하는 채로 그렇게 살아갈 것이다. 소라는 그들이 물 밑에서 서로의 곁을 지나가는 모습을, 푸른 물속의 흐릿한 두 형체를 떠올린다.

산티가 뒤로 물러선다. 그는 이제 한층 차분해졌고, 호흡도 편안해졌다. 얼굴은 부끄러움에 달아올랐다.

"미안. 젠장. 창피하네."

소라는 시원한 모래를 손가락 끝으로 후벼 파며 말한다.

"아무한테도 말하지 않을게."

그들은 잠시 서로를 바라본다. 산티는 충혈된 눈으로 겸연쩍게 웃고 소라는 치르는 줄도 몰랐던 시험을 통과한 듯 마음이 편안해지면서 힘이 난다. 그때 파란 외투를 입은 남자가 그들에게 다가와 털썩 무릎을 꿇는다.

"저기, 일이 벌어졌어요." 남자는 두 아이를 번갈아 쳐다보며 말한다. "미안합니다. 애를 썼지만…."

다음에 일어난 일이 대체 무엇인지 소라는 알 수가 없다. 서실세 찢기는 소리가 나더니 마구 흔들리는 진동이 영원히 계속된다. 시간이 접혔다가 뒤집힌다. 소라는 여섯 살 꼬마가 됐다. 젖은 도로에 번뜩이는 불빛들. 뒤따른 충돌의 파문이 퍼져나가 소라의 출생에서 아득히 먼 죽음의 순간까지 아우르며 모든 것을 변하게 만든다. 소라와 산티는 함께 추락한다. 산티는 소라의 어깨에 얼굴을 묻고 소라는 그를 두 팔로 꽉 붙든다. 세상이 끝장나도 그러고 있으면 살 수 있다는 듯이. 모든 게 멈추기 전 소라의 머릿속에는 오직 이 생각뿐이다. '아직 안 돼.'

눈을 뜬다. 뒤로 물러나자 그녀를 붙든 산티의 손도 느슨해진다. 그들은 퓌링어 호수의 모래사장에 앉아있다. 아이들은 여전히 얕은 물에

운명대로

서 놀고 있고 모든 게 그대로다.

아니, 완전히 그대로는 아니다. 헤엄치는 사람들이 떠드는 소리, 철 벅거리는 물소리 너머로 무한의 시간을 알리는 시계처럼 부드러운 종소리가 끝없이 들려온다. 파란 외투의 남자는 그들 옆에 엎드려 두 손으로 모래를 부여잡고 있다. 소라는 시야 한옆으로 밝은 빛이 느껴져 고개를 돌리지만 빛은 이미 사라진 후다. 연기 냄새가 나서 소라는 기침을 터뜨린다. 숨을 고르려 하지만 뜻대로 되지 않는다. 옆에서 산티도 웅크린 채 헐떡거리고 있다. 소라는 산티 쪽을 보지 않는다. 소라는 파란 외투의 남자를, 그의 걱정 가득하면서도 차분한 얼굴을 최면에 걸린 듯 바라본다.

종소리가 그친다. 연기 냄새도 사라졌다. 모든 게 상상이었을까. 분간이 가지 않는다. 물속에 너무 오래 들어가 있었던 것처럼 어지럽다. 옆에서 산티가 숨을 들이마신다. 힘겹게 쌕쌕거리던 숨소리가 차츰 진정되고 있다.

파란 외투의 남자는 멍한 표정으로 일어선다.

"당신들은 괜찮아요." 남자는 소라의 팔에 손을 얹으며 산티에게 말한다. 외국어로 된 시의 한 구절을 암송하는 듯한 말투다. "당신들은 괜찮아요."

산티가 묻는다.

"아저씨는요? 아저씨는….."

남자의 눈이 홱 뒤집히더니 모래사장에 털썩 쓰러진다.

산티가 허리를 굽혀 그를 내려다본다.

"아저씨, 왜 그래요?"

남자의 얼굴에 담긴 감정이 괴상할 정도로 빠르게 바뀐다. 기뻐하다가 괴로워하더니 돌연 웃고 있다. 소라는 위험을 직감한다.

"뇌졸중인 것 같아."

"젠장." 산티는 소라를 보며 묻는다. "핸드폰 가져왔어?"

소라는 고개를 젓는다. 헤엄치는 동안 호숫가에 놔두고 싶지 않아서 가져오지 않았다.

"가서 다른 사람한테 구급차 불러달라고 말해. 내가 이 아저씨 옆에 있을게."

산티가 벌떡 일어나 모래사장을 가로질러 달려간다. 소라는 이 순간을 오랫동안 기억할 것이다. 파란 외투를 날개처럼 펼치고 쓰러진 남자. 외투보다 옅은 푸른색 하늘, 달려가는 산티의 발꿈치에서 튀어 오르는 모래 알갱이들.

남자가 같은 말을 되풀이한다.

"일이 벌어졌어요."

"알아요." 듣고 있는 사람이 곁에 있다는 것만으로도 이 남자에게 도움이 될 것 같아 소라가 남자의 말을 받는다. "이름이 뭐예요?"

남자는 씰룩거리며 계속 표정이 달라지는 얼굴로 소라를 올려다본다. 마치 소라가 답을 알고 있고, 그를 구해줄 수 있을 것으로 아는 얼굴이다.

"페러그린."

"페러그린, 곧 도와줄 사람이 올 거예요. 조금만 기다려요."

운명대로

제2부

다른 하늘도 있어

저 **별들은** 잘못됐다.

유니 공원 잔디밭에 드러누운 산티가 목을 살살 긁는다. 다가오는 여름 폭풍의 기운을 머금은 공기가 진동하고 있다. 도시와 교외 지역을 구분 짓는 이 녹지대에서 올려다본 하늘은 여기저기 흩어진 별빛들을 볼 수 있을 정도로 어둡다. 하늘의 별들은 마치 지금까지 그 자리에 존재해 온 유일한 별들인 것처럼 꾸준히 빛을 발한다.

산티는 눈을 감는다. 그의 기억에는 다른 별자리의 다른 별들이 또렷이 새겨져 있다. 그 별들을 한꺼번에 떠올리자 하늘은 활활 타오르는 불빛의 바다가 되어버린다.

산티는 늘 운명을 믿었다. 만물이 정해진 대로 흘러간다고 생각했다. 별에 미래가 적혀있다는 식의 믿음은 아니다. 어쨌든 그는 천문학 박사 과정 중이니까. 하지만 다른 하늘들을 보았던 기억 때문에 여전히 마음이 편치 않다. 우주에 다른 방식으로 배열되어 있던 별자리들, 어쩌면 신이 모든 우주를 평행하게 운영하고 있을지 모른다는 생각이 들자 기존의 믿음이 흔들린다. 아직 이해되진 않지만 어쩌다 보니 그런 메시지를 받게 됐을 거란 생각만 겨우 받아들이고 있다. 언젠가 의미가 명확해지길 기다리는 탐정이나 시인처럼 세상을 살아갈 뿐이다.

구시가지의 광장에 온통 낙서로 뒤덮인 황폐한 시계탑 하나가 서 있다. 낙서 위에 누군가 고르지 못한 검은색 글씨로 '**다른 하늘도 있어**'라고 써놓았다. 처음 그 글을 보았을 때 산티는 길을 가다 말고 우뚝 멈춰 섰다. 그는 이 도시의 벽마다 잔뜩 적혀있는 10여 가지 언어로 된 장황한 문구며 구호에 익숙하다. 하지만 세 마디로 된 그 글은 마치 그의 생각이 다른 이의 머릿속을 지나 그의 눈앞에 나타난 것처럼 느껴진다.

그 글은 그가 미친 게 아님을 입증해 줄 유일한 근거 같다는 생각이 종종 든다. 다른 누군가도 그와 같은 생각을 한다는 거니까. 그 사람도 산티처럼 혼란스러워하고 있을 것이다. 언젠가 그 사람을 만날 수 있지 않을까.

눈을 뜨자 별이 보이지 않는다. 눈을 깜박이는데 먹구름이 몰려오는 게 보인다. 빗방울이 그의 뺨에 후드득 떨어진다. 일어서자 비가 강물처럼 쏟아지기 시작한다. 으르렁거리는 천둥이 그의 뒤를 쫓아 잔디밭을 가로질러 물리학 연구소로 다가온다. 산티가 카드를 꺼내 들자 연구소 문이 열린다. 안으로 들어간 그는 머리에 묻은 빗물을 털어낸다. 자정이 넘은 시간이라 건물 안이 고요하다. 실험실의 유리문 앞으로 다가간 그는 그 안에 혼자 있는 사람을 보고도 별로 놀라지 않는다.

그는 실험실로 들어가며 말한다.

다른 하늘도 있어

"안녕하세요, 리슈코바 박사님."

지도교수인 리슈코바는 고개를 들고 신중한 푸른 눈으로 그를 쳐다본다. 그녀는 이틀 전부터 같은 옷이다. 여기서 나지막하게 웅웅거리는 컴퓨터 소리를 들으며 책상 밑에서 웅크리고 자는 걸까. 산티는 요즘 리슈코바와 거의 붙어살다시피 하지만 그녀에 관해서는 피상적으로만 알 뿐이다. 어디 사는지도 모르고 심지어 정확한 나이도 모른다. 리슈코바는 머리가 희끗희끗한데 얼굴에는 주름이 없다. 머리만 일찍 셌거나 나이 들어 보이려고 일부러 머리카락을 회색으로 염색했거나 둘 중 하나일 것이다. 그러고도 남을 사람이다.

"흠뻑 젖었네."

"예." 산티는 젖은 머리카락을 쓸어 넘기며 웃는다. "세상에 종말이 온 것 같은 날씨예요."

"귀중한 장비에 빗물이 떨어지지 않게 해."

산티는 마음 한편으로 리슈코바의 무심한 표정을 즐기고 있다. 리슈코바를 살짝 마음에 두고 있긴 하지만, 사실 그는 캠퍼스 커피숍에서 일하는 예쁘장한 프랑스 여자 엘로이즈, 독일인 특유의 눈빛과 세심한 손을 가진 젠타우르 술집의 바텐더 브리기타를 비롯해 주변의 거의 모든 여자를 사랑하고 있다.

그는 아까 실험실을 나가면서 작동시켜 둔 시뮬레이션을 확인한다. 빨간색 에러 메시지가 잔뜩 떠 있다. 그는 욕을 하며 첫 번째 에러 메시지를 들여다본다. 어디서 실수했는지 알고 나니 웃음이 나온다.

"왜?"

"제가 예상 밖의 입력값으로 시뮬레이션을 돌렸는데요." 산티는 리슈코바 박사를 돌아보며 말한다. "중력을 무너뜨린 것 같아요."

놀랍게도 리슈코바는 희미하게 미소 짓는다.

"늘 있는 일이잖아."

그는 나지막하게 콧노래를 부르며 문제가 된 부분을 고치기 시작한다. 모형 우주 작업에 한창 집중하던 그는 리슈코바의 목소리에 멈칫한다.

"그만 좀 해."

"뭘요?"

"콧노래. 그 소리 때문에 미치겠어."

"예. 죄송합니다."

그는 컴퓨터로 시선을 돌리지만 이미 집중이 깨져버렸다. 문득 모든 게 부질없게 느껴진다. 간소화한 우주 모형을 어설프게 만지작거리면서 언젠가 답을 찾을 수 있으리라는 희망을 품는 것도 다 헛짓거리 같다. 한숨을 푹 쉬며 기지개를 켜다가 목에 익숙한 통증이 느껴져 움찔한다.

"또 뭐야?"

리슈코바가 날카롭게 묻는다.

가끔은 저 여자를 이해할 수가 없다. 밀고 당기기를 하는 것도 아니고. 그가 더 이상 존재하지 않길 바라는 것처럼 굴다가, 별안간 그의 반응을 기대하는 것처럼 굴기도 한다.

"별것 아닙니다. 목이 아파서요."

리슈코바가 미간을 찌푸린다.

"여기저기 아플 나이는 아니지 않아?"

"박사 과정 대학원생의 고질병이죠, 뭐."

그가 싱긋 웃지만 리슈코바는 마주 웃지 않는다.

다른 하늘도 있어

"난 박사 학위가 있지만 목은 멀쩡해. 넌 자세가 나빠서 그런 거야."

그녀는 이렇게 쏘아붙이며 컴퓨터 화면으로 시선을 돌린다.

산티는 그녀가 다시 자기를 돌아볼 때까지 쳐다보다가 묻는다.

"이 학위가 그럴 만한 가치가 있을까요?"

리슈코바는 그를 휙 돌아본다.

"이 짓을 2년째 하고 있으면서도 그걸 모르면 나도 도와줄 수가 없지."

산티는 컴퓨터 쪽으로 의자를 빙글 돌린다.

"모르겠어요. 어렸을 때부터 별을 공부하고 싶다는 꿈이 있었거든요. 별을 공부하면 별을 좀 더 오래 바라볼 수 있을 것 같아서였어요."

"바라보기만 하는 건 과학이 아니지."

산티는 고개를 저으며 나지막하게 중얼거린다.

"조언 감사하네요."

그는 버그를 바로잡고 다음 시뮬레이션 작동을 설정한 뒤 커피를 끓이러 휴게실로 간다. 오래된 잡지들을 컵 받침처럼 쌓아둔 탁자에 발을 올리고 컵에 따른 커피를 마신다.

리슈코바 박사에게 아까처럼 말하면 안 되는 거였다. 박사도 그에게 그런 식으로 받아치지 말았어야 했다. 서로 그런 말을 해봤자 좋을 게 없다. 그가 문제인지 그녀가 문제인지 모르겠다. 그녀를 싫어하는 건 아니다. 지도교수와 대학원생 사이가 아니면 잘 지냈을 수도 있다.

그의 생각을 듣기라도 한 듯 리슈코바가 차를 마시러 휴게실로 들어온다. 주전자 물 끓는 소리에 산티는 커피를 좀 더 마셔야겠다고 생각한다. 컵을 들어 커피를 채우려는데 생각보다 컵이 묵직하다. 컵에 담긴 뜨거운 커피가 흘러넘쳐 그는 손을 데고 만다.

입에서 욕이 튀어나온다. 리슈코바는 재미있다는 눈으로 그를 쳐다본다.

"또 중력을 망가뜨렸어?"

받아칠 말을 찾던 산티는 지금 뭘 하려고 했었는지 기억해 낸다. 그는 커피가 가득 담긴 컵을 바라보며 우주의 단층선을 떠올린다.

"컵이 비어있었어요."

리슈코바는 컵에 물을 따른다.

"비어있는 줄 알았겠지."

"아뇨. 비어있는 걸 제가 분명히 알고 있었어요." 산티는 그녀를 쳐다본다. "제가 여기로 나온 지 얼마나 됐죠?"

리슈코바는 손목시계를 들여다본다.

"연구실에서 나간 지 30분 정도 됐어."

신중하게 말을 고르는 눈치다. 개인적으로 관찰한 바에 국한해서 말하는 것이다.

"음. 저는 여기에 쭉 있었어요. 제가 커피 마시러 실험실을 나가서 10분을 넘긴 적 있어요?"

"넌 항상 커피를 주스처럼 후딱 마시긴 하지." 리슈코바는 차를 가져와 앉는다. "이번에는 예외인가 보다 했어."

그녀는 산티의 기억을 정확한 기록으로 인정할 생각이 없어 보인다.

"이 커피는 뜨거워요." 산티는 뜨거운 커피에 덴 손을 보여준다. "제가 휴게실에 들어와서 따랐던 커피일 수가 없어요."

"누가 들어와서 네 컵에 커피를 더 부어줬나 보지."

탁자에서 발을 내린 그는 허리를 펴고 앉는다.

"정리해 보죠. 첫째, 지금 이 건물 안에 다른 사람이 더 있다고 칠게요. 둘째, 누가 바로 옆에 와서 제 컵에 커피를 붓는데 제가 어떻게 모를 수가 있죠?"

리슈코바는 고개를 돌려 그를 바라본다. 연구에 관련된 얘기가 아닌데도 그녀가 이렇게 몰입하는 모습은 처음 본다.

"네가 깜박 잠들었나 보지."

"10분 안에 커피 한 잔을 다 마셨는데요?"

리슈코바는 그 말을 들은 척도 않는다.

"넌 원래 그러잖아. 전에 보니 커피를 한 주전자나 마시고도 여기서 자고 있더군."

산티는 살짝 웃으며 고개를 가로젓는다.

"계속 그렇게 이성적인 설명을 들이대실 거예요?"

리슈코바가 인상을 쓴다.

"이해가 안 되네. 그럼 내가 뭘 어떻게 해야 하지? 내가 반박할 만한 다른 이론을 말해보든가."

산티는 입을 열었다가 닫아버리고는 여전히 그 자리에 있는, 도저히 설명 불가능한 커피를 내려다본다.

그 의미를 이해한 리슈코바는 웃음을 터뜨린다. 평소 같지 않아서 산티는 그녀를 가만히 바라본다.

"아, 알겠어. 넌 이게 기적이라고 생각하는구나! 신성한 커피 컵이시여!"

리슈코바는 한껏 허리를 굽히면서 컵을 향해 과장되게 절하는 시늉을 한다.

산티는 괜한 반응을 보여 놀리는 재미를 느끼게 해주고 싶지 않다.

"박사님의 설명 중 하나를 받아들이라는 건가요?"

리슈코바는 눈을 크게 뜬다.

"그래, 맞아."

"제 지각과 기억에 따라 그 설명이 잘못됐다고 한다면요?"

그가 애써 침착하게 말한 게 효과를 발휘한다. 리슈코바가 답답해 미치겠다는 표정으로 받아친다.

"네 지각이나 기억이 잘못됐다는 결론을 내리는 게 맞아. 과학이 어 떤지 알잖아, 산티. 자동차 사고를 목격한 사람들은 5분만 지나도 그 사고를 정확하게 묘사하지 못해. 우린 결함이 있고 느려터진 기계에 불과해. 세포 몇 개가 무작위로 자가 복제를 한 덕분에 어쩌다 보니 이 런 상태로 존재하게 됐을 뿐이지. 왜 그걸 못 받아들이는지 이해가 안 되네. 어떻게 하늘에 계신 대단한 분이 널 좋아해서 커피를 다시 채워 줬다는 결론을 내릴 수 있을까."

산티는 무어라 설명할 수 없는 강렬한 감정에 휩싸여 리슈코바를 바 라본다. 그를 마주 보는 리슈코바의 눈빛에는 그의 믿음에 대한 혐오 가 담겨있다. 산티가 그녀의 냉소주의를 혐오하는 것과 비슷할 것이 다. 무한한 거울과 얼레 속에서 서로를 바라보는데 산티는 속에서 지 독한 욕지기가 올라온다.

휴게실 문을 노크하는 소리에 산티는 정신이 퍼뜩 든다. 졸린 눈을 한 대학원생 여자가 들어와 말한다.

"그렇게 큰 목소리로 논쟁하지 말아주세요. 옆방에서 작업하고 있다 고요."

산티가 사과한다.

"아, 그러네. 미안해요."

여자가 휴게실을 나가 등 뒤로 문을 닫는다.

다른 하늘도 있어

리슈코바가 콧방귀를 뀐다.

"젠장. 우리가 꼭 내 부모님처럼 시끄럽게 굴었나 봐."

리슈코바는 수면 위로 잠시 꼬리를 번뜩 내비쳤다가 이내 물속 깊은 곳으로 내려간 물고기처럼 짧게 개인사를 드러낸다. 부모님 싸우는 소리가 듣기 싫어 귀를 틀어막는 일곱 살 소녀의 시무룩한 모습이 산티의 눈앞에 그려진다. 그 이미지가 어쩌나 또렷한지 몸이 떨릴 지경이다. 그는 목소리를 낮춘다.

"섣부른 결론을 내리려는 게 아니라 열린 마음으로 생각하자고요. 그게 다예요. 박사님은 왜 그렇게 필사적으로 믿지 않으려고 하는데요?"

리슈코바는 답답하다는 듯 희끗희끗한 머리카락을 두 손으로 쓸어 넘긴다.

"신이 기적을 행할 수 있다면 온 세상의 질병을 치료해 주거나… 우주의 비밀을 밝혀줬겠지. 네 컵에다 커피나 채워줬겠어?"

"그런 일은 인간들이 직접 하길 바라시겠죠."

"진지하게 생각해 봐."

"그럴게요. 거창한 기적을 행하면 모두가 알게 되잖아요. 하지만 제 컵에 커피를 따라주면… 그건 저만의 경험이죠. 제 기억 말고는 입증할 길도 없고요. 그럼 저는 지각이나 기적의 틈새 어딘가에 그 일을 담아두겠죠. 그런 결심이 바로… 믿음이라고 생각해요."

리슈코바가 목청 높여 묻는다.

"과학 분야에 뛰어든 이유가 대체 뭐야?"

"박사님은요?"

그녀는 차를 마시며 천천히 고개를 젓는다. 그는 그녀가 그대로 대화를 끝내게 두고 싶지 않다.

"진지하게 묻는 거예요. 왜 천문학자가 됐어요? 별들을 보면서 뭔가를… 느낀 순간이 있었을 거잖아요. 경이로움을 느낀 순간이요."

리슈코바의 얼굴에서 표정이 사라진다.

"경이로움은 현상에 대한 원인을 설명할 수 없을 때의 반응에 불과해." 그녀는 문 쪽으로 돌아선다. "그만 일하러 가야겠어."

산티는 휴게실을 나서는 리슈코바를 바라본다. 벼랑 끝에 홀로 버려진 느낌이다. 그는 휴게실에 남아 커피를 마저 마신다. 커피 맛이 다를 수도 있겠단 생각을 하지만 막상 마셔보니 여느 때와 똑같다. 이것도 기적일까.

실험실에 돌아간 그는 모니터를 다시 켜기도 전에 새로운 에러 메시지를 보고 한숨을 쉰다. 그는 리슈코바가 묻기 전에 무겁게 가라앉은 목소리로 말한다.

"또 에러가 났어요."

"하룻밤에 하나 이상의 기적을 기대할 순 없나 보네."

그는 애써 미소 짓는다.

"다음엔 커피에 기적을 낭비하지 말라고 신한테 부탁할게요."

"음."

리슈코바는 이미 컴퓨터 화면에 몰입해 있다. 외투를 집어 들고 실험실을 나서는 산티에게 그녀는 눈길조차 주지 않는다.

벨기에 구역의 아파트로 걸어 돌아간 그는 침대에 쓰러지듯 눕는다. 주변에는 기억나는 대로 그려둔 별들의 스케치가 널브러져 있다. 눈을 감았다 떴는데 어느새 초저녁이다. 샤워하고 옷을 갈아입은 뒤 젠타우르 술집에서 친구들을 만나기 위해 저녁 햇살이 어룽거리는 노이마르크트 거리로 나선다. 길쭉하고 시끌벅적한 테이블에 뜻밖의 인물이 앉아있다. 캠퍼스 커피숍에서 산티가 홀딱 반했던 엘로이즈다.

하이메가 굳이 목소리를 낮추지도 않고 그에게 스페인어로 말한다.

"엘로이즈를 아는 분이 드디어 오셨네. 너 나한테 빚진 거야."

여름날의 저녁 시간이 흘러가는 동안 잔이 연거푸 새로 채워지고 황혼이 저문다. 산티는 영어와 독일어를 넘나들며 이 사람 저 사람과 대화를 이어가고, 간간이 다른 이들이 알아듣지 못하게 스페인어로 하이메와 얘기한다. 다 같이 마신 맥주량을 표시한 잔 받침의 기록이 늘어갈수록 그의 눈길은 바 뒤쪽 거울에 비치는 엘로이즈에게 점점 더 오래 머문다. 어둑한 실내에서 빛나는 엘로이즈의 피부, 웃을 때마다 흔들거리는 땋은 머리. 테이블 끄트머리에 앉은 산티는 그녀에게 직접 말을 걸기가 어렵다. 그녀는 눈이 닿는 범위 안에 있지만 언제나 그렇듯 손이 닿지 않는다.

맞은편에 앉아있던 여자가 일어선 덕분에 그는 술집 창문 너머를 볼 수 있게 된다. 술집 바깥의 야외 테이블에 앉은 두 여자가 다투고 있다. 한 명은 눈에 눈물이 고였고, 다른 한 명은 굳은 표정으로 팔짱을 끼었다. 팔짱 낀 여자가 고개를 절레절레 흔들면서 창문 쪽으로 고개를 돌린 순간 산티는 그 여자가 리슈코바 박사임을 알아본다.

유리창을 사이에 두고 그들의 눈이 마주친다. 산티는 리슈코바가 자기를 본 것 같아 얼어붙는다. 고개를 돌린 리슈코바는 팔을 뻗어 상대 여자의 손을 붙잡는다.

하이메가 산티의 어깨를 툭 친다.

"뭘 그렇게 봐?"

두려워진 산티는 느릿하게 대답한다.

"내 지도교수야."

하이메는 웃으며 테이블을 내리친다.

"얘들아! 저 밖에 산티의 지도교수가 있대!"

그들은 일제히 유리창 쪽으로 고개를 돌린다. 산티는 얼른 허리를 숙여 몸을 숨긴다.

"그만해! 한꺼번에 저분을 쳐다보지 마!"

하이메가 말한다.

"너보다 어려 보이는데."

그러자 일행 중에 산티가 이름을 모르는 남자가 말한다.

"섹시하네."

엘로이즈도 한마디 보탠다.

"여자친구랑 싸우나 봐."

이럴 수가. 드디어 엘로이즈가 산티에게 말을 걸었다.

산티는 손으로 머리를 감싸 쥐며 한탄한다.

"너희가 터널이라도 파서 날 여기서 내보내 줄 거 아니면 그만해."

그들은 그의 호소를 가볍게 무시하고는 리슈코바 박사의 애정 생활에 관해 온갖 추측을 해댄다. 산티는 손톱을 물어뜯고 술을 마시며 이대로 사라지고 싶다고 생각한다. 소리는 들리지 않지만, 유리창 너머에서 지도교수와 그녀의 여자친구는 격한 말다툼을 하는 것 같다. 시간이 얼마나 흘렀을까. 여자친구인 듯한 여자가 일어나 그곳을 떠난다. 이제 곧 리슈코바 박사도 떠나지 않을까. 하지만 리슈코바는 그의 바람과 달리 그 자리에 눌러앉아 분노한 유령처럼 와인을 주문하고는 마셔도 싼 독극물인 듯 목구멍에 들이붓는다. 이런 식으로 리슈코바를 보고 있자니 외설적으로 훔쳐보는 기분이지만 산티는 눈을 뗄 수가 없다. 맞은편에 앉은 여자는 자기 어깨 너머로 창밖을 내다보는 산티의 시선이 마뜩잖은지 다른 자리로 옮겨 앉는다.

하이메가 산티를 붙잡고 흔들며 말한다.

"야, 그만 가자."

산티는 순간적으로 혼란에 빠져 시선을 든다.

"그래."

"우리가 널 빙 둘러싸고 나가줄까? 인간 방패처럼?"

산티는 잠시 생각해 본다.

"아니. 그럼 너무 눈에 띄어. 여기서 기다리고 있을게. 너희가 먼저 시끄럽게 떠들면서 나가. 박사가 너희를 쳐다보는 동안 나도 슬쩍 나가면 될 거야."

하이메는 웃으면서 일행을 이끌고 나간다. 산티는 그들이 비틀거리며 술집을 나서는 모습을 바라본다. 일행은 왁자지껄하게 떠들며 자갈길을 가로지른다. 리슈코바가 몇 잔째인지 모를 와인을 마시다 말고 고개를 든다. 산티는 숨을 내쉬면서 고개를 숙이고 재빨리 친구들을 따라간다.

"산티. 산티아고 로페즈. 산티아고 로페즈 로메로." 리슈코바는 혀 꼬부라진 소리지만 그의 이름을 제대로 부른다. 그가 본 것만 해도 와인 두 병은 족히 마셨는데 이름을 기억하다니 인상적이다. "우리 서로의 지성을 모욕하지 말자."

리슈코바는 빈 와인 잔을 앵커 체인처럼 붙잡고 앉아있다. 울고 있었던 건 아니다. 슬픔이 아닌 다른 감정에 사로잡힌 듯 보인다. 산티는 전에도 리슈코바가 화내는 걸 본 적 있는데, 지금 그녀는 광포한 분노로 타오르고 있다. 그 분노는 그녀 자신을 향하는 듯하다.

"아… 안녕하세요."

생뚱맞은 인사라 웃을 줄 알았는데 그녀는 미소조차 짓지 않는다. 리슈코바는 담배에 불을 붙이며 구시렁거린다.

"줄스가 나를 버렸어. 그냥 그렇다고."

산티는 여기서 날아가든 순간이동을 하든 기적이 일어나 이 난감한 대화에서 벗어나고 싶다.

"내 마음먹기에 달렸다고, 내가 줄스와 헤어질 마음이 없으면 되는 거라고 생각했어." 담뱃재를 터는 리슈코바의 손목 문신이 산티의 눈에 들어온다. 익숙한 패턴의 별자리 그림이다. "다르게 말할 걸 그랬어. 나랑 같이 네덜란드로 돌아가자고 설득할 때 줄스가 승낙하게끔 말했어야 했는데." 리슈코바는 담배를 한 모금 빨고 말을 잇는다. "다른 우주에서는 그렇게 말했을지도 몰라. 그 우주에서 나는 지금쯤 줄스와 함께 암스테르담의 아름다운 아파트에 있겠지. 학생 앞에서 바보 같은 소리나 지껄이는 게 아니라."

산티의 기억이 조각난다. 또 다른 순간에 또 다른 언쟁을 했던 기억이다. 밤하늘에 대비되는 푸른 머리카락. 그는 눈을 깜박이며 환영을 떨쳐낸다.

"그런 식으로 작용하진 않을 겁니다."

"너야 당연히 작용하는 방법을 잘 알겠지." 리슈코바는 와인 잔을 기울이다가 잔이 빈 걸 알고는 속상해한다. 그녀는 산티 쪽으로 잔을 흔들며 말한다. "어이, 하늘에 있는 네 친구한테 내 잔도 좀 채워달라고 해줄래?"

산티는 주먹을 쥔다. 고개를 돌린 그는 광장 너머 시계탑의 낙서를 바라본다. **'다른 하늘도 있어.'**

"내가 한 거야."

그는 리슈코바의 말뜻을 바로 알아듣지 못한다. 뭘 했다는 거지? 여자친구와의 관계를 망친 거? 말도 기절할 만큼 와인을 잔뜩 마신 거? 그러다 다시 보니 그녀의 시선이 시계탑의 낙서를 향해있다.

"저 낙서요?" 그는 리슈코바를 바라보며 묻는다. "박사님이 쓴 거라고요?"

리슈코바는 고개를 끄덕인다.

믿기지 않는다. 냉정하고 회의적인 지도교수 리슈코바 박사가 그가 줄곧 기다려온 영혼의 단짝일 줄이야. 그동안 리슈코바와 함께 있으면 자석의 같은 극끼리 서로 밀어내는 느낌이었는데, 척력을 느낀 이유를 이제 알겠다. 그는 소리 내어 웃는다.

"박사님이었네요. 기억하는 또 다른 사람이 바로 박사님이었어요."

그녀는 술에 취한 눈으로 게슴츠레 그를 바라본다.

"무슨 소리야?"

시야 한옆으로 하이메가 옆 골목에서 빨리 오라며 손짓하는 게 보인다. 하지만 모처럼 알게 된 진실을 뒤로하고 이대로 떠날 수는 없다.

"별자리요." 평생 기다려 온 순간이다. 하지만 막상 그 순간이 되고 보니 서툴고 급하게 말이 튀어나와 버린다. "저는… 존재하지 않는 별자리를 기억하거든요. 이 우주에서는 존재한 적도 없는 하늘이죠. 하늘을 올려다볼 때마다 여기서는 실재하지 않는 별자리를 봐요." 리슈코바는 손가락을 손목에 가져다 댄다. 그녀는 대꾸도 없는데 산티는 작은 메아리라도 기대하며 계속 말한다. "저는 그 별자리의 의미를 알아내려고 천문학 공부를 시작했어요. 박사님은 그 별자리가 아무 의미 없다는 걸 입증하려고 천문학 공부를 하셨겠지만요. 우리 둘이 같은 걸 보긴 한 겁니다."

리슈코바는 여전히 말이 없다. 그녀의 손가락 끝에서 담뱃재가 불타는 별처럼 긴 꼬리를 드리우며 떨어진다.

"그게 진실이에요." 산티가 울먹인다. "박사님이 기억하는 걸 말해 주세요. 저 혼자 감당하게 내버려 두지 마시고요."

그녀의 입술이 달싹이자 산티는 기대에 부풀어 마음이 들뜬다.

"말이 되는 소리를 해." 성당의 종소리가 울려 퍼지고 리슈코바는 비틀거리며 일어선다. 흔들리다 쓰러진 와인 잔이 도르르 굴러 테이블의 홈에 가서 멈춘다. "이만 집에 가야겠어. 너도 집으로 가. 여기서 나눈 대화는 잊어버려." 리슈코바는 고개를 흔들며 덧붙인다. "젠장. 나도 다 잊고 싶다."

산티는 저만치 가고 있는 리슈코바를 망연히 바라본다.

동에서 서로 광장을 가로질러 걸어간 산티는 분수 가장자리를 빙 돌아 리슈코바가 써놓은 낙서 앞으로 걸어간다. 그리고 고개를 들어 하늘을 올려다본다.

짧은 순간이지만 그가 기억하는 모든 별이 하늘에 펼쳐진다. 그가 의미를 알지 못하는 위치에 반짝이는 별들이 자리하고 있다. 별들이 드리운 은색 빛 아래, 시계탑의 시곗바늘은 1시 35분에 멈춰있다.

다른 하늘도 있어

더 나은 세상

8

소 라 는 병원 9층의 비상계단에 서서 거리로 날려 내려가는 담뱃재를 바라본다. 저 아래에 쾰른의 구시가지가 펼쳐져 있다. 들쭉날쭉한 시커먼 건물들 사이로 자갈 깔린 광장이 보인다. 축제 소음으로 공기가 들썩이고 있다. 북 치는 소리, 오후의 술꾼들 입에서 흘러나오는 웃음소리. 동물 복장으로 시끌벅적하게 거리를 달려가는 사람들의 모습이 환각처럼 나타났다 사라진다. 소음을 밀어내려 소라는 노래를 흥얼댄다. 잠에서 깬 후로 줄곧 머릿속에 맴도는 가락이다.

"여기 오면 있을 줄 알았지."

동료 릴리가 옆으로 와 선다.

"음."

소라는 눈을 가늘게 뜨고 황폐한 시계탑을 바라본다.

릴리가 그녀의 눈앞에 한 손을 흔들며 묻는다.

"내 목소리 들었지, 소라?"

"미안. 응, 듣고 있어. 그런데… 저거 늘 저랬나?"

릴리는 소라가 가리키는 쪽으로 몸을 기울인다.

"뭐가?"

"저 시계 말이야. 12시 35분에 멈춰있잖아."

"어."

릴리는 빤한 얘기라는 투다.

소라는 미간을 찌푸리며 묻는다.

"언제부터 저랬지?"

"200년 전부터?"

"그래."

소라는 피곤한 눈을 손으로 문지른다.

릴리가 그녀의 어깨를 두드리며 묻는다.

"신경과로 보내줄까?"

"웃기셔. 내가 나중에 진짜 뇌종양에 걸려도 그런 농담이 나오나 보자."

"쳇, 그때도 할 거야. 나한테 고마울걸. 어떤 상황에서도 웃기는 면을 찾아내는 사람이 필요할 테니까."

소라는 난간을 뒤로하고 돌아서며 묻는다.

"우린 왜 이 일을 하고 있을까?"

"노인 물리 치료? 아니면 더 넓은 개념으로?"

"노인 물리 치료 얘기 맞아."

"넌 일찍 돌아가신 어머니와 관련해서 해결되지 않은 문제들 때문에 이 일을 하는 것 같아." 릴리는 이런 주제로 소라와 농담할 수 있는 몇

더 나은 세상

안 되는 사람 중 하나다. "불가능한 일에 뛰어드는 걸 좋아하는 것 같기도 하고. 나는 솔직히… 모르겠어. 난 신이 네 말동무로 삼아주려고 여기 떨궈놓은 존재 같다는 생각이 종종 들어."

"난 신을 믿지 않아."

"다행이지. 네가 신을 믿었으면 신과 싸우려고 들었을 테니까. 우주에서 온갖 소동을 일으켰을걸."

릴리는 소라의 관심을 다른 곳으로 돌리려 하지만 소라는 이 생각을 멈추고 싶지 않다. 줄스에게 전화해 이런 얘기를 나누고 싶은데 줄스는 학회에 참석하러 떠나있는 상태다. 잘된 일인지도 모른다. 요즘 들어 줄스와 자주 다투고 있다. 줄스가 자꾸 멀어지는 게 느껴진다. 슬프기도 하고 지치기도 한다. 끝은 정해져 있는데 같은 이야기가 백 번째 되풀이되고 있다.

소라는 하품을 하며 손으로 머리카락을 쓸어 올린다. 어머니가 돌아가신 후로 짧은 머리를 고수하면서 머리카락을 분홍색으로 염색하고 있다. 그런데 그녀의 잠재의식은 여전히 머리카락이 길다고 인식한다. 머리카락 사이로 더 길게 뻗어나갈 줄 알았던 손가락이 돌연 머리카락에서 놓여난다. 모든 삶, 자신의 모든 버전으로 살고 싶은 욕구를 다른 사람들도 느낄까.

"그런 순간 있잖아." 소라는 비상계단 너머로 담배 끄트머리를 톡 털고 재가 떨어지는 모습을 내려다본다. "선택의 순간 말이야. 이 길로 갈지, 아니면 저 길로 갈지. 내가 다른 선택을 했으면 어땠을까?"

릴리는 소라를 힐끗 쳐다본다.

"그럼 네가 3시 예약 환자를 만날 일도 없겠지."

소라는 한숨을 쉬며 묻는다.

"3시 예약 환자가 누군데?"

릴리는 환자 명단을 내려다본다.

"아, 너 운 좋다. 로페즈 씨야."

소라의 가슴이 뛴다.

"장난인 거 아는데, 그래도 지금이 오늘 하루 중 제일 행복한 순간이야. 너무 슬프지 않아?"

릴리가 소라를 가만히 바라본다.

"뻥이라고 말하길 바라나 본데. 공장은 나를 거짓말하게 프로그램하지 않았어."

소라는 릴리가 먼저 안으로 들어가도록 방화문을 열고 잡아준다.

"가자, 릴리. 너도 진상 환자를 겪어봐서 알잖아. 어쩌다 한 번이라도 괜찮은 환자를 만나면 그렇게 좋더라고."

"그렇지." 릴리가 소라의 등을 토닥인다. "걱정 마. 네 비밀 애인에 관해서는 줄스한테 입도 뻥긋하지 않을 테니까."

소라는 걸어가면서 어깨 너머로 릴리에게 가운뎃손가락을 들어 보인다. 치료실로 향한 소라는 문이 열리자마자 로페즈 씨의 차트를 집어 든다.

"안녕하세요, 리슈코바 박사님."

"저 아직 박사 아니에요." 소라는 미소 짓는다. "그래도 제 이름을 제대로 불러주시네요. 그런 분은 로페즈 씨밖에 없어요."

로페즈는 미간을 찌푸린다.

"박사님 이름을 기억하는 게 난 어렵지 않던데요."

"다른 사람들이 어떻게 하는지 알면 놀라실걸요. 하도 아무 이름으로나 불려서 그냥 포기했어요." 그가 웃자 소라가 묻는다. "오늘은 좀

더 나은 세상

어떠세요?"

그의 주름진 얼굴에 미소가 번진다.

"박사님 얼굴을 보니까 벌써 좋아진 것 같네요."

"매력 발산 그만하시고요. 손 보여주세요." 소라는 검사를 시작한다. "다시 그림을 그리시나 봐요."

비난도, 칭찬도 아닌 담담한 말이다.

"내가 그림으로 세상을 이해하잖습니까."

"그림을 그리면서 수근관이 악화되니 문제죠."

그가 그녀를 올려다본다.

"연습을 하지 않으면 더 잘할 수가 없어요."

소라는 저 나이에 연습해 봤자 얼마나 더 잘할 줄 알고 저러나 하는 생각을 했다가, 곧 그 모진 생각을 밀쳐낸다.

"운동은 잘하고 계시죠?"

"그럼요. 매일 합니다."

거짓말이 아니다. 소라가 상대하는 무수한 환자들과 달리 로페즈 씨는 포기하지 않았다. 소라가 로페즈 씨를 좋아하는 또 다른 이유이기도 하다. 그는 분노하지도 않았다. 소라가 그의 입장이었으면 이렇게 담담하지 못했을 것이다. 그는 할 수 있는 일을 하고, 나머지는 흘려보낸다. 소라는 그런 그의 태도를 말로 다 할 수 없을 만큼 존경한다.

통증을 느끼는지 확인하려고 소라가 그의 얼굴을 살피는데 그가 미소 지으며 묻는다.

"박사님은 어때요? 오늘은 어땠어요?"

소라는 빙그레 웃는다.

"저한테 그런 질문을 한 환자는 로페즈 씨뿐이네요."

"아, 그런가요. 그러면서 슬쩍 대답을 회피하는군요."

소라는 그를 바라보며 말한다.

"알았어요. 대답할게요. 사실 요즘 기분이 묘해요."

"묘하다고요?" 그는 인상을 쓴다. "좀 쉬어야 할 때인 것 같네요. 내 손은 나중에 치료해도 됩니다."

"몸 상태가 안 좋다는 게 아니라요. 그게…." 소라는 허리를 세우고 그의 눈을 바라본다. "늘 보던 세상이 평소와 다르게 인식된 적 있으세요?"

"있지요. 하지만 난 여든 살이니 그런 거고, 박사님은 그런 얘길 하기엔 젊지 않습니까."

"영혼이 늙어서 그런가 봐요."

그가 미소 짓는다.

"몸이 늙은 것보단 나을 겁니다."

"로페즈 씨는 몸이 늙은 분치고는 잘하고 계세요." 소라가 받아친다. "통증을 완화해 주는 약을 처방해 드릴게요. 그래도 그림 그리는 시간을 줄이시고 운동을 꾸준히 하세요. 아직 많이 아프시겠지만 그래도 손목 가동 범위가 전보다 훨씬 좋아지셨어요."

소라는 컴퓨터 앞으로 가서 처방을 입력한다. 타이핑하면서 모니터에 반사된 로페즈 씨를 살핀다. 그는 그녀의 치료실 벽을 둘러보고 있다. 그의 의자 뒤쪽 벽에 걸린 별자리표, 고대 그리스어로 쓴 히포크라테스 선서문(소라가 기왕 의료계 일을 할 거면 의사가 되길 바란 아버지가 그녀에게 수동-공격적으로 압박을 주기 위해 건네준 선서문이었다), 크리스토퍼 스트리트 데이(취리히에서 해마다 열리는 동성애자 축제—옮긴이)에 찍은 소라와 줄스의 입맞춤 사진 등이다. 다른 세대, 다른 문화에 속한 로페즈 씨가 혹시라도 안 좋은 얘길 할까 봐 소라는 신경 쓰인다. 그런데 그는 뜻밖의 질문을 한다.

"무슨 노래예요?"

소라는 자기가 노래를 흥얼거리는 줄도 모르고 있었다.

"그냥… 머릿속에 떠오른 가락이에요. 어디서 들었는지는 모르겠어요. 혹시 아세요?"

로페즈 씨는 대답하지 않는다. 처방전을 주려고 돌아앉은 소라는 이상한 표정을 한 로페즈 씨를 마주한다. 할 말이 있는 표정인데 그는 말없이 별자리표로 고개를 돌린다. 그 별자리표는 소라가 누구든 관심 있으면 물어보라고 걸어둔 공공연한 비밀이다. 소라는 그의 시선을 따라가며, 이 별자리를 닻 삼아 살고 있는 걸 어떻게 설명할지 궁리해 본다. 소라는 밤하늘을 올려다볼 때마다 눈으로 보이는 것과 다른 10여 개의 별자리가 존재한다는 느낌을 받는다. 그럴 때면 이 별자리표를 보면서 혼란을 가라앉힌다. '이게 네가 사는 세상의 별자리야. 여기가 네 삶이야. 네가 선택한 삶이라고.'

그는 수 광년 떨어진 별자리를 손으로 톡톡 치며 말한다.

"언젠가는 저곳으로 갈 수 있을 거라 생각했어요."

소라는 그의 눈에 담긴 고통을 느끼고 반긴다. 앞으로 수십 년 후면 소라도 지금 로페즈 씨의 나이가 될 것이다. 평생 지상에 묶여 산 할머니가 되는 것이다.

"저도요."

그는 처방전을 받아든다.

"이기적인 얘기일지 몰라도 박사님이 저곳으로 가지 않아서 나는 좋네요. 가버렸으면 내 담당의가 되지 않았을 테니까요."

"저는 아직 박사가 아니—."

"압니다."

통증 때문에 움찔하며 일어선 그는 손으로 목뒤를 잡는다.

"새로운 증상인가요?"

그는 고개를 젓는다.

"평생 달고 산 통증이에요. 박사님도 못 고쳐요."

소라는 안타까워하며 미소로 그를 보낸다. 문 쪽으로 걸어가던 로페즈 씨가 문 앞에서 걸음을 멈춘다.

"하실 말씀 있으세요?"

로페즈 씨는 이 말을 해도 될지 확신이 서지 않는 듯 인상을 쓰다가 입을 연다.

"아까 늘 보던 세상인데 평소와 다르게 인식된다고 말했잖습니까. 그게 무슨 뜻인지?"

"그게…."

진료 시간은 끝났다. 바로 다음 예약은 취소됐지만 로페즈 씨는 모를 것이다. 여기서 더 말을 이어가지 말고 로페즈 씨를 집으로 보내야 한다. 하지만 로페즈 씨는 소라한테서 시선을 떼지 않고 있다. 어째서인지 그에게 털어놓고 싶다는 생각이 든다.

"저는 더 나은 세상을 기억해요."

그는 문손잡이를 놓고 묻는다.

"어떻게 나은데요?"

소라는 오랜 상처를 꾹 참으며 말한다.

"제가 열여섯 살 때 어머니가… 뇌졸중으로 돌아가셨어요. 원래 일어나면 안 될 일이 벌어졌다는… 그런 느낌이 들더라고요. 그 일이 일어나지 않은 세상이 따로 있다는 느낌, 그 세상에서는 다른 좋은 일들이 일어났다는 느낌을 받았죠."

'다른 세상에서 저는 저 별들에 도착했어요.'

소라는 이 말이 입 밖으로 나오려는 걸 자제한다. 환자에게 왜 이런 얘기를 하는지 모르겠다. 그래도 그에게 이해받는 게 중요하다는 생각이 든다.

"엄청나게 노력하면, 진짜 진짜 집중하면 그리로 갈 수 있을 거라고 생각했어요. 다른 세상, 여기보다 나은 곳이요."

로페즈 씨가 눈물이 그렁그렁한 눈으로 그녀를 바라본다. 소라는 당황한다.

"아, 죄송해요. 제가 이상한 말을 했죠?"

로페즈 씨는 정맥이 두드러진 오른손에 끼고 있던 결혼반지를 문지른다.

"내 아내는, 30년 전에 칼로 위협하는 강도들에게 맞서다가 죽었어요. 내가 그놈들을 막으려고 했지만…."

그는 말끝을 흐린다.

'엘로이즈.' 그 이름이 소라의 머릿속에 떠오른다. 소라는 인상을 쓰며 집중한다. 환자가 방금 개인적인 비극을 털어놓았다. 소라는 허공을 응시하다가 입을 연다.

"예수님 맙소사."

로페즈 씨가 예수를 믿는 사람인지 아닌지 기억이 안 난다. 방금 소라의 입에서 나온 신성 모독적인 감탄사를 그가 못마땅하게 여길지도 모르겠다.

"죄송해요. 다른 우주에서 살고 싶은 나름의 이유가 있으시겠죠."

로페즈 씨가 재킷 안쪽에 손을 넣는다. 소라는 그가 사진을 꺼낼 줄 알았다. 그 사진 속 인물이 누구인지 보지 않아도 알 것 같다. 굵게 땋은 머리카락, 머뭇거리는 미소를 가진 검은 피부의 여인일 것이다. 소라는 예상이 빗나가길 바라며 숨죽인 채 기다린다. 하지만 로페즈 씨는 재킷 안에 손을 넣은 채 무언가를 꼭 잡고만 있다.

그의 시선은 소라 뒤의 창문 밖을 향해 있다. 내리는 비 때문에 흐릿한 모자이크처럼 변한 도시의 풍경을 바라보는 모양이다.

"나는… 운명론자라고 말할 수 있을 겁니다. 운명대로 살아간다고 믿으니까요. 운명으로 정해진 삶에서 의미도 찾았고요. 운명에 따라 어떤 일이 일어날 수도 있고 안 일어날 수도 있겠죠. 어쩌면 다른 세상에서 아내는 아직 죽지 않았고 나와 함께 살고 있을지도 모릅니다. 그 세상의 나는 이곳의 내가 아니겠죠. 그렇게 생각하면 나라는 존재를 이루는 모든 게 우롱당하는 기분이 들어요."

그는 떨리는 손으로 눈에 맺힌 눈물을 닦는다.

소라는 자신에게 일어나는 일을 의아해하며 로페즈 씨를 바라본다. 사실 그녀에게는 아무 일도 일어나지 않았다. 소라의 뇌 안에서 이름과 이미지가 무작위로 떠오른다. 로페즈 씨나 고인이 된 그의 아내와는 무관한 이름과 이미지일 것이다. 어떤 목소리가 속삭인다. '증명해 봐. 쉬워. 그 여자의 이름을 말해. 그 여자의 모습을 묘사하면서 그의 반응을 봐.'

하지만 지금까지 나눈 대화만으로 충분하다. 궁금증을 해소하려 로페즈 씨를 괴롭히고 싶지 않다.

"죄송해요. 제가 여기서 이런 얘길 하면 안 되는데…. 로페즈 씨는 제 환자잖아요. 로페즈 씨의 삶에 대체 버전들이 있다는 식으로 말하면 안 되는 거였어요. 제가 왜 이러는지 모르겠네요."

그는 한숨을 들이마신다.

"더 나은 세상의 가능성을 볼 수 있다는 건, 재능이겠죠." 그는 소라의 눈을 가만히 바라보며 덧붙인다. "하지만 박사님이 말한 대로 되는 것 같진 않아요. 우리가 그쪽 세상으로 쉽게 건너갈 수는 없을 거예요. 노력해야겠죠."

소라는 그 생각을 머릿속에 담아둔다. 불꽃 속에 언뜻 환영 같기도 한 기억이 떠오른다. 그 기억 속에서 소라는 뇌졸중으로 쓰러진 어머니의 병상 옆에 앉아, 기계로 손을 뻗어 다시 작동시키려 애쓰고 있다. 정해진 운명을 벗어나 새로운 길로 가고픈 욕구가 솟구치고, 결국 새로운 길을 통해 소라는 이곳으로 오게 됐다. 어느 비 오는 날 오후 쾰른의 병원 9층 치료실로. 의사와 환자의 역할이 바뀐 듯 무한한 인내심으로 그녀를 바라보는 이 노인 앞으로.

"바쁘실 텐데 이만 가봐야겠네요, 박사님."

로페즈 씨가 치료실 문을 연다. 소라는 그에게 더 있다 가라고 말하고 싶지만 참는다. 그와 함께할 시간이 제한적이라 이상하게 초조해진다. '저를 이렇게 혼자 두고 가지 마세요'라고 외치고 싶다.

"이런 말을 하면 안 되겠지만, 로페즈 씨는 제가 제일 좋아하는 환자예요."

로페즈 씨는 울적한 눈으로 그녀를 바라본다.

"내가 곧 죽을 것 같아서 그러는 거면 솔직하게 말해줘요."

소라는 소리 내어 웃는다.

"앞으로 10년은 더 사실 거예요. 제가 말한 대로 꾸준히 하시면 그 중 5년 동안은 손도 멀쩡하게 잘 쓰실 테고요."

소라는 그의 손을 잡는다. 로페즈 씨는 악수하면서 그녀의 손목에 새겨진 문신을 가만히 바라본다.

소라는 로페즈 씨를 위해 문을 잡아주며 말한다.

"다음에 또 봬요."

소라를 바라보며 눈을 껌벅이는 로페즈 씨의 얼굴에 혼란스러운 감정이 스치고 지나간다.

"다음에 뵙죠."

로페즈 씨는 찬찬히 문을 당겨 닫는다.

그날 하루가 끝날 무렵, 문간에 기대어 선 릴리가 말한다.

"후유! 너도 거의 끝났지? 우린 클로드비히플라츠에 가서 광기에 몸을 맡길 거야. 같이 가자."

축제 얘기다. 일주일 동안 술에 취해 격하게 노는 거리의 파티. 역사적 근거라고는 없지만 사람들은 사순절을 앞두고 이 축제를 핑계 삼아 열정을 분출한다. 축제 생각을 하니 당장이라도 9층 창문에서 거리로 뛰어내리고 싶다. 소라는 눈을 비비며 컴퓨터를 끈다. 검은 거울 같은 모니터 화면에 비친 소라는 허탈한 표정이다. 머리카락 속으로 흘러든 담배 냄새처럼, 어떤 생각이 머릿속을 맴도는데 분명히 파악할 수가 없다.

"미안. 오늘 밤엔 안 되겠어."

"줄스랑 뭐 하기로 했어?"

"줄스는 어디 좀 갔어. 난 그냥 집 소파에 앉아서 아이스크림이나 퍼먹을래." 소라는 손가락 사이로 릴리를 바라보며 덧붙인다. "비사교적인 행동인 건 알지만."

더 나은 세상

"우리 같은 진짜 인간들과 어울려 놀기보단 영화 〈컨택트〉를 쉰 번째 보는 게 낫다는 거잖아. 그래, 알겠어." 릴리는 기분이 상한 듯 고개를 절레절레 흔든다. "잘 쉬어."

릴리는 이렇게 말하고는 가버린다.

릴리의 발소리가 복도 저쪽으로 멀어지는 동안 소라는 여러 길에 대해 생각한다. 두려울 정도로 다시 또다시 끝없이 갈라지는 길들. 하지만 희망에 찬 길이기도 하다. 어쩌면 소라는 자신을 옭아맨 게 아닌지도 모른다. 더 나은 세상을 찾아보는 일이 아직 너무 늦지 않았을 수도 있다.

치료실 문을 잠근 소라는 아버지가 떠준 목도리를 목에 두르고 계단을 내려간다. 핸드폰이 울린다. 소라는 한숨을 쉬며 전화를 받는다.

"예, 아빠. 잘 지내시죠?"

"아, 그럼. 잘 지내지." 아버지는 술에 취한 목소리다. "넌 어떠냐?"

"그럭저럭요. 방금 일이 끝났어요." 자동문을 나서자 쏟아지는 빗속이다. "환자와 묘한 대화를 좀 나눴어요."

아버지는 더 들을 필요도 없다는 투다.

"놀라운 일도 아니잖니. 네 환자들은 죄다 노망이 들었으니."

'아빠보단 덜해요.'

화가 치밀어 이 말을 내뱉고 싶은데 머릿속에서만 맴돌 뿐이다. 소라는 생각과 다른 말을 내뱉는다.

"이제 자전거 타고 집으로 가야 해요. 내일 그리로 갈게요."

잠시 정적이 흐른다.

"그래. 알았다. 내일 보자."

자전거를 세워둔 곳에 도착하자 빗줄기가 거세진다. 후드를 올려 머

리에 쓰고 자전거 페달을 밟는다. 트럭을 피하다가 도로의 움푹 팬 곳
으로 떠밀릴 뻔한다.

"잘 보고 다녀!"

소라는 독일어, 영어, 체코어로 고래고래 소리친다.

작은 깨달음을 얻은 후 삶을 이렇게 종결짓는 것도 나쁘지 않겠지.
자전거 사고로 사망하는 것 말이다.

빗줄기가 가늘어지고 구름이 갈라지기 시작할 무렵 소라의 자전거
는 노이마르크트 쇼핑 거리를 지나간다. 벨기에 구역을 빙 돌아서, 석
양빛 아래 이슬람 사원이 반짝이는 공원을 가로지른다. 에렌펠트 지
역으로 진입해 터키 카페 앞을 지나간다. 이윽고 기차선로 옆, 육지의
등대에 도착한다. 집이다. 자전거를 세운 뒤 열쇠로 현관문을 열고 가
슴을 손으로 문지른다. 덩어리가 느껴진다. 검사를 받아보라고 줄스
가 계속 잔소리하는 부위다.

'나중에 받아야지.'

소라는 집으로 들어가 문을 닫는다.

우리는 여기에

${\int}$

갈 피 를 잡을 수가 없다.

혼잡한 쇼핑 거리 한가운데 돌처럼 멍하니 서있는 산티를 사람들은 힐끗 쳐다보며 강물처럼 스쳐 지나간다. 지난 1년을 노숙자로 살았으니 지금 얼마나 추레한 몰골인지 그도 잘 안다. 무언가에 홀린 듯한 퀭한 눈에 떨리는 몸, 바짝 긴장한 모습. 사람들은 그와 거리를 둔다. 왜 저런 눈으로 쳐다보는지 알고도 남는다. 세상의 중심에 있는 건 참 진 빠지는 일이다. 그만들 좀 쳐다보면 좋겠다.

'다른 사람이나 쳐다봐'라고 말하고 싶지만 다른 사람들이 투명해서 소용없는 게 문제다. 사람들이 그의 앞에 쭉 줄을 서있다고 해도 다들 투명하니 맑은 물속에 들어가 있는 것 같아 도대체가 숨을 수가 없다.

요즘 산티는 노숙하지 않고 쉼터에서 지내고 있다. 지금도 쉼터로 가는 중이다. 이 도시의 거리들은 자꾸만 저희끼리 얽히고 뭉쳐 결국 그를 막다른 길로 몰아넣어 버린다. 산티는 부적이나 다름없는 할아버지의 칼을 찾으려 재킷 안쪽에 손을 넣는다. 내가 누구인지 아는 게 제일 중요하다. 그래야 어디로 가는지도 알 수 있을 테니까.

어느 거리를 골라 눈을 반쯤 감고 걸어간다. 그 거리가 그를 제대로 이끌어 준다. 탁 트인 공원 녹지로 나온 그는 세상이 돌연 끝났다가 다시 시작된 것 같은 느낌을 받는다. 세상 간의 연결은 엉성할 뿐이다. 바람이 나뭇잎을 휘몰고 도시는 그의 발밑으로 미끄러져 멀어진다. 공원을 가로지르는데 구름 사이로 드러난 햇살이 이슬람 사원을 비춘다. 한쪽은 푸른 녹지고, 다른 쪽은 탈공업화로 무질서하게 뻗어나간 에렌펠트 지역이다. 햇빛이 또 다른 빛과 뒤섞인다. 시야 한옆으로 천상의 불이 눈부시게 타오른다. 산티는 큰길을 따라 동네 한가운데로 들어간다. 기차선로 옆 육지의 등대는 포착하기 힘든 의미를 품고 그를 조롱한다. 깨달음이 다가오고 있다. 하늘을 올려다보니 구름 덩어리들이 쾌속선처럼 빠르게 지나간다. 구름이 그의 몸 안팎에서 생성되는 느낌이다.

쉼터 문 앞에서 카드키를 찾으려고 주머니를 뒤지는데 주머니가 비어있다. 욕이 나온다. 오늘 아침에 시계탑 옆 안마당에서 카드키를 잃어버린 걸 깜박했다. 어느 순간, 주머니에 들어있던 카드가 잔디밭으로 떨어졌는데 다음 순간 확인해 보니 이미 사라진 후였다. 한 시간 가까이 강박적으로 바닥을 훑었는데 카드는 애초에 존재한 적도 없는 것 같았다. 세상에 뚫린 구멍으로 카드가 쏙 빠져 사라졌을 거란 생각이 들자 현기증이 인다. 그는 초인종을 누른다.

압축된 것 같은 여자의 목소리가 인터폰에서 흘러나온다.

"누구시죠?"

우리는 여기에

산티의 목덜미 쪽 털이 확 곤두선다.

"저기, 제… 제가 카드를 잃어버려서요."

"알겠습니다. 잠시만요."

초인종이 진동하더니 현관문이 딸깍 열린다.

그가 건물 안으로 들어가자 책상 뒤에 앉은 여자가 고개를 든다. 금발로 염색한 짧은 머리카락에 싸늘한 푸른 눈동자를 가진 여자다.

"새 카드가 필요하시겠네요." 산티가 이름을 대려는데 여자가 먼저 말한다. "산티아고 로페즈 씨죠?"

산티는 소름이 돋는다.

"내 이름을 어떻게 알아요?"

"아, 지금… 선생님 파일을 보고 있던 참이라서요."

산티의 시선이 여자의 책상으로 향한다. 여자의 앞에 그의 파일이 펼쳐져 있다. 그의 인생을 압축한 종이 몇 장. 산티라는 인간의 간략한 발자취다.

여자는 얼른 파일을 덮는다.

"잠시만요."

여자는 바퀴 달린 의자에 앉은 채 카드 프린터 쪽으로 돌아앉는다.

여자가 나지막하게 흥얼거리는 노래가 산티의 귀에 익숙하다. 그는 여자의 책상 위를 훑어본다. 진한 차가 담긴 별 그림 머그, 미소 띤 다른 여자를 두 팔로 감싸 안고 찍은 사진이 눈에 띈다.

"여기 있어요, 로페즈 씨." 여자가 그에게 새 카드키를 건넨다. "제 이름은 소라예요. 소라 리슈코바요."

그는 눈을 감고 말한다.

"여우."

여자가 기침을 뱉으며 묻는다.

"뭐라고 하셨어요?"

"그쪽 이름이요." 그는 눈을 뜨고 여자의 얼굴에서 단서를 찾으려 애쓴다. "이름의 뜻이 그렇다고요."

"아, 예." 여자는 희미하게 미소 짓는다. "다른 직원한테 들었어요. 대상의 의미를 찾는 걸 좋아하신다고. 체코 말 할 줄 아세요?"

"아뇨."

여자는 미간을 찌푸린다.

"선생님 이름은 늑대라는 뜻이잖아요." 이 말을 한 여자는 혼란스러운지 눈을 깜박인다. "제가 이걸 어떻게 알았는지 모르겠네요."

산티는 발밑에서 세상이 흔들리는 기분이다. 그는 부드럽게 묻는다.

"여기서 뭐 해요?"

"저는 사회복지사 수습생이에요. 새로 왔어요. 오늘 아침부터 일을 시작―."

그는 말을 끊는다.

"그게 아니고. 여기서 뭘 하고 있냐고요?"

"저는….." 산티에게는 이 여자가, 이 여자의 모든 게 익숙하다. 연한 푸른 눈동자, 솔직한 눈빛. 그와 비슷한 나이일 것이다. 외모로만 보면 그의 나이가 더 들어 보이긴 하지만. 이번 생에서 소라는 그보다 편안하게 살아온 모양이다.

문득 깨달은 그가 말한다.

"당신은… 당신은 그것의 일부군요."

소라는 경계하는 표정으로 바뀐다.

"죄송한데, 무슨 말인지 모르겠어요."

"알잖아요." 그는 강렬한 확신에 사로잡힌다. 이 여자는 하늘의 계시이며 그 사실을 본인도 알고 있다. 산티는 카운터를 두 손으로 탁 내려치며 외친다. "말해줘요. 나한테 무슨 일이 일어나는 건지 말해달라고요."

"진정하세요."

소라는 비상 버튼을 누르려 책상 밑으로 손을 뻗는다.

소라를 이해시킬 시간이 몇 초밖에 없다고 판단한 산티는 카운터 너머로 몸을 뻗어 소라의 눈을 바라본다. 마치 전에도 했던 것처럼 자연스럽게 말이 나온다.

"나를 여기 혼자 두고 가지 말아요."

산티는 소라의 표정이 미묘하게 달라지는 걸 알아채지만 쉼터 직원들이 달려들어 그를 잡아당긴다.

그들은 산티를 방으로 데려가 의자에 앉히고 타이른다. 요지는 직원을 위협하는 행동을 해서는 안 되며, 또 그러면 이 쉼터에서 나가야 한다는 것이다. 그의 병증 중 하나가 어디서든 의미를 찾으려 드는 거라고, 그가 소라를 전부터 아는 사람으로 인식하는 것도 이 병의 증세 중 하나라고 그들은 말한다.

산티는 알아들은 척한다. 직원들이 나가자 산티는 재킷에서 칼을 꺼내 베개 밑에 넣어둔다. 오랜 습관이라 이렇게 해두지 않으면 잠을 자지 못한다. 좁은 침대에 모로 누워 벽을 바라보면서, 잠이 들 때까지 갈라진 틈새에서 패턴을 찾아본다.

꿈에서 그는 쉼터 안을 달리고 있다. 끝없이 여러 갈래로 갈라지는 복도를 달려가는데 복도의 끝은 항상 암흑이다. 여기까지는 거의 매일 되풀이되는 일상적인 꿈이다. 그런데 오늘은 한 줄기 햇빛 속에 서있는 분홍 머리의 그녀가 보인다. 꿈이지만 뭔가 이상하다는 느낌이 든다. 그가 만난 쉼터의 소라는 금발이었다. 그런데 이 소라는 더 나이가 들었고 상냥한 인상이며 슬픔의 상흔을 지닌 것으로 보인다.

산티가 꿈에서 그녀를 보고 놀란 만큼 꿈속의 그녀도 놀란 눈치다.

"로페즈 씨." 그녀는 이렇게 그를 부르다가 머뭇거리며 덧붙인다. "산티?"

땅이 흔들리면서 산티는 쓰러지고 만다. 우주가 둘로 갈라지는 듯하다. 바닥이 찢어진다. 소라는 찢어진 틈 너머에 있다. 산티는 팔을 뻗는다. 소라가 내뻗은 손가락이 금방이라도 손에 잡힐 듯하다. 하지만 중력이 작용하면서 그들은 별개 태양의 영향을 받는 두 행성처럼 서로에게서 멀리 끌려간다.

눈을 뜨자 갈라진 하얀 벽이 보인다. 여기가 어디인지 모르겠다. 겁에 질린 그는 기억나는 이미지들로 이루어진 만화경을 헤맨다. 햇빛에 누렇게 변한 커튼, 열린 창문, 높은 천장 가장자리를 빙 두른 장식용 몰딩. 드디어 알겠다. 여긴 쉼터 방 안이다. 그는 수첩으로 손을 뻗는다. 잠에서 깼을 때 혼미한 상태로 휘갈겨 쓴 메모를 읽어본다. 번개 모양의 구멍, 그리고 쓰러지는 두 사람.

일어나 앉는데 1년 동안 노숙 생활로 얻은 오랜 목 통증이 느껴진다. 그는 벽에 격자 모양으로 붙어있는 사진들을 돌아본다. 핀을 꽂고 붉은 실로 연결해 놓은 것이다. 구시가지의 황폐한 시계탑, 저속으로 촬영한 별이 빛나는 하늘, 흐릿한 선으로 보이는 별자리들, 창문에 남겨진 새의 흔적, 유리창의 희미한 깃털 자국. 그는 이런 사진들을 모아 만든 지도로 언젠가 의미를 찾아낼 수 있길 바라고 있다.

우리는 여기에

그는 시선을 떨구고 그림을 그리기 시작한다. 늙은 소라와 젊은 소라, 무지개처럼 다채로운 머리카락을 한 그녀의 이미지가 줄을 잇는다. 그림의 바탕에 깔린 수첩의 괘선이 말도 안 되게 멀리서부터 온 전파를 방해하는 듯 보인다.

수첩을 재킷 안에 넣고 창밖에서 떠오르는 태양을 따라가기로 한다. 안내 데스크 앞을 지나가는데 긴장해서인지 어깨에 힘이 들어간다. 그런데 데스크 뒤에 소라가 아닌 다른 직원이 앉아있다. 잠시 걸음을 멈춘 산티는 쉼터 현관문 앞을 어슬렁거리는 깡마른 검은 암고양이를 쓰다듬는다. 고양이는 그에게 중요한 무언가를 일깨워 주려는 듯 구슬프게 야옹거린다.

산티는 길 건너 터키 카페에서 뵈렉 한 조각을 얻는다. 반은 먹고 반은 나중에 먹을 생각으로 넣어둔 뒤, 앵무새들 몫으로 부스러기를 털어준다. 나무 사이에서 새들이 그가 전에 들어본 대화의 파편들을 지저귄다. 이 세상은 또 다른 세상으로 덮어씌워져 있다. 닳아빠진 이미지들을 모아 짜맞춘 식이다. 그는 자신도 그런 이미지의 일부가 아닐까 생각한다. 그의 시야가 닿지 않는 등짝 어딘가에 깃털 날개가 언뜻언뜻 비치고 있을지도 모른다. 시계탑 꼭대기에서 뛰어내리면 그 깃털로 날 수 있으려나?

그는 도시의 복잡한 중심을 향해 걸어간다. 하늘을 배경으로 시커멓게 서있는 성당이 생각보다 빨리 앞에 나타난다. 성당에 발을 들여놓자마자 목이 건조해졌던 게 아직도 기억난다. 그와 아치형 천장 사이의 공간이 움직이는 듯한 착각이 들면서, 그대로 성당이 훌쩍 날아올라 그를 데리고 우주로 날아갈 것 같았다. 그건 약속이 아니라 경고로 받아들였어야 했는지도 모른다. 그때 이 도시를 떠났어야 했다. 지금도 마찬가지지만. 여전히 그는 미로에 갇혀, 탈출구의 실마리를 찾고 자 같은 곳을 배회하고 있다.

자물쇠를 애써 외면하며 호엔촐레른 다리를 건너간다. 오디세움에 들어가 쉼터 카드키를 들어올리자 안에 있던 직원이 회전문으로 들어 오라고 손을 흔든다. 어떤 의미를 품은 진동이 가짜 별들로 채워진 방 안으로 따라 들어오는 느낌이다. 박물관은 고요하다. 지지대에 서있 는데 누군가 다가와 그의 옆에 선다. 그 사람은 불빛이 여기저기 박힌 짙은 색 벨벳 천장을 올려다본다. 산티는 돌아보지 않고도 그 사람이 소라인 걸 알아챈다.

여기에 그가 해석해야 할 암호가 있다. 그에게 전해진 메시지다. 여 느 때와 마찬가지로 그는 무리하게 집중하지 않고도 그 뜻을 알아낸 다. 옆에 와 선 소라는 이런 공용 공간에서의 불문율에 따라 그를 쳐다 보지 않는다. 산티는 이 비대칭적 정보를 만끽한다. 혼자서 그리고 함 께 그들은 존재한 적 없는 우주의 지도를 올려다본다. 소라는 반짝이 는 불빛들을 붙잡으려는 듯 손을 움직인다.

"왜 나랑 함께하는데?"

소라가 조용히 말한다.

산티는 심장이 철렁한다. 하지만 다음 순간 소라의 다른 손에 들려 있는 핸드폰이 시야에 들어온다. 전화기 너머에서 여자의 목소리가 들 린다. 그는 별에 시선을 붙박고 귀를 기울인다.

"내가 뭘 어쨌는데 그래? 언제 그런 결정을 내렸어? 지금이구나. 그 래, 그러고 있구나."

대답하는 여자의 목소리가 메아리처럼 아득하다. 상대의 대답이 소 라를 만족시키지 못한 모양이다. 소라는 돌아서더니 산티한테서 몇 걸음 물러나며 말한다.

"어떤 순간이 있었어. 그 순간 내가 뭔가를 다르게 했었던 게 분명해." 그녀는 잠시 머뭇거리다가 말을 잇는다. "생각해 보면 달랐던 점은 없는 것 같아…." 소라는 한 손으로 머리를 짚는다. "미안. 그게… 어제가 좀 희한한 날이었어. 응. 집에 가서 얘기해 줄게. 알았어. 사랑해."

전화를 끊은 소라는 손에 대고 한숨을 푹 내쉬더니 벨벳 하늘을 향해 고개를 든다.

산티는 더 이상 가만히 있을 수가 없다.

"그쪽도 별 보는 걸 좋아하나 봐요."

소라가 그를 돌아본다. 그를 알아본 소라의 눈에 두려움이 담긴다.

"로페즈 씨. 옆에 계신 줄 몰랐어요."

그는 문득 깨닫는다. 소라는 그가 자기를 따라온 줄 아는 것이다. 어쩐지 그녀를 안심시켜야 될 것 같다.

"나는 원래 여기 자주 와요."

이 정도로 충분한 설명이 될까?

"하필 지금 오신 거네요."

소라가 중얼거린다.

그의 말을 믿지 못하는 눈치다. 산티는 속에서 뭔가 다른 감정이 치솟는다. 그가 아닌 다른 사람의 감정이다. 어쩌면 그를 무시하는 소라의 태도에 대한 분노일 수도 있을까? 마치 낯선 사람이 그를 통해 말하는 것처럼, 그의 입에서 달라진 목소리가 나온다.

"여기서 뭐 해요?"

이 문제 때문에 주저앉기 전에 답을 알아내야 한다.

"어제 일 때문에… 하루 휴가를 받았어요. 여기 오면 마음이 차분해지거든요. 특히….”

그녀는 말을 하다 말고 아차 싶었는지 뒤를 슬쩍 돌아본다. 이런 대화를 나누는 것 자체가 그녀가 직업상 신중하게 관리해야 하는 쉼터 입주자와의 관계를 망치는 원인이 될 수도 있을 것이다. 다른 사람 같으면 그와 말을 더 섞지도 않고 자리를 떠나버렸겠지. 하지만 이 여자가 일반적인 예상을 벗어나는 사람인 걸 그는 이미 알고 있다.

“처음부터 내가 그러면 안 되는 거였어요. 그쪽 이름의 의미를 추측해서 말했던 거요. 다른 직원들은 그게 로페즈 씨 내면의 무언가를 건드린다고 했거든요. 로페즈 씨는 다른 사람들이 당신에 관해 필요 이상으로 알고 있다고 여긴다면서요.”

소라가 내뱉은 말이 또 다른 유령이 되어 그를 사로잡으려 한다. 이 유령은 상대를 비꼬고 확신에 차있는 그녀의 분신이다.

“그런데도 당신은 내 이름의 의미를 말했잖아요.”

소라는 숨을 훅 들이마신다.

“로페즈 씨한테 거짓말을 하고 싶지 않아요. 당신은 익숙한 느낌이에요.” 소라는 대놓고 화가 난 눈빛으로 그를 마주 본다. “그렇다고 당신 말이 맞다는 건 아니에요. 누구든 그런 종류의 망상을 품을 수 있는 거니까요.”

그녀가 뜻밖에도 틀에서 벗어난 말을 하자 그는 그만 웃음이 터지고 만다.

“나한테 그런 얘길 왜 합니까? 내가 머릿속에서 만들어 낸 망상일 뿐이라고 말하면 될 텐데요.”

소라는 진지한 눈빛으로 그를 바라본다.

“당신이 날 믿어주길 바라니까요.”

우리는 여기에

산티는 무슨 말을 해야 할지 판단이 서지 않는다. 다만 그 진실은 소라만큼이나 산티를 놀라게 했다. 소라가 끄집어낸 다양한 버전의 산티들 중 상수(常數)인 산티가 대답한다.

"믿을게요."

시선을 옆으로 돌리며 고개를 끄덕인 소라는 나지막하게 "젠장" 하고 내뱉더니 그에게 말한다.

"커피 살게요."

소라는 그의 의사를 묻지도 않고 그에게 블랙커피를 사준다. 뒤쪽 길로 나간 그들은 '공사 중'이라고 표시된 닫힌 문 앞을 지나, 섬유 유리로 만든 행성 모형들이 가득한 운동장으로 들어선다. 강바람이 싸늘하다. 소라는 가방에서 겨자색 목도리를 꺼내 목에 두르고는, 토성에 올라앉아 토성의 고리에 발을 얹는다. 산티는 그녀가 내민 손을 잡고 토성에 나란히 앉는다. 드디어 다른 사람으로서 토성에 앉게 된 것이다. 그들로부터 2미터, 즉 6억 4천만 킬로미터 떨어진 곳에서 두 아이가 서로를 목성에서 밀어 떨어뜨리려 하고 있다. 산티는 묘한 상실감을 느낀다. 강기슭의 광장 너머, 강 위로 뻗어나간 호엔촐레른 다리가 그들을 도시로 다시 끌어당기는 듯하다.

"자물쇠 본 적 있어요?"

산티의 물음에 소라는 한쪽 눈썹을 치켜뜬다.

"무슨 뜻이에요?"

그가 다리를 가리킨다.

"저 다리요. 자물쇠들이 잔뜩 달려있잖아요. 무게가 2톤은 나갈걸요."

소라가 담뱃갑을 꺼내 그에게 내민다. 그는 나중에 피울 요량으로 한 개비 받아둔다. 자기 담배에 불을 붙인 소라는 그에게 연기가 흘러가지 않도록 방향에 신경 쓰며 연기를 뿜어낸다.

"본 적 있어요. 조이와 바비, 우리 사랑 영원히 같은 글이 적혀있던데요."

"제대로 본 적 있어요?" 그는 앞으로 몸을 기울인다. "내 말은, 자세히 들여다본 적이 있느냐고요. 난간을 따라 다리를 건너가면서 신경 써서 봤는지 묻는 겁니다."

"아뇨, 그런 적은 없어요." 소라는 또다시 미소 짓는다. 그는 그녀가 좋으면서도 자존심이 상하고 그래서 분하기도 한 감정에 휩싸인다. "솔직히 난 그런 게 다 멍청한 짓이라고 늘 생각했어요."

"그게 되풀이돼요." 그는 불쑥 이 말을 내뱉고 나서야 천천히 말하는 게 좋겠다고 생각한다. "다리를 건너가면서 자물쇠들을 주시하다 보면 얼마 후부터 다시 되풀이되는 거예요. 자물쇠의 모양과 색깔, 심지어 자물쇠에 적힌 이름까지도요."

소라는 입을 벌렸다가 잠시 뜸을 들인 후 말한다.

"자물쇠 제조사가 많잖아요. 사방에서 온 사람들이 거기다 자물쇠를 매다니 같은 이름이 또 보일 수 있죠. 통계적으로도 그렇잖아요."

그는 격하게 고개를 젓는다.

"그런 얘기가 아닙니다. 무작위로 반복되는 게 아니에요. 똑같은 이름이 같은 순서로 되풀이되는 걸 내 눈으로 똑똑히 봤습니다." 그는 손바닥으로 담배를 돌돌 만다. "일정한 패턴이 있어요. 나한테 전하는 메시지 같은 거죠. 그 패턴을 읽어내는 방법을 알아내야 해요."

소라는 고개를 젓으며 웃는다. 너무나 익숙한 몸짓이라 산티는 가슴이 아리다. 이 여자는 누굴까? 대체 왜 이 여자에게 신경이 쓰이고 마음이 약해져 울고 싶어지는 걸까?

"당신한테 전하는 메시지라고 생각한단 말이군요."

"예."

소라는 그를 내려다본다.

"쾰른에 몇 명이나 살죠?"

이제 그들의 역할이 바뀌었다. 그녀는 잘난척하는 교수이고 그는 뿔난 학생이 됐다.

"몰라요. 백만 명쯤?"

"백만 명 맞아요. 매일 저 다리를 건너다니는 사람은 몇 명일 것 같아요?"

다른 반응, 다른 자아다. 누나가 남동생에게 짜증을 내면서 이래라저래라 하는 것 같다.

"천 명. 5만 명. 그게 중요합니까?"

"왜 그 메시지가 당신한테 온 거라고 생각해요? 그 앞으로 지나간 다른 천 명 혹은 5만 명한테 온 게 아니라?"

산티는 손바닥을 깔고 앉는다. 전부 그의 것일 리 없는 온갖 기억이 그의 손짓과 몸짓을 조종하려 들 때 꼭두각시가 된 기분을 느끼는 게 지독히 싫어서다. 산티는 현실에 발을 딛게 해주는 부분에 집중하기로 한다.

"세상이 잘못됐다는 걸 아는 사람이 나뿐이니까요."

소라는 인상을 찌푸린다.

"세상이 어디가 잘못됐는데요, 로페즈 씨?"

'별들의 위치가 계속 바뀌고, 도시가 끝없이 되풀이되며, 여기 진짜로 있는 사람은 나뿐이다.' 이 대답이 목까지 올라오지만 말이 선뜻 나오지 않는다. 소라가 말할 때마다 변함없는 상수적 자아라는 그의 망상이 무너지고 있다. 어쩌면 그도 이 세상처럼 비현실일 수도 있지 않나? 그는 계속 변화하는 백 명의 소라의 꿈에 나오는 존재, 즉 또 다른 꿈이지 않을까?

소라는 남의 귀에 들어갈까 두려운 듯 목소리를 한껏 낮춰 묻는다.

"별을 보러 왜 여기까지 오세요?"

산티는 오디세움의 유리 벽을 돌아본다. 유리 벽에 그들의 모습이 반사되고 있다.

"이곳 별들은 변하지 않아요."

소라는 점점 더 떨리는 눈으로 그를 바라보며 묻는다.

"다른 별들을 기억해요?"

"예." 그는 숨을 삼켰다. "가끔 위를 올려다보면 별들이 겹친 것처럼 보일 때가 있어요. 별빛들이 하나가 된 것 같아 몹시 눈이 부시죠."

"눈을 깜박이다가 다시 올려다보겠네요." 그녀는 나지막하게 말했다. "그럼 별들은 그냥 원래 위치대로 보일 거예요. 하지만 당신은 별들이 전에는 그렇지 않았다는 걸 알고 있죠."

산티는 그녀를 가만히 바라본다. 이 여자가 혼잣말하는 것인지, 아니면 그의 말에 공감해 상상해서 말하는 것인지 모르겠다. 하지만 지금 그런 게 뭐가 중요할까. 이런 얘기를 이해하고 그에게 말한 사람은 소라가 처음이다.

"내가 사회 복지 일을 하게 된 것도 그래서예요." 산티는 그녀의 표정에 집중한다. 신중하고 조심스러운 표정. 그는 그 표정을 읽어내는 방법을 여전히 기억에 담아두고 있다. "혼란스럽고 갈피를 잡을 수가 없었어요. 그런 나를 고칠 수는 없지만, 자기를 이 세상에 맞지 않는 존재라 여기는 사람들을 고쳐줄 수 있을 거라 생각했어요. 그 사람들을 위해 더 나은 세상을 만들어 보고 싶었던 거죠." 소라는 시선을 들어 그를 힐끗 쳐다본다. "지금까지 나 같은 생각을 하는 사람은 만나본 적이 없어요."

"내가 처음이겠네요."

"맞아요. 당신이 처음이에요."

그는 불 속에서 잃어버렸던 보물인 양 소라를 바라본다. 그는 이 여자를 안다. 파열된 자신보다 이 여자를 더 잘 안다. 그가 아닌 다른 사람이 알고 있던 내용이지만 지금은 그 내용을 한껏 받아들이기로 한다. 이 삶에서 좀처럼 느껴본 적 없는 확신이 든다. 소라에게 닿고 싶어 손가락이 근질거린다. 두 손으로 머리를 감싼 채 토성 고리에 발을 올리고 앉아있는 여자. 그는 조용히 재킷에서 수첩을 꺼내 그녀에게 건넨다.

소라는 처음에는 머뭇거리며 수첩 페이지를 넘기다가 메마르게 말한다.

"쉼터에 있는 다른 사람한테는 이걸 보여주지 않는 게 좋겠어요. 스토커인 줄 알고 당신을 바로 내쫓을 거예요."

"난 스토커가 아니―."

그녀는 그의 말을 끊는다.

"나야 알지만 그들은 모르니까요." 소라는 계속 페이지를 넘긴다. "이런 정보는 어디에서 얻었어요?"

"당신 꿈을 꿨어요. 지금의 당신에 관한 꿈은 아니고요."

그녀가 빙그레 미소 짓는다.

"내가 이 모든 사람이 될 수도 있다는 그런 아이디어를 적어놓은 거네요." 소라는 수첩 페이지를 넘긴다. 그중 한 페이지에 어린 모습의 그녀가 그려져 있다. 밤바람에 푸른 머리카락이 휘날리고 머리 위의 별들이 후광처럼 빛나는 모습이다. "난 여기서 뭘 하는 거예요?" 소라는 눈을 가늘게 뜨고 수첩을 빙글 돌려 그에게 보여준다. "이거 구시가지에 있는 시계탑 맞죠?"

산티는 행성 표면을 손가락으로 후벼파면서 고개를 끄덕인다.

"당신은 시계탑 꼭대기에 앉아서 내가 추락하는 걸 보고 있었어요."

소라는 그를 쳐다본다.

"당신 꿈에서 그랬다는 거겠죠. 당신도 다른 버전들이 있어요?"

"기억이 나지 않아요."

'기억하고 싶지 않아요.'

하지만 그는 이제 안다. 그의 유령들이 그의 자아상을 하나씩 끄집어내고 있으며, 아마도 그가 그 자아상들 속에 파묻혀 죽을 때까지 그리할 것임을. 그리고 그중 정확히 그의 본질과 맞아떨어지는 자아상은 없음을. 그는 제정신을 유지하려고, 정신의 파멸적 분열을 피하려고 애썼지만 결국 엘로이즈를 떠나 거리에서 노숙하게 됐다. 지금 그 일이 다시 일어나고 있다. 그의 내면의 중심이 녹아내리고, 가장자리부터 무너져 무(無)로 돌아가는 느낌이다.

그는 지상에 발을 딛고 싶어 토성에서 내려온다.

"이만… 가야겠어요."

소라는 이해가 되지 않는다는 눈빛으로 그를 내려다본다.

"알았어요. 같이 걸어도 되죠?"

산티는 또 다른 상수를 알아챈다. 소라가 그를 진심으로 이해한 적이 한 번도 없었다는 것. 마음이 놓인 그는 고개를 끄덕이고는 손을 내

밀어 소라가 바닥에 내려서게 돕는다. 어쩌면 그의 의미 지도에 방향을 표시해 줄 단서가 여기 있을지도 모른다. 그걸 발견할 때까지 정신을 잘 붙들고 있어야 한다.

그들은 다리를 건너 도시 깊숙한 곳으로 걸어간다. 이 도시는 산티의 눈에 일정한 부분이 계속 되풀이되는 것으로 보인다. 같은 각도에서 벽들이 만나고, 같은 패턴의 자갈들이 반복된다. 늘 있는 일이다. 소라와 나란히 걸을 때면 언제나 이런 기분이다. 한 걸음 한 걸음 걸을 때마다 그는 두 자아 사이에서 휘청댄다. 그는 나이 지긋한 여자와 말다툼하는 성난 젊은 남자이기도 하고, 뚱한 딸과 연을 이어가려 애쓰는 아버지이기도 하다.

"내가 쉼터에서 일해서 다행이에요." 강변길을 따라 구시가지 쪽으로 걸어가면서 소라가 밝은 목소리로 말한다. "앞으로도 우리가 이런 얘기를 계속 편하게 할 수 있을 테니까요."

산티는 쉼터 생각을 한다. 힘들게 얻은 안식처인 쉼터는 매일 그의 자아가 해부되는 실험실이 되어버렸다. 쉼터 직원들은 그를 이해하지는 못 해도 도와는 주고 있다. 다른 세상에서는 소라도 그들 중 하나였다. 그런데 이 세상에서 소라는 그를 너무나 잘 알고 있다.

'누군가에게 모든 것이 될 수 있는 사람은 없어.'

이 생각을 하자마자 왜 양옆에서 종을 쳐대는 것 같은 기분이 들까.

구시가지에 도착하고 보니 건물들 사이로 시계탑이 보인다. 원래대로라면 이 자리에서 시계탑이 보일 수가 없다. 그들의 중력 때문에 세상이 휘어지는 것 같다. 소라는 광장으로 이어지는 골목으로 들어가고 산티는 그 뒤를 따른다. 이윽고 그들은 시계탑 아래 나란히 선다. 시계는 0시 5분에 멈춰있다. 그런데도 산티의 귀에는 째깍째깍 시곗바늘 소리가 들린다.

소라가 말한다.

"최후의 심판이 이미 시작됐나 봐요."

산티의 느낌에 세상의 끝은 아직 닥쳐오지 않았다.

"어쩌면 우린 다음 종말을 기다리고 있는지도 모르죠."

소라가 미간을 찌푸린다.

"시계가 멈췄잖아요."

산티는 고개를 젓는다.

"멈춘 게 아닐 거예요."

소라는 의아한 눈으로 그를 쳐다본다. 그가 설명하려는데 누군가 그들의 어깨를 잡아 돌린다.

"저기." 파란 외투를 입은 긴 머리 남자가 기쁨과 혼란이 뒤섞인 표정으로 그들을 번갈아 쳐다보며 말을 건다. "할 얘기가 있는데···." 남자는 멈칫했다가 다시 입을 연다. "당신들은··· 당신들은 도착했어요."

소라가 산티를 쳐다본다. 산티는 그녀의 눈빛에서 무언의 질문을 읽어낸다.

'이 남자 알아요?'

산티는 주저하며 고개를 젓는다.

소라가 인상을 쓰며 말한다.

"죄송한데, 우리한테··· 방금 뭐라고 하셨죠?"

남자는 산티를 쳐다보며 말한다.

"당신들은 도착했어요. 도착했다고요." 남자의 얼굴이 고통으로 일그러진다. "제··· 제가 ··· 할 말이 있는데···."

소라는 남자와 눈을 맞추려 애쓰며 묻는다.

우리는 여기에

"저기, 먹을 게 필요하세요? 머물 곳은요?"

남자는 소라가 하는 말의 의미를 이해하지 못하는 듯 절망한 얼굴로 산티를 바라본다. 남자는 절망적인 목소리로 중얼거린다.

"도착했어요. 드디어."

산티는 고개를 절레절레 흔들며 사과한다.

"미안합니다."

어째서 사과하는지는 그도 알 수 없다.

남자는 두 손을 맞잡고 이리저리 비틀더니 광장을 가로질러 가버린다. 소라는 손톱을 물어뜯으며 그 남자의 뒷모습을 바라본다.

"이따가 쉼터에 전화해서, 저 남자를 주시하라고 말해둬야겠어요."

산티는 멀어져 가는 남자를 바라본다. 남자의 파란 외투가 바람에 펄럭거린다. 이곳에는 세상이 전부 담아낼 수 없을 만큼 의미가 차고 넘친다.

소라가 말한다.

"저 남자 말이 맞아요."

산티는 의아한 눈으로 소라를 바라본다.

"우리가 여기 있잖아요. 우리 둘 다요. 그게 어떤 의미든 간에요." 소라는 시계탑 벽을 손으로 짚는다. 이 도시에 사는 수백 명이 남긴 메시지들이 시계탑 곳곳에 적혀있다. "이 사람들이 하려던 말도 그거일 거예요."

재킷 안에서 유성펜을 꺼낸 소라는 빈자리에 적는다.

'우린 여기 있어요.'

산티는 이해가 되기도 하고, 안 되기도 한다. 이 의미는 바람에 날려가는 낙엽처럼 저만치 날아가 버린다. 그는 글자가 싫다. 폐허에 가까운 이 시계탑이 글자가 아니라 그림으로 뒤덮여 있으면 좋았을 텐데. 다른 세상으로 연결되는 포털인 양 이 도시 곳곳에 있는 벽화처럼.

산티는 유성펜을 내리는 소라의 손목에서 무언가를 포착하고는 얼른 손을 뻗어 그녀를 붙잡는다. 소라가 경계하며 뒷걸음질 친다. 그는 그녀를 안심시키려 두 손을 들어올리고는 말없이 소매를 걷어 그의 피부에 문신으로 새긴 별들을 보여준다.

소라는 믿기지 않는 얼굴로 조그맣게 탄식하더니 그의 팔을 붙잡고 문신을 손으로 문질러 본다. 그렇게 하면 문신이 피부 밖으로 나올 것처럼.

산티가 묻는다.

"이게 뭐죠?"

"별자리요. 이 세상에서는 존재한 적 없는 별자리예요."

그는 문신으로 새긴 별자리를 내려다본다. 이 도시에 와서 수첩에 처음 기록한 게 이 별자리였다. 중요한 의미가 있는 것 같아서 곧장 벨기에 구역으로 가 피부에 문신으로 새겼다. 하지만 이 별자리는 그의 것이 아니라 소라의 것이었다. 소라가 가져올 존재들의 혼란스러운 회오리바람에 속한 것이었다.

뒤로 물러선 그는 소매를 내린다. 이 상황을 이해하고 싶다. 하지만 이해의 대가가 정신의 붕괴라면, 무너진 상태로 살아남을 수 있을 것 같지 않다.

"왜 그래요?"

소라가 묻자 산티는 웃음을 터뜨린다. 그는 시계탑의 벽에 소라가 적은 글자를 가리킨다.

"'우린 여기 있어요'라고 적었는데 여기서 우리가 누구죠? 여기는 어디고요?"

소라는 머뭇거리며 그에게 다가와 대답한다.

"우리가 그 답을 찾을 수 있을 거예요. 함께요."

산티는 고개를 저으며 계속 물러선다. 그를 미로에서 끄집어내 준 생각의 조각이 다시 떠오른다. 손에 쥔 할아버지의 칼만큼이나 굳건하게 느껴지는 생각이다.

"우리가 누구인지 모르면 우리가 어디 있는지도 알 수 없어요. 난 당신과 함께 있을 때마다 무수한 파편으로 부서져서 내가 누구인지 모르겠어요."

그는 그녀한테서 멀어진다.

"산티."

소라가 그를 부른다. 그가 꿈에서 들은 목소리다. 그녀는 새끼의 목덜미를 물어 옮기는 어미 고양이처럼 그의 이름을 부드럽게 불러준다.

그는 뒤도 돌아보지 않고 말한다.

"나를 산티로 불러도 된다고 한 적 없어요."

산티는 뒤따라오는 그녀의 발소리를 듣는다.

"나한테 당신 수첩이 있어요!"

"당신이 가져요!" 산티는 어깨 너머로 소리친다. "난 더 이상 갖고 있을 생각 없어요."

걸음을 재촉한 산티는 분수대 앞을 달려 지나간다. 별자리처럼 찬란한 물거품이 동전들 위로 보글보글 올라온다. 일순간 허공에 떠있는 물방울 하나하나가 산티의 눈에 들어온다.

이제 쉼터로 돌아가지 않을 것이다. 거리에서 살면 주변의 모든 게 녹아사라져도 여전히 그로서 존재할 수 있다. 달려가고 있는데 시계탑이 그를 향해 기울어지는 느낌이 든다. 그가 기억하는 한 처음으로 시계탑의 째깍째깍 소리가 들리지 않는다.

우리는 여기에

다시 만날 때까지

"로페즈!" 안개 낀 밤, 촉촉이 젖은 자갈길을 내려다보던 파트너 로페즈가 자기를 부르는 소리에 고개를 든다. "어. 죄송해요. 제가 뭘 좀 본 것 같아서….."

그가 말끝을 흐리자 소라는 팔짱을 끼며 타박한다.

"네가 본 게 용의자가 아니면 관심 없어."

로페즈가 씁쓸하게 웃는다.

"알았어요. 말 안 할게요."

당연한 얘기지만 소라는 간절히 알고 싶다. 언제나 그렇듯 로페즈는 간단한 말로 소라의 말문을 막아버린다.

"칼을 휘두르는 미치광이가 돌아다니고 있으니 하는 얘기잖아." 소라는 고개를 절레절레 흔든다. "네가 나랑 비슷한 나이라는 게 믿기지 않아. 꼭 어린애랑 일하는 것 같단 말이지. 단 5분이라도 집중 좀 할래?"

소라를 따라 호이마르크트 광장으로 들어선 로페즈는 프리드리히 빌헬름 3세 동상을 중심으로 만들어진 임시 스케이트장 앞을 지나간다. 경찰복을 입은 그들을 보고 양옆으로 물러서는 구경꾼들 사이에서 로페즈가 말한다.

"저는 큰 그림에 집중하고 있어요."

"우리가 신경 써서 일하지 않으면 무고한 사람들이 죽는다는 게 바로 큰 그림이야."

로페즈는 한쪽 눈썹을 치켜뜬다.

"너무 과장하는 거 아니에요?"

소라가 웃는다.

"내가 이걸 누구한테 배웠는데." 그녀는 그의 말을 따라 한다. "넌 늘 큰 그림에 집중하고 있다고, 지독하게 심오한 존재의 불가사의에 집중하고 있다고 떠들어 대지. 당신의 쪼잔하고 단순한 머리로는 이해하지 못할 거라는 듯이."

로페즈는 안타깝다는 듯 고개를 젓는다.

"저를 놀리면서 시간 낭비나 하고 있다니 어이가 없네요. 리슈코바 선배, 우리가 신경 써서 일하지 않으면 무고한 사람들이 죽는다면서요."

오늘은 새해 전날이다. 자정까지 20분 남았다. 한 시간 전 술에 취한 남자가 맥줏집에서 두 명을 칼로 찌르고 달아났다. 그래서 지금 소라와 로페즈는 수사팀의 일원으로 그 남자를 추적하고 있는 것이다. 공식적인 수색 범위는 호이마르크트와 북쪽 광장이지만, 지금 그들은 움직이는 미로 속에서 헤매는 것이나 다름없다. 크리스마스를 맞이한 시장의 가판대들과 술에 취해 흥청대는 인파가 무한한 길을 만드는 중이다. 그 사이로 나아갈 때마다 길이 무한히 열리고 닫힌다. 소라는 살인자의 인상착의와 일치하는 사람을 찾으려고 광장을 둘러본다. 얼핏 용의자를 찾은 것 같아서 다시 확인해 보면 다른 사람이기 일쑤다. 용의자의 얼굴을 움직이는 인파에 복사해서 붙여놓은 것 같다. 그래도 소라의 피는 기대감으로 끓어오른다. 소라가 이 일을 하면서 제일 좋아하는 게 바로 이 부분이다. 추적의 기쁨, 목표물을 발견하리라는 기대감, 그리고 살아있다는 느낌을 강하게 전달해 주는 저변의 위험성. 그녀의 옆에서 로페즈는 재킷 안에 손을 넣는다. 그가 초조해하고 있음을 알아챈 소라가 묻는다.

"칼싸움에 대비해서 칼이라도 꺼내려고?"

그는 고개를 젓는다.

"선배가 칼 쓰는 기술이 없다고 해서 제가 칼을 무기로 선택한 것까지 우습게 보진 말아요." 접이식 칼을 꺼내 든 그는 칼을 펼치지 않고 손잡이 쪽을 그녀에게 내민다. "칼을 제대로만 쓰면 몇 분 만에 상대를 쓰러뜨릴 수 있어요. 왼팔 아래로 심장에 바로 꽂아 넣는 거죠."

그는 직접 시범을 보여준다.

소라는 그의 손을 탁 친다.

"우린 사람 죽이는 걸 목표로 하면 안 된다는 걸 내가 꼭 일깨워 줘야겠어?"

로페즈는 미소 짓는다.

"제가 칼을 쓴 적 없다는 거 알잖아요. 그냥 상징적인 거라고요."

"너한테는 뭐든 상징적이지."

소라가 투덜거리는데 글뤼바인 와인을 사려고 늘어선 줄이 앞을 가로막는다. 그들은 휘청대며 웃고 떠드는 사람들 사이를 비집고 들어간다. 소라가 "경찰입니다!" 하고 외치자 사람들은 그제야 이리저리 흩어진다. 낄낄대던 웃음이 술에 취한 고함으로 변해간다. 소라는 미간을 찌푸리며 투덜거린다.

"이 새끼는 하고많은 날 중에 왜 하필 새해 전날 밤을 골라 일을 저질렀나 몰라."

"이 짓거리 말고 달리 해야 할 일이라도 있었어요?"

"그건 아니고. 난 목숨 바쳐 이 도시를 더 안전하게 만들고 있거든." 소라는 그를 힐끗 쳐다보며 덧붙인다. "그래도 기왕 파티에 간다면 너 말고 더 괜찮은 사람이랑 가고 싶었어."

소라는 그가 이 말을 가슴에 담아둘까 봐 걱정하지는 않는다. 로페즈와 있을 때는 말조심을 하려고 신경을 곤두세운 적이 없다. 혼잣말 하듯이 편하게 말하는 편이다.

예상대로 그는 미소를 지으며 말한다.

"우리가 동료가 아니었으면 친구가 될 수도 있지 않았을까요?"

"내가 네 상관이 아니라면 그랬겠단 얘기야?" 소라가 힐끗 보니 그가 얼굴을 찌푸리고 있다. "그래?"

그는 그 질문을 피한다.

"선배는 평행 우주에 관해 이래저래 추측하는 걸 좋아하잖아요. 저는 지금 우리가 사는 우주에 만족해요."

'추측이 아니야.'

다른 삶, 다른 자아의 파편들이 너무나 생생해서 때로는 지금의 자아를 완전히 장악하는 기분이 들 때가 있다.

"여기보다 나은 우주가 있을 거라는 생각을 해본 적 없어?"

로페즈는 까칠하게 자라 올라온 수염을 벅벅 긁는다.

"이번 사건 범인이 사람을 해치기 전에 우리가 붙잡는 우주도 있을까요?"

"그런 우주라면 괜찮겠네." 소라는 앞장서서 광장 안쪽으로 걸어간다. "새해 계획은 세웠어?" 소라는 이 말을 하면서 주변 인파를 둘러본다. 그녀의 눈은 방금 말한 내용보다 일에 더 집중하고 있다. "비번일 때 엘로이즈를 위해 아주 로맨틱한 일을 계획할 것 같아서 말이야."

"엘로이즈랑은 헤어졌어요."

놀란 소라는 그를 휙 돌아본다.

"어쩌다가. 사랑스러운 여자던데. 너한테는 과분할 정도로." 소라가 약을 올리는데도 로페즈는 미끼를 물지 않는다. "진심이야. 어쩌다 헤어졌어?"

로페즈는 주변을 더 잘 살펴보기 위해 바 스툴의 가로대를 밟고 올라선다.

"제가 엘로이즈를 너무 잘 알아서요."

"그게 무슨 소리야?"

"너무 잘 아니까… 부당하게… 느껴지더라고요." 그는 정확히 표현하기 어려운지 머뭇거리며 말한다. "제가 엘로이즈보다 늘 한발 앞서 있었어요."

소라는 군밤 가판대에서 불어오는 뜨끈한 바람을 맞으며 로페즈의 뒤를 따라간다.

"이상적으로 들리는데. 엘로이즈가 필요로 하는 부분을 미리 알고 있으니 잘 꼬셔서 너를 더 깊게 사랑하도록 만들 수 있잖아."

로페즈는 소라를 돌아본다.

"그럼 엘로이즈의 자주성을 침해하게 되잖아요?"

평소 여성의 자주성을 강조해 온 소라를 비꼬는 투다. 소라는 그 말뜻을 놓치지 않는다. 상대가 한 말을 가지고 공격하는, 로페즈다운 공격이다.

"엘로이즈가 원하는 거라면 자주성을 침해한다고 볼 수는 없겠지."

로페즈가 웃으며 말한다.

"선배가 엘로이즈한테 직접 그렇게 설명하는 걸 제가 들었어야 하는데 아쉽네요."

"어떻게 된 거야? 달라는 말도 하지 않았는데 네가 알아서 차를 끓여 대령했다는 이유로 엘로이즈가 떠나버린 건 아닐 테고?"

"그건 아니고요. 제가 어떤 기분인지를 설명하려고 했어요." 그는 어깨를 으쓱한다. "다 듣더니 엘로이즈는 뭐라고 말해야 할지 모르겠다면서 바로 떠나버렸어요."

멈칫한 소라는 사람들 사이로 걸어가는 한 남자를 눈여겨본다. 다시 보니 잘못 본 거였다. 그 남자는 용의자보다 훨씬 젊고 미소 띤 얼굴이다. 소라는 로페즈를 돌아본다. 그를 또 놀려먹고 싶긴 하지만 이번에는 잠시라도 진지하게 대하기로 한다.

"유감이야."

로페즈는 지친 얼굴로 미소 짓는다.

"예상보다 오래가긴 했어요. 우릴 그렇게 오래 참아준 사람이 있다는 게 놀랍죠."

소라는 코웃음을 친다.

"너한테나 해당하는 얘기지. 난 매력 넘치는 여자라고. 언젠가 어떤 운 좋은 사람은 그걸 알아주겠지."

"그런 얘기가 아니라요." 인파가 줄어들면서 그들은 아까보다 편하게 광장 가장자리로 다가가고 있다. "우린 평범한 사람이 아니라는 걸

다시 만날 때까지

우리 둘 다 알잖아요."

소라가 씁쓸하게 웃는다.

"무슨 뜻이야?"

"알면 안 되는 것을 아는 사람이요." 로페즈는 소라의 걸음에 맞춰 따라간다. "다른 사람들에 대해서, 서로에 대해서요."

소라는 인상을 쓴다.

"난 우리가 뭘 알고 있단 생각이 들지 않는데. 우린 그냥 가능성을 알아보는 눈을 가졌을 뿐이야. 다른 세상에서라면 다른 일이 일어났으리라는 거. 우리가 다른 선택을 할 경우에 그렇다는 거지만."

로페즈는 고개를 젓는다.

"우리가 일이 어떻게 될 수 있다는 가능성을 얼핏 본 거라고는 생각하지 않아요. 더 큰 진실로 이어지는 단서를 본 거겠죠."

소라는 알겠다는 듯 과장된 말투로 받는다.

"아. 그래. 또 그 큰 그림 얘기로군."

로페즈는 걸음을 멈추고 진지한 얼굴로 말한다.

"우리가 이렇게 함께 일하는 것도 이미 정해진 대로인 것 같아요. 왜 하필 이 시간에 여기, 이 장소에 와있냐는 거죠. 꼭 기억하는 것 같잖아요. 우리 기억에 담긴 정보는 아닐 텐데 말이죠. 메시지의 일부일 수도 있어요. 우리가 서로 만나기 전부터 서로에게 끌리게 만드는 메시지요."

"누가 보낸 메시지? 신?" 소라는 고개를 젓는다. "미안한데, 난 신을 믿지 않아."

로페즈는 인상을 쓴다.

"그래도 이유를 알고 싶긴 하잖아요."

그렇기는 하다. 하지만 해야 할 일이 있는 지금, 소라는 따지기 좋아하는 걸로 악명 높은 파트너와 신학 논쟁을 하고 싶진 않다.

"철학자인 우리 아버지 말에 따르면 세상은 무척 기묘한 곳이야. 하지만 너랑 나는 기묘함과는 거리가 먼 존재들이잖아."

소라는 그 자리를 집중적으로 살펴본다. 다음 광장으로 연결되는 두 골목 사이다.

로페즈가 묻는다.

"어느 쪽으로 갈까요?"

소라는 묘한 불안감을 억누르며 두 골목을 번갈아 바라본다. 몸이 둘로 나뉘면 좋겠다. 양쪽 골목으로 한 명씩 보내 단서를 찾은 쪽을 택하고, 못 찾은 쪽을 지워버리게.

"네가 골라."

"선배가 책임자잖아요. 기억하시죠?" 로페즈가 짓궂게 웃는다. "스트레스 받지 마시고요. 무고한 사람들의 목숨이 걸려있을 뿐이잖아요."

"너무 과장하는 거 아니야?"

로페즈가 웃는다.

"왼쪽으로 가자."

소라는 결단을 내리고 걸음을 옮긴다. 어쩐지 잘못 선택한 것 같아 벌써 속이 울렁거린다.

"왼쪽이라."

로페즈가 실망 섞인 한숨을 내뱉는다. 소라는 대꾸하지 않고 한 손을 무기에 얹은 채 골목을 따라 걸어간다. 다음 순간 놈이 보인다.

소라는 걸음을 멈추고 벽에 등을 기대며 나지막하게 로페즈의 별명을 부른다.

"늑대."

로페즈가 가까이 다가가 묻는다.

"왜요?"

소라가 손으로 앞을 가리킨다. 로페즈는 긴장하며 전방을 살핀다. 두 손으로 머리를 감싸쥔 남자의 윤곽이 보인다. 얼굴이 보이지 않지만 전해 들은 인상착의와 일치하는 것 같다. 키도 맞고 민머리에 FC 쾰른 축구팀 셔츠를 입은 것도 그렇다.

로페즈가 소라의 귀에 대고 속삭인다.

"왼쪽 맞았네요."

그의 머리카락에 밴 담배 냄새 때문에 담배가 당긴 소라가 조용히 웃는다.

"확률은 50 대 50이었어."

"이 우주에서 맞는 선택을 한 건 우리가 단순히 운이 좋아서겠죠."

로페즈가 놀리며 앞으로 걸어가다가 멈춰 서더니 무전기를 잡는다.

"지원 요청을 해야겠어요."

소라는 고개를 젓는다.

"손에 칼을 들었지만 주취자일 뿐이야. 지원은 필요 없어."

로페즈는 소라에게 미소 짓는다. 어둑하게 그림자 진 곳이라 치아가 도드라진다.

"선배는 왜 불멸하는 존재처럼 굴어요?"

농담을 자주 하는 산티 로페즈지만 이 말은 진실에 가깝다. 소라가 그렇게 행동하는 건 산티와 관련이 있고 산티라는 존재 때문이지만 그녀는 인정하고 싶지 않다. 산티와 함께 있으면 어째서인지 절대 해를 입지 않을 것 같은 느낌이 드는 것은 사실이다.

"넌 뭐든 운명으로 정해져 있다고 생각하잖아. 신이 우릴 아무 미치광이의 칼에 찔려 죽게 두겠어?"

로페즈는 대답하기 곤란한 표정이다. 그럴 의도는 아닌데 소라는 또 그를 사색의 소용돌이로 밀어 넣고 말았다.

소라는 한숨을 푹 쉰다.

"이런 얘기 할 때가 아니야. 놈이 움직이면 우린 인파 속에서 놈을 놓치고 말 거야. 넌 왔던 길로 돌아가서 다른 골목으로 진입해."

"알았어요. 선배는 앞에서 도주로를 막아요."

로페즈가 그녀의 계획을 마무리하며 바로 자리를 뜬다.

멀어져 가는 로페즈의 윤곽을 바라보면서 소라는 묘한 불안감을 느낀다. 로페즈의 그림자가 골목을 뒤덮은 커다란 어둠 속으로 섞여 들어간다.

'제기랄.'

소라는 손으로 관자놀이를 세게 누른다. 이럴 때가 아닌데. 릴리는 이런 두통을 우주적 편두통이라 부르곤 한다. 편두통 때문에 소라의 의식은 벽 너머 소음으로 가득한 어둠 속으로 떠밀려 간다. 이 세상은 불안정하다. 눈을 감았다 뜰 때마다 세상이 사라졌다가 나타났다가를 되풀이한다. 그녀의 의식은 이 세상이 잘못됐음을 총체적으로 기억하고 있다. 소라는 호흡을 멈춰 숨의 흐름을 막아보지만 그럴수록 두통이 더 심해진다. 탑이 무너져 내린다. 부서진 파편들은 잘못 뜬 코바늘 뜨개질처럼 한데 뭉치고, 한가운데에 불붙은 구멍이 지옥문처럼 열린다.

'이건 현실이 아니야.' 소라는 눈을 감고 속으로 말한다. '머릿속에서 일어나는 일일 뿐이야. 앞으로 걸어가. 눈을 떠.'

다시 만날 때까지

발을 내딛고 눈을 뜬다. 다시 도시의 평범한 어둠 속이다. 등 뒤의 벽도 굳건하다. 소라가 그러고 있는 동안 목표물은 이미 움직였다. 놈은 골목 입구에 서서 광장을 향해 몸을 뻗고 있다. 이대로라면 로페즈가 앞을 막아서기 전에 놈이 먼저 광장으로 내달릴 것 같다.

"안 돼, 안 돼, 안 돼."

소라는 나지막하게 내뱉는다. 그 소리를 듣기라도 한 것처럼 놈이 인파를 헤치고 광장으로 걸어 들어간다.

소라는 욕을 하며 골목을 달려간다. 놈의 뒤를 쫓아 사람들 사이로 뛰어든다.

"리슈코바 선배!"

로페즈가 외치는 소리가 들린다. 오른쪽 어딘가, 시야 한옆의 말도 안 되게 밝은 빛 속에 로페즈가 있는 것 같다. 하지만 로페즈를 찾을 시간이 없다. 광장을 가로질러 무너진 시계탑을 향해 나아가는 잔물결의 뒤를 쫓아야 한다. 인파를 헤치고 나아가는 놈을 따라가야 한다. 소라는 사람들 사이로 이리저리 몸을 피해 나아간다. 그 순간 깨달음처럼 어떤 생각이 명확하게 뇌리를 스친다. 이 도시의 인과성이 내리막을 그리고 있으며, 저 시계탑은 인과성이 0까지 내려가는 골짜기에 서 있다는 생각이다. 고개를 들어보니 시곗바늘이 이미 자정을 가리키면서 때 이르게 새로운 시작을 알리고 있다. 덕분에 이 광장에서는 늘 새해다. 소라가 쫓는 남자는 인파 한옆을 뚫고 나가·시계탑 벽의 갈라진 틈새를 향해 달려간다. 남자는 어깨 너머를 힐끗 돌아보더니 시계탑 안으로 사라진다.

소라는 시계탑 바로 앞에서 걸음을 멈춘다. 로페즈가 가슴이 들썩이도록 가쁜 숨을 몰아쉬며 다가온다.

"놈은 어디로 갔어요?"

소라는 시계탑의 돌벽 사이에 뚫린 들쭉날쭉한 구멍을 가리킨다.

로페즈는 말이 없다. 소라는 파트너인 로페즈가 옆에서 한 번씩 자기만의 세계에 빠져드는 것에 익숙하다. 그럴 때면 그는 더 심오한 수준으로 세상과 소통하는 것처럼, 자갈과 하늘 파편으로 이루어진 퍼즐을 맞추는 것처럼 보이기도 한다. 그런데 지금은 다르다. 로페즈의 얼굴에 드러난 표정을 보며 소라는 혼란을 느낀다. 지금은 또 다른 순간이고, 또 다른 로페즈다. 무어라 설명할 수 없는 이중성이다.

소라가 그의 팔을 잡고 묻는다.

"괜찮아?"

그는 움찔한다.

"예. 그런데… 놈이…."

소라는 시계탑 입구 앞에 웅크리고 앉아 안쪽을 들여다본다. 허리를 펴고 일어나 로페즈 옆으로 돌아와 말한다.

"안쪽 계단으로 올라갔어. 20미터쯤 위에 있어. 벽에 붙어 서있는 게 보여."

로페즈는 목뒤를 문지르며 시계탑을 바라본다. 소라가 무전기로 현 위치를 알리는데 로페즈가 탑 쪽으로 걸어간다. 처음에는 천천히 걸어가더니 이내 결심한 듯 걸음이 확고해진다.

소라는 무전기를 내리고 묻는다.

"뭐 해?"

로페즈는 반쯤 잠에 취한 것 같은 목소리로 대답한다.

"올라가서 놈을 잡아야죠."

소라는 그를 가만히 쳐다본다. 어떤 상황인지 알겠다. 로페즈는 흐느

적거리며 아무런 두려움도 없이 시계탑을 올라가려 한다. 추락할 가능성 따윈 염두에 두지도 않는 듯하다. 소라는 분노에 사로잡힌다. 격한 거부감이 밀려든다.

"그러지 마."

로페즈는 소라의 목소리를 듣지도 못한 것 같다. 소라는 성큼성큼 걸어가 로페즈와 시계탑 입구 사이를 막아선다.

"내가 선임인 건 기억하지?"

'기억하라고.'

소라의 목소리가 자갈길에 부딪혀 튕겨 나온다. 같으면서도 약간은 달라진 듯한 메아리다.

"올라가지 마."

로페즈가 천천히 시선을 돌려 소라를 바라본다.

"왜요?"

소라가 입을 연다. 이유를 설명하려는데 단어가 아니라 불분명한 발음으로 내지르는 비명처럼 들린다.

"난… 네가 떨어져 죽게 내버려 둘 수 없어."

'또다시'라는 말이 목까지 올라왔지만 내뱉을 수 없다. 머리가 쿵쿵 울린다. 편두통과 함께 이미지들이 그녀를 집어삼킨다. 못에 걸린 채 밤바람에 휘날리는 노란 목도리. 웃으며 마지막으로 그녀의 치료실을 떠나는 노인. 튜브와 전선으로 연결돼 옴짝달싹 못 하고 병원 침대에 누워있는 산티. 그녀는 딸이 지켜보는 가운데 남편 산티를 떠나보내고 있다. 딸이 너무 어리다. 에스텔라가 좀 더 자랄 때까지, 이 상황을 이해할 때까지 암은 어째서 기다려 주지 않았을까….

로페즈가 그녀에게 다가온다. 그는 절박한 목소리로 요구한다.

"이유를 말해줘요."

소라는 입 안이 바짝 마른다. 다른 사람 앞에서는 하면 안 되는 말이지만, 로페즈에게는 할 수 있다. 못 할 말이 없다.

"네가 여기서 죽었으니까."

그는 안심이 되는 듯 미소 짓는다.

"알고 있어요."

그는 고개를 돌려 탑을 올려다본다. 광장의 강렬한 조명을 받은 그의 얼굴이 오렌지색에 검은색이 섞인 해골처럼 보인다.

"추락했던 게 기억나요. 제 손이 미끄러지도록 우주가 내버려 둔 게 믿기지도 않고 이해도 안 됐던 기억이 있어요." 그는 소라를 돌아본다. "오랫동안 그 생각을 했어요. 그리고 땅에 떨어진 순간 알았죠. 원래 그렇게 될 수밖에 없었던 거죠. 난 그때 그 자리에서 죽을 운명이었어요. 그 운명을 피하기 위해 할 수 있는 일도, 해야 할 일도 없었어요."

"내 잘못이었어." 소라는 그의 말을 막는다. "신이나 우주가 아니라. 그때 그 일이 일어난 건 내 잘못이었다고. 그런 일이 또 일어나게 두진 않을 거야."

상황을 이해 못 하는 어린아이를 대하듯 로페즈가 웃으며 부드럽게 그녀의 이름을 부른다.

"소라."

그가 그녀를 성이 아닌 이름으로 부른 적이 없다. 적어도 이번 생에서는 그랬다. 소라는 그의 눈을 마주 본다. 지금 그는 그동안 알고 지낸 동료, 너무 죽이 잘 맞아서 릴리가 너희는 전생에 아는 사이였을 거라고 농담까지 했던 파트너가 아니다. 그는 소라의 선생님이고, 학생이고, 오빠이고, 남편이고, 아버지다. 여러 현실이 소용돌이처럼 빙빙

다시 만날 때까지

돌며 무너져 내린다.

우주가 폭발한 순간 소라가 그를 부른다.

"산티?"

굉음이 깊게 울려 퍼진다. 잠시 후 다시 한 번 울린다. 소라는 위를 올려다본다. 하늘에 가득한 별들이 펑펑 터지고 있다. 불붙어 연기를 꼬리처럼 늘어뜨린 채 추락하고 있다. 강 위에서 터지는 새해 불꽃놀이다. 폭발음 사이사이로 성당의 종소리가 한밤중을 뒤흔든다.

그들은 잠시 서로를 바라본다. 2초 동안 이 모든 상황을 관통하는 깨달음이 뇌리를 스친다. 꽃처럼 피어나고 모닥불처럼 타오르는 기억의 환희다. 이윽고 모든 일이 한꺼번에 벌어진다. 소라는 시계탑 입구 밖으로 나오는 남자를 본다. 소라의 표정을 본 산티가 뒤를 돌아본다. 소라가 움직이기도 전에 남자는 산티의 목을 칼로 긋는다.

소라는 무기를 꺼낼 새도 없이 남자에게 무작정 달려든다. 미친 짓이지만 두렵지 않다. 그녀는 소라 리슈코바이며 불멸의 존재다. 이번만큼은 신이든 운명이든 우주든 산티를 데려가게 두지 않을 것이다.

소라는 온 힘을 다해 남자를 들이받는다. 남자는 잠시 휘청하지만 이내 균형을 잡고 반격한다. 정신이 혼미한 상태라 상대의 칼이 자기를 빗맞혔는지 아니면 어딘가를 깨끗이 찔렀는지 알 수가 없다. 슬쩍 피하면서 남자의 손목을 붙잡아 칼을 떨어뜨릴 때까지 비튼다. 소라는 악을 쓰며 남자의 복부를 무릎으로 찍어 올리고 쓰러뜨린다. 그녀가 깔끔하게 수갑을 채우자 남자는 놀라 씩씩거린다.

지원팀이 우르르 달려온다. 그중 누군가 남자를 잡아 일으켜 데려간다. 소라는 이겼다는 생각에 공허하면서도 붕 뜬 기분으로 일어선다. 바닥에 무릎을 꿇고 주저앉은 산티가 비로소 눈에 들어온다. 목을 감싸쥔 산티의 손가락 사이로 피가 흘러나오고 있다.

"안 돼."

소라는 그의 옆에 무릎을 꿇고 앉아 동맥을 찾아 누르려 하지만 소용없다.

"로페즈. 산티. 늑대야, 정신 차려."

멀리서 사이렌 소리가 들려온다. 이 모든 일을 아주 먼 곳에서 지켜보는 것 같은 기분이 든다. 머나먼 우주에 떠있는 자그마한 존재가 되어 지상을 내려다보는 것 같다.

"안 돼, 안 돼, 안 돼, 젠장, 안 돼!" 소라는 절박하게 그를 붙잡는다. "나를 혼자 두고 가지 마."

산티는 소라에게 시선을 고정하고 입을 연다.

"기억해요."

그러고는 그녀의 품 안에 힘없이 쓰러진다.

다시 만날 때까지

뒤돌아봐

기 차 가 멈추자 산티는 잠을 깬다.

몸이 앞으로 확 쏠리면서 목에 통증이 느껴져 움찔한다. 여기가 어디지? 창밖을 내다보니 높은 아치형 천장 아래다. 목적지인 쾰른 중앙역이다.

등받이에 등을 기대고 손으로 눈을 꾹 누르자 눈앞에 별이 반짝인다. 금방 여기서 출발한 것 같은데? 거꾸로 가는 기차를 타고 잘못된 방향으로 시간을 거슬러 갔다가 시작 지점으로 돌아온 것만 같다.

차장이 기차 칸칸이 돌아다니며 외친다.

"내리세요! 종점입니다!"

모든 게 여기서 끝이 난다. 산티는 꿈을 꾸듯 몽롱하게 일어선다. 플랫폼에서부터 북적이는 중앙 홀까지 터덜터덜 계단을 내려간다. 원래 택시를 타고 호텔로 가서 샤워한 후 좀 쉬다가 여기로 온 목적대로 일을 시작할 계획이었다. 그런데 지금 그는 오가는 사람들의 얼굴을 멍하니 쳐다보며 그 자리에 서있다. 이 도시에 아는 사람이라곤 없는데, 어째서 누군가 그를 맞이해 줄 것 같은 기분이 드는 걸까?

그는 택시 승강장이 있는 곳과 반대 방향으로, 대성당 광장을 향해 걸어간다. 날씨가 포근하다. 비는 거의 그쳤다. 공기가 싸늘할 것 같은 느낌, 땅바닥에 서리가 끼어 미끄러울 것 같은 느낌이 자꾸 드는데 이유를 모르겠다. 축축한 자갈, 카레 소시지의 매콤한 냄새가 그를 따라 대성당 계단까지 올라온다. 조금씩 내리는 비를 맞으며 그 자리에 선 산티는 밀려드는 도시의 기운을 느껴본다. 흐름에 빠져들면 이 도시가 뿜어내는 온갖 의미를 포착할 수 있지 않을까. 그는 나지막하게 내뱉는다.

"귀 기울여 들을게."

원래 저 성당을 보러 온 것이다. 그런데 막상 보니 고딕풍의 벽이 신비롭기는커녕 빤해 보인다. 그는 구시가지를 향해 계속 걸어간다. 잠에서 깼을 때 머릿속에 떠올랐던 가락을 콧노래로 흥얼거린다. 어느새 비가 그친다. 구름 사이로 파고든 창백한 햇살이 일시에 만물을 가리키는 손가락 같다. 산티는 나고 자란 미로 안을 걷는 눈먼 사람처럼 광장과 구시가지의 골목을 익숙하게 걸어간다. 건물들의 정면이 종이처럼 얇아서 훨씬 대단한 무언가를 가리고 있는 듯하다. 무너진 탑 아래서 걸음을 멈춘 산티는 여전히 자정을 가리키며 멈춰있는 시계를 올려다본다. 여전히. 이 정보가 어디서 온 것인지, 어째서 이 계절처럼 어울리지 않게 느껴지는지 모르겠다. 누군가 옆에 서있어야 하는데 여기 이렇게 홀로 서있는 것도 잘못된 것 같다. 시계탑 벽에 검은 페인트로 또렷하게 '**뒤돌아봐**'라고 적힌 메시지로 시선이 간다.

산티는 뒤를 돌아본다. 광장 맞은편, 별들을 향해 활을 들어올린 켄타우로스 표지판 아래, 어떤 10대 소녀가 야외 테이블에 앉아 산티에게 손을 흔들고 있다. 그가 기억하는 것보다 어려 보인다. 그 생각을 하고 난 후에야 그는 말이 안 되는 생각임을 깨닫는다. 어떻게 그는 저소녀를 더 나이 든 모습으로 기억하는 걸까? 지금 소녀의 머리카락은 동맥혈처럼 선명한 붉은색이다.

그의 손이 목으로 올라간다. 폭발하는 별들처럼 폭죽이 하늘 곳곳에서 터질 때 그는 소라의 품에 안겨 죽어가고 있었다. 마지막 순간에 그들은 여기 있었다. 그리고 그때 그들은 처음으로 그전의 삶을 기억해냈다.

산티는 만화경 같은 햇살 속으로 걸어 들어가 소녀를 향해 비틀비틀 걸어간다. 소녀가 벌떡 일어서자 뒤로 젖혀진 의자가 자갈 위로 쓰러진다. 그들은 웃으며 부둥켜안는다. 잠시 후 뒤로 물러선 산티는 두려움과 놀라움이 섞인 눈빛으로 소녀를 바라보며 입을 연다.

"이게 어떻게 된—."

"전혀 생각도 못 했어!"

소녀가 소리치자 다른 손님들이 쳐다본다. 하지만 산티의 눈에는 소녀 소라만 보일 뿐이다. 도저히 있을 수 없는 일이다. 소라도 마치 유령을 보는 것처럼 애달프면서도 경이로워하는 눈빛이다. 소라가 그의 팔을 잡고 문지르며 말한다.

"젠장. 이렇게 보니까 너무 좋다."

'넌 내가 죽는 모습을 봤어.'

산티는 죽어가는 자신을 내려다보던 소라의 얼굴을 기억한다. 그의 예전 자아가 본 마지막 모습이다. 그는 더듬더듬 말한다.

"내가 죽고 나서… 넌 얼마나 오래 있다가….'

"쉰다섯까지 살다가 또 유방암으로 죽었어." 소라는 의자를 바로 세
우고 그 의자에 앉아 그를 빤히 쳐다본다. "넌 나를 혼자 두고 떠났어."

"그럴 의도는 아니었어." 소라의 표정이 풀리지 않는다. 맞은편에 앉
은 산티는 웃음이 나올 것 같다. "소라, 칼에 베인 게 내 탓이 아니잖아."

"그래?" 소라는 도전이라도 받은 것처럼 조용히 받아친다. 어쩌면
이렇게 예전 그대로이면서 동시에 소녀스러울 수 있을까? "네가 드디
어 나타나서 반갑긴 하네." 그녀는 브리기타를 부르려 손을 흔든다.
"누가 나한테 와인을 사주길 기다리고 있었거든."

산티는 여기로 오게 만든 삶의 궤적을 더듬는 한편 이 상황에 집중
하려 애쓴다.

"지금 넌 몇 살이야?"

"열다섯." 소라는 그를 위아래로 훑어본다. "넌, 쉰 살쯤 됐어?"

"마흔다섯이야." 혼란스러워진 그는 눈을 껌벅거린다. "내가 왜 또
너보다 나이가 많지?"

"고작 그게 궁금해?" 소라는 고개를 젖히고 웃는다. "젠장. 우리 할
얘기가 참 많겠다. 넌 어디서 살았어?"

브리기타가 주문을 받으러 온다. 산티는 레드 와인 한 잔과 쾰슈 맥
주를 주문한다.

"스페인에 있다가 프랑스에 가서 살았어. 그리고….'

눈을 감은 그는 기차에서 잠을 깬 자신, 그리고 지금 소라의 목소리
에 깨어나고 있는 무수한 다른 자신들을 받아들이려 애쓴다.

"일을 하면서 행복하지 않았어. 컨설팅 일을 했는데… 공허하더라
고. 좀 더 현실적인 일을 하고 싶었어. 더 좋은 세상을 만드는 일 같은

뒤돌아봐

거." 그는 어쩔 줄 몰라 고개를 젓는다. "비영리로 난민 아동을 돕는 일을 하려고 여기로 온 거야. 내 운명 같은 일을 드디어 찾았다고 생각했어."

확신에 찬 말이지만 이미 너무 오래됐다. 죽은 자의 잃어버린 꿈처럼.

"산티답게 살았네." 소라는 브리기타에게 와인을 받아 한 모금 마신다. "그건 그렇고 좀 더 빨리 나타날 순 없었어? 난 여기서 몇 년째 이러고 있었단 말이야."

그는 고개를 가로젓는다.

"여기 오고 나서야 기억이 났어."

"편리하네. 난 열 살 때부터 알고 있었어." 소라는 와인이 담긴 잔을 휘휘 돌린다. "그렇다 보니까 부모님과 흥미로운 대화를 나누게 됐지. 어머니는 불멸의 영혼이라는 서양적 개념을 환생이라는 동양적 개념과 엮어서 거의 논문을 쓰다시피 하셨어."

산티는 인상을 찌푸린다.

"환생하더라도 같은 사람으로 돌아오진 않을 줄 알았어."

소라는 그를 빤히 쳐다본다.

"우린 같은 사람이 아니야." 그녀는 다른 테이블을 돌아보더니 목소리를 낮춘다. "산티, 우린 결혼했었어. 오해하지 말고 들어. 우리가 지금 같은 나이라고 해도 난 너랑 결혼할 생각이 전혀 없어." 소라는 그를 예리하게 쏘아보며 뒤로 기대어 앉는다. "너도 마찬가지겠지만. 지금 이런 모습으로는 말이야."

그는 어깨를 으쓱한다.

"깊게도 생각했네."

소라는 믿기지 않는다는 눈으로 그를 쳐다보더니 웃음을 터뜨린다.

"왜?"

"전에도 너랑 이런 대화를 나눈 것 같은 느낌이라서."

"어쩌면 그랬을 수도 있지."

"전에 이런 대화를 나눴는지에 관해 우리가 논쟁해 본 적도 없잖아."

소라의 지적에 산티는 미소 짓는다.

"그렇네."

"변함없는 건 하나 있어. 논쟁에서 이긴 사람은 늘 나였어."

소라는 흡족해하는 표정이다.

산티는 두 손으로 관자놀이를 누르며 생각을 모은다.

"네 부모님은 기억을 못 하시나 봐."

소라는 고개를 흔든다.

"너랑 나 말고는 아무도 기억 못 하는 것 같아."

산티는 거듭되는 삶을 통틀어 변함이 없던 상수들을 떠올린다. 그의 어머니와 아버지. 아우렐리아. 하이메. 그리고 그의 아내이자 여자친구였고 전 부인이었던 엘로이즈. 엘로이즈와 마지막으로 함께하면서 느낀 묘한 외로움. 엘로이즈에겐 새로웠겠지만 그에게는 괴로울 정도로 익숙했던 시간이었다. 그는 소라에게 묻는다.

"왜 우리만 이럴까? 어떤 의미지?"

소라는 오랫동안 이런 대화를 기다려 온 것 같은 눈빛으로 그를 바라본다. 그는 그녀가 시간의 뒤틀림 속에서 줄곧 기다려 왔음을 깨닫는다.

"내 가설에 따르면, 우린 죽어가고 있어."

산티는 인상을 찌푸린다.

뒤돌아봐

"죽어가고 있다고?"

소라는 힘차게 고개를 끄덕인다.

"아마 우린… 자동차 사고를 당했거나 다리에서 떨어져서 지금 병원에 누워있을 거야. 우리 뇌가 삶의 다양한 버전을 되풀이해서 보여주고 있는 거겠지."

소라는 뇌 활동을 의미하듯 손가락을 허공에 대고 휘젓는다.

산티는 그녀의 손을 가만히 잡고 내려놓는다.

"우리 머릿속에서 일어나고 있는 현상이면 우리 둘의 뇌에서 동시에 일어나고 있는 건 어떻게 설명할래?"

소라는 어깨를 으쓱한다.

"우리 중 한 명의 뇌에서 일어나는 일일 수도 있어. 그럼 넌 내 상상의 산물이겠네. 내가 네 상상의 산물이거나. 그게 그렇게 중요해?"

문득 산티는 그녀의 내면이 붕 떠있는 느낌을 받는다. 처음에는 포착하지 못했던 히스테리 수준의 가벼움이다.

지금까지 겪어온 삶에서 만난 소라와 지금 눈앞의 소라가 같은 사람이라고 믿어버린 나머지 차이가 있을 가능성을 간과하고 말았다. 소라는 이 오랜 시간을 홀로 견뎌오면서 어떤 일을 겪었을까?

"중요해. 난 너를 상상할 수 있을 것 같지 않거든. 그리고 난 상상의 산물이 아니야."

소라는 답답하다는 듯 눈을 위로 굴린다.

"그렇겠지. 네가 그런 말을 할 수도 있겠다고 난 이미 상상했어." 그녀는 그의 감흥 없는 표정을 보고 덧붙인다. "우리 잘난 천재께서는 어떤 가설을 갖고 계신지 들어볼까?"

질문을 받기 전까지 그는 이런 문제에 대해 생각해 본 적도 없었다.

하지만 답은 너무 빠르다. 최근에 겪은 죽음의 기억 덕분에 그는 바로 대답을 내놓는다.

"우린 이미 죽었을지도 몰라."

소라가 얼굴을 찌푸린다.

"천국이 독일의 지방 도시 쾰른이라고?"

"천국이 아닐 거야."

"그럼 지옥?"

그는 고개를 젓는다. 무어라 꼬집어 말할 수가 없다. 무수한 삶을 살아오면서 느낀 어떤 방식일 수도 있고, 아직 이해할 수 없는 어떤 목표 달성을 위한 동력일 수도 있을 것이다.

"우린 같은 사람이지만 다른 사람으로 거듭해서 돌아오고 있어. 매번 새로운 과제를 안고 돌아와서, 더 나은 쪽이든 안 좋은 쪽이든 새로운 방식으로 살아가." 그는 테이블을 손으로 두드려 가며 말을 강조한다. "다시, 또다시 다음 기회를 부여받는 거야."

소라의 눈이 커진다. 그 순간 산티는 그녀도 동의한다는 걸 느낀다. 소라가 뼛속 깊이 안도하면서 드디어 외로움을 털어내는 것 같다. 그가 지금까지 온전히 이해하지 못했던 감정이다. 이제 그들은 함께다.

"네 말이 맞아. 우린 늘 다음 기회를 얻었어. 모든 길을 가볼 무한한 기회."

산티는 끝없는 추락의 시작점에 다다른 것처럼 울컥한다.

"아니. 내 말은 그런 뜻이 아니야." 그는 앞으로 몸을 기울인다. "옳은 길은 하나뿐이고 우린 그 길을 찾아야 해."

소라가 코를 찡그린다.

"누가 그렇게 정했는데? 이유는?"

뒤돌아봐

"우리가 알아내야지." 그는 동조해 주길 바라며 고개를 끄덕거린다. "그것도 테스트의 일부일지도 몰라. 이 모든 게 의미하는 바를 알아내는 게 목표겠지."

"의미?" 소라가 웃는다. "우리가 빌어먹을 불멸자라는 *의미*겠지. 다시 잘못된 선택을 할 필요 없다는 의미일 테고."

무수한 삶을 살아내고도 그는 그녀의 사고방식이 자신과 얼마나 다른지 잊고 있었다.

"내 생각은 달라—."

그가 설명하려는데 소라는 드디어 알았다는 듯 환해진 얼굴로 말허리를 끊는다.

"네가 말을 꺼내기 전까지는 몰랐는데 이제 알겠어. 내가 평생 살면서, 아니 거듭거듭 살면서 바랐던 게 바로 이거야. 다시 돌아가는 거. 내가 다르게 살면 인생이 어떻게 달라질지 돌아가서 확인하는 거." 소라는 놀라워하며 고개를 절레절레 흔든다. "잘못된 선택을 할까 봐 늘 두려웠어. 생각해 보니 선택 한 번으로 끝나는 게 아니네. 난 원하는 만큼 모든 삶을 살아볼 수 있어. 내 모든 버전을 탐색할 수 있는 거야."

산티는 조심스럽게 입을 연다.

"넌 너한테 일어나는 모든 일을 제어하지는 못해."

"그렇겠지. 그래도 어쩌다 일이 꼬였는지는 기억하잖아. 그 경험을 통해 배울 수도 있을 거야. 잘못된 부분은 바로잡을 수도 있고." 소라가 테이블 너머로 몸을 기울이는데 두 눈이 열정으로 들떠있다. "난 이미 시작했어. 기억하기도 전에. 어머니와 아버지는… 너도 기억하겠지만 난 그분들과 사이가 안 좋았잖아. 그런데 지금은 부모님을 어떻게 다뤄야 하는지 알아. 반복해서 살면서 알게 됐지." 소라가 소리 내어 웃는다. "그걸 알았으니 다른 것도 알아낼 수 있을 거야."

산티는 형언할 수 없는 공포를 느낀다. 그가 기억 못 하는 시작점까지 쭉 뻗어나가는, 그들의 존재만큼이나 무한한 공포다. 소라가 그의 손을 잡는다.

"왜 그래? 너도 똑같이 할 수 있어. 너만의 완벽한 삶을 찾아내서… 몇 번이고… 살면 되잖아."

산티는 이번에도 고개를 젓는다.

"완벽한 삶은 딱 한 번만 살 수 있어."

소라는 콧방귀를 뀐다.

"내 생각은 달라. 난 늘 뭐든 해보고 싶었어. 모든 게 되어보고도 싶었고. 왜 한 버전에만 정착해야 해? 모든 버전으로 다 살아보면 왜 안 돼?"

"난 그렇게 못 살아. 조각조각 나뉘어 버리니까." 산티는 쏟아져 나오는 자아들을 막겠다는 듯 두 손으로 머리를 감싸 쥔다. "여러 버전이면 전부 취합해서 의미를 구축해야겠지. 별들도, 시계도… 의미를 설명할 수 있어야 해." 그는 애원하는 눈으로 소라를 바라본다. "원인이 있을 거야. 이 모든 일의 중심에는 어떤 의미가 있을 거야."

소라는 차분하고 진지하게 그를 바라본다. 그러다 그의 어깨 너머에서 무언가를 본 듯 시선이 이동하더니 숨을 가다듬으며 말한다.

"줄스."

산티는 소라의 시선을 따라간다. 광장을 바삐 가로지르는 한 소녀가 보인다. 빗물이 튄 창문 너머에서 울고 있던 줄스를 본 기억이 난다. 거듭되는 삶마다 보인 사진 속에서 소라는 마치 매달리듯 늘 줄스를 두 팔로 안고 있었다.

"함께 있을 때마다 난 늘 어떤 식으로든 관계를 망쳐버리곤 했어."

뒤돌아봐

소라는 일어서며 말한다. "하지만 이제 기억하니까 같은 실수를 반복
하지 않을 거야. 이제 드디어 제대로 할 수 있겠어."

"소라…."

산티는 소라가 떠나는 모습을 바라본다. 소라가 비운 와인 잔이 테
이블에 놓여있고, 손도 대지 않은 산티의 라거 맥주가 낮게 깔린 가을
햇살 아래 반짝인다. 무수히 살면서 이토록 외로웠던 적이 없다.

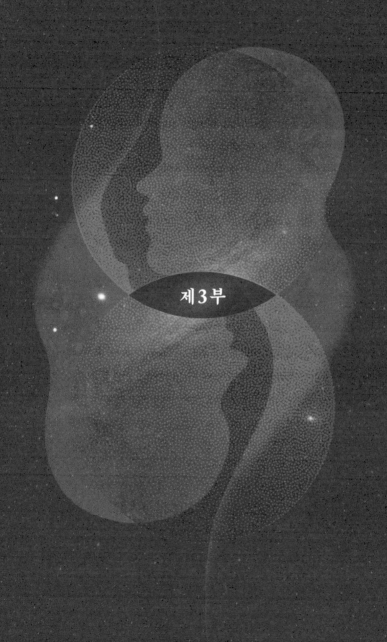

제3부

다시 이별

~

한 여름 의 오후 햇살이 에렌펠트 지역 아파트의 먼지 낀 창문으로 흘러든다. 소라는 줄스의 품에 안겨 졸고 있다. 아기가 옆방에서 자고 있어서, 그들은 간만에 오아시스 같은 고요함을 만끽하는 중이다.

소라는 번잡했던 마음을 가라앉히고 이 기분을 즐긴다. 이런 삶을 누릴 수 있고 이 삶이 얼마나 좋은지를 아는 데서 오는 행복감이다. 그녀는 자신이 행복하다는 사실을 잘 알고 있다. 그전의 다른 삶을 기억하기에 지금 이렇게 행복할 수 있을 것이다. 다른 삶에서 줄스는 문간에서 소라에게 고함을 질렀고, 젠타우르 술집의 야외 테이블에서 술에취해 울었으며, 이기적인 데다 현재의 행복을 누릴 줄 모른다며 소라를 비난했다. 지금 소라는 줄스의 가슴을 베개 삼아 머리를 기대고 앉아있다. 머리카락을 감아쥔 줄스의 손길이 느껴진다. 소라는 이 순간속에 자신을 얼려버리고 싶다. 이미 영원히 사는 존재인데 이 순간을 영원히 살면 안 되는 걸까?

하지만 이미 답을 알고 있다. 언젠가 이 삶은 끝나고 다음 삶으로 넘어가게 될 것이다. 그래도 다시 이렇게 살아볼 수 있지 않을까. 무수한 삶을 통해 가다듬어 온 현란한 말들로 줄스를 다시 유혹하면 될 테니까. 소라는 줄스에 관한 한 모르는 게 없다. 줄스의 기분을 파악해 기분 좋게 만들어 주는 일에는 도가 텄다.

잠든 줄스가 무어라 웅얼거리며 뒤척인다. 소라는 문득 의구심이 든다. 이런 삶을 이루려 애쓴 게 처음이 아니다. 어떤 삶에서는 아무리 오랫동안 애써도 줄스를 찾아내지 못했다. 어떤 삶에서는 소라가 너무 인내심이 부족하거나 분노에 차있거나 회의적인 인간이라 줄스를 찾을 생각도 못 했다. 감당할 수 없는 삶의 무게에 짓눌려 제대로 설 수 없었던 삶도 있었다. 소라는 고개를 들어 잠든 아내의 얼굴을 바라본다. 모든 걸 다시 이루려 애써도 다음 삶은 절대 지금의 삶과 같지 않을 것이다.

초인종이 울린다. 경고음만큼이나 날카로운 소리다.

"내가 가볼게."

소라는 줄스의 이마에 입을 맞추고 그녀의 품에서 빠져나가 조용히 인터폰 앞으로 걸어간다.

"누구세요?"

전 같으면 확인도 하지 않았을 것이다. 지금은 아내와 함께 완전히 새로운 아기를 키우고 있으니 조심해야 한다. 그들의 행동 하나하나가 오스카의 미래를 구축하게 될 테니까.

"아기를 훔치러 왔다."

산티의 목소리다. 지금껏 소라가 누려온 삶의 장이 끝나고 새로운

장이 시작됨을 알리는 궁극적인 증거다.

소라는 숨을 들이마시며 이 삶의 관점을 조정한다. 중요한 건 이 삶에서 산티가 어떤 존재냐는 것이다. 지금 산티는 소라의 친구이고, 처음으로 아기를 만나러 온 사람이다.

"올라와."

소라는 명랑하게 말하고는 버튼을 눌러 공동 현관문을 열어준다.

잠시 후 쇼핑백을 들고 올라온 산티가 문 앞에 도착한다.

"어서 와, 늑대."

소라는 한 손으로 쇼핑백을 받아 들면서 다른 손으로 그를 포옹한다. 산티는 몸을 기울여 그녀의 뺨에 입을 맞춘다.

"이렇게 고마울 데가."

소라는 즉석식품과 과자, 간편식이 가득 담긴 쇼핑백을 들여다보며 말한다.

"고마운 사람은 내 어머니야. 지금 너한테 이런 음식이 필요할 거라고 알려주셨거든. 어머니 덕분에 넌 리소토 재료가 아니라 이런 음식을 받게 된 줄이나 알아."

"아무튼 고마워." 소라는 산티의 손을 잡는다. "가서 우리 꼬마 황제를 알현해."

그들은 오랫동안 예비 침실로 뒀던 방으로 발소리를 죽이며 걸어간다. 소라는 그 방을 이제 아기 방으로 쓸까 생각 중이다. 아기 침대 옆에 앉아있던 줄스가 하품을 한다. 오스카의 작은 주먹이 줄스의 손가락 하나를 꼭 잡고 있다.

줄스가 방으로 들어오는 산티에게 속삭인다.

"우리 아기의 아름다운 갈색 눈 좀 봐."

소라가 산티를 팔꿈치로 툭 친다.

"아기 눈 색깔이 이런 게 누구 때문이더라."

산티가 어깨를 으쓱한다.

"그러게 익명의 기부자한테 정자를 받는 게 나을 거랬잖아. 그들이 보유한 최고의 바이킹 유전자를 달라고 하지 그랬어."

"넌 완벽해. 알잖아." 줄스는 일어서며 산티의 뺨에 입 맞춘다. "차 마실 사람?"

그들은 아기에게 시선을 고정한 채 고개를 끄덕인다.

아기를 바라보던 산티가 나지막하게 말한다.

"이 녀석 에스텔라를 닮았네."

"쉿."

소라는 얼른 문 쪽을 살피는데 다행히 줄스는 아직 주방에 있다.

"사실이잖아."

산티는 늘 해오던 대로, 이게 소라의 유일한 삶이 아님을 인정하게 만들려 한다. 그들은 늘 이런 게임을 해왔다. 그들이 아는 정보의 프리즘을 통해 이리저리 뒤집히곤 하는 오랜 논쟁이다.

소라는 아기 침대에 손을 넣어 오스카에게 손가락을 쥐여주며 나지막하게 주장한다.

"에스텔라의 코는 이렇게 생긴 적이 없어."

이런 게임에서 산티가 늘 이기는 이유가 있다. 소라는 결국 산티에게 휘말려 들어 그들의 삶이 불가사의한 수수께끼임을 인정하고 만다.

산티가 소리 죽여 웃으며 말한다.

"전에 우리가 만든 아기에 관해서는 생각하기 싫은가 보네."

그때 줄스가 차를 가지고 돌아오며 말한다.

다시 이별

"전에 만든 아기가 있었어? 나한테는 얘기한 적 없잖아."

소라가 경고의 눈빛으로 산티를 쏘아본다. 산티가 줄스한테서 찻잔을 받아들며 말한다.

"당연히 얘기 안 했지. 우리 둘만의 비밀스러운 아이거든."

그러자 줄스는 소라 옆에 와 앉으며 말한다.

"아이 생일이라도 알려줘. 생일 카드라도 보내게."

소라가 소리 내어 웃는다. 신경이 확 곤두섰다가 누그러지며 내뱉는 웃음이다. 소라는 아내 줄스를 끌어당겨 입을 맞춘다.

줄스가 다가와 산티의 어깨를 꾹 잡으며 말한다.

"주방에 놔둔 음식들 봤어. 굳이 사오지 않아도 되는데."

산티가 손사래를 친다.

"예쁜 조카를 위해 나도 그 정도는 해야지."

줄스는 걱정스러운 표정이다.

"돈도 별로 없으면서."

"그 정도 살 급료는 받고 살아."

"무슨 소리야! 최저 임금이잖아. 얘기가 나왔으니 말인데 내 상관이 직원을 한 명 구하고 있어. 급료가 짜긴 마찬가지지만 네가 지금 받는 것보다 많을 거야. 장래성도 있고. 지금보단 확실히 나아." 줄스는 그가 자기를 돌아볼 때까지 앞으로 몸을 기울이고는 덧붙인다. "생산 라인에서 멍하게 시간 때우는 일이 아니라 네 뛰어난 두뇌를 사용해서 일할 기회이기도 해."

산티가 웃는다.

"고마운데, 그냥 지금 하던 일 할래. 어차피 그 일만 하면서 사는 게 아니라 상관없어."

줄스가 한쪽 눈썹을 치켜뜬다.

"흠. 수수께끼 같은 말을 하네."

"옳은 길을 찾는 게 쉽진 않지."

산티는 이 말을 하며 소라를 쳐다본다. 소라는 눈이 마주치자 시선을 피해버린다.

산티가 가고 난 후 줄스는 주방 식탁 앞에 앉아 미간에 살짝 주름을 잡는다. 소라는 허리를 굽히고 그 사랑스러운 잔주름에 입을 맞추며 묻는다.

"왜 그래?"

줄스가 한숨을 쉰다.

"산티 말이야. 오늘도 너무 말랐더라. 산티가 입고 있는 점퍼 봤어? 여기저기 해어졌어."

소라는 눈을 깜박인다.

"몰랐어." 소라가 보는 산티는 이번 삶의 모습이라기보다 무수한 삶의 기억이 겹친 초상에 가깝다. "걱정 마. 자기가 선택해서 그러고 사는 거니까. 도움이 필요하면 말하겠지."

"과연 말할까?"

"이미 말했잖아. 기억 안 나? 산티가 부탁하지 않았으면 지금 우리가 그의 말썽꾸러기 고양이를 키우고 있지도 않을걸."

"말썽꾸러기 아니야." 줄스가 틀렸음을 증명이라도 하듯 고양이가 탁자 위로 훌쩍 뛰어올라 찻잔이 쓰러질 뻔한다. "맙소사, 펠리세트!"

소라는 펠리세트의 초록색 눈동자를 들여다보며 쓰다듬는다.

"네 주인이 화를 내게 해서 미안해. 걱정 마. 우리가 널 돌봐줄게."

펠리세트는 나무라듯 부드럽게 야옹거리며 소라의 손가락 관절에

다시 이별

몸을 비빈다.

줄스는 한 손으로 턱을 받치고 말한다.

"산티가 걱정돼서 그래. 지금 하는 일 때문에 사람이 망가지는 것 같아서. 게다가 짬이 생기면 자원봉사를 하거나 수첩에 뭘 끄적거리면서 시간을 다 보내잖아. 수첩에는 대체 뭘 그렇게 적는 거야?"

소라는 아내를 바라본다. 이럴 땐 줄스에게 다 털어놓고 싶다.

'난 몇 번이나 살면서 너를 기다렸어.'

하지만 그랬다간 그들이 함께했던 다른 삶, 옳지 않았던 자신의 다른 모습들까지 털어놓아야 한다. 소라는 줄스가 지금과는 다른 자신에 관해 알게 하고 싶지 않다.

"글쎄. 뭐든 적을 수 있겠지."

그 후 한 달간 소라는 산티를 보지 못했다. 그는 늘 그렇게 몇 주씩 사라졌다가 머릿속 한가득 질문을 담고 온갖 메모와 그림으로 채워진 수첩을 들고 나타나곤 했다. 그가 혼자 뭘 하고 다니는지 소라는 정확히 알지 못한다. 줄스, 오스카와 함께하는 삶에 집중하고 있어서 딱히 궁금해할 여유도 없다. 가끔 속에서 뭔가 곤두서면서 내면의 어떤 부분을 탐색해야 할 것 같은 느낌이 들긴 한다. 그럴 때면 '다음에'라고 넘겨버린다. 서두를 필요 없으니까. 그녀의 삶은 더 이상 태어남과 죽음에 얽매여 있지 않다. 아마 그 무엇에도 매어있지 않을 것이다.

새벽 2시, 오스카에게 분유를 먹이고 있는데 초인종이 울린다. 소라는 인터폰 수화기를 든다.

"산티, 지금 새벽 2시야."

"알아. 올라가도 돼?"

소라는 문을 열어주며 묻는다.

"무슨 일이야? 쫓겨나기라도 했어?"

"너 어떻게 죽었어?"

난데없는 질문에 소라는 눈을 껌벅이며 되묻는다.

"뭐?"

"내가 네 선생이었던 삶에서 말이야. 난 네가 전학 가고 1년 후에 죽었어. 심장마비로. 넌 어떻게 죽었어?"

"목소리 낮춰!" 소라는 그의 팔을 잡고 주방으로 데려간다. 산티는 담배 주머니를 꺼내더니 담배를 말기 시작한다. "그걸 여기서 피울 생각은 하지 않는 게 좋을 거야."

산티가 소라를 쓱 쳐다본다.

"당연히 안 피우지. 뜸 그만 들이고 얘기나 해줘."

소라는 오스카를 데리고 의자에 가 앉는다.

"여덟 살 때 사고로 죽었어. 전학 가고 첫 학기에. 부모님이 나를 전학시키고 나서 내가 그렇게 됐으니 많이 후회하셨을 거야. 강에 케이블카가 추락했던 사건 기억해?"

산티는 고개를 끄덕인다.

"내가 그 케이블카에 타고 있었어."

그 말에 산티는 고개를 치켜든다.

"익사했어?"

"어. 다시는 겪고 싶지 않은 죽음이었어." 이런 얘기를 할 수 있어서 마음이 편하다는 사실을 소라는 부정할 수 없다. 소라는 담배를 다 만 산티가 해진 외투에서 기억 수첩을 꺼내는 모습을 물끄러미 바라본다. "네가 그 수첩에 뭘 그렇게 적는지 줄스가 묻더라. 줄스가 보지 않게

다시 이별

하는 게 좋을 거야." 산티는 대꾸도 하지 않는다. 깔끔한 격자무늬가 들어간 페이지에 방금 소라에게 들은 얘기를 적느라 여념이 없다. 더 빨리 써지고 싶어 안달 난 것처럼 앞으로 기울어진 글씨를 보며 소라 가 말한다. "필체가 달라졌네. 하긴 놀라운 일도 아니지. 인격이 달라 졌으니까."

"필적학은 유사 과학일 뿐이야."

소라가 미소 짓는다.

"넌 네가 유일한 산티라는 생각을 아직도 하나 봐? 영원한 상수야?"

산티는 대답하지 않는다. 소라가 오스카를 안고 있지 않은 손을 불 쑥 내밀자 놀란 산티가 수첩을 건네준다. 소라는 끝없이 되풀이되는 그들 두 사람의 기록을 훑어본다. 머리 위에서 후광처럼 폭죽이 터지 는 경찰 파트너였을 때도 있었고, 호숫가에서 일렁이는 그림자를 쫓는 10대였을 때도 있었다. 그림 실력이 점점 나아지는 게 보인다. 전에는 주저하고 확신이 없는 티가 났는데 이제는 원숙한 경지에 이르렀다. 그림 연습할 시간이 많은 모양이다.

"그림을 전부 그리고 나면 패턴을 찾을 수 있을 거라는 생각이 계속 들어. 어떤 게 진짜인지 알아낼 수 있겠지."

"어떤 게 진짜인지?" 소라는 그를 가만히 바라본다. "산티, 전부 진 짜일 수도 있고 진짜라는 건 아예 없을 수도 있어. 다이아몬드를 찾으 려고 깨진 유리 파편을 뒤지는 짓은 하지 마."

산티는 지친 눈으로 그녀를 지그시 바라본다.

"이해가 안 돼. 이 삶에 만족해서 그런 의문도 가지지 않게 된 거야?"

소라는 입술을 깨문다. 부부 침실에서 자다 깨면 그녀가 기억하는 별자리가 천장에 펼쳐져 있는 환각이 보인다는 얘기를 그에게 털어놓

고 싶다. 하지만 지금 오스카가 품에 안겨있고, 드디어 소라의 것이 된
줄스는 몇 미터 떨어진 방에서 자고 있다. 소라는 나지막하게 말한다.

"의문을 품으면 난 이 삶을 잃어."

산티는 고개를 젓는다.

"그게 전부가 아닌 것 같은데. 넌 두려워하고 있어."

소라는 콧방귀를 뀐다.

"아, 그래? 내가 뭘 두려워할까?"

"내가 옳을까 봐. 그리고 이게 정말로 어떤 시험일까 봐. 이 과정이
우리가 포기하고 싶어 하지 않는 무언가를 빼앗아 가려는 것일까 봐."

"두려워하는 건 너인 것 같은데." 소라가 쏘아붙인다. "넌 이 과정이
아무 의미도 없을 가능성을 직면할 용기가 없어. 이건 그냥 우주의 착
오 같은 것일지도 모르는데 말이야." 소라는 목소리를 더 낮추면서 오
스카를 안은 자세를 바꾼다. "넌 이 시험에 통과하려고, 옳은 길을 가
려고 이미 생을 거듭하면서 애써왔어. 그래서 어디까지 갔는데?"

그들이 서로를 노려보고 있는데 펠리세트가 그들 사이로 훌쩍 뛰어
오른다. 산티는 멍하니 펠리세트를 쓰다듬으며 묻는다.

"펠리세트도 기억할까?"

소라는 고양이의 부드러운 검은 털을 쓰다듬는다.

"펠리세트가 이 모든 일의 열쇠일 수도 있겠다."

집을 나서는 산티에게 소라는 여분의 열쇠를 쥐여준다.

"다음에 올 때는 초인종 누르지 마."

산티는 그녀의 뺨에 입을 맞추고 떠난다.

두 달 후 소라가 오스카의 사진을 부모님에게 이메일로 보내고 있는

다시 이별

데 현관문을 열쇠로 여는 소리가 들린다. 소라는 줄스가 온 줄 알고 말한다.

"일찍 왔네."

"네가 내 박사 논문 지도교수였을 때는 어땠어?"

그러자 거실로 들어오는 산티에게 소라가 되묻는다.

"인사도 생략한 걸 보니 이번에도 어지간히 중요한 질문인가 봐?"

산티는 고개를 끄덕이고는 기억 수첩을 꺼내 들며 소파에 앉는다.

소라는 불안정하고 외로웠던 그 삶을 떠올린다.

"늙어서 내 침대에서 죽었던 것 같아. 물론 자는 동안 자객이 침입해서 날 살해할 수도 있었겠지만." 소라는 산티가 수첩에 끄적거리는 모습을 바라보며 묻는다. "넌 어땠어?"

"뇌졸중." 그는 계속 수첩에 적으며 말한다. "겨우 서른다섯 살이었어."

"운이 더럽게 좋았구나?" 소라는 산티 옆에 가 앉는다. "그런 걸 다 기록해서 뭘 하려고?"

"무언가에 가까워지고 있어." 그는 돋아 올라온 짧은 수염을 손으로 긁적이며 들뜬 눈빛으로 소라를 바라본다. "우리가 매번 죽는 것도 운명에 그렇게 정해져 있을까?"

잠시 후에야 그 말뜻을 이해한 소라는 숨이 막힐 지경이다.

"미안한데, 또 운명 논쟁을 해야 하는 거야? 우리가 처한 상황 자체가 운명이란 개념을 불필요하게 만든다고 생각하는데."

"말했잖아. 각각의 삶을 개별적으로 생각하지 말라고. 큰 그림으로 봐야 해. 전체적으로 봐야 한다고." 그는 말로는 다 설명하기 힘들다는 듯 두 손을 쫙 펼쳐 보인다. "우리가 칼 든 남자를 쫓는 경찰 파트너였을 때를 생각해 봐. 그때 넌 내가 탑을 올라갔다가 죽었던 걸 기억해

냈어. 그리고 내 목숨을 살리려고 나를 탑에 올라가지 못하게 막았지. 하지만 결국 난 죽었어." 그는 말에 힘을 주며 소파 팔걸이를 내리친다. "그게 내 운명이었으니까."

"나는…" 좌절한 소라는 눈을 질끈 감는다. "그 가설이 틀렸다는 걸 어떻게 입증해야 할까?"

산티는 애초에 잘못된 질문이라는 듯 망연한 눈으로 그녀를 바라본다. 짧은 순간이지만 소라는 줄스의 시선으로 그를 본다. 지금 그는 걱정스러울 정도로 앙상하게 마른 데다 낡고 지저분한 옷을 입었고 눈 밑도 시커멓다. 소라는 한숨을 쉰다.

"산티, 네 몰골을 봐. 정말이지 말이 아니야. 넌 3개월 된 아기를 키우는 나보다도 잠을 더 못 자는 것 같아." 소라는 그의 팔에 손을 얹는다. "몸 좀 챙겨."

"너처럼?"

소라가 그를 빤히 쳐다본다.

"무슨 뜻이야?"

산티는 이런 대화를 시작하고 싶지 않은 듯 멈칫하다가 결국 입을 연다.

"우리가 지난 삶을 기억하는 건 다 이유가 있어. 그런데 넌 그 정보를 어디에 썼지? 줄스를 조종해서 너랑 살고 싶게 만드는 데 썼어. 넌 줄스가 갖고 있지 않은 기억을 이용해서 너를 더 나은 사람으로 보이게끔 만든 거야."

"뭐라고?"

소라는 뒤로 물러선다.

"내 말은—."

다시 이별

산티가 말하려는데 줄스의 열쇠가 현관문에 꽂히는 소리가 들린다.

산티와 소라는 그 자리에 얼어붙는다.

"표정 관리해." 소라는 조용히 말하며 일어선다. "우리가 바람이라
도 피우는 줄 알겠어."

집으로 들어온 줄스가 말한다.

"나 왔어, 자기야."

소라가 줄스를 품에 안고 입을 맞추자 줄스가 소리 내어 웃는다.

"무슨 의미야?"

"사랑스러운 아내를 위한 키스."

소라는 애써 태연한 목소리로 말한다.

줄스가 소라를 다정한 눈빛으로 바라본다.

"당신과 함께했던 모든 아내 중에 제일 사랑하는 아내?"

"맞아."

소라는 주저 없이 대답한다.

"알았어." 줄스는 이마를 찌푸리며 소라의 표정을 살핀다. 왜 이렇
게 유심히 바라보는 걸까? "사랑스러운 아내는 이제 간단히 샤워하러
가야겠어. 안녕, 산티."

줄스는 소라의 어깨 너머로 산티에게 손을 흔든다.

산티는 비통한 눈빛으로 인사를 받는다.

"어, 안녕."

소라는 줄스를 욕실로 보낸다. 욕실 문이 닫히자 소라는 소파에 도
로 앉는다.

"미안. 내가 아내를 어떻게 착취하고 있는지 네가 한창 떠들고 있던
참이었는데 방해받았네?"

산티는 손으로 눈을 비빈다.

"괜한 얘길 한 것 같아. 잊어버려."

"아니. 얘기 꺼냈으면 그냥 해. 무를 생각 말고." 소라는 손으로 이마를 짚으며 덧붙인다. "나도 제대로 알아야겠어. 너처럼 남의 건물에서 무단으로 살면서 수첩에 메모나 끄적이는 건 올바른 삶의 길이고, 이렇게 줄스와 가족을 꾸리고 사는 건 옳은 길이 아니라는 거잖아?" 소라는 분노에 휩싸인 나머지 웃기까지 하면서 그를 노려본다. "넌 그냥 이기적으로 사는 거야, 산티. 가치 있는 일을 하려고 자기 편의를 희생한 고귀한 순교자 내지는 영웅인 척할 뿐이지. 그거 알아? 넌 진짜 형편없는 친구야. 줄스랑 나는 늘 네 걱정을 해. 네 불쌍한 엄마도—."

그 말에 산티의 표정이 어두워진다.

"그래도 난 내 행복을 최대화하는 것보다는 나은 일을 하면서 살고 있어."

"내 얘길 듣질 않는구나." 소라는 두 손을 들어 올린다. "넌 늘 최선의 길을 알고 있다고 생각하지? 옛날에 네가 내 아빠였으니까—."

"넌 여전히 내 지도교수처럼 굴고 있어."

산티는 이제껏 내보인 적 없는 분노에 찬 눈빛으로 소라를 쏘아본다. 그 분노는 타고난 평온한 기질에 상흔으로 새겨진다. 소라는 오빠였던 산티가 밤에 차고에서 낡은 세탁기를 발로 차서 부숴놓았던 일을 떠올린다.

산티가 숨을 내쉬며 묻는다.

"다음엔 어쩔 거야? 어떻게 할 건데?"

"말했잖아. 난 뭐든 하고 싶고 어떤 사람이든 되고 싶어. 서커스단에 들어갈 수도 있겠지. 부자가 돼서 로덴키르헨 지역에 저택을 살 수도 있을 거야. 드디어 우주 비행사가 될지도 몰라." 소라는 그의 표정을 살피며 묻는다. "왜, 그것도 반대하게?"

그는 고개를 젓는다.

"우리가 이해를 못 하고 그냥 살아가면 어떻게 살든 의미는 없을 거야."

소라는 소리 내어 웃는다. 산티는 언제나 그렇듯 그녀의 웃음을 조용히 참아낸다. 소라는 그런 것까지 기억하는 게 신물 난다.

"왜 네가 항상 유의미한 일과 무의미한 일을 판단하려 하지?"

산티가 일어선다.

"이런 식으로 구니 더는 얘기해 봤자 소용없겠다."

"뭘 어떻게 굴었다고 그래?" 분노한 소라의 말투가 싸늘해진다. "너야말로 다시는 이러지 마. 불쑥 쳐들어와서 내 인생이 무의미하다고 지껄이지 말라고."

산티는 방 안을 서성이며 주절거린다.

"네가 뭘 못 하는지 알려줄게."

소라가 경고한다.

"빌어먹을 목소리 낮춰."

하지만 산티는 듣지 않는다. 그는 번뜩이는 눈으로 소라를 돌아본다.

"나에 대해 멋대로 선 긋지 마. 내가 너한테 원하는 건 이만큼이 다야. 우리가 그 정도 사이는 되잖아, 소라. 서로에게 너무 큰 의미가 있는 사이니까." 소라는 그의 입을 틀어막고 싶은데 그는 이미 허리케인처럼 광포해져서 도저히 말릴 수 없다. "네 완벽한 삶을 위한 액세서리 정도로 날 이용하지도 마. 너 편할 때 내 입을 닫치게 하려는 것도, 이 삶이 지겨워져야 내 얘기에 귀를 기울이는 것도 그만둬."

소라는 그가 이런 식으로 머릿속을 비집고 들어오는 것도, 인정하고 싶지 않은 것들을 입에 올리는 것도 싫다.

"지겨워진 적 없어."

"거짓말. 넌 나 같아. 알고 싶어 하지. 진실을 캐내고 싶어 해. 탐색해서 알아내고… 설명 불가능한 것에도 손을 대고 싶어 해. 진실을 외면하고 숨어버리는 게 아니라." 산티가 코앞에서 소리쳐도 소라는 움츠러들지 않는다. "대체 왜 너 자신이 아니라 다른 사람인 척 사는데?"

소라는 그를 물끄러미 바라볼 뿐 '줄스는 내가 그렇게 살기를 바라니까'라는 말을 차마 할 수 없다. 이 삶 자체가 아닌 다른 무언가를 추구해야 한다. 줄스와 함께하는 삶과는 양립할 수 없다는 산티의 확신이 어디서 비롯됐는지 소라는 알 수 없다. 그는 소라가 오직 하나의 길만 선택할 수 있다고 믿는다.

"무슨 일이야?"

줄스의 목소리에 소라가 깜짝 놀라 고개를 돌린다. 몸에 수건을 감은 줄스가 물을 뚝뚝 흘리며 서있다. 그 자리에 얼마나 오래 서있었을까.

"젠장." 당황한 소라는 문 쪽으로 향한다. "가야겠어."

"어딜 가?" 줄스가 소라를 붙잡는다. "어떻게 된 일인지 얘기해."

소라는 줄스의 손을 뿌리치고 장화를 신는다.

"이런 상황에서 얘기해 봤자 소용없는 걸 난 이미 알아."

줄스는 부들부들 떨며 서있다. 물방울이 맨 어깨로 뚝뚝 떨어진다.

긴장하고 신경이 곤두선 줄스의 표정이 너무나 익숙하다. 일이 잘못됐을 때마다 짓던 표정이다.

"소라, 제발…."

소라는 문 앞에서 머뭇거린다. 이번 삶에서 소라의 계획은 하나뿐이

다시 이별

었다. 줄스가 가장 우선이었다. 하지만 산티가 그들의 삶을 찢고 들어온 지금, 소라는 균열의 끄트머리에 아슬아슬하게 서있다. 더는 여기 머물 수가 없다. 쿵쾅거리며 계단을 내려가는데 계단통 백 개가 겹치면서 그 소리가 메아리친다. 견딜 수 없어 한 번에 뛰어 내려간다. 거리로 뛰쳐나가자 하늘을 향해 비난하듯 손가락질하는 등대가 보인다. 모든 게 뒤틀려 버렸다. 현실로 인식하려 애써온 이 도시가 눈앞에서 산산이 부서지고 있다.

"소라!"

뒤를 돌아보니 산티가 달려오고 있다. 소라는 옆 골목으로 들어갔다가 이슬람 사원이 있는 공원 가장자리로 나간다. 산티의 부서진 자아들이 사원의 높은 유리 창문에 반사된다. 소라는 모든 걸 뒤로하고 떠날 수 있을 것처럼 계속 달려간다.

산티는 다른 삶에서 그들이 결혼식을 올렸던 성당에서 소라를 찾아낸다. 소라도 성당 문이 삐걱 열리자마자 산티인 걸 알아챈다. 하지만 뒤돌아보지는 않는다. 저 앞의 제단과 십자가에 매달린 무표정한 예수한테서 시선을 떼지 않는다. 주변 시야로 보니 산티가 통로에 서서 성호를 긋고 있다. 소라가 말한다.

"나를 찾으러 여기로 올 줄은 생각 못 했어."

산티는 그녀 옆의 신도석에 쓱 앉는다.

"그냥 와봤어."

소라가 한숨을 쉬며 묻는다.

"줄스는 괜찮아?"

그는 고개를 젓는다.

소라는 더 물을 필요도 없겠다고 생각한다. 손톱을 물어뜯자 손톱에 칠해놓은 매니큐어의 씁쓸한 맛이 혀에 감돈다. 손톱 물어뜯는 습관을 버리려고 칠해놓은 것이다.

"이번 생에서야 줄스를 제대로 알게 됐어. 내가 어떤 사람이 되어야 하는지, 어떻게 해야 줄스가 내 곁에 있어줄지 드디어 알았다고. 이번 엔 망치지 않았는데 결국 이렇게 됐으니 네 탓이야." 소라는 답답해하며 숨을 들이마신다. "줄스한테 말했어?"

그는 조심스럽게 대답한다.

"아니."

소라는 깜박이는 촛불들을 바라본다. 눈을 가늘게 뜨자 쪼개진 불꽃이 주변 시야의 밝은 빛과 합쳐진다. 피처럼 붉은 드레스를 입고 이 성당의 통로를 걸어왔던 기억이 난다. 그때 산티는 제단 앞에서 소라를 기다리고 있었다. 그때의 자아와 지금의 자아 사이의 간격이 너무 넓어서 이대로 그 틈으로 뚝 떨어져 사라질 것 같다.

"네가 내 딸이었을 때 말이야."

산티가 입을 열자 또 현자의 조언이나 늘어놓겠다 싶어 소라는 마음의 준비를 한다.

"응."

"그 삶에서 우리가 어떻게 죽었는지 기억해?"

"당연하지." 딱딱한 신도석에 등이 배기자 소라는 두 팔로 자기 몸을 감싼다. "우린 차에 타고 있었어. 차가 얼음판 위에서 쭉 미끄러졌고…." 상상조차 하기 힘든 끔찍한 고통이 다시 느껴져 소라는 몸을 떤다. "네가 먼저 죽었고, 난 30분 동안 차에서 혼자 살아있었어." 당시의 자아가 느꼈던 비통함이 밀려와 복수심에 찬 유령처럼 소라를 휘

다시 이별

감는다. "넌 나를 절대 떠나지 않겠다고 약속해 놓고 떠나버린 거야."

산티가 안타까운 눈빛으로 소라를 바라본다.

"그래서 돌아왔잖아."

소라가 콧방귀를 뀐다.

"그래. 짜증 나는 쌍둥이로 돌아왔지."

"쌍둥이 오빠였잖아."

소라는 눈을 위로 굴린다.

"30분 먼저 태어난 것도 오빠라고…."

그 순간 두 사람은 서로를 물끄러미 바라본다. 소라는 수첩을 달라는 뜻으로 말없이 손을 내민다. 산티가 해당 페이지를 펼쳐 그녀에게 건넨다. 격자무늬 페이지에 적힌 메모를 살펴본 소라가 말한다.

"맞네. 늘 그랬어. 네가 먼저 죽으면 다음번에는 네가 먼저 태어나서 나보다 나이가 많았어. 내가 먼저 죽었을 땐 내가 더 나이가 많았고. 둘이 같은 시기에 죽었을 땐 같은 나이로 돌아왔지."

소라는 새로운 정보를 발견한 기쁨에 들떠 산티의 눈을 바라본다.

"그러게. 어떤 의미가 있을 것 같긴 했어."

하지만 소라는 기뻐하던 안색이 빠르게 사그라진다. 신도석에 축 늘어져 앉은 그녀는 수첩을 도로 건네준다.

"그래서 뭐? 우린 어차피 또 죽을 텐데. 다음번에 네가 더 나이가 많든 내가 더 나이가 많든 무슨 상관이야?" 소라는 손톱을 물어뜯다가 그러지 않으려 손을 다리 밑으로 넣는다. "난 줄스와 같은 나이이기만 하면 돼."

"늘 그랬을 줄 알았어."

"정확히 같은 나이는 아니야. 지금 줄스는 나보다 한 살 어려." 소라는 미소 짓는다. "물론 줄스는 행정상 착오 때문이라고 늘 말하지. 자기는 나만큼 성숙한 사람이라면서."

산티는 머뭇거리다가 입을 연다.

"내가 말하려는 건, 그러니까 내 의도는… 너더러 어떻게 살아야 한다고 잔소리하려는 게 아니야."

소라는 콧방귀를 뀐다.

"내가 또 속을 줄 아나."

"진심이야. 너와 줄스의 관계는 너는 갖고 있고 줄스는 갖고 있지 않은 정보에 기반하고 있어. 그건 공평하지 않아. 너도 알고 있겠지만."

소라는 시선을 돌린다. 속에서 허무함이, 감당할 수 없는 외로움이 치받아 올라온다. 결국 그녀는 우울하게 내뱉는다.

"난 줄스와 함께하고 싶었을 뿐이야."

"그럼 함께해. 하지만 솔직해져야겠지. 너 자신에게도 줄스에게도."

산티가 일어서며 손을 내민다. 소라의 눈에는 마치 선택을 강요하는 손처럼 보인다. 하지만 이건 선택의 문제가 아니다. 지금까지 소라는 줄스와 함께 유리 상자 안에서 산 것이나 다름없다. 이제 소라는 유리 상자를 깨부수고 나와야 한다. 그리고 깨진 파편으로 의미 있는 무언가를 만들어 낼 수 있을지 알아봐야 한다.

"나도 이유를 알고 싶어. 넌 내가 더 이상 의문을 품지 않을 줄 알겠지만 그렇지 않아. 내가 잃을 게 없는 삶을 살고 있을 때 다시 나를 찾아와."

산티는 심각한 얼굴로 소라를 바라보며 대답한다.

"그럴게."

산티의 손을 잡은 소라는 그의 손에 이끌려 일어선다.

다시 이별

"어쩌면 우린 둘 다 미쳤는지도 몰라." 어둑한 스테인드글라스 아래서 그와 함께 통로를 걸으며 소라가 말한다. "조그만 방에 갇혀서 다른 삶을 꿈꾸고 있는 걸 수도 있어."

여름밤을 향해 나아간 그들은 구시가지를 통과해 에렌펠트 지역으로 돌아간다. 소라는 공원을 가로지르다가 고개를 든다. 별빛이 휘황찬란해서 가짜처럼 보인다. 지나치게 낮은 천장에 붙어있는 조명등 같다.

"별자리가 달라진 걸 처음 알아채고 얼마나 두려웠는지 지금도 기억나."

산티도 소라의 시선을 따라 하늘을 올려다본다.

"내가 정말 두려웠던 건 별자리의 변화가 아니었어. 더 이상 변하지 않는 걸 알고 나니까 제대로 겁이 나더라."

"뭐라고?" 소라는 머릿속에 저장된 무수한 별자리 지도와 지금 하늘에 박혀있는 별들의 위치를 눈을 가늘게 뜨고 맞춰본다. "언제부터 달라지지 않았지?"

"한참 전부터 그대로였어."

소라는 농담인지 파악하려고 그를 가만히 바라본다. 하지만 이번 생에서 산티가 어떤 사람인지 소라는 잘 안다. 이런 문제를 놓고 농담을 할 사람이 아니다.

"언제부턴가 하늘을 보지 않았던 것 같아."

산티는 침묵으로 대답을 대신한다.

소라가 한숨을 쉬며 묻는다.

"그래, 말해봐. 이건 어떤 의미야?"

산티는 어깨를 으쓱한다.

"무슨 의미든 될 수 있어."

소라가 콧방귀를 뀐다.

"넌 늘 그런 식으로 말하더라. 내가 너에 관해 워낙 잘 아니까 이런 말을 할 자격 정도는 있겠지." 소라가 눈을 깜박이자 별들이 잠시 사라진다. 그러다 마치 기다렸다는 듯 똑같은 모습으로 돌아온다. "우리가 저 위에 올라가지 못한 이유가 뭐일 것 같아?"

산티는 애정 어린 미소를 지으며 별에서 소라에게 시선을 옮긴다.

"우리가 못 할 일은 없어."

그 말에 소라는 몸이 떨린다. 이번 생이 그들의 마지막 기회가 아닐 수도 있으니 두렵기도 하고 안심이 되기도 한다. 묘하게 유쾌한 기분에 사로잡힌 소라는 웃음을 터뜨린다.

"왜 웃어?"

"지금 나한테 필요한 게 뭔지 알아?" 소라는 산티를 바라본다. 고뇌에 찬 그의 눈은 언제나 영원을 향해 있을 뿐 뒤를 돌아본 적이 없다. "친구야. 이번 삶에서 넌 내 친구가 되어줬어야 해. 망할 놈의… 큰 그림이니 뭐니 떠들 게 아니라. 나를 위해… 친구가 되어줄 순 없겠어? 이번만이라도?"

산티는 잠시 하늘을 바라보다가 소라에게 팔을 내밀며 말한다.

"가자. 집에 데려다줄게."

소라가 집으로 돌아가자 줄스가 기다리고 있다.

소라는 문 옆에 서서 생각한다. 소라가 결국 관계를 망쳤으니 이제 줄스는 집을 떠나 다시는 돌아오지 않을지도 모른다. 눈을 감고 추락해 버리는 것처럼 그런 상황으로 확 뛰어들어 버릴 수도 있다. 아니면 중력을 거스르듯 뚝심 있게 이 상황을 이겨내고 별들이 있는 곳까지 올라가든가.

"미안. 그렇게 나가버리는 게 아니었는데. 집에 머물면서 자기랑 얘기를 나눴어야 했어."

소라가 사과하는데 줄스는 대꾸하지 않는다. 아내가 속을 꿰뚫어 보고 있다는 불안한 느낌이 든다. 줄스가 소라를 겹겹이 둘러싼 층, 무수한 버전의 자아들을 뚫고 내면의 텅 빈 곳을 들여다보는 것 같다. 줄스가 드디어 입을 연다.

"산티 말이 맞았던 거야? 네가 연기하듯 살고 있다며. 만약 네가 갇힌 기분으로 살고 있다면, 다른 삶을 원한다면 나는…."

줄스는 눈물을 흘리며 고개를 젓는다.

소라는 줄스의 턱을 들어 올려 눈을 마주 보며 말한다.

"내가 원하는 건 이 삶이야."

소라의 말투에는 완전한 확신이 깃들여 있다. 이 삶의 이 자아가 진심으로 하는 말이기 때문이다.

줄스는 한숨을 쉬더니 소라를 끌어안고 묻는다.

"내 곁에 있을 거지?"

소라는 진하게 입을 맞춘다.

"늘 그럴 거야."

오스카가 태어나고 처음으로 그들은 몸의 대화를 나눈다.

줄스의 품에 안겨 누운 소라는 울컥하면서도 눈물을 흘리진 않는다. 한 번도 그런 적이 없다. 생을 거듭 살면서 목구멍 뒤쪽이 타는 듯 울컥할 때는 있어도 눈이 메말랐는지 눈물을 흘린 적이 없다. 내면에서 중요한 어떤 부분이 없어진 모양이다.

줄스가 손가락으로 소라의 머리카락을 감아쥔다. 밝은 오렌지색 머리카락부터, 염색할 시간이 없어 원래 색깔 그대로인 뿌리 부분까지 손가락으로 훑으며 묻는다.

"왜 그랬어, 자기야?"

소라는 줄스를 바라본다. 무수히 살며 알아온 줄스의 얼굴이다. 하지만 지금 줄스의 눈은 이번 삶의 소라만 알고 있다. 산티의 말처럼 이건 공평하지 않다. 소라가 기억하는 삶들은 줄스에겐 일어난 적도 없는 상황이지만, 그동안 소라가 본인만 아는 정보를 활용해 자기를 상대해 온 걸 알면 과연 줄스가 용서해 줄까?

"할 얘기가 있어."

소라의 말에 줄스는 베개에 머리를 댄 채 돌아눕는다.

"뭔데?"

소라는 눈을 감는다.

"언제부터 시작됐는지는 기억이 안 나. 정확히 언제 시작됐는지, 시작점이라는 게 있었는지도 모르겠어. 하지만 대략 짐작되는 때는 있어."

소라는 줄스에게 모든 걸 털어놓는다. 산티 말고 다른 사람에게 이 얘기를 하게 되니 묘하게 마음이 편안해진다. 옆에서 자기 의견을 들이미는 산티가 없으니 지어낸 이야기를 늘어놓듯 방해받지 않고 편하게 얘기할 수 있어서일 것이다. 얘기를 하는 내내 소라는 눈을 뜨지 않는다. 줄스의 얼굴을 감히 쳐다볼 수가 없다.

얘기를 마친 소라는 줄스가 무슨 말이든 하길 기다린다. 그런데 침대에서 뒤척이는 소리가 날 뿐이다. 눈을 뜨자 소라를 외면한 채 침대에서 일어나 앉아있는 줄스의 모습이 보인다.

가슴이 철렁한다.

"줄스, 무슨 말이든 해봐."

다시 이별

줄스는 움직이지도 않는다. 소라도 일어나 앉아 줄스의 어깨를 잡아 돌린다. 줄스는 소라를 가만히 쳐다본다. 화난 것 같지는 않다. 상황이 더 좋지 않다. 넋이 나간 듯 혼란스러운 표정이다. 그러더니 어깨에서 소라의 손을 천천히 떼어낸다.

"뭐라고 말해야 할지 모르겠어."

줄스는 일어서서 옷을 입기 시작한다.

소라는 심장이 얼어붙는다. 오래전 밤에 뉴욕에서 인파를 헤집고 나아갔던 날이 기억난다. 산티가 자기와 엘로이즈 사이에서 일어난 일을 들려준 적이 있다. '내가 어떤 기분인지 설명해 주려고 했거든. 그런데 다 듣고 나서 엘로이즈는 무슨 말을 해야 할지 모르겠다고 하더라. 그러고는 곧장 내 곁을 떠났어.'

"줄스." 소라는 아내 줄스를 따라서 침실을 나와 아기 방으로 들어간다. 줄스가 오스카를 아기 띠 안에 넣고 있다. "제발… 이러지 마."

줄스는 비통한 눈으로 소라를 바라본다.

"오스카를 너한테 맡겨둘 수가 없어서 그래. 넌 지금 너 같지 않아."

소라는 참을 수가 없다. 입에서 웃음이 터져 나오고 온몸이 분만통을 앓듯 몹시 괴롭다.

"나 같은 건 뭔데?" 소라는 줄스를 따라 욕실로, 이어서 복도로 나갔다가 아파트 현관문 쪽으로 향한다. "제발, 줄스. 나 같은 게 뭔지 말좀 해줘."

줄스는 고개를 가로젓더니 집을 나가 등 뒤로 문을 닫는다.

소라는 숨을 헐떡인다. 또다시 얼음물이 그녀를 수면 아래로 끌어내린다. 욕을 하며 옷을 입고 계단을 달려 내려간다. 더듬거리며 핸드폰으로 산티에게 전화를 건다.

신호가 가자마자 산티가 받는다. 잠을 자기는 하는 건지 모르겠다.

소라는 마지막 계단 칸을 내려가며 말한다.

"줄스가 떠나고 있어. 네 탓이야. 그러니까 네가 와서 바로잡아 놔. 네가—."

"소라, 진정해." 그의 차분한 말투가 증오스럽다. "어디야?"

"집. 네가 와서 어떻게든 해. 지금 줄스가—." 이미 차에 탄 줄스를 보고 소라는 전화를 끊어버린다. 줄스는 오스카를 차 뒷좌석에 앉히고 안전벨트를 맨다. 차에 시동이 걸리자 소라는 그 자리에 얼어붙는다. 결단을 내린 소라는 자전거 쪽으로 달려간다. 물론 어림도 없다. 자전거로 차를 따라잡을 수는 없을 것이다. 하지만 그렇게라도 하지 않으면, 소라가 찾아낸 최고의 삶이, 아예 존재한 적도 없는 듯 저 멀리 사라지는 것을 가만히 지켜볼 수밖에 없다.

5분 후, 배수로에 쓰러진 소라는 고통과 분노로 몸을 떤다.

"네가 하란 대로 했다가 이렇게 됐어." 소라는 고통스러운 웃음을 내뱉는다. "줄스와 함께하고 싶으면 진실을 말하라며. 그랬더니 줄스는 날 떠났어. 넌 줄스도 엘로이즈처럼 떠나버릴 걸 알고 있었어. 내가 줄스를 쫓아갈 것도 알고 있었겠지. 망할 트럭이 나를 치어버리게 될 것도 알았을 거야. 다 알고 있었지?"

휘어지고 부서진 소라의 자전거 너머에, 좁아져 가는 시야 가장자리에서 오렌지색 파리 떼처럼 바쁘게 움직이는 구급대원들 뒤에 산티가 서있다. 산티가 말한다.

"버텨."

소라는 숨을 몰아쉰다.

다시 이별

"네가 틀렸어. 이건 잘못됐어. 난 지금 죽을 운명이 아니었어. 난 살아서 줄스와 사랑하고 오스카를 키우고 차를 마시면서 느긋하게 시간을 보낼 운명이었다고. 아, 맙소사. *너무 아파.* 줄스는 어디 있어?"

"오고 있어, 소라. 줄스가 오스카를 데려올 거야. 조금만 더 버텨."

"버티라고. 그래, 난 쭉 버티려고 했어." 세상이 펄럭거리는 불꽃처럼 밀려왔다가 꺼져간다. "난 두 사람에게 작별 인사도 못 했어. 이건 너무 불공평하지 않아?"

산티의 목소리가 떨린다.

"다음에 그들을 다시 만나게 될 거야."

"아니, 그렇지 않아. 그 줄스는 지금의 줄스가 아니니까. 나도 지금 같은 소라가 아닐 거야. 오스카는 존재하지도 않을 거고⋯." 아파서 숨이 잘 쉬어지지 않는다. 하지만 마지막 말을 산티에게 남기고 싶지 않다. "내가 죽는 거에 익숙해진 줄 알겠지만 아니야. 여전히 무서워."

산티는 소라의 손을 꼭 잡는다. 그도 울고 있다. 그는 늘 소라를 위해 울겠지만 소라는 그를 위해 울지 않을 것이다.

"내가 그들을 돌봐줄게."

그 말에 소라가 소리 내어 웃는다. 그 바람에 생각보다 훨씬 더 큰 통증이 유발된다. 소라는 온 힘을 다해 진심으로 내뱉는다.

"지랄하네."

고통의 파도를 타고 깨달음이 다가온다. 이제 알겠다. 소라는 산티 때문에 선택했고, 그 결과 그녀의 삶은 산티를 중심으로 휘어지고 말았다.

"너 때문이야. 네가 문제야. 너 때문에 일이 꼬였어."

"소라." 산티는 괴로워하며 말한다. "그 얘기는 나중에 하자. 다음에 내가 널 찾아갈게."

사이렌이 야생의 새 떼처럼 울어댄다. 소라는 점으로 사그라지고 있다. 소라는 입술 끝에 힘을 모아 마지막 말을 내뱉는다.

"다시는 널 만나고 싶지 않아."

이제 그만

산 티 는 유리에 비친 자기 모습을 바라본다. 모자를 내려쓰고 주변을 경계하는 모습이다. 유리를 깨고 소매로 손을 감싼 뒤 들쭉날쭉한 구멍으로 손을 넣어 창문 고리를 연다. 창틀에 떨어진 유리 파편을 쓸어 치우고 타 넘어 들어간다. 바닥에 떨어져 엎드린 그는 유리 파편 떨어진 소리가 메아리치다 사라질 때까지 조용히 기다린다. 주변에 아무도 없다는 확신이 들자 밤의 고요함 속에서 비로소 허리를 펴고 일어선다. 여기는 대학의 동문회 사무실이다. 오래된 컴퓨터와 서류함이 잔뜩 들어찬 이 먼지투성이 사무실 안 어딘가에서 소라에 관한 정보를 찾아내야 한다.

6개월 전 쾰른에 도착한 후로 쭉 소라의 흔적을 추적해 왔다. 이번에는 기차가 아니라, 낯선 이의 차 조수석을 얻어 타고 왔다. 오랫동안 남의 차를 얻어 타며 유럽을 가로지르다가 여기까지 오게 된 것이다. 물론 이곳을 종착지로 여긴 것은 아니다. 잠시 들렀다가 다시 떠날 생각이었다. 그런데 도시의 윤곽선을 보자마자 어째서인지 눈물부터 났다.

운전자는 당황하면서도 공감이 간다는 표정으로 그를 힐끗 쳐다보았다.

"오랫동안 여행을 했나 봐요?"

"그렇죠."

쾰른시 안으로 들어갈수록 당연히 와야 할 곳에 왔다는 느낌을 떨칠 수가 없다.

운전자는 그를 쾰른 중앙역에 내려주었다. 성당 광장으로 걸어 들어가는데 고장 난 헤드폰에서 나오는 노랫가락처럼 기억의 파편들이 흘러나왔다. 이 계단에 앉아 수첩에 쌍둥이 첨탑을 스케치했던 기억. 쌀쌀한 아침에 중앙역을 빠져나가 경찰 본부로 가면서 남은 커피를 마신 기억. 파란 외투를 입은 남자가 다가와 그의 팔을 잡으며 "도착했어요"라고 말할 때까지 그는 이게 어떻게 된 일인지 이해되지 않았다.

산티는 남자의 얼굴을 바라보았다. 긴 머리가 바람에 뭉쳐 날리고 무언가에 정신이 홀린 듯한 얼굴이었다. 남자가 투명한 존재 같다는 생각을 떨칠 수 없었다. 눈에 힘을 주면 이 남자의 속을 꿰뚫어 상징하는 바를 알아낼 수 있을 것 같은 기분이 들기도 했다.

남자가 다시 말했다.

"도착했어요."

산티는 성당을 올려다보며 남자의 말을 받았다.

"그러게요. 내가 여기 도착했네요."

단어들이 그의 머릿속에서 미끄러지며 이미지로, 벽에 적힌 삭막하

이제 그만

고 굵은 글씨로 굳어졌다. 그런데 글씨가 바뀌었다. '내가'가 아니라 '우리가'로.

마지막으로 본 소라의 모습이 떠올랐다. 고통스럽게 숨을 몰아쉬며 그의 손을 꼭 붙잡던 그녀의 손. 그녀는 어떻게든 그 삶을 붙잡으려 안간힘을 쓰는 것 같았다.

산티는 저만치 걸어가는 파란 외투의 남자를 불렀다.

"잠시만요. 소라는 어디 있죠?"

남자는 당연한 걸 물어보냐는 듯한 눈빛으로 산티를 쳐다보더니 대답했다.

"여기요."

산티는 구시가지를 빠르게 돌아다니며 답을 찾기 시작했다. 수없이 되풀이된 삶과 죽음의 흔적들을 더듬으며 중요한 단서를 찾아 헤맸다. 지난번 삶에서 그는 소라보다 45년을 더 살았다. 지금 그의 나이가 서른다섯이니, 지금쯤 소라는 여든 살일 것이다.

'신이시여, 제발 소라가 아직 살아있게 해주세요.'

그는 발길을 재촉했다. 소라가 마지막으로 했던 말이 그의 머릿속에 불로 지진 듯 새겨져 있었다. '다시는 널 만나고 싶지 않아.'

젠타우르 술집에 도착해 소라가 그곳에 없다는 걸 확인하고서야 그녀의 그 말이 진심이었을지도 모른다는 생각이 들었다. 그는 그 자리에 서서 주변 테이블을 몇 번이나 둘러보며 소라의 눈을 가진 할머니를 찾아보았다.

"어서 오세요."

바텐더 브리기타가 유령처럼 익숙한 모습으로 다가왔다. 산티는 마음이 놓여 저도 모르게 브리기타에게 손을 뻗었다. 브리기타는 두 손을 들어올려 경계하면서 한 걸음 물러섰다.

"죄송합니다." 산티는 손을 모아 쥐었다. "사람을 찾고 있는데요. 여기 단골일 겁니다. 키가 크고 영국 억양을 가진 할머니요. 머리카락은… 염색을 했을 것 같고요."

브리기타는 고개를 저었다.

"그런 분은 잘 모르겠어요."

술집을 나와 광장 건너편을 쳐다본 산티는 웃음을 터뜨렸다. 소라의 메시지가 시계탑에 굵고 검은 글씨로 적혀있었다. '이제 그만 만나자.'

그에게 진심을 전하려는 의도였을 수도 있었다. 하지만 다가오지 말라는 말은 산티더러 읽으라고 써놓은 내용이었다. 언젠가 산티가 읽으리라는 걸 알고 골라 쓴 단어들일 것이다. 산티는 그걸 도전으로 받아들일 수밖에 없었다.

도전 정신을 발휘한 산티는 어두컴컴한 사무실에 숨어들었다. 깨진 창문으로 불어드는 산들바람에 서류 몇 장이 바닥으로 떨어진다. 복도 쪽에서 움직임이 보인다. 산티는 쿵쾅거리는 가슴을 진정시키며 벽에 몸을 바짝 붙인다. 다른 삶에서 그는 침착하고 자신만만하며 예민한 기질이었다. 그런데 지금은 소리 하나하나에 풀어져 버리는 어머니의 코바늘 뜨갯감이 된 것 같다. 그는 숨을 얕게 쉬면서 침착을 유지하려 애쓴다. 이런 자제심조차도 그의 것이 아니라, 더 이상 존재하는지 확신도 할 수 없는 신의 것이 아닐까 싶다.

처음에는 옳은 방법으로 자료 조사를 하려고 했다. 지난 반년 동안 오디세움과 예술 영화관, 성소수자 센터, 에렌펠트의 터키 카페, 벨기에 구역의 문신 가게 등 소라가 흔적을 남겼을 만한 곳을 돌아다녔지

만 찾을 수 없었다. 결국 지푸라기라도 잡아보려고 이 대학까지 오게
된 것이다.

"사람을 좀 찾으려고요. 60년 전에 여기 다녔을 수도 있어서요."

산티의 요청에 안내 직원은 안경 너머로 그를 힐끗 쳐다보며 물었다.

"이름을 아세요?"

"소라 리슈코바요."

그녀의 이름을 소리 내어 말하는데 마치 기도라도 하는 심정이었다.
그녀의 이름 철자를 하나하나 불러주면서, 그는 꽤 오래된 이전 삶에서
시계탑에 글자를 하나하나 새기던 그녀의 손이 기억났다.

안내 직원은 인상을 쓰며 말했다.

"죄송합니다만, 기록이 없네요."

물론 그럴 것이다. 산티한테서 숨고 싶었으면 이름부터 바꾸려 했을
테니까.

"사진이라도 좀⋯ 보여주실 수 있을까요? 사진을 보면 알 것 같은
데⋯."

직원은 그를 위아래로 훑어보았다. 낡아빠진 옷, 외국인 억양, 떨리
는 손.

"죄송합니다. 이 대학 졸업생이신가요?"

산티는 고개를 저었다.

'이번 삶에서는 아니에요.'

"그럼 도와드릴 수가 없어요. 졸업생 개인 정보를 보호해야 해서요.
이해 부탁드릴게요."

산티는 그 자리를 떠났다가, 낮에 보아둔 이 창문을 통해 한밤중에
다시 동문회 사무실로 침입했다. 평생 범죄자로 살아오면서 쌓아온 습

관이라 하루아침에 버릴 수가 없다. 그는 컴퓨터 앞에 앉아서 로그인 화면을 띄운다. 다른 삶에서 그는 여기서 근무했다. 그때는 공과 대학 학생이었고 여름에 여기서 아르바이트를 했다. 그때의 자아가 갖고 있던 집중력과 기민함이 새삼 아쉽다. 그렇게 살았던 기억이 있는데 어째서 지금은 달리 살지 못할까? 여기 오고 처음 몇 주 동안은 과거의 삶을 기억해 내며 마음이 놓였다. 이번 삶에서 그는 길을 잃고 헤맸다. 감옥에서 나온 지 10년 됐고 그 후로 하는 일마다 실패해 괴로움의 연속이었다. 늘 이렇게 살아온 게 아님을 기억하는 것만으로도 축복이었다. 그런데 다시 생각해 보니 저주에 가깝다. 더 나은 모습으로 살았던 자아들을 기억하는데 그렇게는 절대 될 수 없으니까.

여기까지 어떤 결정들을 내리며 오게 됐는지 되돌아본다. 젊었을 때 여자에게 잘 보이려 남의 물건에 손을 댔고 질 나쁜 무리와 어울렸으며 점점 큰 범죄를 저지르다가 결국 감옥까지 갔다. 무수한 삶을 살며 내면에 뿌리내린 확신, 소라와 함께 수없이 살아내며 체득한 삶의 방식을 떠올리지 못하고 맹목적으로 살아온 인생이었다. 그 부당함에 분노가 치민다. 기억이 돌아오기 전까지 아무렇게나 살아왔고 그런 삶의 자세가 이미 인이 박혔는데 새삼 옳은 길을 찾아갈 수 있을까?

'산티. 집중해.'

소라의 목소리, 그의 어깨를 꾹 잡으며 안정감을 주던 그녀의 손길을 상상하면서 마음을 다잡는다. 로그인 화면이 켜지고 그의 입력을 기다리고 있다. 이 컴퓨터의 로그인 비밀번호는 'heimweh(독일어로 '그리움'이라는 뜻—옮긴이)'였는데 지금도 통한다. 그는 고개를 절레절레 흔들며 60년 전 이 대학을 졸업한 학생들의 기록을 훑어본다. 손전등 불빛이나 움직임을 포착하려고 사무실 문의 유리창을 힐끔힐끔 살피면서 자료를 들여다본다. 얼핏 넘어갔던 페이지로 다시 돌아가서 보니, 화면 오른쪽 맨 위의 저화질 사진에 그녀가 있다.

"제인 스미스라."

어쩔 수 없이 웃음이 난다. 예전에 소라는 자기 이름을 말해야 할 일이 있으면 그 이름을 써야겠다고 농담한 적이 있었다. 산티가 소라와 결혼했던 삶에서 그녀가 언급했던 이름이었던 것 같다. 이번 삶에서 소라는 다른 이름을 골라 쓸 수 있었을 것이다. 그런데도 굳이 제인 스미스라는 이름으로 살았던 걸 보니, 시계탑에 적힌 글귀가 그녀가 보낸 메시지라고 여긴 그의 짐작이 틀리지 않은 것 같다. 소라는 마음 한구석으로 그가 자기를 찾아주길 바랄 수도 있다.

산티는 그녀의 기록을 자세히 들여다본다. 전에는 이런 기록쯤은 수월하게 훑어보는 사람이었는데 지금은 머릿속이 온통 뒤죽박죽이라 집중이 되지 않는다. 소라가 대학 시절 수강한 과목들부터가 익숙하지 않다. 문학, 경제학, 연극. 그리고 최근에 갱신된 주소와 전화번호 옆에 메모가 적혀있다. '정기 기부자-연락 유지할 것!'

그는 떨리는 손으로 기억 수첩을 꺼내 전화번호와 주소를 적는다. 로덴키르헨. 강변 남쪽의 부유한 동네다. 지금까지 소라는 그 동네에 살았던 적이 없었다. 소라가 회의적인 말투로 나지막하게 내뱉는 목소리가 들리는 듯하다. '다음엔 부자가 돼서 로덴키르헨의 저택을 살 수도 있겠지.' 그에게 남긴 또 다른 단서다. 산티는 수첩의 그림 한가운데 적어놓은 그녀의 주소를 내려다보며 이 기적 같은 상황에 웃음이 나오려는 걸 참는다. 상상이 현실로 이루어진 불가해한 기적이다.

그때 사무실 문으로 강한 빛이 흘러들어 오자 산티의 입에서 욕이 나온다. 그가 기억 수첩을 재킷 안에 쑤셔 넣는데 경비원이 사무실 문을 열쇠로 열고 있다. 창문으로 빠져나가기엔 이미 늦었다. 산티는 기적이 일어나기를 속으로 빈다. 경비원에게 곧장 달려들어 쓰러뜨리려는데 경비원이 재빨리 옆으로 피한다. 산티는 방향을 바꿀 새도 없이 벽에 부딪힌다. 아니, 벽을 통과해 버린다. 존재에서 무존재로 바뀌어 벽을 통과하고는 다시 존재하는 상태가 된다.

벽을 통과한 그는 건물 밖에서 잔디를 밟고 서 있다. 머리 위에는 밤하늘이 펼쳐져 있다. 경이로움과 두려움에 숨을 몰아쉬며 위를 올려다본다. 늘 보아오던 별들이 꾸준히 빛을 뿌리고 있다.

다음 날 아침, 산티는 강 건너 칼크 지역의 습한 아파트에서 전화를 건다. 전화 신호음에 귀를 기울이는데 회색 커튼과 얼룩진 카펫이 온통 흐릿해지며 비현실적인 기분이 든다.

"여보세요?"

활기찬 여자 목소리다. 소라의 목소리는 아니다

산티는 헛기침한 후 말한다.

"저기… 제인 스미스 씨와 통화하고 싶은데요."

"제가 딸인데요. 어머니가 많이 아프세요. 죄송하지만 누구세요?"

딸이라니. 산티는 살아서 본 적 없는 어른이 된 에스텔라의 모습을 상상해 본다. 심장이 멎을 정도로 놀란 그는 자기 이름조차 생각나지 않는다.

"저… 저는 산티아고 로페즈라고 합니다. 제가 전화했다고 어머니께 전해주시겠어요? 산티가 전화했다고 말하면 아실 겁니다."

잠시 침묵하던 상대가 "알겠어요"라고 대답하더니 딸깍 전화를 끊는다.

이제 그만

딸이라는 여자가 다시 전화해 줄 것 같지 않아서 로덴키르헨의 주소지로 직접 가볼 생각으로 문을 나서려는데 1분도 채 안 되어서 전화벨이 울린다.

"어머니는 당신을 만나고 싶어 하지 않으세요." 소라의 딸은 혼란스러워하는 목소리다. "그 점을 분명히 해뒀다고 말씀하시던데요."

산티는 어떻게 해야 할지 고민한다. 죽어가는 노파의 바람 따위는 알 바 아니라고, 이 도시의 모든 창문을 부수고 들어가서라도 당신 어머니를 만날 거라는 말을 어떻게 해야 할까? 그런데 딸의 말은 아직 끝나지 않았다. 딸은 유령처럼 냉담하게 덧붙인다.

"그리고 중앙 병원에 입원해 있는데, 면회 시간은 6시까지라고 전해 달라고 하셨어요."

그 말을 뱉은 후 침묵하는 상대에게 산티는 웃으며 묻는다.

"무슨 병동이죠?"

"암 병동이요."

여자는 전화를 끊는다.

암. 산티는 신이 좀 더 상상력을 발휘할 줄 알았다. 어쨌든 소라가 이번에는 여든 살까지 살았구나. 이전 삶에서 그 병원 암 병동에 젊은 물리 치료사를 만나러 갔던 기억이 떠오르자 산티는 늙고 지친 심장에 금이 가는 느낌이다.

그는 버스를 타고 병원으로 향한다. 다리를 가로질러 가는 버스가 어찌나 느린지 차라리 걸어가는 게 낫겠다 싶어 애가 탄다. 결국 한 정거장 전에 내려서 병원을 향해 뛰어간다. 봄바람이 재킷을 잡아챈다. 병원에 도착한 그는 안내 데스크에서 이름을 말하고 의자에 앉아 기다린다. 영원처럼 긴 시간 동안 플라스틱 의자에 앉아 기다리는데 곤란해하는 표정을 한 여자가 그에게 다가와 말을 건다.

"로페즈 씨?"

그는 의자에서 일어선다.

"예."

"저는 안드로메다라고 합니다. 제인 씨의 딸이에요. 따라오세요."

안드로메다는 에스텔라와 닮은 구석이 전혀 없다. 그가 기억하는 소라의 모습도 보이지 않는다. 그는 안드로메다를 따라가면서 처음으로 이게 잘못하는 짓거리가 아닐까 고민한다. 어쩌다 보니 그의 상상 속 친구를 닮았을 뿐인 다 죽어가는 할머니에게 괜한 압박을 가하는 거면 어떻게 하지.

'너더러 오라고 했잖아.'

이런 생각을 하면서 복도로 들어서는데 복도에 모인 그녀의 가족들이 일제히 그를 쳐다본다.

안드로메다가 그를 향해 돌아서다 혼란스럽고 속상한 소 내를 감추고 있는 듯하다. 이제야 안드로메다한테서 소라를 닮은 구석이 좀 보인다.

"어머니가 당신과 단둘이 얘기를 하고 싶다고 하셨어요. 우린 어머니의 뜻을 존중하고 싶지만 어머니에겐 남은 시간이 별로 없어요. 얘기를 짧게 마쳐주시면 고맙겠어요."

문득 소라도 그와 마찬가지로 가진 건 시간밖에 없다는 얘기를 이 딸한테 해주고 싶다.

"최선을 다해보죠."

산티는 이렇게 말하고는 병실로 들어가 등 뒤로 문을 닫는다.

소라가 쭈글쭈글한 손으로 이불을 잡고 병상에 누워있다. 부자연스럽게 곱슬진 머리카락이 아이스크림처럼 푸른색을 띠고 있다. 이렇게 나이가 많은 소라의 모습은 처음 보았다. 이번에는 꽤 잘산 모양이다. 안전한 삶이었을 것이다. 험난한 어린 시절을 보내고 감옥에서 2년 복역하고 나온 자신의 삶을 떠올리자 속이 메스꺼워질 정도로 화가 치민다. 하지만 이번 삶에서 그는 소라가 더 나이 드는 모습을 보지는 못할 것이다.

"늦었네."

할머니의 목소리는 거의 숨소리처럼 작게 들린다. 그래도 소라의 목소리다. 소라는 실제 살아있는 사람이고, 그가 그녀를 다시 잃기 직전에 이렇게 그의 앞에 있다.

산티는 침대 옆 의자에 가 앉으며 말한다.

"늦을 뻔한 건 너인 것 같은데."

여전히 농담으로 그녀를 웃게 할 수 있으니 다행이란 생각이 든다. 산티는 한 손으로 머리카락을 쓸어넘긴다. 소라는 짜증스러워하면서도 그가 누구인지 확실히 알아보는 눈빛이다. 그 모습에 산티는 가슴이 무너져 내린다.

"미안. 좀 더 빨리 왔어야 했는데. 네가 웬만큼 잘 숨어있었어야지. 네가 내 상상 속 인물일 뿐이라고 결론 내리려던 참이었어."

소라는 감흥 없다는 듯 콧방귀를 뀐다.

"아이고. 나라는 사람을 상상할 수 있다고 생각했어?"

"그러게." 산티는 그녀의 눈을 바라본다. 소라와 같은 파란 눈이다. 죽어가는 할머니의 얼굴에 박힌 눈이 그를 마주 본다. "자식에게 안드로메다 같은 이름을 붙여줬을 줄은 상상도 못 했네."

소라가 이를 앙다문다.

"내가 팔에 힘이 있으면 널 한 대 쳤을 거야."

산티가 소리 내어 웃는다. 소라가 이불을 잡고 있던 손을 움직이자 산티는 원래 문신이 있던 자리가 비어있음을 알아챈다. 산티는 기억에 남아있던 소라의 문신을 자기 손목에도 똑같이 새겼다. 하지만 그녀에게 차마 보여줄 수가 없다. 그녀의 흔적을 쫓으려 마지막으로 들렀던 벨기에 구역의 문신 가게에서 새긴 문신이다.

"쾰른에서 산 지 얼마나 됐어?"

"62년."

산티는 흘려보낸 시간이 아쉬워 몸이 떨린다. 62년 중 35년 동안 산티는 여기서 살았다. 그리고 35년 중 15년 동안 그는 행동이 자유로운 성인이었다. 너무 늦기 전에 여기 와서 소라를 찾아볼 수도 있었다.

"여기 오고 나서야 기억이 나더라고. 너도 그랬어?"

소라는 눈을 감은 채 고개를 끄덕인다.

산티는 앞으로 몸을 기울이며 묻는다.

"이 장소는 어떤 의미지? 왜 우린 항상 여기서 끝이 나는 걸까? 왜 여기 도착하기 전까진 아무것도 기억을 못 하지?"

"여길 떠나면 다시 잊을지도 몰라." 소라는 폐 속 깊은 데서 올라오는 말기 암 환자의 섬뜩한 기침을 뱉어낸다. "네가 한번 시도해 보든가." 소라는 숨을 고르며 덧붙인다. "난 이미 너무 늦었어."

산티는 이 일을 절대 잊고 싶지 않다. 소라가 잊게 하고 싶지도 않다.

"네가 죽은 후에 그들을 찾아봤어. 줄스랑 오스카. 약속한 대로."

소라의 흐릿한 눈은 흔들림이 없다.

"그래서 고마워하라고?"

"어." 그는 분노로 몸을 부들부들 떤다. 지금 그는 엉망진창인 이번 삶의 산티가 아니라, 목적의식에 사로잡혀 살던 지난 삶의 산티다. "난 사명이 있었어. 옳은 길을 찾으려고 애쓰면서 살았지. 하지만 그들을 위해 살아야 해서 사명을 포기해야 했어. 그들이 너에게 어떤 의미인지 아니까."

"넌 늘 순교자 행세더라." 소라는 푸른 정맥이 드러난 두 손을 덜덜 떨며 이불을 만지작거린다. "너만 아니었으면 내가 직접 그들을 돌보면서 살았을 거야."

오랜 죄책감이 산티를 짓누른다. 소라는 줄스와 행복하게 살고 있었고 그는 그 삶을 방해하지 말았어야 했다. 하지만 그는 더 큰 진실을 찾아내야 한다는 생각에 사로잡힌 나머지, 소라가 진실을 외면하고 평범하게 살려고 한 이유를 헤아리지 못했다. '넌 그냥 이기적으로 사는 거야, 산티'라던 소라의 말이 그의 목소리로 머릿속에 재생된다. 그리고 햇빛처럼 쨍하게 어떤 생각이 떠오른다. 만약 그들이 시험을 당하는 게 아니라 벌을 받고 있다면? 지금 그가 처한 상황이 지난 삶에서 저지른 잘못에 대한 심판이라면?

그는 뻐근해진 목을 문지르며 눈을 감는다. 너무 피곤하다. 오직 신만이 이 삶이 언제 끝날지, 그가 충분히 보고 충분히 행동하고 충분히 살았음을 알 것이다.

"가족 얘기가 나왔으니 말인데, 지금도 넌 내 가족한테서 나를 충분히 떨어뜨려 놓고 있어."

소라의 시선을 따라 눈길을 돌린 산티는 병실 창문을 바라본다. 그곳에는 소라의 사랑하는 가족들이 미심쩍은 눈으로 방 안을 살피고 있다. 물론 의심스러워할 만한 상황이긴 하다. 한 번도 본 적 없는 남자, 그것도 어머니 나이의 절반밖에 안 되는 남자가 죽음을 앞둔 어머니를 만나러 찾아왔으니까. 산티는 그들에게 손을 흔들어 보인다. 그들은 냉랭한 얼굴로 그를 바라볼 뿐이다. 산티는 일어서며 말한다.

"이만 가볼게. 가족들이랑 작별 인사 나눠."

"그래, 가. 내가 저들을 다시 만날 수 있을지 모르겠어. 너한테서는 내가 도망을 못 치겠지만."

농담처럼 하는 말이지만 그 안에 진정한 분노가 담겨있음을 눈치 챌 만큼 산티는 소라를 잘 안다. 왜 나를 피해서 숨어 살았냐고, 왜 나를 혼자 내버려 뒀냐고 소라에게 따지고 싶다. 하지만 소라의 분노는 유리처럼 단단하고 매끈한 벽이 되어 그들 사이를 가로막는다.

산티는 그녀의 손을 가만히 잡는다. 종이처럼 얇고 건조한 피부가 약한 뼈를 덮고 있다. 상상 속에서는 산처럼 거대하던 소라가 이렇게 쪼그라들었다니. 베개에 도로 기대어 누운 소라가 눈을 감으며 말한다.

"다음에 보자."

문 앞에 선 산티는 마지막으로 그녀를 돌아본다. 하도 키 밀고 비둥하기도 하다. 소라는 눈을 뜨지 않는다. 산티는 가족들이 질문을 던지기 전에 서둘러 그들 옆을 지나 그곳을 떠난다.

소라는 그다음 주에 세상을 떠났다. 안드로메다가 문자로 어머니의 부고를 알리며 마지못해 그를 장례식에 초대했다. 그는 장례식에 가지 않았다. 땅에 묻힌 소라, 그의 옆에서 울던 줄스에 대한 기억이 너무 생생해서다. 대신 그는 자료 파일에서 찾은 주소로 찾아가 보기로 한다. 길 건너에서 보니 장미 덩굴로 둘러싸인 크고 네모난 집이다. 보면서도 믿기지 않는다. 그가 아는 소라와는 전혀 무관해 보이는 집이라서다. 그를 피해서 숨으려면 예전의 자신과 철저히 거리를 둬야 한다고 생각했던 걸까. 시계탑에서 그가 했던 말을 푸른 머리카락의 젊은 소라가 그의 귀에 대고 조롱하듯 속삭이는 것 같다. '우리에게 무슨 일이 일어나든 우린 늘 같은 사람이에요.' 소라는 끝없이 이어져 온 그들의 논쟁을 이런 식으로 온 인생을 다해 끝장내 주었다.

누군가 그를 지켜보고 있다. 이웃집 창문 너머로 손에 핸드폰을 든 여자가 보인다. 그 여자의 관점에서는 후드를 내려쓰고 지저분한 청바지를 입은 젊은 남자가 얼마 전에 죽은 할머니의 텅 빈 집을 뚫어지게 바라보고 있으니 수상쩍게 보일 것이다. 산티는 주머니에 양손을 찔러 넣고 그 집 앞을 떠나 걸어간다.

그날 밤 산티는 그 집으로 돌아가 몰래 숨어든다. 뒤쪽 창문 너머 서재처럼 보이는 방으로 들어가면서, 어렸을 때부터 범죄를 저지르며 필요한 기술을 익혀온 게 다행이란 생각을 한다. 창문을 닫고 벽지의 패턴을 파악하면서 계획을 짜는데 마음이 평온해진다. 방 안쪽으로 들어가 손전등을 딸깍 켠다.

상당히 큰 집이다. 티 하나 없이 깔끔하고 모든 게 제자리에 있는 걸 보니 신경이 곤두선다. 이번에 소라는 대체 어떤 삶을 살았기에 말편자를 50개나 수집해서 가스오븐레인지 위에 연대순으로 쭉 걸어둔 걸까. 보아하니 피아노도 쳤던 것 같다. 격하고 성질 급한 소라가 피아노 앞에 얌전히 앉아 음계를 연습하는 모습을 상상하니 웃음이 나올 것 같다.

산티는 손전등으로 계단 위쪽을 비춰본다. 소라의 일생을 보여주는 사진들이 벽에 쭉 걸려있다. 대부분 사진에서 소라는 혼자다. 어깨가 넓고 키가 큰 남자와 나란히 서있는 사진도 몇 개 보이는데 남편인 것 같다. 소라가 여자가 아닌 남자와 함께한 사진을 보니 기분이 묘하다.

그러다 문득 과거의 어느 시점에서 자기가 저 자리에 서있었던 적이 있음을 떠올린다. 하지만 지금 그는 소라에게 무언가를 원하거나 소라를 필요로 하는 사람이 아니다 보니, 자신을 저 자리에 대입해 생각하면 너무 이상하게 느껴진다. 그냥 꿈같다. 잠재의식의 장난인가 싶어 쓴웃음을 지으며 깨어나게 되는 꿈.

수년 동안 소라와 함께하던 남편은 머리가 하얗게 세고 등이 구부정해지더니 사진에서 사라졌다. 산티는 마지막 사진을 가만히 들여다본다. 70대 할머니가 된 소라는 여전히 키가 크고 강건한 모습이다. 회색 머리카락은 어깨까지 늘어뜨렸다. 그 후로 병 때문에 쪼그라들어 그가 병원에서 본 모습이 됐을 것이다.

지금까지 본 자료로는 평범한 삶을 살았던 것으로 보인다. 바로 직전의 삶에서 소라가 했던 말이 기억난다. '내가 잃을 게 없는 삶을 살고 있을 때 다시 나를 찾아와.' 하지만 이번 삶에서 소라는 잃을 게 많았다. 남편과 딸, 이번 삶의 산티가 가져볼 생각은커녕 들어기 본 직도 없는 저택까지. 산티는 그녀의 사진을 뒤로하고 계단을 올라간다.

그가 아는 소라의 조각들이 이 낯선 저택 안에 폭탄 파편처럼 여기저기 널려있다. 늦깎이 대학생으로 공부하며 받은 물리학 학위증이 액자에 담긴 채 피아노 위에 걸려있고, 빈티지 과학소설 모음집이 죄라도 지은 듯 덩굴 식물 뒤쪽에 숨겨져 있다. 소라의 상수적 자아가 끝내 억누르지 못한 취향일 것이다. 그녀의 비밀을 한 가지씩 발견할 때마다 산티는 의기양양해진다.

'내 말이 맞지, 소라? 넌 역시 그대로였어. 외계 행성에 태어나도 여전히 너는 그대로일 거야. 퀼른에서 제일 큰 저택에 살아도 너 자신을 피해 숨을 수는 없어.'

이제 그만

생각해 보니 이 일이 무시무시한 술래잡기 놀이처럼 느껴진다. 소라의 시신이 땅속에 들어가 있는 지금, 그는 소라가 남기고 간 물건들을 뒤적이고 있다. 그녀의 유령이라도 찾아내려고.

그런 생각을 하다가 2층의 어느 잠긴 문 앞에 선다. 지금까지 본 방이 몇 개였는지 모르겠지만 이렇게 잠긴 문은 처음이다. 이 문 안쪽에 소라가 소중히 여긴 물건들이 있겠지. 자물쇠를 잡고 흔들던 그는 칼로 문을 따볼까 하는 생각을 한다. 그런데 소라가 그를 위해 준비해 둔 방 같다는 느낌이 든다. 그렇다면 산티가 발견할 수 있는 곳에 방 열쇠를 놓아두었을 것이다.

그는 손전등을 끄고 뒤로 물러선다. 벨기에 구역의 아파트에서 함께 살았던 시절, 그들은 여분의 열쇠를 현관문 바깥에 있는 고양이 모양의 발 매트 아래에 보관해 뒀었다.

산티는 현관문의 휘어진 유리 너머로 지나가는 헤드라이트 불빛들을 살피다가 조심스럽게 문을 연다. 계단 쪽으로 나가보니 전에 썼던 것과 비슷한 고양이 모양 도어 매트가 있다. 완전히 똑같지는 않아도 쌍둥이에 가까운 물건이긴 하다.

"안녕, 펠리세트."

그는 나지막하게 말한다. 이번 삶에서는 가져본 적 없는 그 고양이가 그리워진다. 도어 매트를 조심스럽게 들자 그 아래 열쇠가 있다.

그는 열쇠를 가지고 집으로 들어가 비밀의 방 문을 연다. 푸른 수염의 아내가 된 것 같은 기분으로 문을 밀어본다. 문 너머에 묵직한 무언가가 있는 느낌이다. 더듬거리며 커다란 물건들 옆을 지나 창문 쪽으로 가서 블라인드를 당겨 내리고 손전등을 켠다.

그의 얼굴에 미소가 번진다. 드디어 소라의 집다운 모습이다. 열린

방들은 짐짓 잘 정리되어 있었지만 잠겨있던 이 방은 그가 기억하는 대로 뒤죽박죽인 공간이다. 그의 손전등 불빛이 어린 시절 장난감들을 쭉 비추는데 그중에 산티가 아는 장난감도 있다. 책장에 다 들어가지 못한 책들이 바닥에 쌓여있다. 도자기 파편들로 이루어진 복잡한 수집 품들도 보인다. 어느 날 분노에 휩싸인 소라가 도자기 그릇들을 때려 부수고 여기 모아둔 것 같다. 의상용 마네킹 위에 놓인 해골이 죽음의 상징처럼 보여서 산티는 경의를 표하며 고개 숙여 인사한다. 마네킹의 목에 감긴 익숙한 겨자색 목도리가 세심하게 매듭지어져 있다.

앞을 막아둔 벽난로 근처의 책상이 눈길을 끈다. 책상에 기대어 세 워놓은 코르크판에 종이들이 잔뜩 붙어있고 그 종이들이 끈으로 연결 되어 있다. 쉼터 방의 벽이 기억난다. 그 벽에는 그가 광기에 가까운 집착으로 만든 지도가 붙어있었다. 소라는 한 번도 본 적 없는 지도인 데, 산티를 가장 멀리하려 했던 이번 생에서 그 지도를 무의식적으로 여기 재현해 놓은 것이다. 이 넓은 저택의 깔끔하게 정리된 다른 방들 과 대비되는 이 너저분한 방은 소라가 산티라는 유령을 숨겨둔 공간인 듯하다. 그 생각을 하니 산티의 얼굴에 미소가 번진다. 소라의 의식 일부는 어떤 대가를 치르더라도 그들 삶의 불가사의를 풀고 싶어 했던 것 같다.

메모가 적힌 종이들은 코르크판 가장자리 너머까지 잠식하며 벽을 채웠다. 실을 따라서 소라의 생각들을 더듬어 가자 그 끝에는 기억의 덩어리들이 자리하고 있다. 소라는 산티 같은 예술가가 아니었다. 그 녀가 그림 대신에 달라진 필체로 나열해 놓은 정보의 조각들이 점잖은 노부인의 방 벽지에 곰팡이처럼 퍼져나가 있다. 그녀의 생각들을 물 처럼 마시고 싶은데 이번 생의 산티는 독서와 거리가 먼 삶을 살았기에 그게 쉽지 않다. 고딕풍으로 휘갈겨 쓴 글씨체라 알아보기도 어렵다. 힘겹게 읽어낸 메모의 내용은 '우리는 우리 그 자체다', '우리는 완전히 다른 사람일 것이다', '줄스', '퀼른' 등이다. 마인드맵을 시작하려던 의도로 퀼른에 동그라미를 쳐놓은 것 같은데 퀼른과 연결된 메모는 없다. 다음은 '우리 둘은 같은 걸 원하는데 어째서 한 번도 갖지 못했을까?'라는 메모가 보인다. 그리고 나중에 생각나서 추가한 듯한 '나는 이 새 안에 갇혔다'라는 메모가 있다. 산티는 소라의 펜을 집어 들고 앵무새 한 마리를 빠르게 스케치한 후 말풍선을 그리고 방금 본 메모의 내용을 적어 넣는다.

실은 책장에서 끝난다. 책장에 꽂힌 책들을 보니 전에 그가 추천했던 책 몇 권이 눈에 띈다. 아래쪽 책장에는 기억, 전생, 환생에 관한 책들이 꽂혀있다. 뉴에이지 느낌의 책 한 권을 꺼내 속표지를 들춰본다. 소라는 속표지에 '개소리'라고 적고 세 번 밑줄을 그어놓았다.

뭔가 있다는 느낌이 손가락 끝을 타고 올라온다. 별자리 지도를 핀으로 꽂아놓은 벽으로 돌아간다. 휘갈겨 쓴 메모들로 반쯤 가려진 지점 뒤로 손을 넣어 봉투를 꺼낸다. 봉투에 보란 듯이 큼직하게 산티의 이름이 적혀있다. 그는 떨리는 손으로 접힌 편지를 편다.

병원에서 얘기를 나눈 할머니가 쓴 편지가 아니다. 접힌 부분이 거의 해질 정도로 접었다 폈다 한 흔적이 역력한 오래된 종이다. 새 종이라고 해도 편지 내용을 보면 훨씬 젊은 사람이 쓴 것임을 알 수 있다.

산티에게

한 번도 만난 적 없는 사람을 기억하는 게 가능한지 아버지에게 물어본 적이 있어. 예상대로 아버지는 기억의 본질에 관한 철학 논문처럼 대답하시더라. 기억은 정보의 재건 행위라서 애초에 그 기억을 형성하는 경험과는 점점 멀어지게 되어있다는 대답이었어. 하지만 내 말은 그런 뜻이 아니었어. 너에 관해 물은 거였어. 나의 오빠이며, 친구, 파트너였던 너. 너의 모든 자아가 마치 프리즘을 통과한 빛의 조각처럼 내 기억 곳곳에 흩어져 있어.

네가 없으면 내가 누구인지 더 잘 알 수 있을 거라 생각했어. 하지만 너한테서 숨으려고 할수록, 네가 알아볼지도 모를 나의 면면을 죽이고 살수록 나 자신한테서도 숨어버리는 꼴이 되고 말았어. 다른 선택을 하기엔 이미 너무 늦었어. 지금은 이게 내 인생이야. 다음 생을 시작할 때까지는 이렇게 살 수밖에 없어.

나는 모든 삶을 경험하고 싶었고, 가능한 모든 버전의 자아로 살고 싶었어. 하지만 줄스와 오스카를 잃고 나니 네가 옳았을 수도 있다는 생각이 들더라. 우린 조각난 채로 살 수 없어. 이제는 차라리 잊고 싶어. 너를 만나지 않고 한 생을 쭉 살고 나면 이 순환 주기가 끝나면서 내가 자유로워질지도 모른다는 생각도 들어. 어쩌면 우리 둘다 자유로워질 수도 있겠지.

내 마음 한구석으로는 여전히 이런 상상을 해. 언젠가 네가 다 안다는 듯한 미소를 지으면서 내게 걸어와 이 모든 게 계획의 일부였다고 말하는 상상. 너를 만나는 게 기쁠지는 모르겠어. 나는 내가 누구인지 모르겠는데 넌 나를 찾아내는 방법을 안다는 뜻일 테니까. 그렇다면 난 영원히 너한테서 도망치지 못하는 거겠지. 그래도 만나본 적 없는 사람을 계속 그리워하지는 않아도 될 테니 어쩌면 마음이 편해질지도 모르겠어.

날이 갈수록 이 세상이 점점 얄팍하고 구멍으로 가득한 것으로 느껴져. 언젠가는 그 구멍 중 하나로 빠지게 될 거야. 거기서 널 만날 수도 있겠다.

산티는 소라의 서명 첫 글자인 'P'를 손으로 문지르다가 울음을 터뜨린다.

그 편지를 다시 읽어 내려가는데 사진 속 여자가 그에게 직접 읽어주는 듯한 착각이 든다. 생각해 보니 진즉에 만났으면 그는 이번 삶의 소라를 좋아했을 것 같다. 그녀는 편안한 삶을 산 덕분에 비통함에 물들지 않고 감성을 한껏 꽃피울 수 있었던 모양이다. 어쩌면 소라의 말이 맞을 수도 있다. 소라는 인식하지 못했겠지만, 그녀는 산티가 없는 삶을 살 때 더 나은 사람이 될 수 있었던 것 같다.

그는 편지에 몰입하느라 블라인드 가장자리로 흘러드는 번쩍거리는 푸른 빛을 보지 못했다. 경찰이 이 집 현관문을 두드리는 소리가 들린다.

산티는 욕을 뱉는다. 조심성이 없었다. 이웃 사람이 그를 본 게 분명하다. 그는 소라의 편지를 주머니에 넣고 서둘러 계단을 내려간다. 문짝이 부서지는 소리가 나더니 묵직한 발소리가 그의 뒤를 쫓는다. 그는 이번에도 기적을 베풀어 달라고 눈을 감고 기도한다. 하지만 이번에는 신이 응답하지 않는다. 경찰 한 명이 그를 붙잡아 바닥에 쓰러뜨린다. 눈부신 손전등 불빛 속에서 산티는 또 다른 빛의 흔적을 본다. 그 고요한 빛은 잠시 그의 앞에 있다가 저만치 멀어진다.

재판은 짧게 끝났다. 산티도, 변호사도 변호에 힘을 쏟지 않는다. 이 지역 토박이인 배심원단은 죽은 노부인의 집에 침입한 데다 외국식 억양까지 쓰는 젊은 흑인 산티에게 관대하지 않다. 형이 떨어진다. 3년 구

금형. 어머니가 울면서 쾰른으로 이사 와 그의 곁에 있겠다고 약속한
다. 아우렐리아 누나는 화가 난 얼굴이다. 산티는 그들을 위로해 보지
만, 불가피한 일을 놓고 슬퍼해 봤자 소용없다는 생각이다. 그가 소라
를 기억해 낸 순간부터 다른 길은 없었다.

산티는 감옥에서 소라에게 편지를 쓴다. 이 편지가 도달할 곳은 그
녀의 무덤이겠지만, 어쩌면 편지가 베일을 뚫고 그들이 다음에 만나게
될 곳에 가있을지도 모른다는 상상을 해본다.

소라에게

지난번 너를 처음으로 만났을 때 넌 병상에 있었지. 지금까지 본
중에 제일 나이가 많은 모습이었지만 너라는 걸 바로 알겠더라.

나에겐 이번 삶이 편안하지 않았어. 우리가 행복했던 삶이 그립
네. 그게 어떤 삶이었는지는 너도 알 거야.

(어쩌면 우리가 생각하는 삶이 다를 수도 있겠지?)

내 머리에 박혀있는 노래가 있고 내 손목에는 문신이 있어. 나는
손톱을 물어뜯는 버릇이 있고 늘 담배가 고파. 나의 얼마만큼이 나
고 얼마만큼이 너인지 모르겠어. 전에는 내가 어떤 사람인지 아주
확신에 차있었거든. 그런 확신을 네가 나한테서 훔쳐간 걸까? 아니
면 우리가 둘 다 길을 잃고 떠도는 걸까?

어쩌면 네 말이 맞을지도 몰라. 잊고 싶기도 해. 기억하는 것보다
잊고 사는 게, 매번 주어지는 삶이 한 번뿐인 기회라고 생각하는 게
나을 수도 있어. 돌이켜 생각해 보면 난 모든 삶을 기억해. 그리고 그
게 전부 하나의 삶이었던 것 같아. 우리가 있어야 할 곳으로 한 단계
씩 이끄는 길을 따라가는 기분이랄까.

이제 그만

이런 식으로 생각하는 걸 네가 왜 거부했는지 알아. 넌 우리에게 일어나는 일에 대한 명확한 설명을 원하는데, 사실 어떤 설명도 불가능한 현상일까 봐 두려웠을 거야.

난 우리 자체로 설명이 될 수 있다고 생각해. 이 말이 이해될까 모르겠다. 내가 원래 말을 잘 못했잖아.

너에게 하고 싶은 말은

그는 펜을 멈춘다. 소라에게 하고 싶은 얘기가 너무 많은데 말로 다 담기엔 공간이 부족하다. 언젠가 마무리해야지 생각하면서 그대로 편지를 접어 매트리스 밑에 넣어둔다.

감옥에서의 하루하루가 데자뷔처럼 반복된다. 어머니가 면회하고 돌아가면 그는 더욱 서글퍼지고, 아우렐리아 누나에게 전화를 받고 나면 이 벽 바깥에 삶이 있다는 사실이 떠올라 자신과 소라의 불가사의한 삶으로 마음을 돌리게 된다. 소라의 편지는 경찰이 압수했다. 그들은 그 편지를 안드로메다에게 주었을 것이다. 어머니의 너저분한 비밀의 방에 들어간 안드로메다가 광기 어린 지도를 바라보는 모습이 머릿속에 그려진다. 그 방으로 돌아가 소라의 메모를 읽으면서 할 수 있는 일을 찾아보고 싶다는 생각이 든다. 하지만 감옥에 갇혀있으니 한 손은 등 뒤로 묶이고 퍼즐 조각의 절반은 사라진 채로 퍼즐을 풀어야 한다. 이번 삶에서 그는 정신 상태가 불안해 세세한 부분에 집중하기가 몹시 힘들다. 그래도 기억나는 대로 메모의 내용을 기록해 벽에 붙이면서 소라의 혼란스럽던 지도를 모방해 본다. 기억 속에 남아있는 사진을 그림으로 그려 지도 중앙에 붙인다. 젊은 시절 소라의 모습이다. 하지만 그가 실제로 본 모습은 아니다. 사진 속에서 소라는 건강하게 살이 오른 얼굴로 말을 타고 있다. 눈가에는 웃음 주름이 잡혔다. 소라와 산티를 이렇게 살게 만드는 자들이 누구이며 어떤 목적인지 알아내려고 골을 썩이면서 그는 그림 속 소라의 눈을 들여다본다. 그러고 있으면 소라가 그를 마주 볼 것 같다. 그는 나지막하게 말한다.

"난 네가 필요해. 네가 도와줘야 이 문제를 풀 수 있어."

교도소 안마당에서 운동하고 온 하이메가 땀에 젖은 채 감방으로 들어오며 묻는다.

"여자친구냐?"

오랜 친구가 감방 동료라 위안이 된다. 물론 이번 생에서는 지금 만난 사이지만.

"아니. 어떤 집을 털었다가 여기 들어오게 됐는데, 그 집 주인."

하이메가 웃는다.

"미친 새끼구나, 로페즈."

하이메는 침대에 훌쩍 올라앉는다.

지난번 삶에서 소라는 변함없는 별자리 아래를 걸으며 이렇게 말했다. '어쩌면 우린 둘 다 미쳤는지도 몰라. 조그만 방에 갇혀서 다른 삶을 꿈꾸고 있는 걸 수도 있어'라고 말했다.

산티는 한쪽 눈썹을 치켜뜨며 말한다.

"그럴지도 모르지."

산티는 기억 수첩을 휙휙 넘긴다. 수첩에는 그동안 모든 삶을 살아온 그의 자화상이 담겨있다. 지금보다 상태가 좋고 영리했던 자아들이다. 그 자아들이라면 옳은 길을 찾아낼 수도 있었을 것이다. 이런 시험 자체가 부당하다고 생각했는데 어쩌면 틀린 것일 수도 있다. 그는 옛 과학 교실의 그림을 가만히 들여다본다. 두 번째 줄에 소라가 꼿꼿

한 자세로 주변을 의식하며 앉아있다. 산티 자신의 목소리로 '신의 시험이 쉬웠으면 무의미했을 것'이라는 말이 들려온다. 이번에는 이 자아로 주어진 도구를 활용해 시험에 통과해야 한다. 이번에 성공을 못하면 다음 생의 자아가 성공하면 된다. 새로 깨어날 때마다 제대로 다시 해보라고 기회를 주는 것일 테니까.

수첩을 닫고 소라의 눈을 들여다본다. 그녀는 이미 다음 기회를 받아들였을 것이다. 산티가 여기 머무는 동안, 죽음을 거친 소라는 산티가 알지도 모를 사람이 되어가고 있겠지. 산티가 그곳에 도착할 때쯤 소라는 어느 정도 성장했을 것이고 산티는 다시 인생 초보가 되어 모든 것을 새로 배워야 한다. 한 가지 위안이 되는 점은 그가 이번 생에서 여든 살까지 살 가능성은 없다는 것이다. 잃어버린 세월은 축복이 되어, 그만큼 빨리 소라를 만날 수 있게 해줄 것이다.

가만히 기다릴 필요는 없다. 지금이라도 그녀의 뒤를 따라가 붙잡으면 된다. 저 들보에 시트를 감아 묶고 중력에 몸을 맡기면 된다는 생각이 가끔 든다. 하지만 생각만 할 뿐 실행에 옮기지는 않는다. 죽어도 다시 이곳으로 돌아온다는 것은 아침에 태양이 뜨는 것만큼이나 확실하지만, 소라를 쫓아가기 위해 스스로 목숨을 끊는 것은 가장 지독한 죄악이기 때문이다. 시험을 받고 있는데 자살 따위를 해서 시험에 실패하진 않을 것이다.

출소한 산티는 어머니와 함께 도시 외곽의 아파트로 거처를 옮긴다. 그리고 남의 집에 페인트를 칠해주거나 정원을 가꿔주는 것 같은 잡다한 일을 하기 시작한다. 시간이 날 땐 구시가지의 거리에서 쓰레기를 치우는 자원봉사 일을 한다. 야외에서 일을 하다 보면 마음이 편해지고, 머릿속 생각을 현실과 결부시킬 수가 있다. 그는 소라가 남기고 떠난 수수께끼를 풀려 애쓰지만, 유리창에 붙지 못하고 미끄러져 떨어지는 파리처럼 생각이 자꾸만 다른 곳으로 흘러간다. 그가 감당하기에는 너무 큰 진실이 그를 밀어내는 느낌이다.

소라에게 쓰던 편지는 여전히 미완성이다. 언젠가는 무슨 말을 적어야 할지 알게 되겠지. 그때가 되면 편지를 쓸 것이고 죽음을 앞둔 상태에서 그 내용을 읽고 또 읽어 머릿속에 새길 것이다. 다음 생에서 그 내용을 제일 먼저 기억해 내야 하니까.

잃을 게 없는 삶

소 라 는 달아나고 있다.

후드를 내려 쓰고 버스 창문에 기대어 앉아있으니 차창에 부옇게 입김이 서린다. 열일곱 살짜리 소녀 혼자 여행하면 남의 이목을 끌 수밖에 없다는 걸 잘 안다. 차창 밖으로 도시 변두리 풍경이 꿈처럼 공허한 잿빛으로 스치고 지나간다.

종점에서 내리고 보니 공업 지대다. 너무 도식적인 풍경이라 현실 같지 않다. 소라는 저무는 해를 왼쪽에 두고 북쪽으로 걸어간다. 이 도시가 영원히 뻗어나가 있지는 않을 것이다. 시작점이 있으니 끝도 있겠지. 두 달 전 부모님과 함께 비행기를 타고 넘어온 허공의 보이지 않는 선이 바로 이 도시의 시작점일 것이다.

과거를 기억해 내기까지 오랜 시간이 걸리지 않았다. 처음으로 구시가지에 발을 들여놓았을 때 소라는 무시무시한 무언가가 뒤따라오는 듯한 느낌을 받았다. 햇빛의 반대 방향이 아니라 엉뚱한 방향으로 뻗어있는 그림자를 보면 아마 그런 기분이었을 것이다. 성당의 종이 온몸의 뼈를 뒤흔들며 공허하게 울릴 때 소라는 시계탑 폐허 아래 가만히 서서 나지막하게 말했다.

"안 돼. 또 시작이야."

어째서 오직 그들만이 여기 오면 과거의 삶을 기억해 내는지 산티는 알고 싶어 했다. 하지만 소라에게는 불가사의가 아니다. 이 도시는 그들이 공유한 삶들로 겹겹이 덮어씌워져 있어서 여기 살다 보면 기억해 낼 수밖에 없다.

소라는 자정에 멈춰있는 시계탑의 시곗바늘을 올려다본다. 지난번 삶에서 산티에게 했던 말이 메아리처럼 들려온다. '여길 떠나면 다시 잊을지도 몰라.'

처음엔 기차를 타고 여길 떠나보려 했다. 어디로 갈지는 생각도 하지 않았다. 눈에 들어온 첫 기차에 무작정 올라타 출발을 기다렸다 차창 밖을 내다보면서 이제 어떻게 될지 생각했다. 모든 걸 잊고, 어떻게 거기로 오게 됐는지조차 모르는 채 정신이 들까? 아니면 마치 치매처럼, 다른 삶에 관한 기억의 조각들이 하나씩 떨어져 나가 산티에 관한 기억도 사라질까? 그 생각을 하자 가슴이 아팠지만 견뎠다. 과거를 기억해 봤자 그들은 늘 비참하기만 했다. 다시는 그를 만나지 못하게 된다고 해도 새로 시작하는 게 나을 수도 있다.

우웅 소리와 함께 기차가 작동하기 시작했다. 소라는 고개를 들었다. 드디어 탈출이 시작됐다.

그런데 우웅 소리가 멈추더니 조명이 깜박이다 꺼져버렸다. 어떤 목소리가 기차가 고장임을 알리자 다른 승객들이 투덜거리며 하차했다. 소라는 가만히 앉아 분을 삭였다. 너무 화가 나서 웃음이 날 지경이었다.

몇 번 더 탈출을 시도했다. 어떤 때는 기차가 강을 건너는 지점까지 갔다가 고장 났다. 어떤 때는 호엔촐레른 다리를 건너가다가 펑 하고 퓨즈가 나가면서 멈추기도 했다. 소라는 좌석에 앉은 채 난간에 매인 자물쇠들을 가만히 내다보았다. 4만여 개의 관계들이 그렇게 녹슬어 가고 있었다. 기차가 역방향으로 다시 가는 동안, 소라는 시간의 타래가 풀리며 시작점으로 돌아가고 있음을 느꼈다.

기차에서 내린 소라는 믿을 건 자신뿐이라고 생각했다. 포기하지 않을 것이다. 도로가 끝나는 곳까지 걸어가고 그 너머로도 계속 가볼 것이다.

지금 소라는 산울타리를 통과하고 관목이 우거진 초원을 가로질러 가고 있다. 도시 한계선을 넘어가자 들판과 울타리가 끝없는 꿈처럼 펼쳐져 있다. 그녀는 둥글게 말린 철조망을 내리누르고 넘어간다. 철조망 너머로 내려선 순간 가시철사에 엄지를 베이고 만다. 얼른 입으로 가져가 피를 빨면서 계속 걸어간다.

북쪽으로, 언제나 그렇듯 북쪽으로 나아간다. 석양에 그녀의 그림자가 들판에 펼쳐져 옆으로 눕는다. 어둠이 내리고 별들이 모습을 드러내도 소라는 하늘을 올려다보지 않는다. 수많은 산울타리를 기어서 통과하고 수많은 철조망을 넘어간 끝에 어느 순간 뒤를 힐끗 돌아보니 지금까지 시도해 본 중 퀼른과의 거리가 제일 많이 멀어졌다. 퀼른이라는 거대한 도시가 기반에서 몸을 떼고 평평한 콘크리트 발로 그녀를 따라오는 것만 같다. 소라는 걸음을 재촉해 뛰다시피 걷는다. 다음 철조망을 넘어가려는데 철사에 시커먼 얼룩이 눈에 띈다. 아까 묻은 소라의 피다.

절망한 소라는 그 자리에 서서 웃음을 터뜨린다. 아무리 걸어도 아까 지나온 들판이다. 소라는 같은 들판을 계속 되풀이해서 가로지르고 있었다. 소라는 악을 쓴다.

"뭐 이런 거지 같은 게 다 있어! 내가 왜 여기 갇혀있어야 해? 내가 뭘 어쨌는데?"

아무도 대답하지 않는다. 대답은 없지만 소라는 본능적으로 깨닫는다. 이것은 오직 그녀를 위해 특별히 고안된 형벌이다. 아무 데도 갈 수 없는 세상에 갇힌 것보다 더 지독한 벌이 있을까?

차가운 바닥에 벌렁 드러눕는다. 도시의 불빛에서 멀리 떨어진 이곳에서 올려다본 별들은 단단한 반구형 지붕 안쪽에 흩뿌려 놓은 은색 페인트 같다. 여기 이대로 있으면서 갈증이나 체온 저하로 죽기를 기다려도 될 것이다. 아직 그런 죽음은 경험해 보지 않았지만 아마 고통스러울 것이다.

아니면 계속 시도해 볼 수도 있다.

소라는 일어서서 어머니에게 전화를 건다.

소라는 어머니가 운전하는 차의 조수석에 앉아 창밖을 내다본다. 언제나 그렇듯 복제된 세상이다. 다른 삶에서 봤던 구멍들이 기억난다. 어렸을 때 말도 안 되는 풍경이 내다보였던 창문이라든지, 하늘에서 내려다본 풍경을 보여줬던 젠타우르 술집 뒤편의 거울이 바로 그런 구멍이다. 그때는 그 구멍이 어떤 의미인지 몰랐다. 어쩌면 이 도시의 가장자리 어딘가에 여기서 나갈 수 있게 해줄 구멍이 있지 않을까.

"소라, 엄마 말 듣고 있니?"

잃을 게 없는 삶

아이슬란드 사람인 어머니는 끝부분이 내려가는 억양으로 소라에게
묻는다.

소라는 눈을 깜박이며 말한다.

"네."

"들었으면 대답해야지. 어딜 가려고 했어?"

"아무 데도요." 소라는 스쳐 지나가는 도시를 내다보며 대답한다.
"어차피 아무 데도 못 가요."

어머니는 핸들을 잡은 손가락이 하얗게 질리도록 힘을 준다. 소라는
아버지의 경멸 어린 말을 듣고 참고 살면서, 속에 쌓인 분노를 어떻게
삭여야 하는지 배웠다. 하지만 지금은 어떻게 해야 좋을지 모르겠다.
왜 부모는 변함이 없고, 자기만 부모에게 맞춰 살아야 할까? 왜 자기
만 과거의 삶을 모두 기억하는 저주를 받았을까?

어머니가 나지막하게 말한다.

"가끔 보면 넌 사춘기 티를 많이 내더라."

소라는 어머니를 가만히 쳐다본다. 어머니에게 나는 단순한 사춘기
소녀가 아니라 무한의 시간을 사는 불멸의 존재라고 말하고 싶다. 하
지만 어머니는 어차피 모른다. 수많은 삶에서 알아온 똑같은 딸이 부
루퉁하게 하는 말을 듣고 있을 뿐이다. 같은 나이의 에스텔라를 키우
며 피곤한 어머니로 살았던 소라의 자아가 올라와 지금의 어머니에게
감정이입을 한다. 이제 계속 이렇게 살아야 하는 건가? 매 순간 과거
의 잔상에 파묻혀, 모든 나이에 한 경험을 곱씹어 가면서?

"죄송해요. 이제 안 그럴게요."

하지만 소라는 다시 시도한다. 부모님이 알아채지 못하도록 조심스
럽게 조금씩. 주말마다 도시의 한계선을 찾아다니면서 현실이 아득히

멀어지는 지점까지 가장자리를 조금씩 밀어낸다. 끝없는 숲에 들어가 보기도 하고, 같은 도로를 몇 번이나 가로지르기도 하고, 물을 헤치며 들어가 얕은 여울에 빠져보기도 한다. 하지만 매번 시작점으로 되돌아오고 만다. 이 거짓된 공간에서 나가게 해줄 구멍을 강박적으로 찾아다니는데 간수들은 이 감방을 너무 잘 만들어 놓았다. 철창 사이의 틈이 있다고 해도 소라가 탈출할 수 있을 만큼 간격이 넓지 않다.

열아홉 살이 된 소라는 키 작은 초목이 자라는 들판을 가로지른다. 저무는 햇살이 그녀의 그림자를 정동향으로 향하게 한다. 이윽고 해가 저문다. 지금까지 도시의 경계선을 구석구석 확인해 봤는데 탈출구는 찾아내지 못했다.

분노가 치밀어 오른다. 고개를 젖히고 소리치면서 손이 피투성이가 되도록 가시철조망을 잡아당긴다.

"나가게 해줘. 개새끼야, 내보내 달라고!"

바람이 그녀의 목소리를 실어 가다, 아무도 그녀의 목소리를 듣지 못한다.

아직까지는.

소라의 기억 속에서 산티는 소라가 입원해 있던 병원의 병상 옆에 어색하게 앉아있었다. 그때 산티는 30대 중반으로 보였다. 소라는 산티가 언제쯤 죽을지 헤아려 본다. 소라가 죽었다가 다시 태어나고 나서 며칠, 몇 달, 어쩌면 수십 년이 걸렸을지도 모른다. 어쩌면 그가 이미 여기 와있을 수도, 아니면 앞으로 30년은 더 기다려야 될 수도 있다.

소라는 아버지가 준 목도리로 피 나는 손을 감싼 후 대학으로 돌아가는 버스를 잡아탄다. 기숙사 방에서 상처를 치료하면서 거울을 보는데, 거울 속 자기 모습 너머로 그녀가 감방 동기의 도착을 기다리고 있는 감옥의 어둠이 비친다. 그녀는 치료를 마친 후 자전거를 타고 구시가지로 향한다. 시계탑 안마당의 울타리에 자전거를 기대어 세워두고 생각에 잠긴다. 지난번 생에서 병원에서 만난 산티는 저 너머 세상에서 아직 살고 있을까. 그쪽 세상으로 손가락을 뻗으면 닿을 것 같다. 마지막으로 본 산티는 꾀죄죄하고 지친 데다, 고된 삶을 살아온 흔적이 얼굴에 새겨져 있었다. 그때 산티의 나이에서 19년을 더한 나이의 산티가 지금 옆에 서서 시계탑을 올려다보는 상상을 해본다. 지금 시계탑의 시곗바늘은 마치 기도하듯 두 손을 맞잡고 있다.

배낭에서 스프레이 캔을 꺼낸다. 그리고 두 세계의 거리만큼이나 먼 광장 건너편에서도 다 보일 정도로 큼직하게 '**잃을 게 없는 삶이야**'라고 쓴다. 산티가 이 글을 보면 무슨 뜻인지 알 것이다. 이제 소라가 그와 함께 여길 빠져나갈 길을 찾을 준비가 되었다는 뜻이다.

소라가 시계탑에 스프레이 페인트로 글을 써놓은 후 시간이 꽤 흘렀다. 아직 연락이 없다는 건 산티가 아직 이 도시에 없다는 뜻일 것이다. 그 무렵 스페인어를 다시 배운 소라는 산티가 늘 태어나던 마을의 병원마다 전화를 걸어 문의할 수 있을 정도의 실력이 됐다. 아마 그 마을에서 소라는 존재하지도 않는 아이를 찾는다고 계속 전화를 해대는 어색한 억양의 외국 여자라는 우스갯소리의 주인공이 됐을 것이다. 어쩌면 그는 스페인에서 태어나지 않았을 수도 있다. 몇 번의 삶에서 그의 부모는 산티가 태어나기 전에 쾰른으로 이주해 왔었으니까. 매주 소라는 지역 신문을 펼치고 허리케인 생존자가 실종자 게시판을 들여다보듯 아기 출생 발표란을 꼼꼼히 확인한다. 그렇게 몇 년이 지나자 산티의 이름을 신문에서 보게 되리라는 기대를 접게 된다. 이제는 그냥 놀이가 됐다. 친구들 눈에는 괴상한 버릇처럼 보일 것이다. 지금도 그녀는 친구들과 널찍한 주방 식탁에 둘러앉아 커피를 마시면서 슈타트-안차이거 신문을 펼치고 웃기는 이름을 찾아 소리 내어 읽고 있다.

의사가 된 소라는 외과 전문의가 되기 위해 수련 중이다. 과거의 삶을 기억해 내기 전부터 의사가 될 계획이었고, 기억해 낸 후에는 분노에 차올라 그 계획을 포기하기 싫어졌다. 소라가 신문을 훌훌 넘기며 보고 있는데 릴리는 되풀이되는 삶 속에서 줄곧 집착하던 남자에 대한 한탄을 또 늘어놓는다. 듣고 있자니 소라는 500살은 된 기분이다.

릴리가 소라의 어깨 너머로 몸을 기울이며 말한다.

"우리 데니스 말이야. 상상해 봐. 아기 데니스는 어떤 모습일까."

소라는 릴리를 힐끗 쳐다보며 묻는다.

"데니스라는 이름을 가진 어른 남자는 다들 아기 데니스였겠지?"

"공장에서 만들어졌을지도 몰라."

릴리가 하는 말은 소라의 귀에 거의 들어오지도 않는다. 신문의 페이지 상단, 조그마한 아기 출생 발표란에 '산티아고 로페즈 로메로'라는 이름이 박혀있기 때문이다.

귓속에서 천둥이 친 것 같다. 그가 여기 왔다. 지금 살아있다.

"소라?" 릴리가 소라의 얼굴 앞에 대고 손을 흔들더니 소라의 시선을 따라가며 말한다. "아, 스페인 이름이구나. 섹시하네." 그러고는 인상을 찌푸리며 덧붙인다. "아기한테 이런 말 하는 건 좀 이상하지?"

"어."

소라는 산티를 어떻게 만날지를 궁리하며 페이지를 넘긴다.

병원에 알아보니 산티와 그 모친은 이미 집으로 돌아간 모양이다.

잃을 게 없는 삶

그들이 사는 집이 어디인지 알아내는 쪽으로 방향을 돌린다. 쾰른에서 살았던 삶에서 산티의 모친은 늘 도심의 가게에서 일했다. 소라는 점심시간마다 산티의 모친이 일할 만한 가게들을 둘러보기 시작한다. 조사를 시작하고 두 달째로 접어들 때쯤 성당 근처 슈퍼마켓에 들어갔다가 카운터 뒤에 서있는 산티의 모친을 만난다. 지난 삶에서 소라가 산티와 결혼식을 올렸던 바로 그 성당이다.

별안간 두려움 비슷한 감정에 사로잡힌 소라는 산티의 모친을 바라보다가 얼른 잡지 코너로 가서 잡지를 보는 척한다. 가장 친한 친구 산티의 모친이자 소라의 전 시어머니 마리아 로메로 여사다. 마리아와 통화 중인 상대의 목소리가 잡음처럼 들려온다. 소라는 마리아에 관해 부분적으로만 알고 있다. 지금은 서로 아는 사이도 아니고 소라만 마리아를 아는 상황이다. 그래도 그 정도면 접근하기에 충분할 듯하다. 소라는 코바늘 뜨개질에 관한 잡지를 집어 들고 계산대 앞으로 다가가 말한다.

"제가 초보라서요."

그러자 마리아는 어정쩡하게 대꾸한다.

소라는 잔돈을 찾으려 손을 더듬거리며 주절거린다.

"이런 잡지로 얼마나 배울 수 있을지 모르겠어요."

마리아는 소라에게 돈을 받고 미소 띤 얼굴로 친절하지만 간결하게 대화를 끝낸다.

"행운을 빌어요."

패배감을 느끼며 가게를 나온 소라는 마리아에 관한 기억을 다시 더듬어 본다. 소라가 알기로 마리아는 원래 사람을 잘 믿지 않는 성격이다. 지금 외국에서 살고 있으니 더할 것이다. 인내심을 갖고 접근하는 것 말고는 다른 방법이 없을 듯하다.

소라는 매주 코바늘 뜨개질 관련 잡지를 사러 그 가게에 들른다. 마리아에게 다정한 미소를 보내기도 하고, 뜨개질에 관한 이야기를 꺼내거나 좀처럼 손에 익지 않는 뜨개질 기술을 놓고 한탄하기도 한다. 그렇게 6주가 지나자 마리아가 드디어 손을 내민다.

"월요일마다 우리 집에서 뜨개질 모임이 있는데 한번 들르세요."

소라는 몹시 어려운 퍼즐을 푼 기분이다. 너무 신나게 웃지 않으려고 자제하면서 대답한다.

"재미있겠네요. 감사해요."

마리아는 대충 찢은 종잇조각에 주소를 적어준다.

"그럼 월요일에 봐요."

소라는 봄처럼 가벼운 걸음으로 가게를 나선다.

"이 정도면 쉽네."

자축하다가 문득 앞으로 코바늘 뜨개질을 공부할 시간이 이틀밖에 남지 않았음을 깨닫는다.

그 주말에 소라는 뜨개질을 해보느라 생고생을 한다. 산티가 아버지로서 입양 딸인 소라와 친해지려 오랫동안 애썼던 시절, 소라에게 코바늘 뜨개질을 가르치려고 했지만 소라는 질색했다. 그때 뜨개질을 싫어했던 마음이 몇 번의 생을 거듭하는 동안에도 지속됐다. 그래도 월요일이 되자 소라는 열정적인 아마추어 흉내는 낼 수 있을 정도로 코바늘 뜨개질의 기초를 익혔다. 그리고 지금 그녀는 똑같이 생긴 고층 건물들 앞을 지나 세 번째 건물로 조심스럽게 들어간다. 마리아의 집 앞에서 뜨개 바구니를 손에 들고 쭈뼛거리며 노크한다. 지금이라도 도망치고 싶은 충동에 휩싸인다. 지금 산티는 아기다. 뭘 기대하고 여기

왔을까. 죽기 전 마지막으로 나눴던 얘기라도 이어서 할 생각이었나?

마리아가 문을 열고 맞아준다.

"소라 씨? 어서 와요." 어린아이가 마리아의 다리를 붙잡고 매달려 있다. "내 딸 아우렐리아예요."

소라는 검은 눈동자의 아우렐리아를 내려다보며 인사를 건넨다.

"만나서 반가워."

차 사고로 아홉 살에 죽은 아우렐리아이기도 하고, 산티가 세상을 떠난 후 소라가 에스텔라를 혼자 키우게 됐을 때 쾰른으로 와서 아이 키우는 일을 도와준 아우렐리아이기도 하다.

아우렐리아는 의심 가득한 눈으로 소라를 쳐다보더니 이내 달아나고 만다.

마리아가 웃는다.

"신경 쓰지 말아요. 쟤가 기분이 안 좋아서 저래요. 들어와요."

마리아는 소라를 집 안으로 데리고 들어간다. 아이들 장난감이 여기저기 널려있는 복도를 지나 주방으로 들어가자 다른 여자 넷이 이미 자리를 잡고 앉아 커피를 마시며 수다를 떨고 있다.

소라는 산티를 그날 바로 볼 수 있을 것이라고는 생각하지 않았다. 실제로 뜨개질을 하면서 한 시간 내내 앉아있게 될 줄도 몰랐다. 더듬거리며 코바늘을 손에 쥐고 뜨개질을 하면서 아기 울음소리가 들리는지 촉각을 세운다. 마리아와 다른 여자들이 하는 얘기는 귀에 잘 들어오지도 않는다. 그런데 아무리 들어봐도 집 안에서 아기 울음소리가 나지 않는다. 태어난 지 3개월밖에 안 됐지만 산티가 워낙 조용한 아기라서일 수도 있을 것이다. 아기 침대에 누워 담담하게 우주에 관한 명상을 하는 산티의 모습을 상상해 본다. 산티 생각을 하니 짜증이 치밀어서 손가락을 바늘에 찔리고 만다.

다른 여자들이 하나씩 그 집을 떠난다. 마리아는 소라도 그만 가주기를 바라는 듯 다소 날카로운 말투로 묻는다.

"커피 한 잔 더 마실래요?"

소라는 이미 석 잔째라 손이 떨릴 지경이다.

"아뇨, 괜찮아요." 고개를 드는데 속이 울렁거린다. "혹시 집에 다른 아이가 있나요?"

마리아는 묘한 시선으로 소라를 쳐다본다.

"왜요?"

"아기 소리를 들은 것 같아서요." 소라는 머뭇거리다가 덧붙인다. "제가 아기를 좋아하거든요."

거짓말이 티가 난 것 같아 마음이 편치 않다. 이대로 쫓겨나겠다 싶은데 마리아가 웃으며 말한다.

"미안해요. 그런 타입으로는 안 보였는데." 마리아는 의자에서 일어선다. "맞아요. 얼마 전에 아기를 낳았어요. 와서 만나봐요."

그들은 어둑한 방으로 들어간다. 커튼 쳐진 창문 옆에 놓인 아기 침대로 다가가는데 이상하게 긴장이 된다. 이렇게 긴장할 일인가 싶어 웃음이 날 지경이다. 마리아는 천으로 싸맨 작은 덩어리를 침대에서 들어 올린다. 말도 안 되게 작다.

"산티예요. 안아볼래요?"

소라는 비명을 지르며 달아나고 싶은 충동을 억누르고 두 팔을 내민다.

전에도 아기들을 품에 안아봤다. 에스텔라, 오스카 그리고 안드로메다까지. 하지만 이번에는 다르다. 따뜻한 무게감이 느껴지는 순간 공황에 빠진다. 산티를 잘 안고 있든지 쓰러지든지 둘 중 하나다.

그때 초인종 소리가 들리자 마리아가 돌아서며 말한다.

"미안한데, 누가 왔나 봐요. 산티 좀 봐줘요."

"아… 예, 그럴게요."

소라는 속으로 '안 돼요, 날 여기 두고 가지 말아요!'라고 외친다.

마리아는 소라와 아기만 남겨두고 바로 방을 나간다.

산티는 커다란 갈색 눈으로 소라를 올려다본다. 그 순간 소라는 자신이 아는 바로 그 산티임을 알아본다. 산티는 호박 안에 갇힌 파리처럼 무기력한 아기 몸에 갇혀있다. 아기 산티가 품 안에서 옹알이하며 꿈틀거린다. 소라는 아기가 떨어지지 않도록 단단히 붙잡고 나지막하게 말한다.

"그래, 그래. 내가 널 찾아냈어. 넌 나한테서 쉽게 벗어나지 못해."

소라는 콧노래를 흥얼거린다. 다른 삶에서 산티에게 배운 노래인지, 아니면 자기가 산티에게 가르쳐준 노래인지 알 수 없다. 마리아가 돌아왔을 때쯤 산티는 방긋거리며 웃고 있다.

"애가 당신을 좋아하나 봐요! 희한하네. 원래 아무한테나 잘 안기지 않거든요."

소라는 산티의 얼굴을 가만히 들여다본다. 산티가 작고 힘센 손으로 소라의 손가락을 꼭 붙잡는다.

"영광이네요."

그 후 소라는 쉽게 마리아의 친구가 됐다. 뜨개 모임에 참석하다가 커피를 마시러 집에 들르기도 하고, 일주일에 한 번씩 아이들을 봐달라는 부탁을 받기도 한다. 이번 세상에서 산티의 아버지가 심장마비로 사망한 탓에 마리아는 힘겹게 살아가고 있다. 소라는 힘든 마리아에게 도움의 손길을 내미는 좋은 사람인 척 굴지만 실은 몹시 이기적인 짓을 하고 있음을 안다. 산티도 어느 정도 나이가 들면 소라를 용서해 주지 않을까. 지금은 자기 이름도 못 쓰는 아기지만. 소라는 좀처럼 손에 잡히지 않는 공을 쫓아 바닥을 기어다니는 산티를 바라보다 무력감을 느낀다. 산티가 붙잡으려 애쓰는 게 마치 자신 같아서다.

다른 삶에서 누군가를 어린아이였을 때부터 알고 지내다가 나중에 다 자라서 다시 만났을 때 어떤 기분이었는지 소라는 분명히 기억한다. 앞으로 어떤 사람이 될지 모르다가 그 사람을 다시 만났을 때 받은 충격이 지금도 선연하다. 이번에는 처음으로 반대 입장이 됐다. 소라가 알아온 산티는 다양한 모습이다. 산티는 지쳤을 텐데도 최선을 다한 아버지였고, 열정적이고 철학적인 학생이었으며, 다소 얼빠진 경찰 파트너이기도 했다. 소라는 모든 걸 끝장내 버리고 싶은 묘한 충동에 주기적으로 사로잡힌다. 그 안에는 지금껏 존재한 모든 산띠의 씨앗이 잠재되어 있다. 어쩌면 모든 씨앗은 아닐 수도 있다. 그의 부모가 퀼른으로 거처를 옮기고, 그의 아버지가 사망하는 등 이번 삶의 궤적은 그가 다른 길이 아닌 이 길로 나아가도록 정해놓았다. 소라는 불안해하면서도 자신을 그 길에 놓인 한 사람으로 올려두기로 한다. 그가 어떤 사람인지 명확히 아는 사람과 많은 시간을 보내는 게 산티에게 어떤 영향을 주게 될까? 별 모양 장난감을 그녀의 손바닥에 대고 누르게 해주는 단순한 대응이지만 이런 상호 관계가 산티를 이 길에서 저 길로 옮겨 가게 만들지는 않을까? 소라는 이쯤에서 그의 인생에서 빠졌다가 그가 좀 더 나이 든 후에 돌아오는 게 좋지 않을까를 수십 번 고민한다. 하지만 지금 마리아는 소라에게 의지하고 있고 아우렐리아도 마음을 열었다. 아우렐리아는 소라 옆에 나란히 앉아 소라의 머리를 땋아주면서 동물 인형들의 모험 이야기를 들려주고 있다. 지금 산티는 아직 온전한 산티가 아니고 소라의 이름도 제대로 말하지 못하지만, 소라는 영원히 추락하고 싶지 않기에 유일한 버팀목에서 손을 뗄 수가 없다. 자기 의지로 손을 뗄 만큼 마음이 굳건하지도 못하다.

이런 감정은 산티도 마찬가지인 것 같다. 소라가 병원에 출근하려고 집을 떠나려 할 때마다 산티는 괴롭다는 듯 울면서 소라에게 매달린다. 다행히 마리아가 소라의 다리에 매달린 산티를 떼어내며 도와준다.

"소라 누나는 다른 사람들을 도와주러 가야 해, 미 이호('내 아들'을 뜻하는 스페인어—옮긴이). 미안해요, 소라."

산티는 어설프지만 고집스레 그녀의 이름을 부른다.

"토라."

그의 눈에 담긴 두려움이 자연스럽지가 않다. 죽어가는 소라의 병상 옆에 앉아있었을 때, 배수로에 쓰러진 소라의 짓이겨진 몸을 붙잡고 있었을 때의 눈빛이다.

"돌아올게." 소라가 말하지만 어린 산티는 아직 이해하지 못하는 비통한 약속일 뿐이다. "나는 늘 돌아왔잖아."

소라는 산티에게 그녀의 이름을 쓰는 방법을 가르쳐 준다. 이제 산티는 잠시도 가만히 있질 못하고 궁금한 것도 많은 다섯 살이다. 그런 산티를 얌전히 앉혀두고 집중하게 하는 일은 쉽지 않다. 그래도 산티는 소라를 위해 기꺼이 해주고 있다. 소라는 제 이름의 첫 글자 'P'를 써서 보여주고 따라 쓰게 한다. 산티는 입가에 혀까지 빼물고 집중한다.

"이 글자는 다른 단어에서 쓸 일이 없을 거야. 내 이름에만 쓰이는 특별한 글자거든."

산티는 다 아는 얘기라는 듯 짜증스럽게 대꾸한다.

"알아. 기억나."

소라는 놀라서 얼어붙는다. 마리아는 방 저쪽에서 아우렐리아의 머리를 빗겨주고 있다.

"기억난다고?"

"응." 산티는 소라의 이름을 나타내는 글자를 칼로 새기듯 손으로 따라 쓴다. "나한테 보여줬잖아. 우리가 탑 위에 있었을 때."

소라는 마리아를 힐끗 쳐다본다. 마리아는 웃으며 말한다.

"산티, 넌 얘기 지어내는 걸 참 좋아하는구나."

산티는 인상을 찌푸린다.

"지어낸 얘기 아니야."

"네 말이 맞아." 소라는 산티의 눈을 똑바로 바라보며 덧붙인다. "진짜로 있었던 일이야."

그때부터 산티는 새삼 흥미로운 눈으로 소라를 바라본다. 소라는 세상에서 이해해 주는 사람 하나 없이 살았을 때의 외로움을 떠올린다. 지금 소라가 어린 산티에게 어떤 영향을 주게 될지 모르겠지만, 적어도 산티는 네가 미친 게 아니라는 말을 해줄 수 있는 사람을 곁에 두고 자랄 수 있을 것이다.

전에 산티가 소라를 여러 가지 방식으로 키웠기 때문에 소라도 배운 게 있다. 산티가 엄격하게 키웠을 때 소라는 순하게 굴었다. 산티가 그녀 스스로 답을 찾아내도록 여유를 줬을 때 소라는 산티가 동의하든 말든 그에게 자기 생각을 솔직하게 말했다. 지금 산티의 기억이 돌아오고 있지만 소라는 그가 좀 더 서둘러 주길 바라는 마음이다. 산티가

잃을 게 없는 삶

아직 진실을 감당 못 할 걸 알지만 그에게 어서 털어놓고 싶다. 여덟 살이 된 산티가 언젠가 오스트레일리아에 놀러 가고 싶다고 얘기했을 때 소라는 단호하게 말했다.

"못 가. 우린 아무 데도 못 가거든. 너랑 나는 그래."

산티가 입술을 바르르 떨며 소라를 올려다본다.

"왜?"

소라는 그를 달래줘야 한다는 걸 안다. 지금 한 말은 농담이라고 해야 할 것이다. 하지만 소라의 분노는 순간적으로 산티에게로 향하고 만다. 속으로 이렇게 외치고 싶다.

'얼른 좀 커. 얼른 커서 내가 나가는 길을 찾게 도와달란 말이야.'

하지만 생각과 달리 소라는 차분하게 대답한다.

"좋은 질문이야, 산티. 내 생각을 말해줄까? 우리는 둘 다 여기서 벌받는 중인 것 같아."

산티가 미간을 찌푸리며 묻는다.

"우리가 무슨 짓을 했는데?"

"글쎄." 소라는 명랑하게 대답한다. "아주아주 나쁜 짓을 한 모양이지."

겁을 먹은 듯 산티의 눈이 커진다.

"난 나쁜 짓 안 했어. 누나는 거짓말쟁이야."

자기 방으로 달려가 버린 산티는 그날 소라에게 말도 걸지 않는다.

집에 돌아온 마리아가 의아해하며 묻는다.

"산티한테 뭐라고 했는데 저래요?"

'그의 꿈은 먼지와 재처럼 아무것도 아니라고 말했죠.'

소라는 이 말을 하고 싶었지만 무기력하게 어깨를 으쓱하면서 대답한다.

"아시다시피 예민한 아이잖아요."

산티는 그 후 확실히 말수가 줄었다. 소라는 자기 탓인 것 같아 마음이 좋지 않지만 미안하지는 않다. 어른이 되기 전에 그들이 처한 상황의 진실을 아는 편이 좋을 것이다. 그리고 산티는 그렇게 성장해 간다. 소라는 그가 언제 다 클까 조바심치지만, 얼마 안 있어 그는 열두 살이 되고, 열다섯 살이 되더니, 어느새 대학에 다니게 된다. 소라에게 그는 익숙하면서도 새로운 산티. 그가 젊음으로 반짝반짝 빛나는 데 비해 소라는 우중충한 중년이 되어가고 있다.

대학교 1학년 때 어머니가 세상을 떠나자 산티는 몸과 마음이 무너지고 만다. 그가 의지한 사람은 누나인 아우렐리아가 아니라 소라다. 새벽 3시, 산티는 술에 취해 울면서 소라의 집으로 찾아온다. 소라는 그를 집에 들이고 품에 안아 실컷 울게 한다.

"어머니를 다시 만나게 될 거야." 그러나 바닥에 몸을 설지고 쓰러지다시피 앉은 산티는 소라의 셔츠에 얼굴을 묻는다. 소라는 그의 등을 쓰다듬으며 위로한다. 그의 어머니이자 누이, 연인이었을 때의 감정이 동시에 느껴지니 혼란스러워야 마땅할 테지만, 거듭 세상을 살다보니 그런 감정은 사라진 지 오래다. "어머니는 똑같은 모습으로 돌아올 거야."

"그래도 어머니를 잃으니 가슴이 아파."

산티는 소라의 어깨에 대고 눈물 젖은 말을 쏟아낸다.

소라는 속에서 치솟는 성급한 생각을 더는 찍어 누를 수가 없다. 이제 마리아는 세상을 떠났고 산티는 다 자랐으니 탈출구를 찾으러 나서는 그들을 막아설 것은 없다.

잃을 게 없는 삶

소라가 나지막하게 말한다.

"아프지 않다면 벌이 아니겠지."

뒤로 물러난 산티는 인상을 찌푸리며 열여덟 살 생일에 새긴 손목의 문신을 문지른다. 하늘에 떠있는 별자리도 아니고, 지금까지 수없이 살면서 소라가 손목에 새겼던 문신도 아니다.

"우리 어디 좀 갈래? 할 얘기가 있어."

소라가 눈을 껌벅이며 묻는다.

"무슨 얘기?"

"모든 것에 관한 얘기." 산티는 쓸쓸한 미소를 지으며 눈을 내리깐다. "이제 아무것도 우릴 막지 못해."

소라는 그와 같은 생각을 하며 몸을 떤다.

"그렇지."

지금 소라는 아그네스비에르텔 지역에서 살고 있다. 여기서 살아보면 이 도시가 좀 새롭게 보일까 싶었지만 그렇지도 않았다. 숨 막히게 익숙한 거리가 그들을 올가미처럼 감싸고 있다. 성당과 구시가지가 위치한 남쪽으로 산티가 앞장서서 걸어간다.

"우리가 더 이상 암호로 말할 필요가 없으니 그건 좋네."

"암호라." 소라가 웃는다. "'이번에는 누나가 내 쌍둥이 여동생은 아니잖아'라고 나한테 소리쳤을 때처럼?"

"그렇게 따지면 불공평하지. 그때 난 고작 여섯 살이었어."

소라는 자기도 모르게 산티를 속상하게 만든 것 같다고 생각한다. 지금쯤은 그를 속속들이 파악하고 있어야 하지 않나? 그의 내면을 들여다보고 문제를 찾아내 고쳐줘야 하지 않나?

산티가 도전적으로 소라의 눈을 마주 보며 묻는다.

"여전히 우리가 벌을 받고 있다고 생각해?"

"여전히?" 소라는 잠시 당황하다가 그 말뜻을 이해한다. 여덟 살짜리 남자아이의 얼굴로 울고 있는 산티를 보면서 소라는 며칠 동안 죄책감에 시달렸다. "아, 네가 기억하지 못할 줄 알았어."

산티는 울적한 표정으로 그녀를 쳐다본다.

"당연히 기억하지. 그때 난 여덟 살이었어. 누나는 내가 어떤 잘못을 저질렀기 때문에 여기 영원히 갇히는 벌을 받았다고 했잖아. 그런 얘기를 어떻게 잊겠어."

소라는 시선을 돌린다.

"진실을 알려줘서 충격을 줬다니 미안하네."

산티는 10대 청소년답게 발끈한다. 소라 입장에서는 처음 보는 산티의 모습이다.

"그게 진실인지 누나가 어떻게 알아?"

소라는 두 팔을 크게 펼친다.

"그게 아니면 이 상황은 뭔데? 어디로든 가서 뭐든 보고 싶어 하는 두 사람을 한 도시에 가둬두고 무한한 삶을 살도록 만들었어. 이 정도면 완벽한 형벌이지."

"우리가 뭘 잘못했는데? 뭘 어쨌는데?"

"말했잖아. 나도 모른다고! 누굴 죽이기라도 했나 보지."

소라는 농담 반 진담 반으로 말한다.

산티는 고개를 젓는다.

"우린 살인자가 아니야."

"넌 아닌가 보네." 소라는 담배를 꺼내 불을 붙인다. 실제로 어떤 연관이 있어서인지 운명 때문인지 모르겠지만 의학계에 종사하는 삶을 사는 세상에서 소라는 늘 담배를 피운다. "난 여기 살면서 매일 살인 충동이 솟구쳐."

"이게 벌이라면, 누나는 누군가 우리한테 벌을 주고 있다고 생각하는 거네. 누군가 의도적으로 설계해서 이렇게 만들었다는 거니까."

소라는 콧방귀를 뀐다.

"그렇지. 보이지 않는 벽으로 둘러싸인 현실 속에서 살고 있다는 걸 알고 나니 내 인생관도 좀 바뀌더라." 산티가 끼어들려는데 소라가 말을 이어간다. "넌 그게 신이라고 생각하나 본데 내 생각은 달라. 이 정도로 악의적인 개짓거리는 딱 인간이 할 만한 짓이거든."

아이겔슈타인-토어부르크의 중세 시대 성문 아래를 지나가며 산티가 말한다.

"그게 누구든, 그들이 우리한테 벌을 주고 있는 거면 구원받을 기회도 줘야 맞는 거지. 아마 여기서 나가는 길을 만들어 뒀을 거야."

"말했잖아. 이 도시를 떠나려고 백 가지나 되는 방법으로 시도해 봤다고."

"물리적인 탈출 방법을 말한 게 아니야."

소라는 미소 짓는다. 지금의 산티는 그동안 소라가 보아온 산티들과 별반 다르지 않은 것 같다.

"아, 또 그 얘기구나. 올바른 길."

그들은 철로 아래로 뻗어있는 터널로 들어간다. 산티의 목소리가 묘하게 울린다.

"더는 그런 식으로 생각하지 않아. 우리가 하는 행동 하나하나가 중요하다면, 그중 어떤 행동을 했을 때 뻗어나갈 수 있는 길이 무궁무진할 텐데 그중에 하나만 옳은 길일 리 없어."

"드디어 우리가 같은 생각을 하게 돼서 기쁘구나." 소라는 그의 그림자를 따라 어둑한 터널을 걸어간다. "이제는 어떻게 생각하는데?"

"속죄를 위해 무언가를 해야 할 것 같아."

"속죄?" 산티를 따라잡은 소라는 나란히 터널을 빠져나간다. "무슨 잘못으로 벌을 받고 있는지도 모르는데 어떻게 속죄해?"

산티가 턱을 치켜든다.

"닥쳐보면 알 수 있을 거야."

"어떻게? 우리가 어떻게 알아?" 소라는 성당을 향해 걸어가는 산티를 따라간다. "네 논리대로라면 우린 지금도 여기 있으니까 지난번 삶에서 분명히 실패한 거야. 지난번 삶에서 어떻게 해야 속죄가 됐을까? 내 집을 팔고 방갈로로 이사 가야 했나? 네가 훔쳤던 물건을 주인들에게 모두 돌려줬으면 됐을까? 그럼 뭐, 환한 빛이 쏟아지고 천사들이 합창하면서 우릴 자유롭게 해줬을 거란 얘기야?"

산티는 확신도 없고 곧 눈물을 흘릴 것 같은 얼굴로 소라를 바라본다. 지금 이 세계에서 산티가 얼마나 상처받기 쉬운 상태인지, 지금 그녀의 인정을 얼마나 필요로 하는지 소라는 잊고 있었다. 소라의 잘못이다. 산티가 말한다.

"모르겠어. 뭐가 됐든 쉽지 않을 거야. 희생 없이는 속죄가 안 될 테니까. 정말 잃기 싫은 무언가를 포기해야겠지. 스스로 선택해서 자유의지로."

성당 광장으로 차가운 바람이 불어 든다. 소라는 재킷을 당겨 여미고 계속 걷는다. 산티에게 화가 치밀어서 머릿속을 빠르게 정리할 수가 없다. 결국 바람을 등지고 뒷걸음질로 걸어가다가 산티에게 화를 내고 만다.

잃을 게 없는 삶

"우리가 선택을 할 수 있다고 생각해? 모든 게 신의 뜻이라고 했잖아? 모든 건 일어나야 하니까 일어나는 거라며?"

"그때는 하나의 우주라고만 생각했어."

소라는 미친 마녀처럼 고개를 젖히고 웃는다.

산티가 그녀를 노려본다.

"뭐가 웃겨?"

"우리 입장이 바뀐 게 웃겨서." 소라는 광적으로 입을 활짝 벌리고 웃는다. "계속 얘기해 보자. 내가 어떻게 생각하는지 물어봐 줘."

그는 뚱한 10대처럼 입을 비쭉 내밀며 묻는다.

"어떻게 생각하는데?"

산티와 함께 성당을 향해 계단을 올라가는데 바람이 휙 불어와 소라의 머리카락이 그녀의 눈을 친다.

"난 우리한테 의미 있는 선택 같은 건 없다고 생각해. 우리가 어떤 행동을 하든 중요하지 않아. 어떻게 행동해도 결국 같은 결과가 나올 거야. 죽었다가 돌아오고 다시 죽을 뿐이야. 영원히."

좌절한 산티는 얼굴이 일그러진다.

"어째서 그래야 하는데?"

소라는 어깨를 크게 으쓱한다.

"우리가 그런 꼴을 당해도 싸다고 누군가 결정했기 때문이겠지. 넌 우리가 이런 경험을 축적해서 뭔가를 깨달을 거라고 보잖아. 하지만 그런 건 없어. 그냥 계속 되풀이해서 살고 죽고 할 뿐이야."

"소라!"

산티가 소리치며 손을 뻗는다. 소라는 생각할 새도 없이 그의 손을 잡는다. 산티가 소라를 자기 쪽으로 끌어당긴다. 세상에서 하나뿐인 존재라는 듯 그녀를 꼭 붙잡던 어린 산티의 작은 손가락이 떠오른다.

높은 노랫소리가 말도 안 되게 크게 들린다. 소라가 '천사들의 합창인가'라고 생각하는데 바로 뒤에서 무언가가 박살 나는 소리가 들린다. 돌아보니 검은 돌 파편이 포장로에 흩어져 있다.

"이게 뭐야?"

산티가 소라를 계단 아래쪽으로 끌어당겨 내리며 말한다.

"성당에서 타일이 떨어졌어. 바람 때문에 느슨해졌나 봐. 하마터면 누나한테 떨어질 뻔했어." 소라는 산티를 따라 선로의 쉼터 쪽으로 향한다. "괜찮아?"

산티는 견딜 수 없을 만큼 충격적인 것을 본 사람처럼 이상하게 긴장한 모습이다.

"괜찮아. 넌?" 소라는 그의 얼굴을 살핀다. "네가 무슨 생각을 하는지 듣지 않는 게 좋겠지?"

산티는 성당을 올려다보며 말한다.

"누나는 방금 죽을 뻔했고 내가 누나를 구했어. 전에 시계탑에서 누나가 날 구해준 것처럼. 그 일이 있기 전에…."

산티는 몸을 떨며 손을 목으로 가져간다.

"젠장." 소라는 그를 뚫어져라 쳐다보며 묻는다. "그게 무슨 말이야? 내가 지금 죽을 운명이라서 세상이 나를 죽일 때까지 멈추지 않을 거라는 소리야?"

"어쩌면…." 산티는 머뭇거리다 그녀의 시선을 피한다. "어쩌면 그게 계획의 일부일 수도 있어."

소라는 숨이 가빠질 정도로 웃다가 산티의 뒤에 우뚝 서 있는 성당을 올려다본다. 조금 전 저 성당이 노래를 부르며 소라를 죽이려고 했다.

"다음에는 내가 좀 더 오래 기다려야 되는 거야?" 소라의 목소리가 떨린다. "엿 같네. 이 짓거리를 또는 못 할 것 같은데." 소라는 산티의 팔을 떼어내고 계속 걸어간다. 끝나지 않는 들판을 줄곧 가로질렀을 때처럼.

산티가 소라를 붙잡는다.

"우리가 할 수 있는 일은 없어."

소라는 받아칠 말을 생각한다.

'있지 왜 없어. 살해 후 자살이라는 방법이 있잖아. 어떻게 생각해?'

물론 산티는 절대 동의하지 않을 것이다. 산티가 신성하게 생각하는 항목들이 있으니까. 이번 삶에서 산티보다 먼저 죽게 돼있다는 걸 알고 나니 가슴이 아프지만 이 방법을 아주 배제하지는 못하겠다.

"왜 없어? 그렇게 정해져 있으니까? 상관없어. 운명을 거스를 거야."

곤혹스러워하던 산티의 얼굴에 미소가 번진다.

"누나라면 그렇게 말할 줄 알았어."

소라는 콧방귀를 뀐다.

"칭찬으로 들을게."

그들은 구시가지의 좁은 골목을 지나 시계탑 광장으로 들어간다. 빠르게 뛰던 소라의 심장은 이제 차분해졌고 결심도 거의 굳혔다. 시계탑의 그림자 속에서 소라는 자기가 적어놓은 '**잃을 게 없는 삶이야**'라는 글자를 손가락으로 만져본다. 숨을 한 번 들이마신 후 시계탑 벽에 들쭉날쭉하게 뚫린 구멍으로 고개를 수그리며 들어간다.

"뭐 하려고?"

산티의 물음에 소라가 뒤를 돌아본다. 빛 속에 서있는 산티를 보고 있자니 마치 다른 세상으로 통하는 포털을 통해 그를 보는 것 같은 기분이 든다. 소라는 자기 모습이 그에게 어떻게 보일지 궁금해진다. 어둠에 반쯤 묻힌 형체로 보이지 않을까.

"내가 쓸 수 있는 유일한 방법으로 여길 나갈 거야."

소라는 산티의 얼굴을 너무나 잘 알기에 지금 어떤 표정인지 짐작이 간다. 아기 때부터 산티의 양육을 도우며 살아서인지 소라의 마음 한구석에서 그런 짓 하지 말라고 큰 소리로 말리고 있다. 그녀는 산티를 다치게 하고 싶지 않다. 산티가 묻는다.

"무슨 뜻이야?"

"우주가 나를 끝내 죽일 때까지 잠자코 기다리지 않겠다는 뜻이야." 소라는 머리 위 어둑한 공간을 올려다본다. "어차피 죽을 거면 내가 알아서 죽으려고." 마음이 평화로워진다. 곤두박질치는 비행기를 타고 있는 것처럼 인생의 조종 장치를 단단히 거머쥔다.

그리고 계단을 오르기 시작한다. 1분쯤 흐르자 뒤따라 올라오는 산티의 발소리가 들린다. 뒤돌아본 소라는 어둠 속에서 산티의 눈을 마주본다.

"누나 혼자 두지 않을 거야."

산티에게 저리 가라고 말해야 할 것이다. 그는 아직 술에 취한 상태다. 자칫 잘못하면 미끄러져 떨어질 수 있다. 그렇게 되면 소라는 다시 한 번 그의 죽음으로 인해 양심의 가책을 느끼게 될 것이다. 하지만 이제부터 하려는 일이 아무리 끔찍해도 그동안 겪어온 비참한 삶을 떠올리면 견딜 만하다.

시계탑이 기억보다 더 높게 느껴진다. 걸음을 멈춘 소라는 바스러져 가는 내부 계단 끄트머리에 걸터앉는다. 둘이 충분히 앉을 만한 공간이다. 소라는 숨을 가쁘게 몰아쉬는데 산티는 별로 숨이 차지도 않는 듯하다. 소라에게 그 의미가 강렬하게 다가온다. 신물 나게 반복되는 또 다른 어린 시절, 물밀듯 밀려오는 과거의 기억, 데자뷔 도시에서 홀로 보내는 반평생. 소라는 벽돌에 대고 상처 날 때까지 손을 문지른다. 몇 번 전의 삶에서 이 계단을 내려가다가 틈새 사이로 자기 모습이 무한히 굴절되는 것을 본 적 있었다.

산티가 묻는다.

"무슨 생각 해?"

소라는 그의 숨김없이 걱정하는 얼굴을 바라본다. 젠장. 지금 이 말을 하지 않으면 앞으로도 쭉 못 할 것 같다.

"기다리는 게 어땠는지 너한테 얘기한 적 없잖아." 소라는 저 아래 지상을 향해 달랑거리는 자기 장화를 내려다보며 말을 잇는다. "25년이었어, 산티. 이번 생에 네가 살아온 시간보다 긴 시간이지. 그동안 나는 혼자였어. 그냥 그렇게… 네가 나타나기만 기다렸어. 그러다 네가 정말로 나타났지." 소라는 웃음이 나와 목소리가 갈라진다. "그런데 넌 갓난아기였어. 상상이 돼? 네가 나타나긴 했는데 온전한 너는 아닌 거야. 말도 못하는 아기였으니까. 그 안에 네 존재가 얼핏 보이긴 했지만 충분하지 않았어. 그래서 난 네가 다시 온전한 네가 될 수 있게 도와주기로 한 거야. 그렇게 되길 바라면서…." 소라는 말을 멈추고 숨을 삼킨다. 그리고 드디어 처음 산티를 품에 안은 이후로 쭉 간직해 온 두려움에 대해 털어놓는다. "그런데 내가 니무 많이 관여한 것 같아서 걱정이야. 널 내가 아는 사람으로 만들려고 애썼는데 정말 그렇게 됐을까 봐도 걱정이고."

산티는 크게 고민하지 않는 눈빛이다.

"누나가 뭘 했든 나를 완전히 다른 사람으로 만들 수는 없었을 거야.

나는 어차피 나니까."

"그렇게 말할 줄 알았어."

소라는 이 두려움을 그에게 명확히 설명할 수가 없다. 아직 그의 인
생을 끝까지 지켜보지 못했는데 그런 그가 결국 그녀를 거울처럼 닮은
존재가 되었으면 어떻게 하지, 그녀가 만들어 낸 존재가 되었으면 어
쩌지 하는 두려움이다. 소라는 이번 생을 사는 내내 느껴온 오랜 긴장
감을 풀어내려고, 모든 게 자기 손에 달려있다는 중압감을 털어내려고
길게 숨을 내쉰다.

"내가 아까 한 얘기… 진심이야. 이 짓거리를 또 할 순 없어. 여기서
더는 못 가겠어. 네가 더 성장할 때까지 못 기다려."

그들 발밑으로 어둠 속에서 보이지 않는 낙엽들이 바스락거린다.

산티가 떨리는 목소리로 묻는다.

"전에, 나는 우리가 할 수 있는 건 아무것도 없다고 말했잖아. 내 생
각이 틀렸던 것 같은데?"

소라는 그를 바라본다. 산티의 눈은 아래를 내려다보고 있다.

서늘한 소름이 소라의 몸을 관통한다. 지금 소라의 눈에 비친 그는
그녀가 아는 산티가 아니다. 소라의 면면이 괴상하게 조각조각 끼워
맞춰진 괴물에 가깝다.

'내가 너한테 무슨 짓을 한 걸까?'

"웃기는 소리 마. 넌… 넌 인생의 시작점부터…."

산티는 고개를 절레절레 흔든다.

"난 옳은 일을 하고 싶어. 누나를… 돕고 싶어."

그 순간 소라는 산티의 내면을 보게 된다. 그의 내면 깊숙한 곳에 담
긴 불안감, 이미 잘 아는 죽음을 향해 소라가 그를 몰고 가는데도 흔쾌

잃을 게 없는 삶

히 따르는 마음이 보인다. 추락하는 산티. 시계탑 아래에 서서 본인의
죽음을 애도하면서도 신의 뜻이라 여기고 받아들이는 산티가 보인다.
이번 생에서 소라는 산티라는 사람 대부분을 빚어놓은 것이나 다름없
다. 소라가 그에게 시계탑에서 걸어 내려가라고 하면 그는 따를 것이
다. 하지만 소라는 이 일을 혼자 해낼 자신이 없다. 소라는 떨리는 목
소리로 말한다.

"그래, 좋아."

바람이 시계탑의 틈새로 흘러들어 호각 소리를 낸다. 비현실적인 도
시의 목소리로 부르는 노랫소리다. '어서 해.' 소라는 다리의 자물쇠를
강박적으로 세던 또 다른 산티를 생각한다. 귀에 깨달음처럼 들리는
건 아니지만 한 가지는 분명히 알고 있다. 이대로 그들이 걸어 내려간
다면 이 순간은 다시는 오지 않을 것이다.

귓속에서 맥박 뛰는 소리가 망치질처럼 요란하게 들려온다. 무수히
죽어봤지만 이런 죽음은 처음이다. 이렇게 높은 곳에 올라와 아슬아슬
하게 앉아있는 것도, 마지막에 어떻게 으스러지고 부서질지 아는 것
도, 본인이 선택해서 하는 행동임을 아는 것도 익숙하지 않다. 내면이
온통 울부짖고 있다. 몸 전체가 그녀에게 도로 내려가라고 경고한다.
하지만 소라는 시키는 대로 하며 살아온 적이 없다.

소라는 산티를 돌아보며 그의 이마에 입을 맞춘다. 그들은 서로 손
을 잡는다.

"기억나자마자 나를 찾아. 너에게 메시지를 남겨놓을게."

산티가 그녀의 이마에 자기 이마를 맞댄다. 소라는 그가 떨고 있는
걸 느낀다.

"누나를 기다릴게."

"나도 널 기다릴게."

소라가 그의 손을 꼭 잡는다.

그들은 함께 뛰어내린다. 추락하면서 소라는 속이 메슥거릴 정도로 후회한다.

'안 돼. 되돌려야겠어.'

하지만 이미 늦었다. 산터의 손에 힘이 풀리며 그녀의 손을 놓는다. 그의 비명이 들리고 이내 그들은 땅에 떨어진다.

그 순간 소라의 눈에 무언가 다른 게 들어온다. 믿기지 않을 정도로, 눈이 아릴 정도로 환한 빛이다. 흐릿해지는 어둠 속에서 어떤 그림자 같은 얼굴이 그녀를 돌아본다.

빛을 따라가

산 티 가 에렌펠트 지역의 등대 아래서 기다리고 있는데 소라가 벽을
통과해 등대 밖으로 나온다.

꿈이 고스란히 현실이 된 듯하다. 소라는 그가 꿈에서 보아온 모습
그대로다. 직접 보니 심장이 멎을 것 같다. 그녀는 그와 동갑이다. 그럴
수밖에 없다. 이번에는 같은 시간에 태어났을 테니까.

소라가 그를 보며 웃는다.

"내 메시지의 뜻을 알아냈구나."

산티는 고개를 끄덕인다. 목소리를 낼 수 있을 것 같지 않다. 시계탑
에 가까이 가는 건 쉽지 않았다. 불경한 장소에 발을 딛는 기분이었다.
시계탑에 소라가 써놓은 글을 확인하자마자 그 자리를 떠났다. '빛을
따라가'라는 메시지였다. 잔인한 농담 같았다. 무수히 살면서 그가 추
구하던 게 바로 빛을 따라가는 삶이었는데? 소라는 그를 몇 번이고 어

둠으로 끌고 들어가지 않았나?

소라가 친근하게 그의 팔을 툭 친다.

"왜 이렇게 오래 걸렸어?"

"얼마 전에 왔어."

소라는 인상을 찡그린다. 다양한 색으로 물들이던 머리색을 드디어 정했는지 지금 소라의 머리는 저녁 하늘 같은 푸른색이다. 매번 다시 태어날 때마다 같은 사람임을 그에게 믿게 하려고 머리색을 고정하기로 한 건가? 소라는 언제부터 그런 식으로 생각했을까? 그는 언제부터 자기를 유리에 그려진 수채화 연작처럼 다중적인 존재로 인식하기 시작했을까? 지난번에 소라가 했던 말처럼 그들의 입장이 천천히 바뀌고 있다.

"이해가 안 돼. 우린 같이 죽었잖아. 그러니 같은 나이로 다시 태어난 건 알겠는데, 왜 여기 오는 시기는 달라진 거야?"

'우린 같이 죽었잖아'라는 말을 소라는 쉽게도 한다. 마치 같은 차를 타고 가다 사고를 당한 것처럼, 아니면 서서히 죽어가는 같은 질병을 앓았던 것처럼. 소라의 손을 잡고 뛰어내렸던 게 기억난다. 어둠 속에서 추락할 때의 공포, 빠르게 스치는 공기 그리고 뒤늦게 밀려온 후회. 하지만 그 기억을 만든 게 누구인지 모르겠다. 그 일은 공포 그 자체였다. 앞으로 다시는 그런 짓을 하지 않을 것이다.

땅에 떨어졌을 때의 충격, 숨이 끊어져 가는 그를 바라보던 얼굴이 떠오른다. 긴 머리카락, 그림자 진 얼굴의 그 존재는 가장 낮은 시야에서 산티를 바라보았다. 산티가 누구인지 아는 눈이었다.

그때도 그렇고 지금도 산티는 그들이 해야 할 일이 속죄라고 믿는다. 그것도 유의미하고 의도적인 희생이어야 한다. 어두컴컴한 탑 안에서 산티는 자신을 희생시켜야 한다고 믿었다. 소라가 완벽하게 그의 생각을 비틀어 놓은 탓이었다. 소라와 함께한 자기 소멸 행위는 손쉬운 탈출 방법이었다. 하지만 진정한 속죄의 길은 더 고되어야 마땅하다. 너무 힘들어서 그의 영혼이 그 길을 가지 않으려 울부짖어야 한다. 그는 이번에는 실패하지 않으리라 굳게 마음먹었다.

소라가 고개를 갸웃하며 묻는다.

"괜찮아?"

산티는 눈을 껌벅이며 벽을 가리킨다.

"너 방금 벽을 통과해서 걸어 나왔어."

"그래, 내가 좀 바빠서."

소라가 손을 내민다. 산티가 머뭇거리자 소라는 못 참겠다는 듯 그의 손을 덥석 잡고 단단한 돌벽 안으로 그를 데리고 들어간다.

기분이 이상하다. 귓속이 위잉 울리고 일순간 그라는 존재 안에 틈이 벌어진 듯하다. 낯설지 않은 기분이다. 산티는 곧 등대의 어둑한 내부로 들어선다. 예전에 대학 건물의 벽을 통과해 별 아래 서있었을 때처럼 경이로운 기분이다. 그가 나지막하게 말한다.

"기적이네."

"실수지." 소라가 그의 손을 놓는다. "원래 우린 여기 들어올 수 없게 돼있거든."

"1층으로는 못 들어오게 되어있겠지." 산티는 몇 번의 삶 이전에 10대 청소년의 몸으로 랜턴 룸의 깨진 창문을 통해 이 등대에 들어온 적이 있다. 등대의 내부는 그가 기억하는 그대로다. 묘하게 세밀함이 떨어지는 회색 스케치 같다. 이 단조로운 풍경을 깨는 것은 바닥의 매트리스 그리고 파프리카 칩과 빵이 가득 담긴 양동이다.

"여기서 살아?"

소라가 신나게 고개를 끄덕인다.

"내가 이 세상에서 제일 멀리 갈 수 있는 곳이 바로 신비로운 포털을 통해 입장 가능한 이 육지로 둘러싸인 등대야."

그는 어쩐지 이질감이 느껴지는 양동이를 집어 들어 내용물을 꺼내 본다. 이런 건 상상도 못 했다. 똑같이 특이한 모양으로 된 빵 세 개와 완전히 똑같이 생긴 파프리카 칩 네 팩, 그리고 한쪽 면에 똑같이 흠이 난 사과들이 복제된 이미지처럼 들어있다. 산티는 소라를 쳐다보며 묻는다.

"이걸 어디서 다 가져왔어?"

소라가 씨익 웃는다.

"따라와. 보여줄게."

사람들로 붐비는 알터 마르크트 광장에서 소라는 빵 가판대 앞으로 가더니 돈도 안 내고 둥글납작한 빵 하나를 덥석 집는다.

놀란 산티가 말한다.

"소라."

"경찰 부를 생각 말고 기다려 봐."

소라는 가판대 구석을 가리킨다. 소라가 빵을 집은 자리에 똑같이 생긴 빵 하나가 다시 생겨난 게 보인다.

산티는 눈을 껌벅인다. 어느 순간 커피 컵이 다시 채워져 손에 묵직하게 들려있던 기억이 떠오른다.

"매번 이런 식이야?"

산티의 물음에 소라가 웃으며 대답한다.

빛을 따라가

"오병이어의 기적이지."

놀란 산티가 고개를 젓는다.

"어떻게 알았어?"

"나 여기 온 지 5년 됐거든." 소라가 빵을 한 입 베어 물고 말한다. "이 도시의 속임수를 알아낼 시간은 충분했어." 소라는 빵 하나를 더 집어 주머니에 넣는다. "방법만 알면 찾아내긴 쉬워. 사물을 제대로 보기만 하면 돼." 소라는 즐거운 표정으로 그의 팔을 잡는다. "이 말을 하니까 생각나네. 네가 봐야 할 게 또 있어."

산티가 뒷걸음질을 친다.

"난 여기 오래 못 있어. 엘로이즈가 날 찾을지도 몰라."

"엘로이즈?" 소라가 그를 빤히 쳐다본다. "엘로이즈 문제는 다 정리된 줄 알았는데. 엘로이즈와 함께하는 게 부당한 짓 같다고 네 입으로 말했잖아."

소라를 마지막으로 보고 25년의 세월이 흘렀다. 그 시간 동안 일어난 일들을 떠올리며 그는 손으로 눈을 문지른다. 이번 생에서 그는 파리에 가서 살다가 엘로이즈를 만났고, 몽마르트르의 아르누보 양식 성당에 들어가 놀랍도록 선명한 색감의 스테인드글라스 아래서 엘로이즈와 결혼식을 올렸다. 감정이 켜켜이 묻어있고, 그 일을 경험한 자아라는 환상으로 연결된 이미지들이 눈앞에 떠오른다. 이 도시에서 산티와 소라의 삶이 멜로디라면, 쉼표 구간과 마찬가지로 늘임표 구간도 나름의 의미가 있지 않을까. 산티는 어깨를 으쓱한다.

"여기 오기 전에 이미 엘로이즈와 결혼한 상태였어."

그런 대답을 들으려던 게 아니다. 소라는 이미 짐작하고 있다. 그가 말하고 싶지 않은 게 있는 모양이니, 신경 쓰지 않기로 한다.

"그래. 가짜 아내랑 시간을 보내러 돌아가기 전에 이거는 보고 가."

소라는 그의 손을 잡고 골목을 지나 시계탑 앞으로 데려간다. 내키지 않아 꾸물거리는 산티를 소라는 가차 없이 잡아끈다. 그녀가 시계탑 측면을 빙 돌아서 그를 데려간 곳은 예전에 대학교 1학년생일 때 두 사람이 만났던 시계탑 앞의 잔디 깔린 안마당이다.

"저기야."

소라가 허공을 가리키자 산티는 고개를 들고 묻는다.

"뭘 보라는 거야?"

"잘 봐." 소라는 남은 빵을 손에 들고는 앞으로 곧장 던진다. 빵 조각은 산티의 눈앞에서 허공 속으로 사라진다. 그는 넋 나간 얼굴로 다가간다. 소라가 말한다. "이건 꼭… 투명 문 같아. 모든 걸 존재하지 않게 만들어."

산티의 시선이 잔디로 내려간다. 어떤 기억이 떠오른다. 방금까지 있던 물건이 어떻게 그토록 감쪽같이 사라질 수 있는지 이해가 되지 않아서, 손톱을 물어뜯으며 지저분해진 손으로 한 시간 가까이 찾아다닌 기억이다. 그는 나지막하게 중얼거린다.

"그래, 내 쉼터 카드키."

"뭐?"

"아무것도 아니야."

그러자 소라는 대수롭지 않게 설명을 이어간다.

"어쨌든 내가 저 공간으로 들어가 보려고 했거든. 그런데 나한테는 적용되질 않더라고. 너한테도 마찬가지일 거야. 궁금하면 해보든지."

소라가 그 공간을 향해 손짓한다.

산티는 가만히 서서 생각한다. 어쩌면 소라가 그를 두 번째 자살로

이끌려고 파놓은 함정일지 모른다는 의심이 든다. 세상을 진실하게 대해야 한다는 생각에는 변함이 없다. 그러니 두려워할 것도 없을 것이다. 산티는 투명 문을 향해 걸어간다.

아무 일도 일어나지 않는다.

소라가 명랑하게 말한다.

"난 저 문을 소멸 포털이라고 부르기로 했어. 스트레스 풀 때 쓰기 좋아. 도서관에서 내가 제일 안 좋아하는 책들을 전부 가져다가 이 앞에 앉아서 저 문에 하나씩 던져 넣은 적도 있어."

소라는 잔디밭에 책상다리로 앉더니 솔방울을 집어 들어 산티의 발 바로 옆에 자리한 그 비존재의 공간으로 던져 넣는다.

분노에 찬 반복적인 움직임 그리고 저 뒤의 텅 빈 곳을 생각하니 산티는 속이 울렁거린다.

"소라, 대체 뭐 하는 거야?"

소라가 눈을 깜박이며 그를 올려다본다.

"무슨 뜻이야?"

"여기 온 지 5년 됐다며. 이렇게 살고 있는 거야? 무한히 존재하는 음식을 훔치고… 이런저런 물건들을 저 빈 곳에 던져 넣으면서?"

소라는 믿기지 않는 눈으로 그를 바라본다.

"난 네가 기적을 좋아하는 줄 알았어."

산티는 숨을 내쉬며 손으로 얼굴을 문지른다.

"우리가 이런 식으로 존재하면 안 될 것 같다는 생각이 들어."

"뭐야. 대안이 있어? 일자리라도 찾을까?" 소라가 콧방귀를 뀐다. "내가 누구한테서 뭘 훔치는 것도 아니잖아. 애초에 아무것도 없으니 재산권이랄 것도 없어."

산티는 고개를 젓는다.

"재산권 얘기가 아니라, 그냥 꼭… 사기 치는 것 같아서 그래."

"어쩌면 이건 우리가 하겠다고 동의한 게임 같은 것인지도 몰라. 물론 이 게임을 하겠다고 회원 가입한 기억은 없지만." 소라는 마지막 솔방울을 바닥에 던지고 일어서서 그를 마주 본다. "지난번에 난 우리에게 의미 있는 선택 같은 건 없다고 말했어. 그런데 생각해 보니까… 꼭 그렇지도 않은 것 같아. 의미 있는 선택이 하나 있어. 규칙대로 게임하는 걸 거부하는 거야."

산티의 내면에 무언가 쌓여가고 있다. 소라의 뒤를 쫓아다니면서, 소라가 남기고 떠난 피해를 고스란히 감당하면서 몇 번이고 살다 보니 속에 쌓이고 쌓인 분노다.

"이건 게임이 아니야. 적어도 나한테는 아니야." 산티는 회한으로 몸을 떨며 소라의 등 뒤로 시계탑을 가리킨다. "난 저기서 목숨을 끊었어. 내가 한 짓 때문에 아우렐리아 누나는 평생 가슴에 상처를 담고 살았을 거야. 아우렐리아 누나가 얼마나 큰 상처를 받았을지 생각해 봤어?" 산티는 손가락으로 관자놀이를 누르며 묻는다. "내가 어떻게 그런 짓을 했지? 넌 어떻게 날 그렇게 죽게 만든 거야?"

소라가 팔짱을 끼며 받아친다.

"네 결정이잖아."

"그 삶에서는 네가 나라는 사람을 거의 만들어 놓다시피 했는데 어떻게 그게 내 결정이야?" 산티는 소라에게 어떻게 설명해야 할지 모르겠다. 그때 산티는 너무 어린 나이에 소라를 만나 소라를 세상의 중심으로 알고 자랐다. 산티에게 소라는 두 번째 엄마 내지는 성자나 다름없었다.

소라가 눈을 위로 굴린다.

"너한테 무슨 일이 일어나도 너는 너 자신이라며!"

"내가 틀렸어."

산티가 바로 인정하자 소라는 할 말이 없다. 다른 상황이었으면 산티는 의기양양하게 웃었을 것이다. 결국 산티는 그들의 무한 논쟁을 끝낼 방법을 찾아냈다.

소라는 몸을 떨면서 말한다.

"산티, 중요한 건 네가 뭘 했는지가 아니야. 사실 넌 뭘 한 것도 없어. 여기 있는 것 중에 진짜는 없거든." 소라는 소멸 포털의 보이지 않는 윤곽을 손으로 가리킨다. "다른 증거가 더 필요해?"

"난 진짜야." 산티는 소라에게 한 걸음 다가선다. "너도 진짜고."

소라는 떨면서 묘한 미소를 짓는다.

"진짜 사람이면 죽었다가 이런 식으로 돌아오지 않아. 진짜 사람이면 수백 가지 버전의 자아로 재생되다가 속에 분노와 두려움만 남을 일도 없어." 소라는 그에게서 몇 걸음 물러선다. "어쩌면 우리도 오래전에는 진짜 사람이었는지도 모르지."

산티는 바짝 긴장한 소라의 어깨를 바라본다. 소라는 또 그를 혼자 두고 세상의 구멍 속에서 은둔했다. 산티는 다시 홀로 이 일을 해낼 자신이 없다. 소라가 없으면 그가 어떤 행동을 하든 의미가 없을 것이다. 둘이 벌을 받는 중이라면 둘이 같이 속죄해야 하지 않을까. 그가 말한다.

"내가 증명할게. 네가 비현실로 치부해 버리지 못할 걸 보여주면 되잖아."

그를 돌아보는 소라의 뺨에 미소가 걸린다. 도전이라면 사족 못 쓰는 소라답다.

"어디 보여주든가."

"시간이 좀 필요해. 일주일 후에 젠타우르 술집에서 만나."

소라는 안마당을 가로질러 산티에게 다가간다. 궁금한 눈으로 그의 얼굴을 살펴보지만 무슨 생각인지 알 수 없다.

"알았어." 소라는 시계탑을 힐끗 쳐다본다. "몇 시에 만날지는 굳이 말하지 않아도 되겠지."

산티가 고개를 끄덕이며 말한다.

"밤 12시가 아니라 낮 12시야."

소라는 미소 짓는다. 그녀는 산티의 뺨에 입을 맞추고 울타리를 훌쩍 뛰어넘어 저만치 걸어가 탑 뒤쪽으로 사라진다.

집에 돌아와 보니 엘로이즈가 분재 나무의 가지를 다듬고 있다. 저물어 가는 겨울 저녁 햇빛을 받으며 창가에 앉아, 마음에 드는 위치로 가지를 다듬으려 씨름하면서 나지막하게 프랑스어로 욕을 하고 있다. 엘로이즈는 그 일이 생을 거듭 살면서 해오고 있는 오랜 작업임을 알지 못한다. 산티가 계속 그려온 그림과 마찬가지다. 다만 산티처럼 과거의 삶을 기억하고 성장할 기회가 없기에 엘로이즈의 솜씨는 늘 제자리다.

산티는 잠시 엘로이즈를 바라본다. 그는 그녀를 속속들이 아는데 그녀는 그렇지 않다. 산티는 예전에 맺어온 관계의 잔상을 볼 수 있지만, 엘로이즈에게 산티와의 관계는 매번 새로울 것이다. 그들이 만들어 온 모든 역사가 교차하는 지점에서 그는 이렇듯 진실을 깨닫는다.

엘로이즈가 고개도 들지 않고 말한다.

"늦었네."

펠리세트가 다가와 산티의 발목에 대고 몸을 문지른다. 산티는 허리를 굽혀 펠리세트를 쓰다듬으며 말한다.

"오다가 전에 알던 친구를 만났어."

엘로이즈는 분재 나무에서 손을 떼고 다가와 그에게 입을 맞춘다. 그리고 뒤로 물러나 갈색 눈으로 그를 살핀다.

"뭐야. 눈을 피하네." 그녀의 입가에 미소가 걸려있다. "섹시한 독일 여자랑 도망갈 생각은 아니지?"

그렇다고 말할 수도 있을 것이다. 아무 설명도 하지 않고 이 집에서 나갈 수도 있다. 아니면 지난번 삶에서 엘로이즈와 함께할 때 했던 대로 할 수도 있을 것이다. 소라가 줄스에게 했던 그대로. 그가 진실을 털어놓으면 엘로이즈는 감당 못 하고 무너지겠지. 엘로이즈의 얼굴을 바라보면서 그는 그렇게 했다가는 이번에도 같은 결과로 귀결될 것임을 직감한다. 그들의 관계에서 늘 반복되는 패턴이다. 엘로이즈는 언제나 그가 떠나길 기다렸다.

어쩌면 이번만은 다르지 않을까.

"이번엔 아니야."

그는 이렇게 말하며 엘로이즈를 끌어당겨 품에 안는다.

일주일 후, 산티는 젠타우르 술집에서 소라와 말다툼을 한다. 밖에 앉기엔 날씨가 추운데 소라가 담배를 피우겠다며 야외 테이블에 앉겠다고 해서다. 소라가 담뱃재를 탁탁 터는데 산티는 예전 자아의 잔상인지 담배가 당긴다.

소라가 테이블 쪽으로 몸을 기울이며 말한다.

"왜 이해를 못 하는지 모르겠단 말이야. 너랑 나에 관한 네 생각이 맞았다고 말하고 있잖아. 우린 다른 사람들처럼 세상을 살게 만들어지질 않았어. 우린 늘, 언제나 그 이상을 원한다고. 우린 늘 여기서 나가고 싶어 할 거야."

"맞아. 하지만 넌 지금… 틈새 안에서 살고 있어, 세상을 현실로 받아들이면서 살지 못하고. 그건 탈출이 아니라 오히려 더 깊숙이 들어가는 거라고 봐야 해."

소라는 와인을 홀짝이며 묻는다.

"이런 식으로 사는 게 진짜 탈출할 수 있는 길이면 어쩔 건데?"

산티는 생각에 잠긴다. 그는 여전히 속죄할 방법을 찾고 있다고, 자유 의지로 한 희생이어야 구원받을 수 있다고 말하고 싶다. 하지만 소라는 무수히 그래왔던 것처럼 그를 구원과는 거리가 먼 곳으로 끌고 가려 할 것이다.

"어쨌든 난 아직도 증거를 찾고 있어." 소라는 손가락으로 테이블을 타닥타닥 두드리며 말을 잇는다. "그 증거가 포도주 리필 따위는 아니길 바라지만. 우리가 삶을 기억하기 전부터도 그 부분에 관해서는 늘 의심하긴 했어."

산티는 손목시계를 확인한다.

"지금쯤 올 때가 됐는데."

고개를 들자 광장을 가로질러 그들이 앉아있는 곳을 향해 오고 있는 여자가 보인다.

산티의 시선을 따라 눈을 돌린 소라가 내뱉는다.

"안 돼." 소라가 벌떡 일어선 바람에 테이블 위에 놓여있던 그녀의 술잔이 쓰러져 자갈 바닥이 와인으로 붉게 물든다. "안 돼, 만나지 않을 거야."

산티는 그 자리를 떠나려는 소라를 쫓아가 붙잡고 돌려세운다. 줄스가 걸음을 멈추더니 어색하게 손을 흔들며 인사한다.

"안녕하세요. 줄스라고 해요. 당신이 소라겠네요."

소라는 어떻게든 외면하려고 눈을 내리깐 채 비딱하게 서있다.

산티가 소라의 귀에 속삭인다.

"넌 진짜가 아니라고 줄스한테 말해봐. 못 할 거야. 못 하겠지?"

소라는 당장 얼음물에 뛰어들기 직전인 것처럼 숨을 훅 들이마신다. 그리고는 잠시 줄스를 바라보다가 눈을 감는다. 다시 산티를 바라보는 소라의 눈에 분노가 가득하다.

"넌 여기가 지옥이 아니라고 말했는데, 그 말은 틀렸어. 널 기억도 못 하는 네 사랑을 마주 보는 것보다 더 처참한 게 있을까?"

그러자 줄스는 혼란스러운 눈빛으로 인상을 찌푸리며 묻는다.

"미안해요. 우리가 전에 만났었나요?"

산티는 괴물이 된 기분이다. 소라에게 하고 싶은 말이 있지만 삼킨다. '이 삶에서 저 삶으로 꼭 굶주린 개처럼 네 뒤를 쫓아다녀서 미안해. 네 아내의 유령을 데려와 널 괴롭힌 것도 미안하고.' 이 말 대신 일단 소라를 이해시키기로 한다.

"그게 바로 포인트야. 진짜가 아니면 가슴 아플 일도 없을 거잖아."

소라는 그의 손을 뿌리친다.

"가슴 아픈 게 어떤 건지 제대로 보여줄게."

소라는 살기등등한 눈으로 그를 노려보다가 가버린다.

줄스는 멀어져 가는 소라를 바라보며 산티에게 다가와 묻는다.

"저분 괜찮아요? 저분이 새로운 사람을 만나고 싶어 한다면서요."

산티는 줄스를 바라본다. 줄스는 당황했을 텐데 상냥함을 잃지 않았다. 낯선 이의 말도 잘 믿어주는 사람이다. 산티는 줄스를 여기로 오게 한 과정을 돌이켜 생각해 본다. 줄스의 뒤를 쫓아 일하는 곳까지 찾아가서 거짓말로 친구가 됐다. 그리고 옛 기억을 이용해 줄스를 구슬려서 그를 돕고 싶게 만들었다. 이런 그가 소라보다 나을 게 있을까?

"미안해요. 저 친구가 오늘 기분이 별로인가 봐요."

그는 이렇게 말하고 속으로는 '오늘만이 아니고 거듭 살면서 쭉 그랬을 거예요'라고 생각한다.

"괜찮아요. 다음에 다시 얘기 나누면 되죠."

줄스는 예전 삶에서 그를 알고 지낸 세월을 기억하기라도 하듯 그의 어깨를 다정하게 두드려 준다.

"그분한테 귀엽더라고 전해줘요."

그러고는 산티에게 윙크를 날리며 그 자리를 떠난다.

산티는 테이블로 돌아가 앉아 자갈 바닥을 내려다본다. 와인이 묻은 소라의 신발 자국이 찍혀있다. 핏자국 같은 발자국을 보고 있자니 위로가 되기도 하고 소름이 끼치기도 한다. 조금 전 소라라는 존재의 정수를 본 것 같다는 생각이 든다. 소라는 '가슴 아픈 게 어떤 건지 제대로 보여줄게'라고 했다. 산티가 알기로 소라는 그 말을 반드시 지킬 사람이다.

소라한테서 몇 주째 소식이 없다. 속죄할 기회를 찾아서 도시를 걸어다니는데, 소라에 관한 소문이 얼핏 들려오기는 한다. 벽 속으로 사라지는 여자에 관한 소문이다. 사람들은 그 여자가 도둑이라고도 하고, 사기꾼이라고도 하고, 유령처럼 붙잡을 수 없는 존재라고도 한다. 길을 가다 소라를 마주칠까 봐 두렵기도 하고 한편으로는 바라기도 한다. 그러던 어느 날 아침, 엘로이즈에게 줄 커피와 페이스트리를 사서 아파트로 돌아간 산티는 주방 식탁에 놓인 쪽지를 보고 심장이 철렁한다. 정확히 무엇 때문인지는 알 수 없다.

'탑에서 보자.'

끄트머리를 크게 말아 고리처럼 만드는 소라의 필체다. 그녀의 필체를 알아봤다는 게 놀랍다. 필체와 푸른 머리카락, 옷 입는 방식 같은 소라의 일부는 점점 상수가 되어가고 있다. 금이 간 거울에 진짜 모습이 언뜻 비치는 것처럼, 광장을 가로질러 걸어오는 줄스를 본 소라의 표정도 진심 그 자체였다. 'Como enigmas en un espejo(거울에 비추어 보듯 희미하지만. 고린도전서 13장 12절의 일부―옮긴이)'라는 성경 구절이 머릿속을 스친다. 매번 다시 살게 될 때마다 서로를 더 가까이서 마주 볼 수 있기를 바랐다. 하지만 지금 소라는 그를 두고 달아나고 있다. 그에게 등을 돌린 채 어둠 속으로 사라져 가고 있다.

아파트 안이 조용하다. 너무 조용하다. 평소라면 엘로이즈가 집에 있을 시간이다. 원래 이 시간쯤에 엘로이즈는 펠리세트에게 먹일 아침 먹이 양을 재면서 노래를 불러주곤 했다.

그는 아내의 이름을 부른다.

"카리나?"

대답이 없다. 그는 커피와 페이스트리를 식탁에 내려놓고 침실로 들어가 본다. 침대를 급히 정리한 흔적이 보이고 옷장이 열려있다. 현관문 앞에 늘 놓여있던 엘로이즈의 신발도 보이지 않는다.

그는 열쇠를 집어 들고 아파트를 나선다. 불안감이 엄습해 어깨로 소름이 올라온다. 구시가지 쪽에 가까워지자 저 앞 거리에서 쿵, 쾅 소리가 울려 퍼진다. 이 도시에서 전쟁이라도 벌어진 걸까. 혹시 소라일까 봐, 소라가 끔찍한 짓을 저질렀을까 봐 걱정된다. 그러다 문득 여기서 축제가 열리기로 했던 게 기억난다. 많은 사람이 얼큰하게 취해 왁자지껄 떠들고 있다. 산티는 인파를 헤치고 탑 쪽으로 향한다. 그곳에는 '**빛을 따라가**'라는 소라의 메시지가 큼직하게 적혀있는데 소라는 보이지 않는다. 산티는 시계탑 벽을 끼고 돌면서 주변을 둘러본다. 북소리와 베이스 멜로디에 군중의 날카로운 환호성이 어우러진다. 오랜 습관대로 산티는 할아버지의 칼 손잡이를 찾아 쥐려고 재킷 안쪽에 손을 넣는다. 그 순간 눈앞에 별이 번뜩일 정도로 심한 현기증이 올라온다. 이윽고 잔디 깔린 안마당에 서있는 소라의 모습이 보인다.

축제에 어울리는 차림이다. 뿔 달린 악마 가면까지 썼다. 소라의 손에 들린 게 고양이 이동장임을 그는 한참 쳐다본 후에야 알아챈다. 이동장의 창살 사이로 애처롭게 야옹거리는 펠리세트가 보인다. 펠리세트는 저런 데 갇혀있는 걸 질색하는데. 그는 소라가 서있는 곳으로 시선을 돌린다.

그가 걸어오는 모습을 본 소라가 소리친다.

"자, 자! 지금껏 아무도 본 적 없는 가장 위대한 마술 쇼가 드디어 시작됩니다!"

소라 옆에 선 엘로이즈는 어리둥절하면서도 재미있어하는 표정이다. 앞으로 어떻게 될지 전혀 모르는 엘로이즈를 보면서 산티는 거듭된 삶의 사랑이 차가운 두려움으로 변하는 걸 느낀다.

울타리를 훌쩍 뛰어넘은 산티는 잔디밭을 성큼성큼 가로질러 엘로이즈에게 다가가 팔을 잡는다.

"여기서 뭐 하고 있어?"

"이분이 자기 친구라던데. 소라 씨, 맞죠? 소라 씨가 여기서 마술 쇼를 할 건데 보러 올 사람이 아무도 없을지도 모른다면서 걱정하더라고." 엘로이즈의 따뜻한 웃음소리가 산티의 뼛속으로 스며든다. "축제 잖아. 무슨 일이든 일어날 수 있지."

소라는 엘로이즈에게 우아하게 고개 숙여 인사하며 말한다.

"맞는 말씀입니다, 부인. 놀랄 준비 하세요."

소라는 고양이 이동장 문을 열고 펠리세트를 꺼내 품에 안는다.

"그만해." 산티는 절박한 목소리로 말린다. "소라, 제발."

소라는 짓궂게 웃는다.

"걱정 마. 고양이는 언제나 자기 발로 착지를 잘하니까." 소라의 품 안에서 펠리세트가 버둥거리며 울부짖는다. 소라가 펠리세트를 단단히 붙잡으며 말한다. "자, 이제부터 모험을 시작할게요."

소라는 펠리세트를 안고 포털 쪽으로 걸어간다. 펠리세트가 놓여나려고 비명을 지르고 침을 뱉으며 발광하는데 소라는 끝까지 꽉 안고 있다가 포털 바로 앞에서 놓아준다. 드디어 소라의 품에서 벗어난 펠리세트가 앞으로 훌쩍 뛰더니 사라진다.

깜짝 놀란 엘로이즈는 소라를 멍하니 쳐다보다가 웃으며 박수를 보낸다. 그러고는 곁눈질로 산티를 보면서 나지막하게 묻는다.

"거울 마술이지?"

산티는 아무것도 없는 잔디밭을 가만히 바라본다. 방금까지 사랑하는 고양이가 있던 자리가 비어있다. 왜 이 행위가 규칙을 위반한 것처럼 느껴지는지 모르겠다. 소라는 그의 눈앞에서 펠리세트를 물에 빠뜨려 죽인 것보다 더 지독한 짓을 했다.

"뭘 그렇게 당황해?" 소라는 이유를 모르겠다는 듯 고개를 갸웃하며 그를 쳐다본다. "어차피 펠리세트는 진짜가 아니었어. 이걸로 증명된 거야."

"소라." 산티는 앞으로 걸어가 소라의 팔을 잡는다. "줄스 때문에 이러는 거 알아. 줄스를 다시 봐서 괴로웠겠지. 하지만 이런 짓을 하면 안되는 거 알잖아."

엘로이즈는 그의 어깨에 손을 얹으며 인상을 쓴다. '왜 이렇게 이상하게 굴어'라고 말하는 듯한 눈빛이다.

"산티, 진정해. 이건 마술 쇼일 뿐이야." 엘로이즈는 소라를 돌아보며 웃는다. "멋진 마술이었어요."

소라는 엘로이즈에게 키스를 불어 보내며 말한다.

"내 마술의 진가를 알아봐 주는 분이 있어서 기쁘네요." 그러더니 엘로이즈에게 손을 내민다. "자, 부인, 이제 당신 차례예요. 이 소멸 포털로 용감하게 들어갈 준비 됐나요?"

엘로이즈가 소리 내어 웃는다.

"이런 요청을 받을 줄은 몰랐네요."

엘로이즈는 음모를 꾸미는 듯한 눈빛으로 산티를 힐끔 쳐다보고는 소라의 손을 잡는다.

소라가 엘로이즈를 앞으로 데려간다.

"걱정 마요. 당신이 진짜라면 걱정할 거 하나 없어요."

산티는 소라가 웃고 있는 아내를 잔디밭 저쪽으로 데려가는 모습을 바라본다. 당장이라도 손을 뻗어 엘로이즈를 잡아당기고 싶지만, 그랬다간 소라가 진짜 이 짓을 하리라는 걸 마음으로 인정하는 꼴이 되고 만다. 소라는 말뿐이지 실행에 옮기지는 않을 것이다. 그냥 그에게 겁을 좀 주려는 것이겠지. 저러다 곧 걸음을 멈추고 돌아올 것이다.

엘로이즈가 따뜻한 미소를 지으며 뒤돌아본다.

빛을 따라가

"산티, 만약에—."

다음 순간 엘로이즈가 사라졌다. 말을 하다 말고, 무수한 삶 전에 그의 아버지가 교통사고가 난 차 안에서 사라진 것처럼. 소라도 크게 놀라 자신의 빈손을 내려다보며 조용히 내뱉는다.

"젠장."

지금 그 말은… 소라가 반쯤은 놀이처럼 한 짓이었음을, 결과가 어떨지 모르고 그냥 실험 삼아 해본 짓임을 인정하는 말이다. 산티는 무너지고 만다. 고함을 지르며 소라에게 달려든다. 소라의 어깨를 잡고 가면 속 눈을 노려본다. 소라도 마음 한편으로는 자기가 한 짓에 경악했을 것이다. 하지만 산티의 귀에 들리는 소라의 목소리는 다분히 방어적이고 의기양양하다.

"봤지? 내가 증명했어. 저들은 진짜가 아니야. 한 번도 진짜인 적이 없었어."

지독한 분노에 휩싸인 산티는 몸이 덜덜 떨린다. 생을 거듭하며 소라가 해온 짓이다. 그의 희망과 믿음, 의미를 찾고자 하는 염원을 빼앗고 없애버리는 짓. 수없이 살아오면서 산티는 그들이 하는 행동 하나하나에 의미가 있으며, 이것은 그들이 함께 통과해야 할 시험이라고 소라를 설득하려 애썼다. 하지만 다시 생각해 보니, 어쩌면 진짜 시험은 소라의 실체가 그의 적임을 알아내는 것이었는지도 모른다. 그래서 그는 여태 이곳에 붙잡혀 있었을 것이다.

드디어 이해했다. 이제 어떻게 해야 하는지 알고 나니 속이 뒤틀리는 것 같다. 산티의 입장에서 자기희생은 쉬운 일이다. 소라를 기꺼이 포기하고, 그녀와 그의 죄를 용서받는 게 정말 어려운 일이지.

"미안."

산티는 이렇게 말하며 할아버지의 칼을 손에 쥔다.

소라는 칼을 보고 나서야 그가 왜 사과했는지 알아챈다. 지금 소라의 표정은 앞으로 수많은 생을 거듭할 동안 산티를 따라다닐 것이다.

"산티, 안 돼. 잠깐만—."

그는 소라의 심장을 향해 빠르고 정확하게 칼을 찔러 넣는다.

소라의 입에서 끔찍한 소리가 흘러나온다. 산티가 심장에 박힌 칼을 빼내자 소라의 뜨끈한 피가 흘러나와 그의 손을 적신다. 소라는 믿기지 않는다는 표정으로 입을 벌린 채 그를 바라본다. 그는 생명이 고동치며 빠져나가느라 덜덜 떠는 소라를 품에 안는다.

"미안?" 소라가 씨근거리며 말한다. 입 안 가득 피가 들어찬 목소리다. "미안하다고? 지랄하네!"

"쉬이." 그는 소라를 안고 말한다. "말하지 마. 금방 끝날 거야."

"젠장, 그렇겠지." 숨 쉴 때마다 칼날이 몸 안에서 뒤틀리는 것 같겠지만 소라답게 마지막 말을 남기려 한다. 그 순간 산티의 눈앞에 부루퉁한 딸이 가짜 별을 올려다보는 환각이 스치고 지나간다. "내가 널 안 데려갈 줄 알았니?" 소라의 손이 그의 칼을 찾아 쥐려 더듬거린다. 그는 소라가 칼을 쥐게 해준다. 어쩌면 이것도 죄일 수 있겠지만 소라보다 오래 살고 싶지도 않다. 그는 소라를 바짝 당겨 안는다. 소라는 칼로 그를 찌르고 그는 기꺼이 어둠을 맞이한다.

빛을 따라가

우리는 누구일까

◗

소라는 하늘에 뚫린 구멍의 가장자리에 걸터앉아 레드 와인을 병째로 마시고 있다. 소라의 뒤, 거울 너머에서 젠타우르 술집 안의 사람들이 나누는 대화 소리가 들려온다. 다리를 흔들거리며 앉아있는 곳 20미터 아래에는 자갈 깔린 광장이 펼쳐져 있다. 훌쩍 뛰어내리면 바로 저 아래 지상이다. 추락에 대한 두려움은 더 이상 없다. 물론 그런 식으로 탈출하지는 않을 것이다. 그래봤자 다시 깨어나고, 기억하고, 어둠 속으로 산티를 따라다니는 행위가 반복될 뿐이니까.

산티가 이 도시 안에 있는지 아직 모르겠다. 처음으로 그에게 메시지를 남기지 않았다. 그의 칼에 찔린 심장이 아직도 회복 중인 듯 옆구리 아래에 화끈거리는 통증이 느껴진다. 와인을 벌컥벌컥 마시면서 아래를 내려다본다. 광장의 분수가 섬세하게 칠한 모형처럼 반짝인다. 가슴 속 환상통증보다 더 아픈 것은 엘로이즈가 사라진 후 황망해하던 산티의 얼굴이다. 그때 소라는 자신이 돌이킬 수 없는 짓을 저질렀음을 깨달았다. 눈을 질끈 감고 그 기억을 지우려 애썼지만 기억은 언제나 그 자리에 있다.

예전에 소라는 자신을 무한한 존재로 여겼다. 이제는 자신의 실체가 온갖 최악의 것들을 짊어지고 하나의 점으로 줄어들고 있는 나선형에 불과함을 안다. 그녀는 허공에 걸터앉은 자신을 내려다본다. 언제나 그렇듯 훔친 와인을 홀로 마시는 자기 모습에 구역질이 치밀어 오른다. 충동적으로 와인 병을 뒤집어 저 아래 광장에 와인 비를 내려버린다. 평범한 세상이라면 불가능한 와인 비다. 병에서 흘러나온 붉은 액체가 방울이 되어 허공에 끈적하게 떠있다.

소라는 몰아치는 바람과 이 말도 안 되는 하늘에 대고 눈을 껌벅이며 말한다.

"이런. 내가 중력의 법칙을 깼나 봐."

이 말은 그녀의 기억 속에서 공명하며 메아리친다. 천문학 실험실의 컴퓨터 앞에 구부정하게 앉은 산티가 시뮬레이션에 관해 똑같은 말을 하고 있다.

소라는 벌떡 일어섰다가 균형을 잃는다. 저절로 다시 채워져 있던 산티의 커피 컵. 지난 두 번의 삶을 살면서 소라가 먹고 산 기적의 음식들. 지금 소라가 걸터앉은 이 구멍, 연결되어 있으면 안 될 두 장소를 잇는 문. 이 모든 것은 상상할 수 없을 정도로 복잡한 시뮬레이션 안에서 발생한 버그다. 저 아래 펼쳐진 것은 또 다른 버그일 테지만 약간은 다른 것도 같다. 이번에는 소라가 만들어 낸 버그니까.

소라의 학생이던 산티가 의자에 앉아 고개를 젖히고 짜증 나는 노래를 흥얼대고 있다. 그리고 '제가 예상 밖의 입력값으로 시뮬레이션을 돌렸는데요'라고 말한다. 소라는 지금 자신과 자갈 바닥 사이의 허공에 얼어붙은 채 떠있는 붉은 액체를 내려다본다.

"그들은 누군가 하늘에서 구멍을 통해 와인을 쏟을 거라고는 예상 못 한 거야."

몇 번이고 거듭 살면서 느껴보지 못한 발견의 기쁨에 웃음이 터져 나온다. 공중에서 이 정도의 움직임으로 중력을 깰 수 있다면 뭐든 깰 방법이 있을 것이다. 안에서부터 이 도시를 찢어발길 수도 있다. 시뮬레이션에 조종 불가능한 값을 입력하고, 세상을 박살 낼 만큼 파괴적인 버그를 유발하면 될 것이다.

소라는 의기양양하게 젠타우르 술집의 거울을 통과해 지상으로 내려간다. 브리기타가 그녀를 쳐다보며 묻는다.

"바 뒤에서 뭐 하세요?"

소라는 거울 너머에서 팔을 흔들며 말한다.

"바 뒤에 현실의 구멍이 있는 건 뭐죠?"

브리기타는 혼란스러운 듯 눈을 껌벅인다. 예전 줄스의 얼굴에서 본 것과 같은 표정이라 소라는 오랜 상처를 건드린 느낌이다.

"알아요. 무슨 말을 해야 할지 모르겠죠."

소라는 바텐더 브리기타의 어깨를 두드리고는 다음 행보를 계획하며 술집을 나선다.

소라는 호엔촐레른 다리에서 자물쇠를 또 하나 비틀어 뜯어내 강으로 휙 던진다. 저 아래 강에서 첨벙 소리가 들려오길 기다리다가 고개를 돌려 지금까지 걸어온 길을 살펴본다. 뒤쪽으로 뻗어있는 난간의 4분의 3이 비어있고, 나머지 4분의 1은 어울리지도 않고 감상적일 뿐인 흉물들이 매달려 반짝인다. 곧 나머지 자물쇠도 다 치워버릴 것이다. 그럼 시뮬레이션 속의 저 강은 2톤이 넘는 예상 밖의 금속 덩어리들을 처리해야겠지.

"어떻게 처리하는지 지켜보겠어, 우주야."

소라는 나지막하게 말하며 다시 웅크리고 앉아 렌치로 다음 자물쇠를 떼어내기 시작한다. 그 일에 몰입하느라 누군가 익숙한 콧노래를 부르며 뒤로 지나가는 것을 바로 알아채지 못한다.

뒤늦게 고개를 돌려보니 그 남자가 저만치 걸어가고 있다. 눈에 익은 걸음걸이다. 산티가 다리 너머 반대편 강둑을 향해 가고 있다. 산티를 마주하는 일만큼은 피하고 싶었다. 하지만 지금은 그가 어디로 가는지, 자기만의 탈출 방법을 찾고 있는지 알아야겠다.

렌치를 배낭에 집어넣고 산티의 뒤를 따라간다. 들키지 않을 만큼 안전하게 거리를 벌리는 걸 잊지 않는다. 얼마 후 그는 오디세움으로 들어가고 소라는 인파에 몸을 숨긴 채 그를 쫓아간다. 산티는 천문관과 우주 비행사실을 느긋하게 둘러보다가 조용한 통로로 들어선다. 그 통로에 '공사 중'이라는 안내문이 붙은 문이 있다. 산티는 케플러 망원경으로 찍은 사진 맞은편의 긴 의자에 앉아 스케치를 시작한다. 그러다 누굴 기다리는 사람처럼 종종 고개를 들곤 한다. 그의 눈에 띄지 않게 몸을 숨긴 소라는 산티가 기다리는 사람이 자기 같다고 생각한다. 젠타우르 술집에서 기다리고 있으면 소라가 만나러 갈 텐데 왜 여기서 저러고 있을까?

산티는 그 자리에서 30분 정도 머물다가 일어선다. 소라는 산티를 따라 다리를 건너 성당 광장으로 향한다. 이어서 구시가지를 지나 시계탑으로, 그리고 퓌링엔으로 가는 기차를 탄다. 그는 퓌링엔의 인공 호숫가에 앉는다. 그들이 남매로 살았던 시절에 함께 헤엄치던 호수다. 가는 곳마다 그는 같은 행동을 한다. 스케치를 하고 멍하니 앉아있다가 어떤 얼굴을 찾아 주변 사람들을 살피는 행동이다. 그가 찾는 얼굴은 보지 못한 모양이다. 얼마 후 그는 호수를 떠난다. 큰길을 건너, 녹슨 연철 대문을 지나 어느 버려진 3층 저택으로 들어간다.

소라는 호기심으로 두피가 따끔거릴 지경이다. 관리가 되지 않아 아무렇게나 초목이 자란 정원의 관목 안쪽에 몸을 숨기고 일단 기다리기로 한다.

해가 집 뒤로 넘어가기 시작할 때쯤 그는 집 밖으로 나온다. 소라는 그가 연철 대문 밖으로 나갈 때까지 기다렸다가 살금살금 진입로를 올라간다. 아치형 회랑을 지나, 열려있는 현관문을 통해 집 안으로 들어간다.

무엇을 볼 거라고 예상했을까. 커튼이 드리워지지 않은 창문으로 저녁 햇살이 흘러들자 집 안의 모습이 드러난다. 놀랍지도 않다. 산티는 이 집을 기억 수첩으로 만들어 놓았다. 허물어져 가는 벽돌 벽에 벽화들이 그려져 있다. 둘이 거듭 살아온 세상의 풍경, 도시, 성당, 시계탑 그리고 두 세상 사이의 빈 공간을 채운 별들.

소라는 그림들을 들여다보며 계단을 오른다. 그들이 살아온 삶이 쭉 그려져 있다. 경찰 제복을 입은 소라와 산티 그리고 그들 머리 위에서 반짝이는 불꽃. 입양된 쌍둥이로 살았던 시절, 소라는 물 밑에 있고 산티는 소라의 발꿈치를 향해 손을 뻗고 있다. 두 학생이 시계탑 꼭대기에 서서 혼란스럽게 펼쳐진 별들을 올려다보는 그림도 있다. 한쪽 벽에는 그들의 부모 모습이 담겼다. 소라의 부모는 예리하게 관찰해서 그린 모습이고, 산티의 부모는 전반적인 인상만 파악해서 그린 듯하다. 아무래도 산티 입장에서는 자신과 덜 가까운 사람의 특징을 포착해 그리기가 더 쉬웠을 것이다. 맞은편 벽에는 그들 삶의 상수적 존재인 릴리, 하이메, 아우렐리아, 엘로이즈, 줄스가 그려져 있다. 소라는 그들 앞을 지나가면서 어지러움을 느낀다. 그림이지만 그들의 눈을 감히 마주 볼 수가 없다. 그러다 파란 외투를 입고 긴 머리에 걱정스러운 표정을 한 남자의 초상화 아래서 걸음을 멈춘다.

"난 널 알아. 내가 왜 못 알아봤을까?"

소라는 나지막하게 말하며 기억을 더듬는다. 산티와 함께 시계탑 아래 서있었을 때 그들의 어깨를 짚던 손. 호숫가 모래사장에 쓰러진 파란 외투의 남자. 한순간에 모든 게 연결된다. 호숫가. 시계탑. 오디세움. 산티는 그들이 가는 곳마다 보게 된 이 남자를 찾고 있다.

"소라."

소라는 뒤를 돌아본다. 산티가 문 앞에 서있다.

소라는 벽에 붙어 서서 경고한다.

"가까이 오지 마."

"해치지 않아." 산티는 두 손을 들어 보인다. "다리에서 널 봤어. 네가 날 따라올 것 같더라."

소라는 그를 빤히 쳐다보며 묻는다.

"알면서 왜 아무 말도 하지 않았어?"

그는 인상 쓰듯 미소 짓는다.

"내가 화가 많이 났거든."

"네가?" 소라는 숨이 막힐 것 같다. "네가 내 심장을 찔렀잖아!"

"넌 내 아내를 사라지게 했어!"

소라는 등 뒤의 벽에 그려진 엘로이즈의 시선이 자기 등을 꿰뚫을 것 같다는 느낌을 받는다. 한때 엘로이즈는 소라의 어머니였다. 그런 사람을 소라는 직접 소멸로 이끌었다. 구역질이 치민다. 소라는 시선을 옆으로 돌리며 말한다.

"그래. 그러면 안 되는 거였어. 하지만 넌 나를 너무 쉽게 무너지게 만들어. 지난번에도 그랬어. 네가 내 눈앞에 줄스를 데려와서 날 뒤흔들어 놨잖아. 그래놓고 넌… 넌 항상 평온하고 절제하는 사람처럼 굴어. 난 네가 한 번이라도 제대로 반응하면 좋겠어." 소라는 깊게 숨을 들이마신다. "난 어떻게 해야 네가 분노하는지 알거든. 그래서 그렇게 한 거야. 하지만 날 죽일 정도로 분노할 줄은 몰랐어."

산티는 소라의 눈을 피한다.

"우리가 속죄하려면 뭔가를 해야 한다고 생각했다는 얘길 내가 했잖아. 잃고 싶지 않은 무언가를 포기해야 한다는 얘기야." 그는 어쩔 수 없다는 듯 어깨를 으쓱한다. "마지막 순간에… 나는 그게 너라고 생각했어."

소라는 손으로 머리를 짚는다.

"그래, 정리해 볼게. 신이 그러길 바란다고 생각해서 네가 칼로 내 심장을 찔렀다고?"

산티는 염치가 없어 고개를 숙이며 말한다.

"시험이라는 건 통과하기 어렵게 마련이니까."

소라는 주변을 손으로 가리키며 지적한다.

"그런데도 우린 여전히 여기 있으니 네가 시험을 통과하지 못한 거네."

그들 사이에 침묵이 무겁게 내려앉는다. 소라는 파란 외투 남자의 그림을 향해 돌아서며 묻는다.

"아직도 이 남자를 찾고 있구나. 이유가 뭐야?"

산티는 머뭇거리며 소라 쪽으로 다가간다.

"이 남자를 제외하고 이 세상으로 돌아온 모든 사람은 너한테 속해 있거나 나한테 속해있어. 그런데 이 남자는 우리 둘을 알아. 어쩌면 그가 이게 어떻게 된 일인지 우리한테 알려줄 수 있을지도 몰라." 소라를 곁눈질한 그는 그녀가 아무 말도 하지 않자 묻는다. "무슨 생각 해?"

소라는 가끔 그가 그녀를 속속들이 알지 못하면 좋겠다고 생각한다.

"별거 없어. 괜찮은 생각 같긴 하네. 다분히… 너다운 생각이고. 이 일의 책임자를 찾아서 이 모든 일이 무슨 의미인지 따져 묻겠다는 거 잖아."

소라가 보기에 산티는 얼굴에 번지려는 미소를 애써 억누르고 있다. 그가 묻는다.

"다리에서 뭘 하고 있었어?"

소라는 그동안 세워둔 계획을 들려주고 산티는 언제나 그렇듯 집중해서 듣는다. 소라가 설명을 마치자 그는 나지막하게 혼잣말한다.

"세상을 깨부술 기적을 찾고 있었구나."

소라는 눈을 위로 굴린다.

"너야 물론 내가 내 계획을 증오하게끔 방법을 찾아내려 하겠지." 소라는 그의 표정을 살펴본다. "그래, 어디 해봐. 내 계획이 어디가 잘못 됐는지 말해보라고."

"넌 우리가 시뮬레이션을 망가뜨리면 여기서 탈출할 수 있다고 생각 하는데, 그게 아니면 어떻게 할 거야? 망가뜨렸다가… 우리가 몸담은 유일한 현실마저도 빼앗기면?"

소라는 입술을 물어뜯는다. 어째서 산티는 소라의 계획에서 늘 단점을 이렇게 잘도 찾아낼까?

"그럴 수도 있겠지. 하지만 지금으로선 더 나은 계획이 없잖아."

다시 침묵이 흐른다. 이 문제를 함께 풀어나갈 대화의 장이 마련됐는데도 여전히 그렇다. 그들 사이에 벌어진 지난번 일의 상처가 아직 아물지 않은 탓이다. 소라가 말한다.

"이만 가볼게. 어쨌든 세상이 저절로 무너지진 않을 거야."

"계속 연락 주고받자." 산티는 파란 외투 남자의 초상화에 기대어 서서 말한다. "난 이 남자를 찾아다니지 않을 때는 이 집에 있어."

계단 맨 위에서 걸음을 멈춘 소라는 그의 집 벽에 그려진 나머지 그림들을 가리키며 묻는다.

"이 그림들은 다 뭐야?"

"지난번에 네가 이 사람들은 다 진짜가 아니라고 말했잖아."

그 말에 숨겨진 고통의 흔적이 소라의 귀에 들리는 듯하다. 혼란스러운 표정으로 광장에 서있던 줄스, 소라의 손아귀에서 사라져 가던 엘로이즈의 손. 산티는 그림들을 향해 돌아서며 말한다.

"내 생각은 달라. 우리가 살아온 삶에는 진짜라고 할 수 있는 요소들이 없지 않았어." 그는 그림 가장자리에 쌓인 먼지를 털어낸다. "난 그런 진짜 조각들을 찾고 있어."

"네가 기억 수첩을 쓰기 시작한 이유도 그래서라고 전에 나한테 말한 적 있어."

새벽 2시, 소라와 줄스가 그들의 집 어둑한 주방에서 오스카에게 젖을 먹이고 있을 때 산티는 그들을 죽음으로 이끌기 위한 작업을 하고 있었다. 그 일은 떠올리는 것만으로도 고통스럽다. 그때가 소라가 제대로 살았던 마지막 삶이 아니었을까? 그 후 저지른 온갖 실수들이 덮어쓰워진 탓에, 그 삶의 자아는 지금과는 확연히 멀게 느껴진다. 소라가 묻는다.

"어떤 게 진짜인지 우리가 알게 되면 탈출에 도움이 될까?"

산티는 눈을 감는다.

"우리가 쉼터에서 처음 만났던 삶 말이야. 그때 난 내가 누구인지 알아내면 어디로 가야 하는지도 알게 될 거라고 생각했어." 그는 눈을 뜨고 소라를 마주 본다. "그러니까 어떤 게 진짜인지 알아내면 탈출 방법도 알아낼 수 있을 거야."

소라는 그의 시선을 피한다. 자기가 누구인지 정말 알고 싶은지도 확신이 안 선다. 현재 자아를 얼마나 혐오하든, 다양한 선택을 하며 살아온 삶들 속에서 위로받고 있기는 하다. 만약 그녀의 진짜 자아가 돌이킬 수 없는 선택을 해버리면, 도저히 감당할 수 없는 선택을 해버리면? 더 나아가는 걸 멈추고 그들의 진짜 정체를 맞닥뜨리면 그녀는 산산이 부서질지도 모른다.

소라는 짧게 고개를 끄덕인다.

"행운을 빌어. 네가 찾는 그 남자를 보게 되면 알려줄게."

산티는 떠나는 그녀를 그저 바라본다. 그녀가 돌아올지는 알 수 없다.

소라는 왼손에 물이 담긴 분무기, 오른손에 담요를 들고 풀밭에 앉아 있다. 앞에는 수수 접시가, 뒤에는 앵무새들이 잔뜩 담긴 새장이 있다.

다음 새가 밝은 녹색 날개를 퍼덕이며 내려앉는다. 소라가 죽은 사람처럼 꼼짝 않자 밝은 녹색 새는 수수를 쪼아 먹기 시작한다. 소라는 이동식 포획망처럼 살금살금 다가가 분무기로 앵무새에게 물을 뿌린다. 앵무새가 날아가려고 퍼덕이자 소라는 얼른 담요를 덮어씌우고 감싼 뒤 새장을 열고 그 안에 앵무새를 넣는다.

새장 문을 닫고 몇 마리나 들었는지 세어본다. 아침 일에 쓸 만큼은 충분하다. 소라는 연장을 챙겨 들고 뒷걸음질로 공원을 가로질러 에렌펠트 지역으로 향한다. 가다가 만난 어떤 할머니에게 새장을 들어 보이고는 그 할머니의 뒤를 쫓아간다. 그리고 체코어와 아이슬란드어를 아무렇게나 섞어 소리친다.

"앵무새가 가득 담긴 새장을 들고 거꾸로 걷는 사람 처음 봐요?"

할머니는 고개를 절레절레 흔들면서 다른 길로 발길을 돌린다. 소라는 환상에 불과한 햇빛 아래서 큰 소리로 웃어댄다. 미치기 일보 직전이다.

등대 아래에 서서 새장을 내려놓는다. 버둥거리는 앵무새를 한 마리씩 집어서 단단한 콘크리트 속으로 밀어 넣는다. 새장이 비자 씨앗이 담긴 주머니를 꺼내 들고 벽 안으로 머리를 들이민다. 등대 안은 이리저리 날아다니는 새들로 거의 아수라장이다. 씨앗을 한 줌씩 집어서 뿌려주고 급수대에 물을 채운 뒤 거리로 나온다.

세상을 부수려 애쓰다 보니 허기가 진다. 구시가지로 간 소라는 성당 앞 푸드트럭에서 카레 소시지를 멋대로 집어 든다. 기적처럼 그 자리에 새로 생겨나는 음식이라 도움이 될지 모르겠다. 지난 몇 번의 삶에서 음식은 배 속의 허기를 채워주지 못했다. 소라는 산티에게 그 얘기를 하지 않을 생각이다. 해봤자 정신적 허기를 의미하는 은유 아니면 심오한 의미가 있는 말인 줄 알 것이다.

중앙역의 유리 벽에 기대어 서있는데 문득 성당 계단에 앉아 수첩에 스케치하는 산티의 모습이 떠오른다. 그들이 함께한 기억들로 가득 찬 집, 텅 빈 채 채워지길 기다리던 그 집도 생각난다. 소라는 자기도 모르게 발을 옮겨 다음 기차에 올라타고 퓌링엔으로 향한다. 그 집의 텅 빈 문간을 지나 곧장 줄스의 그림을 향해 걸어가면서도 왜 이러는지 이유를 알 수가 없다.

소라는 벽에 그려진 그림들, 솔직한 미소와 함께 눈가에 잔주름이 잡힌 생명력 가득한 눈을 계속 마주 보지 못하고 결국 고개를 떨구고 만다. 지금까지 본 모든 버전의 줄스를 떠올린다. 산티의 말대로라면 소라가 만난 줄스는 진짜 줄스의 메아리에 불과하다. 시간의 흐름에 따라 확신이 선다. 다른 곳으로 가고 싶다는 희망을 버려야 줄스와 함께할 수 있을 것이다. 소라는 이미 그렇게 하기로 선택했을까? 아니면 아직 선택 중일까?

그 집을 나서기 전에 파란 외투 입은 남자의 그림 아래에서 멈춰 선다. 기억해 내야 할 게 있다. 어떤 단어가 혀끝에서 나올 듯 말 듯하다. 눈을 감고 감을 잡아보려 애쓴다. 시야 가장자리가 환하게 불타오르면서 입 안에서 연기 냄새가 난다. 손가락 밑의 모래 감촉, 그리고 언뜻 보이는 파란색.

호숫가. 호숫가에 누워있던 파란 외투 입은 남자가 소라에게 어떤 일이 벌어졌다고 말한다. 소라가 이름을 묻자 남자가 '페러그린'이라고 대답한다.

소라는 그림 아래 벽에 그 이름을 쓴다. 다음에 산티가 이 집에 돌아오면 볼 수 있도록. 그는 그 이름이 분명 의미가 있다고 생각할 것이다.

다음 날, 소라는 오디세움 천문관 안에 있는 사다리를 밟고 올라간다. 별을 나타내는 전구들의 나사를 끈기 있게 하나하나 풀고 있는데 핸드폰으로 문자가 왔음을 알리는 진동이 울린다.

우리는 누구일까

산티가 보낸 문자다. 읽지도 말고 지워버릴까 하다가 언제나 그렇듯 망할 호기심에 못 이겨 확인하고 만다.

'그를 찾았어. 우리 집에 있어.'

초대가 아니지만 상관없다. 소라는 사다리를 내려가 달리기 시작한다.

기억의 집 계단을 올라가자 방 한가운데에 페러그린이 서있다. 산티는 손으로 머리를 감싸 쥐고 벽에 기대어 앉아있다.

파란 외투를 입은 남자는 멍한 눈으로 소라를 바라본다. 소라는 산티에게 묻는다.

"이 사람을 어디서 찾았어?"

"내가 불렀어." 산티는 파란 외투 입은 남자의 초상화에 소라가 적어놓은 이름을 가리킨다. "저 이름을 말했더니 집 안으로 걸어 들어오더라."

산티는 기도라도 하는 것 같다. 이런 상황에서 기도라니, 소라라면 꿈도 꾸지 못할 일이다.

"그래서?"

소라의 물음에 산티는 고개를 젓는다. 소라는 처음으로 그의 눈에서 절망을 본다.

"소용없어. 말이 안 통해."

소라는 참을 수가 없다. 이토록 암담해하는 산티를 처음 봤다. 소라는 페러그린에게 성큼성큼 다가가 말을 건다.

"자, 어떻게 된 일인지 얘기 좀 해봐요."

페러그린은 인상을 찌푸리며 말한다.

"당신들은 도착했어요."

소라는 화가 치밀어 오른다.

"그 정도는 우리도 아니까 됐고요. 어디에 도착했다는 거죠?"

"말할 수…" 남자는 입을 벌린다. "없어요."

"말해요, 그냥."

분노가 소라를 사로잡는다. 온몸이 짜부러져 오로지 분노로 이루어진 점 하나로 변하는 기분이다. 천성을 거부하느니 그냥 받아들이는 편이 쉽다. 세상을 박살 내려 했듯이 이 남자를 후려쳐서 박살 내는 게 쉬울 것이다. 소라는 뒤로 몇 걸음 물러나 바닥에 놓인 부러진 각목을 집어 든다.

"말할 수 있고, 말해야 할 거예요."

산티가 벌떡 일어선다.

"뭘 하려고?"

"답을 들어야지." 소라는 페러그린에게 다가간다. "무슨 일이 일어나고 있는지 이제 말해줄 거야."

산티는 경고하듯 그녀를 부른다.

"소라."

"이 남자는 뭔가를 알고 있어." 소라는 정확히 뭘 알고 싶은지 알 수 없지만 이 남자에게 애원이라도 하고 싶다. "이 남자는 뭔가를 알면서도 우리한테 숨기고 있잖아."

산티가 다가와 그녀의 옆에 서며 말린다.

"이 남자를 봐. 어리둥절해하고 있어. 아마 말할 수가 없을─."

"이 남자가 어리둥절해한다고?"

소라가 각목으로 바닥을 내려치자 산티는 움찔하는데 페러그린은 꼼짝도 하지 않는다. 소라는 무의미한 암호 같은 이 남자가, 답을 알 것 같은데 말해주지 않는 이 남자의 존재 자체가 증오스럽다.

산티가 고개를 돌려 소라를 바라본다. 소라와 산티를 둘 다 잘 아는 사람이 봤으면 그의 어깨가 긴장으로 굳어있는 걸 알아챘을 것이다. 산티가 말한다.

"이러는 건 너답지 않아."

"확실해?" 소라는 웃음을 터뜨린다. 오랜 시간을 함께했는데도 그는 소라를 너무 모른다. "우린 서로를 죽였어, 산티. 난 네 눈앞에서 네 아내를 소멸시키기까지 했어. 우린 우리의 진짜 정체를 몰라. 우리가 그걸 정말 알고 싶은지도 사실 잘 모르겠어." 소라는 손을 뻗어 벽을 가리킨다. 산티가 기억하고 싶은 삶의 아름다운 순간들이 벽화가 되어 펼쳐져 있다. "넌 우리에 관한 진실을 찾으려 한다고 말하는데, 그냥 우리가 진실이라고 믿고 싶은 걸 찾으려는 게 아닌지 어떻게 알아? 네가 좋아하는 네 모습을 조각조각 모아놓고 '이게 나야, 다른 건 전부 변이된 파편일 뿐이야'라고 말한다고 해서 다 되는 게 아니라고. 우린 둘 다 끔찍한 짓을 저질렀어. 그건 우리 일부야. 인정해야 해."

"그래, 맞아." 소라는 산티가 깊은 진심을 담아 대답했음을 안다. 소라가 그를 죽인 일의 상처가 그의 내면에 얼마나 깊게 새겨져 있는지도 느껴진다. "하지만 그게 우리의 전부는 아니야."

산티의 말이 소라의 속을 깊숙하게 흔들어 놓는다. 소라도 그를 믿고 싶다. 하지만 사라져 가던 엘로이즈의 손가락 감촉이, 산티의 심장에 칼을 꽂을 때의 느낌이 여전히 생생하다.

"어쩌라고?" 소라의 목소리가 갈라진다. "내가 살인자든 다른 무엇이든, 그게 중요해?"

"그래." 산티는 열이 확 오르는 목소리다. "소라, 중요해. 그건 의미 없는 선택이 아니거든. 매일매일 우리가 한 수백까지 선택이 전부 중요한 거야." 그는 차분하게 소라의 눈을 들여다보며 덧붙인다. "난 너를 보면서 그걸 깨달았어."

소라의 속에서 치솟던 전의가 사라진다. 소라는 고개를 숙이고 숨 가쁘게 웃다가 각목을 바닥에 떨어뜨린다.

"미안해." 소라는 페러그린에게 말한다. "가세요."

페러그린은 허락을 구하듯 산티를 바라본다. 산티가 고개를 끄덕이자 파란 외투를 입은 페러그린이 느릿하게 계단을 내려간다. 소라는 숨을 내쉬며 의자에 앉는다. 이겼는데 진 것 같은 기분이다. 산티가 다가와 옆에 나란히 앉는다. 그들은 쥐고 있던 유일한 실마리가 시야에서 사라지는 모습을 바라본다. 앵무새를 날아가게 만들고 나서 속상해했던 열한 살의 소라가 이런 감정이었을까.

산티는 시험에 통과한 소라를 축하하는 것처럼 말한다.

"잘했어."

소라는 나지막하게 웃으며 이죽거린다.

"우리가 시험받고 있다는 생각을 더는 하지 않는 줄 알았는데. 네가 내 심장을 칼로 찔렀는데도 우린 여기서 마법적으로 탈출하지 못했잖아."

산티는 쓸쓸한 눈빛으로 그녀를 바라본다.

"시험받고 있다는 생각으로 그런 행동을 했다고 생각해?" 그는 고개를 젓는다. "나한테 남은 마지막 선택지라서 그런 거야."

소라는 자기 생각이 산티의 머릿속을 거쳐 메아리처럼 돌아온 것 같아서 미소를 짓는다. 그리고 창문 쪽으로 돌아서는 산티를 바라본다. 수많은 삶을 거쳐오면서 산티는 반투명한 존재가 된 것 같다. 이제 소라는 계속 바뀌는 그의 외양 안쪽에 자리한 상수적 자아를 들여다볼 수 있다. 백 년쯤 전에 소라는 '우린 서로에게 영원히 불가사의로 남겠네요'라던 산티의 말을 웃어넘겼는데 지금 생각해 보면 틀린 말이 아니었다. 이제 소라와 산티는 서로의 면면을 구석구석 알고 있다고 해도 과언이 아니다. 하지만 그의 심장만큼은 여전히 소라의 이해 범위 밖이다. 그에게 드리운 과거의 그림자들은 산티 본인도 감당할 수 없을 만큼 점점 커지고 낯설어지고 있지만 소라의 경우는 다르다. 세상을 거듭 살아갈수록 소라는 점점 작아져서 명확한 어떤 점으로, 오직 탈출을 꿈꾸며 약이 바짝 올라 으르렁대는 존재로 축소되는 기분이다. 이제는 기억도 나지 않는 시작점에서부터 소라는 원래 그런 존재였는지도 모른다. 나머지는 예전에 입었던 오렌지색 피나포어 드레스처럼 유약한 변장일 뿐이다. 그들은 죽기가 무섭게 허리케인에 휩쓸린 것처럼 다시 이 세상으로 돌아오고 마는 존재다. 어쩌면 산티가 옳을 수도 있다. 소라는 본인이 바라는 존재가 되기 위해 여전히 이런저런 선택을 하는 것인지도 모른다.

벽에 그려진 페러그린의 초상화를 올려다보던 소라가 말한다.

"이 남자 이름, 방랑자라는 뜻이야."

"정확히는 순례자야."

산티는 부드러운 말투로 고쳐주며 소라의 눈을 마주 본다. 소라는 그의 눈 안에서 자신의 것보다 더 깊고 큰 슬픔을 본다. 산티는 페러그린이 그들을 진실로 이끌어 줄 거리고 정말 믿었나 보다.

"그 남자가 답을 갖고 있지 않아서 유감이야."

소라의 말에 산티는 애매하게 미소 짓는다.

"그렇다고 답이 없는 건 아니야. 우리가 계속 찾아야 하는 것이지."

소라는 자기 손가락을 내려다본다. 밧줄 같은 힘줄들이 가련한 꼭두

각시 같은 그녀의 몸을 조종하고 있다.

"나도 니 같으면 좋겠다. 너처럼 여기저기서 의미를 찾아내면서 살고 싶네."

"꼭 그렇지도 않아. 그냥 계속 살펴볼 뿐이야." 그는 나지막하게 말한다. "의미를 찾아내는 게 쉬워 보이나 봐. 의미가 내 눈에 자연스럽게 띄는 줄 아나 본데, 그렇지 않아. 내가 선택하는 거야. 매번."

그들은 계속 살펴본다. 소라는 거짓을 불태워 없애고 진실만 남기는 불꽃을 불러일으키고자 세상의 모든 소켓에 손가락을 찔러 넣는다. 산티는 그동안 살아온 서로의 삶을 세밀히 들여다보면서 특별히 빛나던 색깔을 찾으려 애쓴다.

희한하게도 소라는 지금까지 살아본 중 제일 행복하다고 생각한다. 해야 할 임무가 있고, 잘하면 여기서 탈출할 수도 있을 거라는 기대감이 있으며, 무엇보다도 혼자가 아니어서다. 산티가 함께 길을 찾고 있다. 방법은 다를지 몰라도 그들은 결국 같은 목표를 향해 나아가고 있다. 산티는 늘 해온 대로 세상에서 의미를 읽어내려 하고, 소라는 안에서부터 세상을 부수려 한다. 어느 쪽이든 이 괴상한 일은 그들의 천성에도 잘 맞는다. 그렇게 그들은 나름의 방법으로 지금까지 늘 길을 찾고 있었다.

아침 내내 다리에서 남은 자물쇠를 벗겨낸 소라는 괴상하게 모여드는 구름 덩어리 아래서 퓌링엔으로 향한다. 소라가 그 집에 도착하고 나서야 비가 내리기 시작한다. 집 앞쪽을 향해 난 창문의 턱에 걸터앉아 산티를 기다린다. 집 밖에서 괴상한 일이 일어나고 있다. 비가 내리고 있는데 하늘에서 떨어지는 게 빗물이 전부가 아니다. 잡초가 잔뜩 자라난 진입로에 묵직한 무언가가 철퍼덕 떨어져서는 물을 마구 튀긴다. 소라는 창밖으로 몸을 기대며 그 광경을 즐겁게 바라본다.

몇 분 뒤, 정원을 가로질러 달려오는 산티가 보인다. 산티는 외투 뒷자락을 끌어올려 머리를 뒤덮은 모습이다. 계단 앞까지 온 그는 숨을 몰아쉬며 몸에 묻은 빗물을 털어낸다.

"소라, 어째서 비 대신에 물고기가 떨어지는 거야?"

"내 방법이 먹히고 있나 보지."

창턱에서 훌쩍 뛰어내린 소라는 산티가 최근에 그리고 있는 벽화 앞으로 걸어간다. 막연한 인상만으로 표현된 한 남자의 초상화다. 턱수염을 기른 얼굴, 길고 검은 머리카락. 그림자에 가려져 정확히 누구인지 모르겠다.

"이 사람은 누구야?"

벽 앞에 서있던 산티가 다가와 고개를 옆으로 살짝 기울이며 대답한다.

"우리가 탑에서 떨어졌을 때 내가 본 얼굴이야."

소라는 산티가 '뛰어내렸을 때'라고 말하지 않은 것을 의식한다.

소라는 그를 가만히 바라보며 말한다.

"그래? 나도 얼굴을 봤어."

"같은 얼굴일까?"

이번 삶의 산티는 얼빠진 예술가에서 칼날처럼 예리하게 파고드는 조사관 같은 모습으로 순식간에 변하곤 한다. 아무래도 두 가지 삶을 이미 충분히 살아봤기 때문일 것이다.

소라는 고개를 젓는다.

"내가 본 건 여자 얼굴이었어. 예수 같은 얼굴과는 거리가 멀었어."

소라는 코를 찡그린다. "어쩌면 우린 둘 다 그 상황에서 볼 거라 예상한 얼굴을 봤을 수도 있어."

"넌 왜 여자 얼굴을 볼 거라고 예상했는데?"

소라는 어깨를 으쓱한다.

"이 현상을 조종하는 존재는 대단히 똑똑할 테니까?"

산티는 소리 내어 웃다가 눈을 감더니 벽에 기대어 선다.

소라는 인상을 쓰며 묻는다.

"왜 그래?"

그는 천천히 눈을 뜬다.

"잠깐 현기증이 나서. 몇 번의 삶 이전부터 쭉 그러네."

소라는 조심스럽게 그를 살핀다.

"나는 쭉 배가 고팠어. 아무리 먹어도 허기가 져. 이 얘길 할까 말까 했는데, 네가 또 무슨 의미 부여를 할까 봐 안 했어."

산티는 붓을 물감에 적시며 소라에게 지친 미소를 짓는다.

"좋은 징조는 아닌 것 같아."

소라는 치솟는 불안감을 억누르며 산티 앞을 지나 그림을 살펴본다.

"그림 그릴 공간이 얼마 남지 않았네." 벽돌 벽의 대부분이 벽화로 뒤덮여 있다. "답은 찾았어? 우리 정체가 뭔지 알아냈어?"

그는 붓을 허공에 든 채로 머뭇거리다 대답한다.

"그런 것 같아. 그 전에 네가 먼저 말해줘."

소라는 그들의 삶을 표현한 그림들을 쭉 둘러본다. 아버지가 준 목도리를 목에 두르고 오디세움에서 가짜 별들을 올려다보는 여덟 살 소라. 천문학 실험실의 컴퓨터 앞에 구부정하게 앉아, 직접 만든 세상의 빛으로 얼굴이 환해진 소라와 산티. 미로 같은 거리에서 '우린 여기 있어요'라고 적힌 표지를 찾아다니며 방랑하는 노숙자 산티. 소라는 산티를 돌아본다. 외모는 전보다 젊은데 소라의 눈에는 더 나이 든 내면이 보인다.

산티는 다정한 미소를 지으며 묻는다.

"그래서 매번 우리가 원한 게 뭐였지?"

"우린 늘 탈출 방법을 찾으려 했고 여기가 아닌 다른 곳으로 가고 싶어 했어." 소라는 또 다른 현실에서 자기를 바라보며 웃고 있는 그림 속 줄스를 힐끗 바라본다. "사랑하는 사람을 두고 떠나더라도 그렇게 하려고 했지."

산티는 고개를 끄덕인다.

"맞아."

소라는 목이 멘다.

"확신이 서? 우리가 추구했던 건, 그냥 우리가 원한 우리 모습일 수도 있어."

그는 대답 대신 붓으로 소라가 아직 보지 못한 방의 한쪽 구석을 가리킨다. 그 벽에는 소라가 이번 생에서 해온 탐색의 주요 장면들이 조그맣게 그려져 있다. 그동안 단련해 온 그림 솜씨 덕분에 그는 단순한 선 몇 개로 이미지를 충분히 표현해 놓았다. 우주 비행사 헬멧과 해골이 잔뜩 쌓인 강물 그리고 다리에서 자물쇠를 뜯어 그 아래 강물로 던지는 소라. 입에서 흘러나오는 끈과 'Þ'와 발음 구별 부호로 앵무새 떼를 붙잡아 두고 있는 소라. 소라는 마치 산티에게 불려 가듯 끝없이 뒷걸음질 친다. 산티가 말한다.

"이게 지금 우리야. 넌 네 길을 가고, 난 내 길을 가고 있어. 우린 전에도 선택했고 앞으로도 계속 선택하게 될 거야."

일순간 감정이 너무 격해진 소라는 말이 잘 나오지 않아 잠시 후에 야 입을 연다.

"우리가 여기서 나갈 수 있다는 뜻이야?"

그는 시계탑에서 떨어질 때 본 얼굴의 초상화 앞에 서서 그 눈을 올 려다본다.

"나가려는 시도를 멈추지 않을 거라는 뜻이야."

소라는 몸을 훌훌 털며 창문 쪽으로 향한다.

"난 이만 가볼게."

"나도." 산티는 무덤덤하게 말한다. "머리카락에 낀 생선을 씻어내야 겠어."

소라는 창턱에 올라앉아 잠시 머뭇거리다가 말한다.

"시뮬레이션이 멈추면 세상은 어떤 모습이 될까? 공기가… 녹아버 리려나."

산티는 어깨를 으쓱한다.

"밝은 빛이 보이지 않을까."

소라는 넌더리가 난다는 표정으로 그를 바라본다.

"맙소사. 역시 너무 독창적이라 감당이 안 돼." 소라는 창밖을 가리 키며 놀란 척 그를 놀린다. "산티, 저기 좀 봐! 밝은 빛이야!"

"태양이잖아."

"지금은 그렇지. 한 이틀만 기다려 봐."

소라는 이렇게 말하며 창밖으로 나간다.

문득 뭔가 잘못됐다는 느낌이 들어 소라는 눈을 뜬다.

아기 울음소리가 들려서라든지 가스 냄새 때문에 잠이 깼을 때와는 다르다. 우주적으로 잘못됐다는 느낌, 별 아래서 잠이 들었다가 산 채로 땅속에 묻히고 있어 잠을 깬 느낌이다.

목을 부여잡으며 숨을 몰아쉰다. 공기가 무겁다. 빛과 중력, 압력이 시간을 벗어난 시계처럼 고동친다. 벽을 부여잡고 가까스로 침대에서 벗어난 소라는 허리를 굽히고 앉아 움찔거린다. 양쪽 귀 사이에서 시간과 공간이 줄줄 흐르는 것 같다. 코가 가려운데, 막상 코를 긁으려고 하면 손이 코를 쑥 통과해 버릴 것 같다. 허리를 펴고 일어선 소라는 옆걸음질을 치다가 시커멓게 포효하는 공간 속으로 뛰어든다. 독일어, 러시아어, 영어가 뒤섞인 무의미한 단어들이, 토막 난 소리가 소라를 관통한다. 돌을 통과해 날아가는 앵무새 떼의 환영, 무수히 쪼개진 면에 새겨진 산티의 얼굴이 눈앞에서 일렁인다.

창문까지 어떻게 갔는지 모르겠다. 예전에는 길거리였는데 지금은 큼직한 빈 공간들이 모자이크처럼 펼쳐진 곳에 산티가 서있다. 한 걸음만 더 내디디면 소라는 산티와 함께 아무것도 아닌 공간에 있게 될 것이다. 등을 돌린 채 서있는 산티의 윤곽이 진동하듯 흔들린다.

"산티."

소라는 그의 어깨를 잡고 흔든다. 전기가 찌르르 오르는 것 같은 괴상한 느낌이 든다. 환영들이 소라의 내면을 찢고 들어온다. 기분 나쁘게 허연 버섯들, 줄스의 얼굴, 유리 같기도 하고 뼈로 만들어진 것 같기도 한 시계탑의 골조. 코바늘 뜨개질로 만들어진 등대가 하늘을 가로지르며 격하게 흔들린다.

"내가 이렇게 한 거야."

소라가 입 밖으로 낸 단어들이 메아리치며 분열되고 윙윙거리다가 소라에게 되돌아온다.

산티는 소용돌이치는 하늘을 올려다본다. 퀼른의 파편들이 혼란 속으로 빨려 들어가고 있다.

"그러게. 네가 뭔가를 하긴 했구나."

소라는 산티의 시선을 따라 위를 올려다본다. 눈부시게 밝은 별 두 개가 떨어지고 있다. 얼마 후 그 빛이 지하철의 전조등임을 알아채지만 이미 늦었다. 지하철은 마치 발톱으로 유리판을 긁는 소리를 내며 달려오고 있다. 소라는 이 상황이 웃기기도 하고 두렵기도 해 소리치며 산티를 옆으로 끌어당긴다. 도로의 파편들이 둥둥 떠다니는데 그걸 밟고 도시 쪽으로 뛰느라 휘청거리면서도 소라는 산티의 손을 놓지 않는다. 위쪽에서 뒤틀린 지저귐이 들려온다. 고개를 들고 보니 자그마한 초록빛 새 떼가 그들 머리 위에서 고리 모양을 그리며 날고 있다.

산티가 소리쳐 묻는다.

"어디로 가는 거야?"

"밖으로." 소라가 어깨 너머로 외친다. "지금 사방에 구멍이 있어. 그중 하나로 탈출할 수 있을 거야."

"확실해?"

"나도 몰라."

소라는 그의 손을 단단히 붙잡는다. 어디로 가게 될지 모르지만 그래도 함께 갈 것이다.

다음 순간, 그들은 몸을 갈아버릴 듯한 강력한 힘에 짓눌려 휘청거린다. 도로의 파편 위에서 몸이 둥실 뜨기도 한다. 발아래 도로 파편이 자갈 바닥이 될 때까지 달린다. 이제 그들은 구시가지에, 아니 방금 폭발이 일어난 듯 뒤죽박죽이 된 도시의 잔여물 위에 서 있다. 소라는 하늘에 있는 자기 모습을 본다. 깜박이는 파란 점처럼 보이는 그것이 손짓한다. 소라와 산티의 모습이 별에 그려져 있다. 그들이 언제나 속해있던 별이다. 시계탑 아래에 소라가 써놓은 '**우리는 누구일까**'라는 글자가 길쭉하게 늘어나 옆으로 기울어지더니 소용돌이치며 그들을 에워싼다. 쩍 갈라지면서 빙빙 도는 나선형으로 확장된 시계탑은 하늘에 구멍을 뚫는 드릴이 된다. 심장 속에 뿌리박고 있던 감정이 터져 나오자 소라는 드디어 알게 된다.

"저 별들." 소라는 하늘을 가리킨다. "우리는 저기로 탈출해야 해."

"그래." 산티는 기쁜 얼굴로 그녀를 바라보며 웃는다. "우리가 드디어 어디로 가야 할지 알았어."

그들은 불안정한 바닥을 벗어나 훌쩍 떠오른다. 산티가 소라의 손을 단단히 붙잡는다. 그들은 하늘이 뜯겨나가는 지점, 다층적 우주가 해체되는 지점을 향해 올라가고 있다. 바람이 몹시도 거세져서 있는 힘껏 소리쳐야 목소리를 전할 수 있다.

산티가 요란한 폭풍우 너머로 들릴 만큼 그녀의 귀에 입을 바짝 대고 소리친다.

"저기 좀 봐. 저기, 보여?"

소라는 가까스로 눈을 뜬다. 눈을 가늘게 뜨고 산티가 가리키는 지점을 올려다본다. 하지만 밝은 빛이 희미해지더니 별들이 저 아래 도시의 주둥이로 빨려 들어가면서 두 사람을 잡아당긴다. 하늘을 올려다보는 사람들의 형상이 광장에 버글거린다. 뭔가 잘못됐다. 이대로라면 하늘로 올라가지 못할 것이다.

"우린 떨어지고 있어."

소라가 이 말을 하려 하지만 우물거리는 소리로만 나올 뿐이다. 숨을 쏟아냈다가 빨아들인다. 외부의 어떤 힘이 작용해 그녀의 몸이 풀무가 된 것 같다. 시계탑의 바늘이 반대 방향으로 돌면서 자정을 향해 가고 있다. 시간이 거꾸로 흘러가고 그들은 지상으로 끌려간다. 소라는 탑이 하늘에 뚫고 있는 구멍을 향해 시간을 밀어올리며 산티를 붙잡는다. 그들은 플라타너스 씨앗에 붙은 날개처럼 나선형을 그리며 지상의 군중 한가운데로 떨어진다. 시간이 요동치고, 다시 맞춰지고, 새로이 시작된다.

"리슈코바 박사님?"

늙고 초췌한 환자 산티가 무한한 슬픔을 머금은 눈으로 그녀를 바라본다.

"소라, 무슨 일이니?"

소라는 그쪽으로 고개를 돌린다. 산티가 어쩔 줄 몰라 하는 여덟 살 소라를 바라보고 있다. 너무나 간절히 소라를 필요로 하는 산티가 소라의 손을 잡고 탑에서 뛰어내리고 있다.

소라는 고개를 돌려 진짜 산티를, 그녀의 산티를 찾으려 한다. 하지만 군중은 모두 산티의 모습을 하고 있어 진짜 산티를 찾을 수가 없다. 소라는 목청 높여 그를 부르며 인파 속으로 나아가지만 소용없다. 저 많은 산티가 소라를 기억하고 모두가 소라를 원한다. 그들은 소라를 붙잡아 끌어내리며 백 개의 목소리로 그녀의 이름을 되풀이해 부른다. 몸이 덜덜 떨리며 균열이 가고 급기야 그녀가 무수한 조각으로 나뉘자 모든 게 멈춘다.

우리는 누구일까

별 안에서

꿈 에 서 산티는 하늘에 적힌 메시지를 본다.

소라의 손을 꼭 잡은 그는 메시지에 너무 가까이 있어서 무어라 적혔는지 잘 볼 수가 없다. 어둠 속에 켜진 촛불처럼 그들 주변에서 별들이 깜박인다. 지상으로 떨어지기 시작하자 그는 하늘을 바라보며 패턴을 읽어내려, 그동안 놓친 진실을 읽어내려 안간힘을 쓴다. 하지만 메시지의 내용이 보이질 않는다. 눈앞이 흐려지고, 빛의 구체로 팽창한 별들이 그의 시야 한쪽 구석에서 늘 대기하던 불꽃에 합류한다.

쏟아지는 햇빛 속에서 깨어난 그는 자신이 누구인지 분명히 알 수가 없다. 전 같으면 이럴 때 겁에 질리곤 했는데 이제는 아니다. 그는 투명한 슬라이드들을 거치듯 그동안의 자아들을 지나온다. 빛이 자아들을 포개어 하나로 만든다. 그는 소라와 나란히 침대에 누워있다. 이대로라면 현재의 삶에 대한 가능성의 폭이 줄어들 것이다. 그들이 서로에게 끌려 짝이 된 경우는 드물었지만 없지는 않았다. 산티는 손을 뻗어 소라의 뺨을 쓰다듬는다. 소라가 무이라 웅얼대며 이불 속으로 파고든다. 산티는 그녀의 찡그린 미간에 입을 맞추며 말한다.

"일어날 시간이야."

이불 속에서 소라의 목소리가 조그맣게 들린다.

"일어나라니, 무슨 뜻이야? 이 모든 게 꿈이었나."

산티가 미소 짓는다.

"아, 내 꿈을 꿨어?"

"이게 내 꿈이라고 누가 그래?" 소라는 한숨을 쉬며 돌아눕는다. "무엇보다 꿈일 리 없어. 꿈이라기엔 너무 앞뒤가 잘 맞아떨어져. 이게 꿈이면 넌 너 자신이면서 내 예전 물리 선생님이어야 해. 네가 깜짝 시험을 냈는데 난 시험 준비가 전혀 안 되어 있었어. 그 와중에 염소 떼가 문을 부수고 들어오려고 하는 거야."

"나 네 예전 물리 선생 맞아."

그 말에 소라가 인상을 찌푸린다.

"그런 말로 나를 흥분시킬 수 있다고 생각한다면 넌 아직도 날 잘 모르는 거야. 앞으로 몇 번을 더 살아봐야 알겠네." 미끄러지듯 침대를 빠져나간 소라는 기다란 패딩 카디건을 몸에 걸치고 마룻바닥을 타박타박 가로질러 주방으로 향한다. 산티가 붙잡으려 손을 뻗는데 그녀는 이미 가버렸다. 주방에서 커피를 끓이려고 주전자에 물을 담는 소리가 들린다. 그리고 주방에서 야옹 소리와 함께 달가닥거리는 소리가 울려 퍼진다.

"맙소사, 펠리세트!"

산티가 웃으며 묻는다.

"펠리세트가 또 시공 연속체를 방해하는 거야?"

"원래 그랬잖아."

소라는 햇빛이 살짝 든 곳에 가만히 서서 손톱을 물어뜯는다. 그 순간 그녀의 모습이 눈부시다. 그녀가 마치 지독히 밝고 진귀한 빛이 흘러드는 창문처럼 느껴진다. 소라는 먹구름이 하늘을 스치듯 이런저런 생각이 스쳐 지나가는 표정이다. 산티는 그녀의 모습을 그리고 싶다. 기억 수첩에 이 순간을 담아두고 싶다. 그는 의미를 찾는 여정 때문에 자기가 미쳐버린 게 아닐까, 어쩌면 자기는 배수로에서 주운 밝은색 조약돌을 주머니에 넣고 다니는 미친 늙은이가 아닐까 생각한다. 그 순간 또 다른 소라의 목소리가 들린다. '다이아몬드를 찾으려고 깨진 유리 파편을 뒤지는 짓은 하지 마.'

"그 꿈을 또 꿨어."

산티의 말에 소라의 표정이 변한다. 그가 결코 볼 수 없는 소라의 면면이 있다. 그가 곁에 있으면 소라는 긴장을 풀고 있더라도 어쩔 수 없이 모습이 달라지고 만다. 소라는 돌아서서 커피를 따르며 묻는다.

"우리가 별 안에 있다는 꿈?"

산티는 고개를 끄덕이며 천장을 올려다본다.

"난 진짜 우리가 답을 찾을 줄 알았어."

그는 노숙자로 살았던 시절부터 줄곧 매달려 온 생각으로 돌아간다. 수도 없이 문질러 매끈하게 닳은 부적 같은 생각이다. '중요한 건 네가 누구인지 아는 거야. 그래야 어디로 갈지도 알게 돼.' 진실을 맞닥뜨리면 그게 진실임을 느낄 수 있을까? 아니면 진실이라 믿고 싶기에 진실이라 느끼게 될까? 산티는 꿈의 흐릿한 기운을 쫓으려 손으로 눈을 비빈다.

"나는 수도 없이 확신에 차있었고 끝은 늘 같았어."

같거나 더 좋지 않았다. 산티는 한때 확신을 품고 한 짓을 떠올리며 두 손을 내려다본다. 바로 소라의 심장에 칼을 꽂은 일이다.

소라는 양손에 머그를 하나씩 들고 침대로 돌아오며 말한다.

"이번에는 나도 확신했어." 소라의 얼굴에 옅은 미소가 스친다. "우리 둘 다 그랬잖아. 예전에도 그랬는데, 그게 언제였더라?"

산티는 그들의 관점이 묘하게 하나가 된 시점을 돌이켜 생각해 본다. 서로를 바라보면서 어디로 가야 할지 분명히 알았던 순간이었다. 어떤 의미가 있는 것처럼 느껴지기도 했다. 하지만 그 느낌을 하도 여러 번 받았더니 이제 믿음이 가지 않는다.

소라는 고개를 젖히고 벽에 기댄 채 말한다.

"이 방법이 왜 먹힐 거란 생각이 들었는지 모르겠어. 방향만 다르지 내가 전에도 시도해 본 방법이거든. 우린 걸어서 이 도시를 벗어나지 못했잖아. 그런데 별을 향해 올라가면 왜 탈출할 수 있다고 생각했을까?"

실패감이 쓸쓸하게 묻어나는 목소리다. 패배감을 느끼기는 산티도 마찬가지지만 티를 내서 소라가 자책하게 만들고 싶지 않다.

"그 방법이 먹힐지 안 먹힐지는 우리도 아직 몰라. 실제로 별에 가닿기 전에 떨어졌으니까."

소라는 콧방귀를 뀐다.

"산티, 우린 기차를 타고 뒤셀도르프로도 못 가. 어떻게 이 행성을 떠날 수 있다고 생각하는 거야? 아주 큰 사다리를 세워서?" 말을 하다 보니 기억나는 게 있는 듯 소라의 표정이 바뀐다. 그녀는 그의 팔을 붙잡는다. "아니면…."

"아니면?"

소라는 밝아진 얼굴로 그를 바라본다.

"넌 여기 있는 모든 게 의미가 있다고 생각하잖아. 뭔가를 상징하는 거라고."

"그렇게 생각했지."

과거형으로 말을 내뱉고 보니 마음에 걸린다. 오랫동안 고수해 온 신념을 드디어 버리게 된 건가? 그동안 겪은 온갖 일들을 생각하면 이 모든 게 어떻게 무의미할 수 있을까?

소라는 그의 팔을 잡은 손에 힘을 주며 묻는다.

"여기 이 도시에서 말이야. 저 별들을 상징하는 건 뭐일 것 같아?"

산티는 별들의 의미를 잠시 생각해 본다. 이곳이 아닌 다른 곳, 초월적인 의미, 무언가를 발견하거나 깨달을 수 있으리라는 희망 따위가 아닐까.

"성당?" 산티의 대답에 소라가 고개를 젓는다. "대학? 시계탑의 꼭대기?"

소라는 재미있어하며 인상을 찌푸린다.

"생각이 너무 멀리 나갔어."

그 순간 산티는 느낌을 받는다. 여태 왜 몰랐을까?

"천문관?"

소라가 기뻐하며 신나게 웃는다. 오랫동안 거듭 살면서 본 적 없는 새로운 모습이다. 소라는 곧장 침대에서 나가 일어서더니 청바지를 입으며 말한다.

"가보자. 기다릴 필요 뭐 있어?"

산티도 재빨리 옷을 입는다. 소라를 따라 현관문으로 가는데 갑자기 몸에서 힘이 쭉 빠져 얼른 벽을 붙잡는다.

소라가 인상을 쓴다.

"왜 그래?"

"늘 있던 증상이야."

힘겹게 대답한 산티는 손으로 이마를 짚고 어지럼증이 가시길 기다린다.

소라가 입술을 깨물며 말한다.

"커피를 좀 줄이는 게 좋겠어."

산티가 미소 짓는다.

그들은 이 어지럼증이 그가 마시는 음료와 무관한 걸 알고 있다. 소라가 어떤 음식을 먹어도 늘 배고파 하는 것이나 마찬가지다. 소라는 고통을 이해한다는 눈빛으로 그를 바라보며 그의 팔을 잡아끈다.

"가자."

원요일이라 오디세움은 문을 열지 않았다. 문에 사슬을 걸고 단순한 자물쇠까지 걸어놓았다.

"솜씨를 좀 발휘해 볼까."

산티가 접이식 칼을 꺼내 펼치는데 소라가 돌멩이를 집어 들더니 문에 붙은 유리로 냅다 던진다.

산티는 경보음이 날 것 같아 긴장하는데 아무 소리도 들리지 않는다. 그는 부서진 문 너머를 슬쩍 들여다보며 말한다.

"경보 장치가 없네."

"애들 박물관에 누가 침입하겠어?"

소라는 부츠 신은 발로 깨진 유리를 와그작와그작 밟는다.

그녀의 뒤를 따라 매표소 앞을 지나가는데 눈앞이 흐려진다. 그는 걸음을 멈추고 눈을 비빈다.

앞서가던 소라가 돌아와 그의 어깨를 잡는다.

"또 어지러워?"

그는 고개를 젓는다.

"이번엔 좀 달라."

"아주 짜릿해 죽겠네." 말로는 빈정대지만 걱정하는 표정이다. "내 눈앞에서 또 죽지 않는 게 좋을 거야. 또 그러면 나 진짜 기분 나빠."

천문관으로 들어가자 거울처럼 그들의 모습을 비추는 우주 헬멧 커버의 시선이 느껴진다. 그들은 그 자리에 서서 부드럽게 반짝이는 조명등을 올려다본다. 실망한 산티는 가슴이 무겁게 내려앉는다.

소라가 투덜거린다.

"우린 여기 백 번도 넘게 왔는데 여태 발견 못 한 게 있을까?"

그 순간 두 사람은 깨닫는다. 그들은 말없이 왼쪽으로 돌아가 복도로 들어선다. 그 복도의 벽에 케플러 망원경으로 찍은 무한 우주의 이미지가 붙어있다. 저 앞에 판자로 막아놓은 문에 '공사 중'이라는 안내문이 붙어있다.

소라가 나지막하게 묻는다.

"우리가 살면서 이 문이 이런 상태였던 게 몇 번이었지?"

"내 기억으로는 매번 그랬어."

그들은 서로를 바라보다가 조심스럽게 앞으로 걸어가 양쪽에서 판자를 붙잡는다.

"셋, 둘, 하나."

소라의 구호에 맞춰 그들은 힘을 합해 문에 붙은 판자를 뜯어낸다.

문 너머는 어두컴컴하다. 조명등 스위치를 찾으려 손을 더듬거리는 산티의 귀에 쉬익거리는 낮은 소음이 들린다. 스위치를 누르자 천장에 조명이 들어와 벽에 쭉 붙은 디스플레이 패널을 비춘다. 조금 전에 들린 소리는 방 저쪽 끝에서 나는 소리다. 그쪽 벽에 이미지 하나가 반짝거리고 있다. 소라와 산티는 따로 움직이기 시작한다. 소라는 벽 쪽으로 다가가고 산티는 전시물 앞으로 걸어간다. 산티는 아무리 끔찍한 진실이라도 받아들이겠다는 마음이다. 지금까지 본 것만 아니면 뭐든 상관없다.

어떻게 이럴 수가 있지? 그 옆, 그리고 그 옆의 패널 앞으로 달려간 산티는 물에 빠져 죽어가는 사람처럼 패널을 간절히 붙잡는다. 그는 목이 졸리는 듯 힘겹게 내뱉는다.

"비어있어. 전부."

소라는 대답하지 않는다. 산티는 텅 빈 패널을 멍하니 바라본다. 지금까지 상상한 가장 무시무시한 광경이다. 세상은 무의미한 암호이고, 그가 오랫동안 듣고 싶어 한 메시지는 백색 소음에 불과하다는 뜻일까.

현기증이 치고 올라온다. 발밑이 일렁거린다. 그는 바닥에 등을 대고 누워 천장을 올려다본다. 아무렇게나 만들어 놓은 별자리처럼, 부드러운 조명등들이 어두운 천장에 무작위로 흩어져 있다. 아니, 가만히 보니 무작위는 아니다. 팔꿈치를 바닥에 대고 몸을 일으킨 산티는 눈을 찌푸리며 흐릿해진 시야 너머를 살핀다. 상상한 게 아니라, 천장의 조명들은 별자리를 보여주고 있다. 한쪽 구석에는 그가 익히 아는 태양계가 있다. 지구를 출발해 푸른 빛으로 천장을 가로지르는 여정을 보여주는 지도인 듯하다. 그는 그 빛을 따라 어둠을 가로질러 방의 저쪽 구석으로 시선을 옮긴다. 그 끝에 작고 흐릿한 별을 돌고 있는 어느 행성이 자리하고 있다. 그곳에서 마치 소리 없는 경보처럼 녹색 빛이 부드럽게 고동친다.

"산티."

그는 지금까지 살면서 소라가 이런 목소리를 내는 것을 처음 들어봤다.

재빨리 일어선 그는 소라가 벽을 보며 서있는 곳으로 뛰어간다. 그곳에 놓인 거대한 이미지를 본 산티는 비로소 소라의 반응이 이해된다. 헐렁한 푸른색 우주복을 입은 남녀의 모습이 담겨있다. 그들의 몸에는 튜브와 전선이 연결되어 있고 눈은 감고 있는 상태다. 처음엔 정지 화면인 줄 알았는데 자그마한 검은 화면에 녹색 빛이 미세하게 움직이고 있다. 산티와 소라가 조용히 서서 지켜본 1분 30초 동안 그 빛은 천천히 최고조에 올랐다가 내려가기 시작한다. 엄청 느릿하게 움직이는 심장 모니터 화면이다. 불현듯 그는 아까 들은 쉬익 소리의 정체를 깨닫는다. 바로 백 배 정도 느려진 호흡 소리다.

남자의 머리카락은 길고 턱수염이 텁수룩하게 나있다. 여자의 머리카락 끄트머리는 푸른색으로 염색되어 있다. 산티는 그 영상을 보다가 여자의 손목에 새겨진 별자리 문신을 주목한다.

소라가 나지막하게 말한다.

"이해가 안 돼."

산티가 그녀의 눈을 바라보며 말한다.

"소라, 저건 우리야. 우리가 진짜 있는 곳이라고."

소라는 절박한 눈으로 그를 바라보며 묻는다.

"저기가 어딘데?"

산티는 마지막 퍼즐 조각을 찾으려 뒤로 물러선다. 영상이 나오는 벽 아래에 유리 상자가 있다. 산티와 소라는 거의 동시에 그 유리 상자 앞으로 향한다. 산티가 허리를 굽히고 내려다본다. 유리 상자 안에는 관람객이 안을 들여다볼 수 있도록 윗부분을 잘라낸 모형 우주선이 담겨있다. 연료 탱크, 산소통, 물, 공급품까지 갖췄다. 그리고 별개의 상자 두 개에 조그마한 사람 모형이 하나씩 들어있다. 그들이 벽 패널의 영상에서 본 사람들의 모습을 본뜬 모형이다.

시계가 불규칙적으로 똑딱거리는 듯한 소리가 산티의 귀에 들려온다. 최면을 거는 것 같은 그 소리를 멍하니 듣던 그는 그게 소라가 유리 상자 앞쪽의 은색 안내판을 손가락으로 두드리는 소리임을 알아챈다. 그 안내판에는 '페러그린호'라고 적혀있다. 그리고 그 아래에는 천장에 있는 별자리 지도의 축소판이 놓여있다.

산티는 지구를 출발해 켄타우루스자리 프록시마성의 궤도를 도는 태양계외 행성까지의 경로를 눈으로 따라간다.

한참 말이 없던 소라가 그를 쳐다보며 입을 연다.

"넌 우리가 별들을 찾아가기 위해 아등바등하면서 몇 번이나 거듭 살고 있다고 말했잖아. 그런데 우리가 이미 도착해 있다는 거야?"

너무 소라다운 반응이라 산티는 소리 내어 웃고 만다. 그의 웃음이 소라의 내면에 자리한 벽을 뚫고 들어갔는지 소라도 결국 고개를 젖히고 웃는다.

"산티, 이건 말도 안 돼. 어떻게 우리가… 그럴 수가 있겠어….' 언제나 따지기 좋아하던 소라가 무슨 말을 해야 할지 모르겠다는 듯 더듬거리다 말끝을 흐린다. "진짜 말이 안 돼."

"말이 돼." 산티는 안내판을 손으로 두드린다. "이게 그 사람 이름이잖아?"

소라도 안내판에 적힌 이름을 손으로 만지며 조용히 말한다.

"페러그린." 소라는 허리를 펴고는 큰 소리로 그 이름을 부른다. "페러그린!"

마치 밖에서 기다리고 있었던 것처럼 페러그린이 방으로 걸어 들어온다. 파란 외투를 입은 그 남자가 느릿하게 다가오자 산티는 그의 눈을 바라본다. 마치 무거운 짐을 진 듯 슬픔과 근심이 담긴 눈이다.

산티는 유리 상자에 담긴 모형 우주선을 가리키며 묻는다.

"이게 당신이야?"

"예."

소라를 바라보는 페러그린의 표정이 경외에서 다정함 그리고 슬픔으로 바뀐다.

소라가 말한다.

"이 남자는 우리와 우주선을 이어주는 접속 장치야."

산티는 이 남자가 어떤 의미를 지닐 거라고, 좀 더 대단한 무언가를 상징하는 인물일 거라고 확신했다. 결과적으로는 맞았지만 산티가 상상한 대로는 아니다. 페러그린은 소라와 산티가 대화를 나눌 수 있는 형태로 바꿔놓은, 실제로는 몹시 복잡한 구조물이다.

소라는 떨리는 목소리로 묻는다.

"우리의 임무는 뭐였지? 우리가 왜 프록시마성으로 가고 있어?"

"당신은…" 페러그린은 얼굴을 찡룩거리며 눈을 감는다. "우선… 보고 탐색하고 알아야 합니다."

산티는 심장이 기쁨으로 차오르고 온몸의 혈관이 빛으로 가득해지는 기분이다. 그들이 보고 있는 현상에 의미가 있다고 믿은 그의 생각이 결국 옳았다.

"탐사 임무라는 얘기네. 태양계 바깥의 행성을 탐사하러 간 최초의 유인 우주 비행 임무."

"맞습니다."

산티가 소라의 눈을 마주 보며 말한다. "지금까지 아무도 본 적 없는 풍경일 거야." 그는 기뻐 어쩔 줄 몰라 하며 간신히 말을 잇는다. "우리가 최초로 보는 거지."

소라는 격하게 몇 번이나 고개를 젓는다.

"믿기지 않아. 너무너무 믿고 싶지만… 나는…."

산티는 소라를 품에 안는다.

"그냥 믿어."

그 순간 산티는 소라가 이 사실을, 이 정보를 드디어 현실로 받아들였음을 안다. 소라가 처음 숨을 들이마시는 것처럼 세차게 숨을 몰아쉬자 산티는 그녀의 팽창된 흉곽을 온몸으로 느낀다. 소라가 그의 귀에 대고 격하게 말한다.

"제기랄, 우리가 드디어 해내긴 했네."

"우린 이미 해낸 거였어." 산티는 소라의 손을 잡아서 그녀를 뒤로 살짝 당겨 영상 속 두 사람을 보게 한다. 그러고는 목이 쉬도록 웃으며 말한다.

"우리야. 우리를 좀 봐. 저들은 바로 우리야."

소라의 떨림이 산티에게도 전해진다.

"넌 진짜 예수님 닮았네."

"네 머리카락은 파란색이야. 일부이긴 하지만."

"다시는 머리카락 끝을 염색하지 않을 거야." 소라는 질린다는 말투다. "저건 짧은 머리였을 때 염색했다가 머리가 길어지면서 저렇게 됐을걸."

그들은 동시에 그 말의 의미를 깨닫는다. 산티는 페러그린을 돌아보며 묻는다.

"우리가 저 안에 얼마나 있었지?"

"당신들은…." 페러그린은 말을 더듬다가 이어간다. "15.3년 됐습니다."

"15년이나…." 소라의 눈이 휘둥그레진다. "우리가 저 상자 안에서 15년 동안 있었다고?"

산티는 힘없이 늘어진 그의 몸을 금속이 감싸는 환상을 본다. 그는 주먹을 쥐며 다시 묻는다.

"목적지까지 도착하려면 얼마나 더 걸리지?"

페러그린은 눈을 껌벅이며 고민하다가 순식간에 차분해지며 대답한다.

"마이너스 4.9년입니다."

산티는 소라를 쳐다보며 페러그린에게 되묻는다.

"지금 마이너스라고 했어?"

흐릿한 조명 아래 소라의 얼굴에서 핏기가 가신다.

"우리가 이미 목적지에 도착했다는 말인 것 같아."

"뭐?"

"전에 그렇게 말한 적 있어. 기억 안 나? 페러그린이 우리한테 몇 번이나 말했잖아. '당신들은 도착했어요'라고. 몇 번의 삶 전에, 시계탑 앞에서 처음 만났을 때 말이야." 소라는 허공을 응시하다가 덧붙인다. "별자리가 계속 바뀌다가 어느 순간부터 변하질 않았어. 우린 우주를 여행했고 그 순간 도착을 한 거야."

"도착한 지 5년쯤 됐다는 거네." 산티는 공황이 시작되려는 기미를 느낀다. 어지럼증이 온몸을 뒤덮고 있다. "그런데 우린 왜 깨어나질 않았지?"

소라가 페러그린에게 명령조로 말한다.

"페러그린, 우릴 깨워."

페러그린은 혼란스러운 표정으로 대답한다.

"이동 중에는 승무원을… 깨울 수 없습니다."

"우린 이동 중이 아니야. 이미 도착했어." 소라는 페러그린에게 바짝 다가선다. 그가 진짜 사람이라면 반사적으로 뒤로 살짝 물러섰을 것이다. "우릴 깨워."

산티는 소라가 기억의 집에서 들쭉날쭉한 각목을 집어 들었던 일이 떠올라 그녀의 어깨를 잡고 말린다.

"올바른 방식으로 요청해야 해."

"요청은 무슨 요청. 우리가 명령하면 페러그린이 시행해야지." 휙 돌아선 소라는 방 저쪽 끝의 텅 빈 패널을 거칠게 손짓한다. "이 방은… 우리 임무에 관한 정보로 채워져 있어. 그런데 페러그린이 우리가 아직 이동 중이라고 생각하니까 박물관에서 이 방이 아직 준비가 안 된 상태인 거야. 문에 공사 중이라고 표시돼 있잖아." 소라는 이제 알겠다는 듯 씁쓸하게 웃으며 자기 비하적인 교묘한 농담을 던진다. "페러그린의 말투 좀 들어봐. 이 임무를 진행한 사람들이 인터페이스가 저런 식으로 작동하게 설계했을까? 페러그린은 고장 난 게 분명해. 페러그린, 너 정상적으로 작동하고 있어?"

페러그린은 멍한 얼굴로 산티를 쳐다보며 말한다.

"일이 벌어졌어요."

"일이 벌어졌어요." 소라가 페러그린에게 다시 다가가며 말한다. "호숫가에서 만났을 때 넌 나한테 그렇게 말하고 쓰러졌어. 그때 난 네가 뇌졸중이라고 생각했던데… 알고 보니 넌 사람이 아니었네. 사람이 아닌데 어떻게 뇌졸중일 수 있겠어?"

그러자 산티가 말한다.

"뇌졸중이 아니라 치명적인 오류였을 거야." 산티는 당시 도시가 무너지는 것처럼 호숫가의 땅이 흔들렸던 걸 기억한다. 그는 소라를 바라보며 말을 잇는다. "충돌이 일어난 걸 나도 느꼈고, 너도 느꼈을 거야. 컴퓨터 시스템인 페러그린도 그때 손상됐겠지." 이 방의 벽이 반쯤 어둠에 잠겨있지만 밀실 공포증을 불러일으킬 정도는 아닌데 산티는 두려움에 숨이 막힌다. "페러그린은 우리가 여기 도착한 걸 알지만 이동 중이라고 인식하기 때문에 우릴 못 깨우는 거야."

소라는 페러그린의 눈을 바라보며 묻는다.

"그래서 어쩔 거야? 우릴 굶어 죽게 둘 거야?" 소라는 떨리는 손으로 영상이 나오는 화면을 가리킨다. "우릴 봐. 우주복이 헐렁하잖아. 뼈만 남을 정도로 앙상해졌어."

산티는 소라의 시선을 따라간다. 그의 본체는 너저분한 턱수염에 가려져 잘 보이지 않지만 소라 본체의 얼굴은 잘 보인다. 광대뼈가 부자연스러울 정도로 돌출됐고 피부도 몹시 창백해서, 눈앞에 원기 왕성하게 살아있는 지금 그녀의 모습과 기괴한 대조를 이룬다.

산티가 페러그린에게 말한다.

"산소와 음식, 물 같은 공급품 말인데. 여기까지 이동하는 데 필요한 것 이상으로 실려있었을 거야. 안 그랬으면 우린 벌써 죽었겠지. 남은 공급품이 얼마나 돼? 귀환에 충분한 양이야?"

'이 상태로 5년 가까이 흘렀지만 5년치 이상 남아있을 거야. 공급품을 새로 채우지 못하면 이대로 꼼짝 못 하는 신세가 되고 말아. 방법을 찾아야….'

페러그린은 고개를 젓는다.

"귀환에 필요한 연료 및 공급품은 먼저 행성으로 내려보냈습니다. 승무원은 행성에 도착해서 공급품을 챙기면 됩니다."

산티는 숨을 길게 내쉰다.

"알겠어. 그래도 안전을 위한 여유분은 남아있지?"

페러그린은 고개를 끄덕인다.

소라는 콧방귀를 뀌며 말한다.

"우리가 도착해서도 4.9년 동안 상자 안에 누워있었으니 다 썼을걸."

산티는 그 말에 대꾸하지 않고 페러그린에게 묻는다.

"남은 여유분으로 얼마나 더 버틸 수 있지?"

페러그린이 얼굴을 움직거리며 대답한다.

"한 달입니다."

"실제 시간으로?"

"예."

산티는 심장 모니터가 나타내는 느릿하게 움직이는 녹색 선을 돌아보며 묻는다.

"여기 시간으로는 얼마나 남았어?"

"8년 남았습니다."

어둑한 방 안에 침묵이 감돈다. 산티는 그들이 이번 생에서 소멸하기까지 이 도시에서 보낼 수 있는 시간을 가늠해 본다. 며칠일 수도, 몇 달일 수도 있다. 영원의 시간이면서 심장 한 번 뛰는 것보다 적은 시간이기도 하다.

소라는 고개를 절레절레 흔들면서 산티 앞을 지나 문 쪽으로 걸어
간다.

산티가 묻는다.

"어디 가?"

소라는 고개도 돌리지 않고 대답한다.

"넌 어떨지 몰라도 난 빌어먹을 술이라도 마셔야겠어."

그들은 강을 도로 건너간다. 아침 하늘에 도시의 윤곽선이 시커먼
얼룩처럼 묻어있다. 기묘하게도 도시 풍경은 너무나 실제처럼 보인
다. 환영 속을 걷고 있다는 걸 머리로는 아는데 얼굴에 와닿는 바람,
회색빛으로 펼쳐진 강물 그리고 그들이 강변에 도착해 왼편으로 방향
을 돌려 구시가지로 걸어가는 동안 차차 깨어나는 도시의 소음은 여전
히 현실 같다.

젠타우르 술집에 도착해서 보니 아직 닫혀있다. 소라는 뒤집어 놓은
야외 의자 하나를 바로 놓고 앉는다. 술집 안에서 브리기타가 영업 준
비를 하고 있다. 산티가 손을 흔들자 브리기타는 손목시계를 손으로
톡톡 치며 고개를 젓는다.

소라가 말한다.

"시계탑의 시계 말이야. 카운트다운이었어."

산티는 소라의 시선을 따라 시계탑을 바라본다. 꽤 오래 거듭해 온
삶에서 저 시계의 바늘은 쭉 자정에 멈춰있었다. 4년 11개월이 저 시
곗바늘에 압축되어 있다. 산티는 잘 기억도 나지 않는 숙련된 전문가
자아를 불러내려 애쓴다.

"우린 상황을 판단하고 대책을 세워야 해."

그 말에 소라가 웃다가 딸꾹질한다.

"알겠어. 지금 상황은 이렇지 뭐. 우린 늘 가고 싶었던 곳에 이미 도착해 있지만 그 행성을 볼 수도, 만질 수도 없어. 빠져나갈 방법을 못 찾으면 우린 깨어나지도 못하고 금속 상자 안에서 굶어 죽게 될 거야." 소라는 젠타우르 술집의 창문을 힐끗 쳐다보며 묻는다. "내 와인은 왜 안 가져오지?"

"브리기타는 아직 오픈 준비 중이야."

"제기랄, 브리기타는 진짜가 아니야." 소라는 벌떡 일어나 문을 마구 두드린다. 잠시 긴장감이 흐르는 대화가 오간 후 소라는 와인과 라거 맥주를 들고 테이블로 돌아온다. 그리고 잔을 들어 올리며 씁쓸하게 말한다.

"우리가 꿈을 이룬 것을 축하하며 건배."

산티누 움칫하며 잔을 부딪친다.

소라는 인상을 쓰며 잔을 내려놓는다.

"진짜 내가 정맥 주사로 영양액을 주입받고 있는 걸 알게 되니까 영 마실 기분이 나지 않네."

산티는 라거를 한 모금 마신다.

"그래도 내 입맛에는 여전히 진짜 같아."

"진짜가 아니잖아. 이 모든 게. 우린 명확한 증거를 봤어." 소라는 고개를 흔든다. "우리가 계속 여행 중인 상태로 있으니까 이런 건 알겠어. 이동 중에 우리가 이 안에서 즐기며 살 수 있도록 가짜 세상을 만들어 놨을 테니까. 그런데 우리가 진짜 어디에 있는지까지 기억 못 하게 만든 이유는 뭘까?"

별 안에서

산티는 그의 진짜 몸을 둘러싼 금속 벽을 생각하며 몸을 떤다.

"우리가 이 공간을 진짜로 받아들이는 게 중요하니 그렇겠지. 우리가 사랑한 사람들의 복사본을 그들이 이 가짜 세상에 넣어둔 이유도 그래서일 테고. 엘로이즈나 하이메, 릴리 말이야."

"줄스도." 잔을 이리저리 돌리는 소라의 표정이 묘하게 부드러워진다. "줄스가 보고 싶어. 진짜 줄스."

"돌아가면 볼 수 있을 거야."

소라는 희망을 갖기가 두려운 눈빛으로 그를 바라본다.

"목적지까지 오는 데 10년, 돌아가는 데 10년이야. 우리가 행성에서 머물기로 한 기간도 추가해야 할걸? 계획에도 없던 5년 가까운 지연은 어쩔 거야? 그렇게 오래 기다려 줄 사람은 없어."

"그건 모르는 거야."

소라는 시무룩하게 와인을 한 모금 마신다.

"이쪽 세상에서 줄스가 나랑 계속 헤어진 게 이상한 일이 아니었어. 나라도 이런 나랑은 헤어졌을 거야. 상상이 돼? '자기야, 내가 이번에 머나먼 우주로 가는 20년짜리 임무를 수행하게 됐어. 기분 나쁘게 듣지는 마. 갔다 와서 보자!'"

산티는 엘로이즈를 생각하며 씁쓸한 미소를 짓는다. 몇 번이나 되풀이해서 보아온 엘로이즈의 눈에 담긴 표정. 걱정하면서도 기대하고, 그가 떠나는 순간을 기다리는 눈빛이었다.

"우리가 그들을 알긴 하지만 우리 입장에서만 본 거잖아. 넌 줄스가 네가 떠나지 않고 남아주길 바랐다고 생각했으니까 이쪽 세상에서 줄스가 계속 그런 모습으로 나타났겠지. 진짜 줄스가 바란 건 네 상상과 다를 수 있어." 그는 소라의 손을 토닥인다. "생각해 봐. 이쪽 세상은 미리 설계돼 있어. 줄스나 엘로이즈는 자기네 외모와 성격을 이쪽 세상에 반영해도 된다고 동의했을 거야. 줄스는 자기 일부를 너와 함께 보내고 싶어 했겠지."

소라는 고통스러운 미소를 짓는다. 산티는 지구로 귀환해서, 기다리고 있는 대중의 앞에 나서는 순간을 상상하며 묻는다.

"영상에서 우리 나이가 몇 살 정도로 보였어?"

"글쎄. 30대 후반? 굶어 죽어가는 상태라 정확히는 모르겠어." 소라는 손톱을 물어뜯는다. "본체가 늙은 걸 생각하니까 기분이 너무 이상하네. 지금 나는 그동안 겪어온 모든 나이대의 감성을 갖고 있거든." 산티를 바라보면서 소라의 표정이 바뀐다. "부모님 생각하는구나?"

산티는 고개를 끄덕인다.

"잘 계실 거야. 건강한 지중해식 생활 방식을 갖고 계시잖아. 올리브오일도 드시겠지. 반면에 내 부모님은…." 소라는 예시를 보여주듯 와인을 들이켠다. "아마 술에 푹 절었을걸."

산티는 그게 소라가 고통을 감당하는 방식인 줄 알기에 미소를 짓지 못한다. 다시는 못 볼 줄 알면서도 아버지와 어머니를 두고 떠난 과거의 자신을 떠올려 본다. 그의 진짜 자아 말이다. 어떤 느낌인지 도저히 모르겠다고 말하고 싶다. 하지만 두 눈 사이에 별안간 고통이 밀려와 진동한다. 그는 통증이 가실 때까지 숨을 들이마시며 관자놀이를 꾹 누른다.

"젠장. 전보다 더 안 좋아졌어."

산티는 소라의 말에 집중하려 애쓰며 묻는다.

"무슨 뜻이야?"

"상대성 이론에 따르면 말이야." 소라는 와인 잔을 옆으로 치우며 말

을 잇는다. "켄타우루스자리 프록시마성은 지구에서 4.2광년 떨어진
곳에 있어. 우리가 여기까지 오는 데 10년 걸렸으면 거의 빛의 속도에
가깝게 이동해 왔다는 거야."

산티는 고개를 끄덕인다.

"고향인 지구에서는 시간이 더 많이 흘러갔겠지."

"얼마나 더?" 소라는 냅킨을 펼치고는 산티에게 펜을 달라는 뜻으로
손을 내민다. "주관적인 이동 시간이 10.4년이니까. 왕복 20.8년이네.
가속도가 일정하다고 가정하면…."

소라는 냅킨에 공식을 쓴다.

그 모습에 매료된 산티는 앞으로 몸을 기울이며 묻는다.

"쌍곡 사인 값을 암산으로 계산할 수 있어?"

"추정치 정도는." 소라는 미간을 찌푸린다. "지구에서 흘러간 시간
은… 대략 23년이야. 우리는 21년이고."

소라는 웃음을 터뜨린다.

산티는 의아한 눈으로 그녀를 바라본다.

"뭐가 웃겨?"

"줄스가 소원을 이뤘겠네. 우리가 지구로 돌아가면 줄스는 나보다
한 살 많아지게 될 테니까." 소라는 멈칫하다가 고쳐 말한다. "우리가
지구로 돌아갈 수 있다면 말이야."

"우린 돌아가게 될 거야."

소라는 한참 그의 눈을 바라보다가 잔에 남은 와인을 마저 들이켠다.

"좋아. 상황은 정리됐고. 이제 계획을 세워봐야지."

산티는 관자놀이를 문지른다.

"내 생각을 말할게. 우주선에 인터페이스가 있으니까, 그걸 사용해

보자.”

“페러그린?” 소라는 콧방귀를 뀐다. “고장 난 토스터나 다름없어. 우리 깨우라고 요청해 봤는데 안 통하더라. 두 번이나 요청했었어.”

“일방적인 요청이었잖아.”

소라는 눈을 위로 굴린다.

“부탁이라도 하라고?”

“그런 뜻이 아니라.” 산티는 테이블 너머로 몸을 기울이는데 뭔가 잘못됐다는 기분이 든다. 소라가 계속 멀어지고 있다. “에러가 페러그린의 언어 체계에 영향을 줬잖아. 그러니까 우리가 올바른 방식으로 요청하면 고장 부위를 우회해서 제대로 된 답을 들을 수 있을 것 같아.”

“논쟁을 통해서 여길 탈출하자고?”

“신도 우리가 그런 방면으로는 연습을 충분히 했다는 걸 아실 거야.” 산티는 시야가 흐릿해 소라가 명확히 보이지 않지만 소라가 그를 힐끗 쳐다보는 걸 알아챈다. 그는 지친 목소리로 말한다. “일단 네 말은, 다른 식으로 접근해 보자는 거잖아.”

소라의 목소리가 갑자기 튀어나온 것처럼 산티의 귀에 꽂힌다.

“오디세움에 다시 가보고 싶어. 영상을 살펴보고 모형 우주선을 구석구석 검토해 봐야겠어. 우리가 놓친 부분이 있을 거야―. 산티?”

산티는 눈을 비비려는데 손이 말을 듣지 않는다. 일어서려는데 발이 무게를 지지하지 못해 쓰러지고 만다.

어둠 속에서 소라의 다급한 목소리가 들린다.

“산티.”

자갈 바닥이 그의 등을 꾹 누른다.

“소라.”

별 안에서

'네가 다시 세상을 부쉈니?'

소라는 도와달라고 주변에 소리친다. 자갈 바닥에서 둥실 떠오른 산티는 진짜 몸을 둘러싼 속박을 벗어나 별을 향해 나아간다.

얼마 후 산티는 병원 병상에서 눈을 뜬다. 소라는 손톱을 물어뜯으며 창문 앞 의자에 앉아있다.

그가 눈을 뜬 걸 보고 소라가 말한다.

"또 암이래. 이번에는 뇌종양이야. 수술도 불가능하대. 시간이 한 달도 안 남았다고 하더라."

시뮬레이션 세상의 한 달은 실제 세상에서의 몇 시간에 해당할 것이다. 몹시 굶주려 깃털처럼 가벼워진 원래의 몸으로 돌아간 듯한 환각에 빠진 산티는 현실 세계의 밀실 공포증이 고스란히 와닿는 기분을 느낀다. 그는 눈을 비비며 말한다. "그래도 이번에는 살살 죽게 해주니 다행이네."

"걱정하지 마." 소라는 약병을 손에 들고 흔들어 댄다. "내가 운명을 방해하는 데는 도가 텄잖아. 나도 네 뒤를 따라갈 거야. 우린 다음에 다시 시도해 볼 수 있어."

산티는 머릿속에 퍼져나가는 안개를 밀어내며 일어나 앉는다. 공포가 그 안개를 비집고 들어온다.

"다음으로 미룰 수는 없어."

소라는 팔짱을 낀다.

"내가 자살을 못 하게 하려고 나랑 진지하게 논쟁하자는 거면…."

"그런 얘기가 아니야." 산티는 진땀이 나는 손으로 얇은 병원 시트를 부여잡는다. "우리한테 남은 시간은 8년뿐이야. 이번에 우리가 죽어서 다시 돌아온다고 해도 함께 있을 수 있으리란 보장이 없어. 우리가 10년에서 20년 간격을 두고 돌아오기도 했었잖아."

소라는 문득 깨닫는 바가 있다.

"이것도 설계의 일부인 것 같아. 우리를 주기적으로 시뮬레이션 밖으로 내보내 휴식을 주려는 거겠지. 우리 중 하나가 세상으로 돌아오자마자 시계가 다시 돌아가는 거라면…."

"우리가 둘 다 다시 돌아올 때쯤 우리의 본체는 죽어있을 수도 있어."

산티는 두려움으로 얼어붙는다. 박물관에서 텅 빈 패널을 보면서 느낀 것보다 더 지독한 공포다. 이 삶에서 저 삶으로 건너가는 도중에 죽을 수도 있는데, 그런 죽음은 아무 의미도 없다. 그들이 아무 데도 가지 못하고 이대로 상자 안에서 시체가 되어버리면 그동안 그들이 기울인 노력과 서로에게 배운 모든 게 물거품이 된다.

"젠장." 소라는 의자에서 일어나 방 안을 서성인다. "젠장! 믿기질 않아. 그들은 비행을 이런 식으로 설계한 게 재미있을 줄 알았나?"

화가 치민 소라는 벽을 주먹으로 친다.

"소라."

산티는 차라리 자기를 희생해서라도 소라를 말리고 분노를 가라앉히게 해주고 싶다.

소라는 이 상황을 받아들이질 못한다.

"그래. 이런 데도 다 이유가 있을 거라 이거지." 소라는 비통해하며 가라앉은 목소리로 말한다. "어디 얘기해 봐. 이게 다 무슨 의미가 있을지 말해보라고."

결국 산티는 소리를 지르고 만다.

"나도 몰라!"

소라는 멍하니 그를 바라본다. 그는 소라가 반박하기를, 어서 설명해 보라고 요구하기를 기다린다. 오래전의 다른 소라였으면 그렇게 했을 것이다. 하지만 지금의 소라는 눈을 감고 고개를 끄덕이더니 병실을 나가 등 뒤로 조용히 문을 닫는다.

산티는 천장을 응시한다. 회색 타일에 의미 없는 단층선이 쭉쭉 뻗어나가 있다. 그는 여기서 오랫동안 거듭 살면서 이 삶을 이해하려 갖은 노력을 해왔다. 어둑한 전시실에서 본 실체에 궁극적인 답이 있을 거라고, 의미가 있을지 모른다고, 그들의 존재 이유를 찾을 수 있을 거라고 생각했다. 그가 기억하는 순간 이전부터 꿈꿔온 게 바로 그런 실체를 알아내는 것이었는지 모른다. 하지만 그 실체는 무작위로 프로그램 된 죽음 같은, 무의미하고 임의적인 요인에 의해 파괴되기 직전이다. 그는 세상이 뿌리째 뜯겨나가는 듯한 기분에 휩싸인다.

지금은 소라가 곁에 없으니 그녀를 위해 강해질 필요도 없다. 분노한 산티는 눈물을 쏟아내다가 기진맥진하고 억울해하며 잠에 빠져든다.

눈을 뜨고 보니 침대 주변에 커튼이 둘러있다. 멍하고 몸도 가누기 어렵고 의식도 혼미하다. 이건 그가 상상한 병의 증상일까, 아니면 그가 실제로 굶어 죽어가고 있어서 이러는 걸까? 상관없다. 지금 그의 마음에 남은 질문은 하나뿐이고, 그 질문에 대답해 줄 사람도 한 명뿐이다.

"페러그린."

산티의 부름에 병실 문이 열린다. 파란 외투를 입은 남자 페러그린이 커튼을 젖히고 들어와 침대 끄트머리 옆에 선다. 처음에 이런 식으로 그를 불러봤을 때, 허공에 대고 이름을 부르자 페러그린이 대답하면서 걸어 들어왔을 때 어떤 느낌이었는지 산티는 또렷이 기억한다. 기억의 집에서 산티는 페러그린을 신에게 닿을 수 있는 통로 내지는 우주 전화기의 송화구로 여겼다. 하지만 알고 보니 페러그린은 안이 텅 빈 수수께끼 상자처럼, 또 하나의 헛된 존재일 뿐이었다. 산티는 그를 찬찬히 바라본다. 부드럽고 긴 머리카락에 어리둥절한 얼굴. 심지어 얼굴에 주근깨도 있다. 대체 누가 이 의인화된 구조물에 주근깨까지 넣을 생각을 했을까?

"페러그린, 우리는 왜 죽어야 하지?"

"저… 저는 잘 모르….''

페러그린은 미간을 찡그리며 말끝을 흐린다.

산티는 숨을 들이마신다. 아무리 오래 걸려도 알아내야 한다.

"이건 시뮬레이션이야. 누가 설계했는지 모르겠지만 이곳 세상의 시간을 다르게 압축할 수도 있었을 거야. 우리를 딱 한 번 아주 오래 살게 만드는 식으로 말이야. 왜 그렇게 하지 않았을까?"

페러그린은 고개를 살짝 옆으로 기울이며 대답한다.

"이동 중이니까요."

'우린 이동 중이 아니야'라고 한 소라의 말이 떠오른다. 소라가 페러그린에게 반박하며 했던 말인데 산티는 마치 자기가 한 말인 것처럼 자연스럽게 떠올리고 있다. 그는 눈을 감고 침착하려 애쓴다. 전에는 이렇게 하면 쉽게 마음을 가라앉힐 수 있었는데 지금은 잠깐의 침착을 되찾기도 어렵다. 그는 날카롭게 질문을 던진다.

"거듭해서 죽는 것과 이동 중인 게 무슨 상관이 있지?"

괴로워하던 페러그린의 얼굴이 평온해진다.

"계획의… 일부라서요."

"맙소사." 산티는 턱을 손으로 긁적인다. "소라 말이 맞았어. 진짜 화나네."

그러자 페러그린이 대놓고 궁금해하며 산티를 바라본다. 산티는 다시 묻는다.

"이유가 뭐야?" 그동안 겪어온 모든 고통이 압축된 듯 산티의 목소리는 잔뜩 가라앉아 있다. "우리를 죽여야 한다면 왜 동시에 죽이질 않지? 그리고 똑같이 이쪽 세상으로 계속 돌아오는데 왜 돌아오는 시기가 달라? 그게 무슨 계획의 일부야?"

페러그린이 입을 벌렸다가 닫는다. 그리고 다시 입을 벌려 말한다.

"충분치 않아서요. 두 사람을 동시에 진행하기에는. 모두를 불러와야 해서. 당신에 관한 사람, 그분에 관한 사람. 그래서…." 페러그린은 인상을 찌푸린다. "죄송합니다. 일이 벌어졌…."

"그래, 일이 벌어졌다고. 우리도 알아." 소라가 커튼을 젖히며 말한다. 얼마나 오랫동안 커튼 밖에서 듣고 있었을까? 소라는 산티를 바라본다. 그녀의 표정을 보며 산티는 가슴이 무너진다. "병원에서 그만 퇴원하래. 집으로 가자."

소라는 산티를 벨기에 구역의 아파트로 데려간다. 그녀의 부축을 받아 소파에 앉은 산티는 그녀의 어깨 너머 창문을 바라본다. 네모난 회색 유리창에 빗방울이 톡톡 떨어지고 있다. 분노가 가라앉은 자리엔 조용한 체념만 남았다. 그는 소라에게 묻는다.

"넌 어떻게 해낸 거야?"

그를 내려다보는 소라의 눈빛엔 그가 견디기 힘든 연민이 담겨있다. "뭘?"

"계속 살아가는 것 말이야." 어느새 목이 멘다. "사는 게 의미가 있는

지 어떤지 모를 때 어떻게 살아냈냐고."

소라는 그의 옆에 와 앉는다.

"독이 올라서?" 그가 쳐다보자 소라는 미소 짓는다. "글쎄… 내 나름의 의미를 만드는 거지. 내 삶과 세상, 내가 사랑하는 사람들한테서 의미를 찾는 거야." 소라는 그의 이마로 내려온 머리카락을 쓸어 넘겨준다. "넌 그런 것만으로는 충분치 않지? 대단한 의미를 찾고 싶어 하잖아. 신이 별에 새겨놓은 메시지 같은 거. 너한테 어디로 가라고 알려주는 메시지."

산티의 눈에 눈물이 고인다. 그는 그녀를 차마 볼 수가 없다.

"넌 그런 게 있다고 믿지도 않잖아."

소라가 그동안 굳이 입 밖에 내지 않고 넘긴 생각이 얼마나 많은지 그는 모르고 있다. 한참 후 소라가 입을 연다.

"잘 모르겠어. 만약 그런 게 있다고 해도 몰라도 상관없지 않나." 소라는 진지한 눈으로 그를 바라본다. "이런 상황에서 살아남으려면 그렇게 하는 수밖에 없어. 몰라도 상관없어, 뭐 이런 자세로 살아야 해."

소라는 열쇠를 찾으려 주머니를 두드리며 일어선다.

"어디 가?"

"우리를 깨울 방법을 찾아야지."

산티는 일어서려 애쓴다.

"같이 가."

"산티, 지금 넌 일어서 봤자 5분도 못 버티고 쓰러질 거야. 미안한데 지금은 너랑 같이 다니는 게 별로 도움이 안 돼." 소라는 문간에서 걸음을 멈추고 덧붙인다. "돌아올게."

어쩌면 상상일지 모를 기억이 떠오른다. 소라가 그의 보모 노릇을 해줬던 삶이었다. 그가 아이답게 떼쓰며 붙잡고 늘어지자 소라는 그의 손을 떼어내며 '나는 늘 돌아왔잖아'라고 했었다. 이번에 소라는 그 정도로 확실하게 약속하지는 않았다.

그는 소파에 드러눕는다. 그가 늘어뜨린 한 손 아래서 펠리세트가 가르랑거리고 있다. 그는 천천히 잠에 빠져든다. 소라가 왔다가 가는 느낌이 들긴 한다. 다른 때보다 자주 왔다 갔다 하는 것 같기도 하다. 그의 옆에 앉아있기도 하고, 그를 부축해 욕실로 데려가기도 하고, 허공에서 끄집어낸 기적의 음식을 그에게 먹이기도 한다. 그는 소라가 잔뜩 가져온 똑같이 생긴 빵, 사과, 수프 통조림을 멍하니 바라보다가 경외에 찬 눈으로 그녀를 응시한다. 소라는 가장 괴상한 환경에 잘 적응한 생존 전문가다. 소라는 언제나 그보다 강했다. 소라가 일곱 살이고 그는 그녀의 선생이었을 때에도 마찬가지였다. 물론 그때는 서로에 대한 오해와 의심이 특히 더 가득하긴 했다.

별안간 소라에게 화가 치민다.

"왜 나를 돌보면서 시간 낭비를 해?"

소라는 수프 통조림을 따면서 고개를 돌려 그를 쳐다본다.

"네가 나고 내가 너라도 마찬가지였을 거야. 넌 내가 혼자 죽게 두지 않았을걸."

사실이지만 인정하고 싶지 않다. 산티는 일어나 앉으려 애쓴다.

"이건 공평하지 않아. 이런 일은 일어나면 안 되는 거였어."

"네 말이 맞아."

소라가 차분하게 대꾸한다.

그는 조용히 씩씩거리다가 도로 드러눕는다. 그러고는 그녀가 가져온 수프를 보면서 미심쩍어하며 킁킁 냄새를 맡는다.

"이게 뭐야?"

"이것도 일종의 기적이지 뭐. 왜, 냄새가 구려?" 소라는 그릇을 뒤로 치워놓는다. "먹기 싫으면 말든가."

그는 눈을 위로 굴리며 묻는다.

"왜, 잘못 먹고 불치병에라도 걸릴까 봐?"

소라는 그를 쏘아본다.

"내 흉내 그만 내. 안 귀여워."

"노력해 볼게." 그는 수프를 조금 입에 넣는다. "이제 우린 서로의 꽤 많은 부분을 받아들이게 됐으니까."

소라는 인상을 쓰다가 웃는다.

"왜?"

소라는 서글픈 미소를 지으며 대답한다.

"개소리라고 말하려고 했거든. 그런데 나를 봐. 네가 우주의 부당함에 항의하는 동안 난 옆에서 참을성 있게 수프를 떠먹이고 있잖아." 소라는 옆으로 시선을 돌리고는 펠리세트가 와서 몸을 비비게 주먹을 뻗어준다. "난 너랑 반대되는 성격이라고 오랫동안 나를 규정지었어. 처음에는 잠재의식적으로 그랬는데 나중에는… 너의 얼마나 많은 부분이 내 것이 되었을까를 생각하면서 겁이 났던 것 같아."

산티는 예전에 쓴 편지를 떠올리며 소라를 바라본다. '나의 얼마만큼이 나고 얼마만큼이 너인지 모르겠어'라는 내용이었다. 어쩐지 위로가 된다. 그가 떠난 후에도 소라가 살아있는 한 그의 일부는 소라 안에 남아있을 것이다.

그는 충동적으로 말한다.

"나를 따라오지 마."

별 안에서

"뭐?"

"여기 남아있으라고." 그는 소라의 손을 잡는다. "네가 가진 시간을 잘 사용해. 내가 돌아올 가능성 때문에 널 위험에 빠뜨리지 마."

"너한테는 그 정도면 충분한 거야? 나를 탈출시키려고 자기희생을 하겠다고?" 소라는 고개를 흔든다. "순교자가 따로 없네. 순교자가 돼서 사자한테 잡아먹히는 게 참 즐겁기도 하겠어." 소라는 그에게 내밀었던 수프 그릇을 치운다. "제안은 고맙지만 거절할게. 네가 나였어도 같은 결정을 했을 거야. 우린 서로 얘기를 나누면서 하지 않으면 결국 잘해내질 못해."

그는 그녀의 시선을 피한다.

"무슨 뜻인지 모르겠어."

"내가 네 고양이와 아내를 빈 공간으로 넣어버리고, 넌 나를 칼로 찔렀던 때를 말하는 거야." 소라는 미소를 지으며 덧붙인다. "만약 내가 여기서 탈출하긴 했는데 널 깨우지 못하면 어떻게 해?" 소라는 인상을 찌푸리며 말한다. "그러니 우리 둘 다 나가거나 둘 다 못 나가거나 둘 중 하나라고. 알겠어?"

못 받아들이겠지만 그는 너무 피곤해서 반박할 수가 없다. 그는 눈을 감고 소파에 깊숙이 몸을 묻는다.

다시 눈을 뜨니 소라가 앞에 있다.

"좀 어때?"

"모르겠어." 그는 솔직하게 답한다. "내가 어떻게 살아있지? 넌 어떻게 여기 있는데?"

소라는 그의 팔을 살짝 꼬집는다.

"철학적인 질문이 아니라 실망이야. 이제부터는 좀 진지하게 대답해

주면 안 될까?"

산티는 이 세상을 붙잡고 있던 손의 힘이 빠지는 걸 느낀다. 눈앞의 소라는 점점 더 신기루 같다. 그는 숨을 삼키며 말한다.

"이제는 정말 장난이 아니라는 게 내 진지한 대답이야. 나한테 남은 시간이 얼마 없는 것 같아."

소라는 고개를 끄덕인다.

"그래."

그녀의 목소리가 잠겨있다. 그럴 만도 하다. 그들은 수없이 서로를 잃고 거듭 살았지만 이번에는 다르다. 다시 돌아올 수 있을지 알 수가 없다.

산티는 그 답을 굳이 알아야 할까 싶다. 그는 희망을 품기로 한다. 오래전 그의 확고한 자아가 품은 깊은 신념에 비하면 너무나 깨지기 쉽고 덧없는 희망이지만 그만한 가치가 있을 것이다.

"실제 삶에서 우린 친구일까?"

"아니. 아마 서로를 싫어했을걸." 소라는 애정 어린 눈으로 그를 내려다본다. "깨어나자마자 내가 널 얼마나 싫어했는지 기억해 내고 널 에어로크 밖으로 던져버릴지도 몰라."

그는 소리 내어 웃는다.

"충격 받을지 모르겠지만, 난 동의 못 해."

"글쎄." 소라는 한숨을 쉰다. "네가 내 의견에 동의하지 않는 게 한두 번인가."

"이 논쟁을 다음 삶에서도 이어가면 좋겠다."

그는 눈을 계속 뜨고 있고 싶다. 최대한 오래 소라의 모습을 눈에 담고 싶은데 너무 피곤하다. 이제 삶의 끝을 받아들여야 한다. 그는 조용히 마지막을 받아들인다. 어둠 속에, 도달할 수 없을 만큼 아득히 먼 곳에 빛의 조각들이 떠있다. 패턴인 것 같다. 살아있는 동안에는 이해 못 할 패턴이다. 하지만 보이든 안 보이든 패턴의 존재를 믿기로 한다.

"아." 그는 한숨을 쉰다. 평온한 기운이 온몸을 감싸는 게 느껴진다. "소라, 너도 이걸 보면 좋을 텐데."

그녀의 목소리가 점점 작아진다.

"뭔데? 뭘 보고 있는 거야?"

고통 속에서도 그의 얼굴에 미소가 번진다.

"별들."

하나뿐인 선택

,

소 라 는 계속 살아간다.

괴상하게 속도가 붙은 곳, 어느 곳과 아무것도 아닌 곳 사이의 어디쯤이다. 마법사의 기술을 빤히 아는 관객처럼 멀찌감치서 자신의 인생이 펼쳐지는 모습을 바라본다. 물이 가득 담긴 유리 상자 안에 비밀의 문이 있고, 자유로이 헤엄치고 있는 조력자가 있음을 아는 관객의 시야다. 네덜란드에서 영국으로 일찌감치 거처를 옮기면서 소라의 내면에는 금이 갔다. 아버지가 어쩌다 던진 말은 그녀의 마음에 영원히 자리 잡았다. 소라는 바닷길을 잘 아는 능숙한 선원처럼 그 시간을 잘도 헤쳐왔다. 서른다섯 살에 파도를 타고 물마루로 올라갔다가 훌쩍 뛰어서 쾰른 중앙역 바깥에 내려섰다. 그녀의 머리 위로 구름 한 점 없는 여름 하늘을 향해 솟구치듯 서있는 성당이 보인다. 그렇게 한 번도 떠난 적 없는 것처럼 익숙하게 쾰른으로 다시 돌아왔다.

소라는 몸서리치며 숨을 들이마신다. 그녀는 죽지 않았다. 아직 탈출 방법을 찾을 시간이 남아있을 것이다. 가져온 여행 가방을 던져버리고 뛰기 시작한다. 그녀를 쳐다보는 사람들이 배경으로 흐릿하게 사라지고, 소라는 성당 앞을 달려간다. 목표는 하나다. 어서 젠타우르 술집으로 가서 산티를 기다리자.

거리 너머 건물에 그려진 벽화를 본 순간, 그가 먼저 왔을지도 모른다는 생각이 든다. 시계탑 위에 앉아있는 파란 머리 소녀 그림이다. 소녀의 옆얼굴이 마치 별들 사이에 뚫린 구멍 같다.

소라는 기쁨과 두려움이 섞인 감정으로 벽화를 올려다본다. 산티는 이미 여기 와있다. 그는 소라 없이 이 도시에서 얼마나 오래 살았을까?

간식 파는 밴 옆을 서둘러 지나간다. 튀김 냄새가 허한 속을 자극한다. 이미 허기가 극심한 상태라 더 심해질 것도 없다. 구시가지의 점점 좁아지는 거리로 힘겹게 걸음을 옮긴다. 오래된 맥주 가게들 중 한 곳의 하얀 벽이 다채로운 색으로 물들어 있다. 등대 그리고 랜턴 룸의 깨진 유리창을 통해 날아가는 앵무새들이 그려진 벽화다.

도시 곳곳에서 벽화들이 모습을 드러낸다. 다음 골목 모퉁이에도 있다. 골목을 이루는 아케이드 천장에 그려진 벽화가 그 아래로 지나가는 소라를 내려다본다. 산티의 솜씨임이 분명한 벽화들이 여기저기 보인다. 안팎이 뒤집힌 구시가지. 하늘을 뚫는 시계탑. 하늘에 펼쳐진 별 아래서 함께 사냥하는 여우와 늑대. 벽화들을 하나씩 지나면서 소라는 산티가 여기서 벽화를 그리면서 몇 주를 보냈을지 헤아려 본다. 그들에게 남은 생에서 귀중한 시간을 그만큼 빼야 할 것이다. 시계탑의 그림자 속으로 걸어나간 소라는 불안이 절망으로 바뀌는 걸 느낀다.

산티가 젠타우르 술집 바깥에 앉아 기억 수첩에 그림을 그리며 소라를 기다리고 있다. 소라는 격한 반응이 나올 것 같아 주춤하며 멈춰 선다. 산티를 기억하게 된 후 그를 이렇게 다시 볼 수 있게 될지 확신이 없었다.

산티가 고개를 든다. 소라를 본 그의 얼굴에 주름이 잡히며 슬픈 감정이 스치더니 이내 절절한 기쁨으로 바뀐다. 소라가 그에게 달려오자 그는 비틀거리며 일어선다. 소라를 품에 안은 그가 나지막하게 말한다.

"난 한 번도 희망을 버린 적이 없어."

잔뜩 잠긴 목소리다. 울고 있는 것 같다. 소라는 뒤로 물러서며 묻는다.

"여기 온 지 얼마나 됐어?"

그는 눈을 감고 대답한다.

"7년."

"젠장." 소라는 테이블 맞은편 자리에 털썩 앉는다. 지난번 삶의 논쟁에서 자신이 주장했던 바가 옳았음이 입증된 기분이다. 다시 시작해보기도 전에 이미 시간이 거의 다 흘러가 버렸다. "탈출 방법을 찾을 시간이 딱 1년 남았네."

산티는 걱정도 안 되는 모양이다. 그는 눈물을 흘리면서도, 마치 천국행 열쇠를 신에게 받은 사람처럼 환하게 웃으며 묻는다.

"기분이 어때?"

소라는 애써 기억을 더듬으며 지금 그의 모습을 바라본다. 지금 그는 짧은 머리에 깔끔하게 면도한 모습이다. 그의 진짜 자아, 즉 본체와 최대한 닮지 않으려 애쓰는 것 같다. 문득 소라는 이번 생에서 그에게 별 매력을 못 느낀다는 걸 알게 된다.

"너무 배가 고파서 제대로 머리가 돌아가지 않는 것 같아. 너는?"

그는 인상을 찌푸린다.

"나도 어지럽고 머리 회전이 잘 안 돼. 안개 속에서 헤매는 기분이야."
그는 두 손으로 머리카락을 쓸어 넘긴다. "미친 신과의 수수께끼 대결
에서 이길 수 있는 최적의 상태는 아니야."

"페러그린을 말하는 거야?" 그가 고개를 끄덕이자 소라는 히죽 웃으
며 등받이에 등을 기댄다. "어차피 네 정신 나간 계획을 실행에 옮길
거잖아."

산티는 한숨을 쉰다.

"지금까지 온갖 방법을 다 써봤어. 페러그린에게 시계탑도 보여주
고, 별들도 보여줬어. 우리가 여기 이미 도착했다는 사실을 백 가지 방
법으로 전달하려고 해봤는데, 하나도 안 통했어."

"우리가 도착한 걸 페러그린은 이미 알아."

"그런데 그 정보를 우리가 아직 이동 중이라고 확신하는 부분에 연
결을 못 짓는 게 문제야." 산티는 어깨를 으쓱한다. "그냥 그렇게… 믿
고 있으니까, 따지고 설득하기가 힘들어."

"자세히 얘기해 봐." 소라가 메마른 목소리로 말한다. 손이 근질거
린다. 담배를 피우고 싶은데 지난번 삶에서 영원히 금연하기로 결심했
다. 최악의 모습이었던 시절로 되돌아가기 싫어서다. "페러그린한테
서 유용한 정보를 좀 얻어냈어?"

"페러그린은 우주선 설비와 작동을 전체적으로 제어하고 있어. 그러
니까 우리를 깨우게 하지는 못해도, 다른 일을 시킬 수는 있을 거야."

"이를테면?" 소라는 그의 라거 맥주를 슬쩍 한 모금 마시며 묻는다.
"고장 난 자신을 고치는 건?"

산티는 고개를 젓는다.

"자기 상태를 진단조차 못 해. 뭔가 잘못됐다는 건 아는데 정확히 어디인지 못 찾아내니까 고치지 못하는 거야."

"예전 우리 같네." 소라는 팔짱을 끼고 고개를 숙이며 말을 잇는다. "맙소사, 산티. 난 진심으로 우리가 여기서 나갈 수 있길 바랐어. 여기 뭐 하러 왔는지를 알아내는 것까진 바라지도 않았어. 집으로 돌아가고 싶었거든. 우리 둘 다 지구로 돌아가서 대단한 영웅이 되고 바보 같은 텔레비전 쇼에도 나가고 아이들에게 우주 조종사의 꿈을 키워주는 존재가 되길 바랐다고. 온갖 굉장한 짓거리들을 다 해보는 거지. 무엇보다 사랑하는 사람들이 보고 싶었어. 그들의 흔적이 아니라 진짜 그 사람들을 다시 보고 싶더라."

그는 궁금한 눈빛으로 그녀를 바라보며 묻는다.

"왜 과거형으로 얘기해?"

"그냥…." 소라는 고개를 가로젓는다. "우리가 여기서 탈출할 가능성에 대해 현실적으로 얘기해야 할 필요가 있겠다 싶어서. 시간이 다 되어가고 있잖아. 실제 삶에서 우리한테 남은 시간은 겨우 며칠일 거야."

"여기서는 1년은 남아있어." 어이없게도 산티는 미소 짓고 있다. "이제 네가 왔으니까 같이 방법을 찾아보자. 할 수 있을 거야."

"그래." 소라는 쓸쓸하게 웃는다. "지금까지 우리가 보고 겪은 걸 생각하면 네가 아직도 기적을 바라고 있는 게 믿기질 않아."

산티는 소라가 질색하는 예의 그 평온한 표정으로 그녀를 바라보며 말한다.

"우린 매일 기적을 보고 있어."

"아, 그래. 마법적으로 자동 리필이 되는 커피 컵도 있으니 언젠가는 모든 걸 열 수 있는 열쇠도 우리 손에 떨어지겠지." 소라는 자리에서 일어선다. "가자. 가서 네 턱수염이 얼마나 자랐는지 확인해 봐야지."

"어떻게 들어갈 거야?" 사람들로 북적이는 오디세움 로비를 지나며 소라가 묻는다. "매번 몰래 침입했어, 아니면 그 방이 늘 열려있어?"

산티는 어깨를 으쓱한다.

"지난번 삶에서 너랑 같이 들어간 후로 나 혼자 들어가 본 적은 없어." 못 믿겠다는 소라의 표정을 보더니 그가 덧붙인다. "네가 오길 기다렸어."

"내가 오지 않을 수도 있다는 걸 언제 받아들일 생각이었어?"

그는 대수롭지 않게 받아친다.

"네가 왔으니 됐잖아."

"말 돌리지 말고!" 그들은 '공사 중'이라는 안내문이 붙은 방 앞에 선다. 문을 막은 판자를 그들이 잡아 뜯으려 하자 다른 관람객들이 관심을 보이며 지켜본다. "내 생각엔…."

"이보세요!"

소라가 뒤를 돌아본다. 오디세움 직원복인 폴로 셔츠를 입은 남자가 팔짱을 끼고 서서 그들을 쳐다보며 묻는다.

"뭣들 하시는 겁니까?"

소라는 한숨을 쉰다.

"우린 지구에서 4.2광년 떨어진 태양계외 행성의 궤도를 돌고 있어요. 헤아릴 수도 없을 만큼 많은 삶을 되풀이해 살아서 지금 우린 너무 지치고 허기지거든요. 실랑이할 시간 없어요."

남자가 황당해하는 얼굴로 쳐다본다.

"무슨 말인지 모르겠네요."

"당신은 절대 이해 못 해요." 소라는 산티를 돌아보며 숫자를 센다. "셋, 둘, 하나…."

방 안으로 들어가는 그들 뒤를 따라오는 사람은 아무도 없다. 어둠이 내린 이 방이 다른 사람들 눈에는 보이지 않는 걸까. 소라는 영상이 나오는 벽 앞으로 곧장 걸어간다. 현실을 조금이라도 알고픈 마음이 간절하다. 영상 속 두 사람은 소라의 기억보다 더 앙상해졌을까? 아니면 그것도 전부 그녀의 상상이었을까? 마지막으로 여기 왔을 때 산티는 현실의 본체도 그렇고 이쪽 세상의 자아도 죽어가고 있었다. 눈앞의 영상에서도, 그리고 그들의 아파트에서도 산티는 프로그램 된 망각 속으로 가라앉는 듯했다. 소라는 환상에 불과한 죽음 때문에 실제 죽음을 벗어날 방법을 찾기가 번잡스러워진다고 여겼다. 필요한 건 새로운 자아, 새로운 관점이라고 생각했다. 하지만 지금 영상 앞에 선 그녀는 새로운 아이디어라곤 없는 예전과 똑같은 소라다.

산티는 성인을 실물로 목격한 숭배자처럼 경외감과 공포가 섞인 표정으로 영상을 바라본다.

"우리 상태를 보고 있는 게, 참 쉽지 않네."

"그래도 진짜잖아." 소라는 그들의 심장 박동을 나타내는, 느릿하게 기어가는 초록색 선을 바라본다. 그리고 그들이 깊고 천천히 들이마시고 내쉬는 숨소리를 들어본다. 시뮬레이션 속 시간이 우주선의 시간보다 백 배 정도 느리다는 걸 고맙게 여겨야겠지. 그들의 마지막 나날을 길게 쭉 늘인 것이니까. 하지만 천천히 굶어 죽어가고 있기도 하니 괴롭기도 하다.

영상 이미지가 바뀌면서 어둑한 금속 방을 보여준다. 두 개의 유리 패널에서 흘러나오는 빛이 그 방을 유일하게 밝혀주고 있다. 패널 안쪽에 각각 얼굴이 보인다.

산티가 묻는다.

"카메라가 더 있을까?"

소라는 이번 생에서 산티가 진짜 자아를 대면하는 대신 시뮬레이션 속에 숨어 수년을 보낸 게 아직도 이해되지 않는다.

"우리가 들어있는 상자 바깥쪽에 있어."

그가 가까이 다가오며 묻는다.

"저건 뭐지?"

"뭐?"

"벽에 묻은 시커먼 얼룩. 꼭 불에 탄 자국처럼 보이는데."

소라는 그 차가운 금속 벽을 만질 수 있을 것처럼 손을 들어올린다.

"충돌한 후에 불이 났었나 봐."

그 말에 산티는 놀라 숨을 훅 들이마신다.

"우리가 운 좋게 살아남았구나."

"화재로 우주선이 너무 많이 망가지기 전에 우리 친구 페러그린이 불을 껐겠지."

소라는 유리 패널 안쪽의 그림자 진 두 얼굴을 가만히 바라본다.

산티가 말한다.

"고맙게도 우리가 바깥을 내다볼 수 있게 창문도 달아줬네."

"유리 면에 반사된 우리 모습 말고는 볼 게 없는 게 문제지." 소라가 지켜보는 동안, 화면은 그들의 죽어가는 몸뚱이를 가까이서 비춘다. "절망적이야. 우린 보는 것 말고 할 수 있는 게 없어."

"그럼 그만 봐." 산티가 소라의 등에 손을 얹는다. "여기서 나가자."

소라는 그가 특별히 가슴 아픈 벽화나, 최악의 경우 성당 따위를 보여주지 않을까 생각했다. 설마 벨기에 구역에 있는 그의 아파트로 데려갈 줄은 몰랐다. 진청색 소파와 코바늘 뜨개질로 만든 담요가 있는 그 아파트는 지금까지 소라가 알아온 거의 모든 산티의 집이었다. 산티는 차를 끓일 준비를 한다. 주전자 물이 끓는 동안 소라는 벽에 붙은 별자리 지도를 바라본다. 그 지도가 이대로 녹아내려 진짜 소라가 들어있는 상자의 벽과 그 너머 진짜 별들이 드러나면 얼마나 좋을까.

펠리세트가 야옹거리며 소라의 발목에 몸을 문지른다. 소라는 무심코 손을 뻗어 펠리세트를 쓰다듬다가, 산티의 집답지 않게 너저분한 탁자를 다른 쪽 손으로 헤집어 본다. 산티의 깔끔한 글씨체로 된 메모가 적힌 플라톤의 《소크라테스의 마지막 나날(The Last Days of Socrates)》이라는 책, 언제나 그렇듯 꿈같은 스타일을 보여주는 산티의 벽화 스케치 그리고 도표며 설계도, 논리 순서도 같은 낯선 내용이 담긴 이런저런 종이들이다. 아마 페러그린과의 논쟁에 동원한 시각적 보조 도구일 것이다.

산티가 앞에 차를 내려놓자 소라는 그를 올려다본다.

"멋진 집이네. 누가 보면 여기서 진짜로 살고 있는 줄 알겠어."

산티는 의자에 앉는다.

"여기 온 지 7년 됐다니까. 내가 옳다는 걸 증명하려고 폐인처럼 길바닥에서 잘 줄 알았어?"

"아예 자지 않을 줄 알았지. 일분일초를 아껴가면서 탈출 방법을 궁리할 거라고 생각했거든." 소라는 나무라듯 그를 쏘아본다. "넌 그동안 나를 기다렸다고, 이제 내가 왔으니까 같이 문제를 해결할 수 있을 거라고 했는데, 내 귀에는 그동안 포기하고 살았다는 소리로 들려."

"포기하지 않았어."

소라는 펠리세트를 가리킨다.

"고양이를 키우고 있잖아. 고양이는 '난 아무 데도 가지 않아'를 나타내는 보편적 상징이야."

"난 계속 노력하고 있어." 산티는 그림과 아이디어 메모가 적힌 종이 한 줌을 들어 올린다. "지금까지 쭉 그랬던 것처럼. 죽어가는 우리 얼굴을 계속 들여다본다고 뾰족한 대책이 떠오르진 않더라고." 소라는 옆으로 시선을 돌린다. 산티가 그녀의 손을 부드럽게 두드린다. "우리가 과학자였던 시절 기억해? 찾으려고 안간힘을 쓴다고 답을 찾을 수 있는 게 아니었잖아. 오히려 딴짓하고 있을 동안 그 틈에 답이 찾아지곤 했어."

"지금 우린 딴짓할 여유가 없어." 소라는 아파트와 펠리세트, 그의 어머니가 짜준 코바늘뜨기 담요를 차례로 가리킨다. 그 코바늘뜨기는 너무 익숙해서 담요의 실을 풀었다가 다시 만들 수도 있을 것 같다. "우린 모든 걸 두고 왔어, 산티. 우리가 아는 모든 것, 우리를 사랑한 모든 사람. 우주 탐험가가 되고 싶고 미지의 세상을 알고 싶은 마음이 무엇보다 컸으니까. 이기적인 결정이었을지도 몰라. 하지만 우리가 그런 사람인 걸 어쩌겠어. 우리가 판단해서 한 일이기도 하고. 그러니 다 버리고 도망칠 순 없는 거야."

"네 말이 맞아. 그래도 새로운 관점에서 볼 수는 있겠지."

종이 더미를 뒤적인 그는 그림을 찾아내 소라에게 보여준다. 그림 속에서 두 사람은 등 뒤로 손과 발이 묶이고 눈이 가려진 모습이다. 이윽고 밝은 빛이 그들의 그림자를 비추자 그들은 비로소 자유가 되어 달려간다.

산티는 소라의 눈을 마주 보며 말한다.

"우린 한창 좋은 시절에 금속 상자 안에서 잠이나 자고 있어. 이 여정을 위해 자발적으로 희생한 거야. 많은 사람이 공들여 만든 이 시뮬레이션 세상에는 우리가 아직 경험해 보지 못한 것도 남아있겠지." 그는 펠리세트를 들어 올려 무릎에 앉히고 턱을 쓰다듬는다. "시뮬레이션을 이렇게 만든 건 이유가 있을 거야. 이 세상이 허상일 수도 있지만 이 안에서 우린 성장하고 배울 수 있었잖아. 우리가 갇혀있는 한계를 넘어 생각할 수도 있었고."

소라는 팔짱을 끼며 묻는다.

"그래서 요지가 뭐야?"

"여기… 이 삶, 이 세상은… 선물이야. 우리가 그렇게 생각해야 맞는 것 같아."

"이 세상을 진짜 세상으로 취급하자는 소리처럼 들려서 섬뜩해. 우리 본체가 어디 있는지를 한시도 잊을 수 없는데 말이야." 소라는 산티의 스케치 한 장을 집어 들고 그의 눈앞에서 흔들어 댄다. "이런 그림은 왜 계속 그려? 우리가 상상한 삶들의 흔적일 뿐인데? 진짜 우리가 누구인지는 이미 알잖아. 이런 그림을 계속 그리는 게 우리가 탈출로를 찾는 일에 무슨 도움이 되지?" 소라는 솟구치는 분노를 굳이 억누르고 싶지 않다. 이런 면도 본래 그녀의 모습이다. 그녀는 산티의 말에 늘 반박하고 그를 무사안일한 삶에서 끄집어내는 사람이다. 소라는 그림 한 무더기를 바닥에 흩뿌려 버린다. "잠 좀 깨, 산티. 안 그러면 우린 둘 다 자다가 죽어."

산티는 펠리세트를 바닥에 가만히 내려놓더니 무릎을 굽히고 앉아 바닥에 떨어진 그림들을 줍는다.

"난 자는 게 아니야. 완전히 깨어있어. 우리를 여기까지 오게 만든 모든 것에 눈을 감고 있는 사람은 너야."

소라가 그를 가만히 바라본다.

"잠깐."

산티는 답답해하며 그녀를 올려다보고 묻는다.

"뭘?"

소라는 그가 손에 든 그림을 붙잡는다. 당황한 그는 그녀가 그 그림을 가져가도록 손을 놓는다. 소라는 음영을 넣어 스케치한 익숙한 얼굴을 내려다본다. 머리가 길고 턱수염이 있으며 그림자에 일부 가려진 얼굴이다.

"넌 기억의 집에서 이 얼굴을 벽화로 그렸어."

산티는 조심스럽게 일어서며 고개를 끄덕인다.

"시계탑에서 떨어지고 나서 본 얼굴이야."

소라는 그를 바라보며 말한다.

"이건 너야."

"뭐?"

"전에는 왜 못 알아봤을까." 소라는 그 그림을 들어올린다. "그 벽화를 본 게 영상을 보기 전이어서 그랬을 수도 있을 거야. 네 본체가 어떤 모습인지 몰랐으니까."

산티는 미소 띤 얼굴로 나지막하게 말한다.

"Como enigmas en un espejo(거울에 비추어 보듯 희미하지만)." 그러고는 눈을 빛내며 덧붙인다. "소라, 너도 시계탑에서 떨어졌을 때 여자의 얼굴을 봤다고 했어."

그 얼굴은 소라의 기억에 불로 지진 듯 강렬하게 새겨져 있다. 머리가 길고, 눈부신 빛을 후광처럼 등지고 있어 그림자 진 얼굴. 소라는 적일지도 모른다는 생각에 함몰되어 자신의 본체를 알아보지 못했다.

"우리 자신이었네. 유리 커버로 덮인 금속 상자에 들어있는 우리." 소라는 산티의 눈을 마주 보며 말한다. "우리가 잠에서 이미 깨어났나 봐."

그들은 문으로 향한다. 시계탑 앞으로 가 그 그림자 안에 설 때까지 그들은 한마디도 하지 않는다. 소라는 시계탑 안으로 향하는 틈새로 올라서는 산티를 바라보다가 그를 부른다.

"잠깐만."

산티는 어둠 속에서 그녀를 돌아본다.

"왜?"

그를 바라보는 소라의 발밑에 오래된 핏자국이 남아있다. 여기서 소라와 산티에게 너무나 많은 일들이 일어났다. 소라는 입술을 깨물며 말한다.

"우리 둘 다 이게 옳은 일이라고 생각하는 거잖아."

산티는 당장이라도 웃음을 터뜨릴 것처럼 고개를 젖힌다.

"우리가 오랜만에 의견 일치를 봤으니 좋은 일 아니야?"

소라는 시계탑을 올려다본다. 이 각도에서는 시계탑의 시계가 몇 시인지 보이질 않는다.

"이번이 우리의 마지막 기회일 수도 있어. 우리가 단순히 같은 생각이라 이 일을 하는 게 아니라, 이 일을 해야 하는 이유에 대해서도 의견이 일치해야 한다고 생각해."

산티는 당연한 말을 하냐는 듯 두 팔을 펼쳐 보인다.

"전에도 효과가 있던 방법이잖아."

"잠깐만. 그때는 시뮬레이션이 그냥 리셋됐어. 이번에는 왜 다를 거라고 생각해?"

"그때는 우리가 뭘 보게 될 줄 몰랐잖아. 이번에는 우리가 현실을 보게 된다는 걸 알고 하는 거지. 우린 우리 자신을 알아볼 거고, 현실을 붙잡고 매달릴 수 있을 거야."

"그걸 어떻게 알 수 있어?"

소라의 물음에 그는 어깨를 으쓱한다.

"알 수는 없지. 그래도 희망을 품고 싶어." 소라의 심장이 무겁게 가라앉는다. 산티가 시계탑 밖으로 걸어나온다. "이해가 안 돼. 확신도 없으면서 왜 우리가 이 일을 해야 한다고 생각하는 거야?"

소라는 궁지에 몰린 짐승처럼 돌벽에 등을 기대고 선다.

"다른 방법이 없는 것 같으니까. 우리가 할 수 있는 게 이것뿐이잖아."

산티는 소라의 얼굴을 가만히 바라본다.

"그건 제대로 된 이유라고 볼 수 없어."

"너도 마찬가지야. 이번엔 다를 거라는 희망으로 똑같은 짓을 벌였다가 잘못되면 어떻게 하려고."

"그렇다고 에라 모르겠다는 마음으로 하면 안 되지."

산티의 말에 소라는 마음속에 두려움이 들어차는 기분이다. 쉬운 해결 방법은 사라졌고 그 자리를 대체할 다른 방법 따윈 없다. 시계탑에 등을 대고 주저앉은 소라는 자갈 바닥 틈에서 돋아난 풀을 잡아 뜯다가 빈정거리며 말한다.

"넌 괜찮은가 보네. 하긴 육신이 금속 통 안에서 굶어 죽어도 영혼은 결국 다른 곳으로 가게 된다고 믿을 테니까."

"맞아." 산티는 수긍하며 소라의 옆에 나란히 앉는다. "그래도 우리를 여기까지 오게 만든 곳을 내 눈으로 보지도 않고 죽긴 싫어." 그의 시선이 광장 너머 젠타우르 술집에 걸린 간판으로 향하자 소라도 그곳을 바라본다. "전에 죽었을 때 말이야. 우리가 해내지 못할지도 모른다는 걸 받아들이기가 참 힘들더라. 그래서 우리가 언젠가는 해낼 수 있을 거라 믿기로 했어. 희망을 갖기로 한 거야."

"희망이 늘 좋은 것만은 아니야." 소라가 반박한다. "희망은 사람을 나아가지 못하게 만들기도 해. 자신을 구제하려고 직접 움직이는 게 아니라 누군가 와서 자기를 구해주길 기다리게 되니까." 소라는 간절한 눈으로 그를 바라본다. "우리가 해내지 못할 수도 있어, 산티. 그래도 받아들여야 해."

그는 언제나 그렇듯 고집스럽게 고개를 젓는다.

"해내지 못하겠다는 생각이 확고하면 결국 탈출로가 있어도 못 찾게 될 거야. 바로 앞에 있어도 보지 못하겠지."

소라는 배 속의 공허감이 온몸으로 퍼져나가는 느낌이다.

"네 말이 맞아."

"네 말도 일리는 있어."

오랜 시간을 함께했는데도 그는 여전히 놀라운 사람이다. 소라는 고개를 젖히고 웃음을 터뜨리다가 돌벽에 머리를 부딪친다.

"어떻게 우리 둘 다 맞을 수가 있어?"

"우린 원래 그런 사람들이니까." 산티는 소라의 어깨를 툭 친다. "잘 생각해 봐. 우리 상황이 좀 그렇긴 하지만, 여기까지 왔으니… 결국 이번 임무를 해낸 거야. 희망적이면서 절망적인 상황이지. 우린 희망과 절망을 동시에 품을 수밖에 없어."

"위험을 감수하는 것과 체념하고 포기해 버리는 것의 차이를 인지하라는 거네." 소라는 이 말이 지금 자기 머리에서 나온 생각인지 아니면 과거에 했던 말을 기억한 것에 불과한지 구분되지 않는다. "그리고 모든 걸 잃을 각오를 하면서 끝까지 싸울 준비를 하라는 소리고."

산티는 고개를 끄덕인다.

"한 손으로는 목표물을 붙잡으면서 다른 손으로는 그만 놓아주려는 것과 마찬가지야."

소라는 그를 힐끗 쳐다보며 묻는다.

"넌 그걸 동시에 할 수 있어?"

"아직 모르겠어." 그는 그만 일어선다. "해봐야지."

소라는 깊은 한숨을 쉬며 그의 손을 잡고 일어선다.

"우리 둘 다 할 수 있을지도 몰라."

희망과 절망 사이에서 균형을 잡는 것. 말은 쉽다. 일주일 후 소멸 포털 앞에 앉은 소라는 오디세움 선물 가게에서 훔쳐 온 야광 별들을 하나씩 빈 공간으로 던져 넣는다. 그녀의 꿈을 상징하는 가짜 별이 허공 속으로 계속 사라지는 모습을 보고 있자니 씁쓸하면서도 묘하게 만족스럽다. 마지막 별을 던지려는데 익숙한 목소리가 들린다.

"괜찮아요?"

소라의 가슴이 내려앉는다. 당연히 그 사람이다. 사랑스러운 줄스. 괴로워하는 낯선 사람을 보고 그냥 지나치지 못하는 줄스다.

소라는 대답할 말을 생각하며 뒤를 돌아본다. '괜찮아요. 아뇨, 괜찮지가 않네요. 내 진짜 몸은 고향 별에서 멀리 떨어진 어느 행성의 궤도를 돌고 있고 이제 며칠 후면 굶어 죽게 생겼는데 내 의식은 거짓 속에 갇혀있어요.'

줄스는 울타리를 넘어오며 인상을 쓴다.

"괜찮다는 거예요, 아니라는 거예요?"

돌아서서 뒷걸음질 친 소라는 줄스와 소멸 포털 사이를 가로막고 선다.

"상황이 좀 복잡해요."

줄스는 소라 앞에 책상다리로 앉으며 묻는다.

"나한테 얘기해 보지 그래요?"

소라는 웃음을 터뜨린다.

"날 미쳤다고 생각하죠?"

"난 미친 거 좋아해요."

"그럼 당신은 날 사랑하게 되겠네요."

"그럴까요?" 미소 짓는 줄스의 보조개에 소라는 가슴이 찢어질 것 같다. "우선 커피부터 같이 마시고 나서 어떻게 되는지 지켜볼래요?"

생각해 보면 줄스가 실제로는 여기 있지 않아도 상관없지 않을까 싶다. 복제된 줄스 안에 소라가 사랑하는 부분이 있고, 이 줄스는 소라를 사랑해 줄 것이다. 이제 소라는 줄스가 제일 좋아하는 자기가 어떤 버전인지 잘 안다. 어떻게 해야 줄스를 행복하게 해줄 수 있고, 곁에 머물 수 있게 해주는지도 잘 안다. 마지막 시간을 찬란한 꿈속에서 보내다가 사랑 안에서 망각으로 흘러 들어가도 좋지 않을까.

가슴이 아플 정도로, 너무나 간절히 원하는 바다. 하지만 이 존재는 진짜 줄스가 아니다. 줄스에 관한 소라의 아이디어에 불과하다. 실제 줄스와는 결코 일치될 수 없는, 부분적이고 편향된 모습일 뿐이다. 진짜 줄스는 소라를 몹시 사랑했기에 소라가 원하는 바를 잘 알았고, 그래서 자신의 일부를 이 비행에 동승시켜 주었다. 산티의 말이 옳았다. 이 시뮬레이션은 관대한 선물이다. 하지만 여기서 만족할 수는 없다.

소라가 추구하는 자아는 이대로 포기하는 버전의 자아가 아니기 때문이다.

소라는 고개를 젓는다.

"그러지 않는 게 좋겠어요."

줄스는 상처받은 표정이다.

"내가 착각했나 봐요."

"아니에요. 당신 느낌이 맞아요."

줄스는 포기한 얼굴로 웃는다. 소라가 괴상하게 굴 때마다 줄스는 언제나 이렇게 웃곤 했다.

"그럼 왜 나랑 커피를 마시지 않겠다는 건데요?"

'당신은 내가 두고 떠나온 누군가의 흔적이니까요. 사람은 흔적만 껴안고 살아갈 수 없어요.'

소라는 이런 생각을 하며 말한다.

"그냥요…. 지금은 힘들 것 같네요."

"알았어요. 그럼 나중에 볼까요?"

'나중이라.'

소라에게 나중은 없을 수도 있고, 있을 수도 있다. 줄스가 소라를 향해 미소 짓는 이 순간, 두 가지 가능성은 동시에 존재한다. 줄스를 다시 보게 되리라는 희망과 영원히 줄스를 잃게 될 수도 있다는 위험성이 동시에 존재하는 것처럼.

"저기…." 말로 하기도 전에 생각만으로도 웃음이 나와버린다. "내가 지구로 돌아가면 당신을 만나러 가도 될까요?"

그 말에 줄스는 미소 지으며 일어선다.

"그래요, 우주 아가씨. 기다리고 있을게요."

그들은 계속 시도해 본다. 소라는 산티를 끌고 오디세움에 가서 그들의 본체를 보여주는 거친 영상을 세세히 들여다보며 놓친 부분이 있는지 거듭 확인한다. 그리고 산티 옆에 앉아서 산티가 페러그린과 나누는 논쟁을 경청한다. 논쟁은 단어들이 의미를 모두 상실할 때까지 계속된다. 그러길 백 번쯤 했을 때쯤 소라와 산티 중 한 명은 이렇게 해보자며 계획을 제안하고, 나머지 한 명은 별로라며 거절한다. 이렇게 계속하다 보면 언젠가는 희망과 절망 사이의 가능성을 발견하고, 그것을 붙잡을 수 있게 될지도 모르겠다.

그때까지 소라는 이 시뮬레이션 도시에서 어중간하게 살아가기로 한다. 그녀는 여기서 살고 있기도 하고 아니기도 하다. 지금까지 그녀는 시간의 농간을 모두 지켜봐 왔다. 유년 시절의 여름날이 길게 쭉쭉 늘어나고, 지나가다 힐끗 본 아름다운 소녀의 모습이 수년이 지나 뒤늦게 생각나듯 수 초 만에 눈앞을 스치기도 했다. 하지만 지금 같은 경험은 처음이다. 소라는 시간의 흐름을 고통스러울 정도로 또렷이 인지하고 있다. 잠들어 있는 본체에게는 수 분인 시간이 이곳에 사는 그들에게는 며칠에 해당한다. 오디세움에 갔다가 돌아오는 오후에 강변을 따라 걸을 때면 소라는 자기 그림자가 길게 늘어나는 모습을 보면서 100초에 한 번 뛰는 심장 박동을 상상하곤 한다. 가끔은 심장 소리가 들리는 것 같기도 하다.

산티는 도이츠에서 에렌펠트 지역에 이르기까지 도시 전역에 걸쳐 벽화를 그리고 있다. 밤이면 소라는 그 벽화에 글귀를 적어 넣는다. 산티와 나눈 대화의 단편이라든지, 그와 아주 오랫동안 논쟁을 이어 오면서 펼친 주장과 반론 등이다. 마침내 소라는 시계탑 아래 서서 부서진 시계탑을 마주 본다. 겹겹이 적힌 낙서 위에 그들이 아는 페러그린이 벽화로 그려져 있다. 뒤집힌 손에 페러그린이라는 우주선을 들고 있는 남자의 모습이다. 소라는 우주선 창문에서 튀어나온 것 같은 말풍선을 그린 후 '도와주세요. 우린 이 새 안에 갇혔어요'라고 적어 넣는다.

말풍선을 본 산티가 웃으며 말한다.

"완벽하네."

그는 말풍선 부분을 붓질해 자연스럽게 만들어 놓는다. 완성도가 높아진 것도 아니고 그렇다고 만족스럽지도 않은 벽화가 됐다. 소라는 그가 인상까지 써가면서 그림에 집중하는 모습을 바라본다. 그는 붓질을 멈추고 묻는다.

"왜?"

"아무것도 아니야. 그냥… 어차피 누군가와 망가진 시뮬레이션 안에 임시로 갇혀있어야 할 상황이면 그 사람이 너라서 다행이란 생각이 들어서."

산티는 소라를 가까이 당겨 볼에 입을 맞추며 말한다.

"나도 같은 생각이야."

소라는 산티가 이끌어 주는 대로 이 도시의 아름다움을 만끽해 보려 애쓴다. 애정과 사랑으로 만들어진 도시라고 생각하니 좀 더 편안히 즐길 수가 있다. 강의 잔물결에서 반사된 빛, 젠타우르 술집의 배경음으로 되풀이되는 나지막한 대화, 이 나무에서 저 나무로 날아다니는 앵무새 떼의 날갯짓. 사랑하는 이의 얼굴에서 익숙하게 보게 되는 불완전함처럼, 실수인 부분도 달콤하게 느껴진다. 생각해 보면 소라는 이 도시를 사랑하고 있다. 당신을 실망시켰지만 이미 당신의 일부나 다름없으니 사라지는 게 도저히 상상 안 되는 친구에 대한 애정처럼, 고통스럽고 지친 사랑이다. 또한 소라가 가진 모든 것이기도 하다. 그녀는 산티와 함께 매일 작은 깨달음을 얻어가면서 이 도시에서 빠져나갈 방법을 궁리한다.

산티의 집 주방에서 식탁 앞에 앉아 차를 마시며 소라가 말한다.

"저 소리의 정체를 알았어. 요전 날 우리가 영상에서 들은 소리 말이야."

산티가 한쪽 눈을 치켜뜬다.

"'망할 고래 노래'라고 했던 소리?"

소라가 의욕적으로 고개를 끄덕인다.

"그때 그 소리를 내 핸드폰으로 녹음해서 빠르게 재생해 봤거든." 소라는 그 소리를 들려주면서 그의 표정을 살핀다. "네가 자면서 그 노래를 부르더라고."

소라가 아기 산티에게 불러줬던 노래이면서, 산티가 천문학 연구소에서 흥얼거린 노래이기도 하다.

그가 미간을 찌푸린다.

"네가 먼저 떠올린 노래야, 아니면 나야?"

"기억이 나지 않아."

소라가 차를 마저 마시고 일어서는데 산티가 말한다.

"아차, 페러그린에 관한 네 질문 있잖아. 드디어 답을 얻어냈어."

놀라서 가슴이 철렁한 소라는 그를 쳐다본다.

"그래?"

그는 소라의 눈을 피하며 나지막하게 말한다.

"네가 지휘관이더라."

"그럴 줄 알았어!"

소라는 의기양양하게 탁자를 손으로 내려친다.

산티가 고개를 절레절레 흔든다.

"페러그린한테서 그 답을 얻어내기까지 세 시간 걸렸어. '누가 지휘하고 있어, 나야 아니면 소라야?' 같은 질문은 통하질 않았어. 날 미친 놈 보듯 쳐다보기만 하더라고. 그런데 '로페즈야 아니면 리슈코바야?' 라고 물었더니 되는 거야."

소라가 미소 짓는다.

"네가 내 선생님이었던 삶에서 넌 나를 우주선 선장이라고 불렀어." 어리둥절해하는 산티에게 소라가 설명을 이어간다. "기억 안 나? 그때 우리가 오디세움에서 우주 항해 게임을 하고 있었잖아. 게임 중에 우주 잔해 구역을 통과할지 아니면 멀리 빙 돌아갈지를 결정해야 했는데…."

소라가 손을 입으로 가져간다.

"맞아. 페러그린이 우리한테 게임을 하게 만든 거야. 알고 보니 게임이 아니라 실제였네." 산티는 그녀를 가만히 바라보며 덧붙인다. "페러그린은 결정을 내려야 하는 상황이었을 테고, 우리를 깨우지 않은 채로 우리 결정을 입력해야 했을 거야."

"우주선이 잔해와 충돌한 건 우리 탓인 거네."

산티가 고개를 끄덕인다.

"젠장. 우리가 한 결정이었어. 우리가 딱 한 번 멍청한 선택을 한 거였어." 소라는 씁쓸하게 웃는다. "우리는 여기서 삶을 되풀이해 가면서 계속 다르게 살아보고 있는데, 정작 중요한 결정은 되돌릴 수 없는 거네."

산티는 소라의 눈을 들여다보며 말한다.

"현실에서 이미 벌어진 일이니까."

소라는 두 손을 들어올린다.

"그래. '잘못된 선택은 없다. 그냥 일이 그렇게 되어버린 것뿐이다'라는 거잖아." 소라는 의자에 털썩 앉는다. "우리한테 과연 다른 선택지가 있기는 할까?"

듣지 않아도 산티의 대답을 짐작할 수 있다. '아니, 없어. 우린 그냥 이런 사람인 거야.'

그런데 그는 어깨를 으쓱하며 이렇게 말한다.

"다른 우주에서라면 있을 수도 있지." 그는 슬픈 미소를 짓는다. "하지만 우린 이 우주에 살고 있으니 결과를 감수하고 다음 선택을 최대한 잘해야 해."

나무에서 마지막 잎이 떨어진다. 도시는 겨울의 아름다움을 갖추기 시작하고, 얇게 서리가 깔린 자갈 바닥이 빛을 받아 반짝인다. 계단을 밟고 산티의 아파트로 천천히 걸어 올라가는 소라의 입에서 거품이 뿜어나온다. 한참 만에 문을 열고 나온 산티가 눈을 비비며 말한다.

"미안. 계속 잠에 빠져드네."

"우릴 좀 봐." 소라는 소파에 가 앉으며 웃음을 터뜨린다. "내가 암으로 죽어가는 여든 살이었을 때도 지금 너보단 상태가 좋았어."

"소라, 이제 우린 어떻게 해야 해?"

소라는 속이 울렁거린다. 마지막으로 치켜드는 거부감이다. 하지만 집을 기어코 박살 내는 허리케인을 향해 '안 돼' 하고 외쳐봤자인 것처럼, 아무 소용 없다.

"아직 가능할 때 오디세움에 가보자. 계속 노력해 봐야지. 아무리 해도 안 될 수도 있겠지만… 어떻게 끝이 날지 정도는 알 수 있을 거야."

그는 고개를 끄덕인다. 눈빛이 무섭도록 차분하다. 소라는 산티가 무슨 생각인지 잘 안다. 산티가 두려워하지 않는 게 하나 있다면 바로 죽음이다.

현관문 앞에서 산티는 잊어버린 게 있는 듯 두리번거리다 소리 내어 웃는다.

"내가 왜 이러지? 어차피 우린 아무것도 못 가져가는데."

펠리세트가 그의 다리에 몸을 비비다가 별안간 있지도 않은 무언가를 향해 발작적으로 하악질을 한다.

"그래, 우린 너의 맛 간 고양이를 못 데려가."

소라는 그의 생각을 짐작해 본다. 그리고 산티가 펠리세트의 귀를 긁어주면서 다 괜찮을 거라 말하는 모습을 조용히 바라본다.

오디세움에 도착한 그들은 영상 패널 앞에 앉아, 꿈꾸는 본체들의 얼굴을 올려다본다. 소라는 허기로 몸을 떨며 묻는다.

"지금 우린 어느 쪽이야? 희망이야 아니면 절망이야?"

"둘 다."

"둘 다라."

소라는 그의 어깨에 머리를 기댄다.

그들은 영상을 바라보며 끝을, 대답을, 깨달음의 순간을 기다린다. 시간은 느리게 뛰는 심장 박동처럼 길게 늘어났다가 압축된다. 소라는 그들이 꿈을 꾸고 있는지 아닌지 확신할 수가 없다. 그저 막연히 뭔가 새로운 게 있다는 느낌이 든다. 선로를 따라 그들을 향해 달려오는 기차 소리처럼, 나지막하게 덜커덕거리는 소리가 영상에서 들려오고 있다.

소라는 고개를 들고 묻는다.

"무슨 소리지?"

산티도 허리를 펴고 앉더니 힘겹게 대답한다.

"네가 썼던 그… 기술을 써봐. 내 노래로 방법을 찾았잖아. 소리를 빠르게 재생해서."

소라는 핸드폰을 집어 든다. 안 그래도 손이 떨리는 데다 고풍스러운 버튼식이라 다루기가 쉽지 않다. 세 번 만에야 제대로 작동시킨다. 재생 버튼을 누르자 맑고 꾸준한 울림이 들린다.

"경보음일 거야. 죽음이 임박했다는 걸 우리한테 알려주는 거겠지. 더럽게 사려 깊네."

"들어본 적 있어." 극도로 지쳐있던 그가 별안간 눈을 반짝이며 소라를 돌아본다. "해변에서 들었어. 기억나?"

소라는 눈을 감고 무수한 삶들을 되짚어 본다. 흔들리는 모래사장에 웅크리고 앉은 10대 소녀였던 적이 있었다. 페러그린이 옆에서 쓰러졌을 때 소라는 정확히 어디인지 모를 곳에서 그 소리를 들었다.

"연기 냄새도 맡았던 것 같아. 불은 없었고."

"불은 있었어. 시뮬레이션 속에선 없었지만. 우주선에서 불이 났거든."

소라는 그제야 상황 파악이 된다. 페러그린과 만난 후 시야 한옆에서 이 세상의 것 같지 않은 지나치게 환한 불꽃을 본 적 있었다. 그리고 연기 냄새를 맡고 경보음을 들었다. 이제 현실의 파편들이 조금씩 스며들어 온다.

소라는 눈을 뜬다. 산티의 표정이 꼭 거울을 보는 듯하다. 그도 소라처럼 흥분하고 두려워하고 있다. 묘하게 후회하는 표정이기도 하다.

"우린 깨어나기 시작하고 있어."

"젠장." 소라가 말한다. "페러그린!"

"예."

대답 소리에 둘 다 깜짝 놀란다. 별안간 허공에서 나타난 것처럼 그들 뒤에 페러그린이 서있다.

"맙소사." 소라는 휘청거리며 일어나 산티에게 기댄다. "페러그린, 중요한 일이니까 대답 꼭 해. 충돌 사건 기억나지? 우주선에서 화재가 일어났잖아. 네가 불을 끄려고 뭘 했는지 모르겠지만… 그 조치를 되돌릴 수 있겠어?"

페러그린은 방언 터진 사람을 보듯 멍한 눈으로 소라를 바라볼 뿐이다.

산티가 일어서며 말한다.

"내가 얘기해 볼게. 내가 7년 동안 연습했잖아. 기억하지?"

산티는 페러그린을 저쪽으로 데려가고 소라는 손톱을 물어뜯으며 그를 지켜본다. 산티는 고장 난 기계에게 계속 말을 걸고 경청하면서 어떻게든 진실의 일부라도 얻어내려 애쓴다. 페러그린이 멈칫거리고 눈을 껌벅거리며 무어라 말한다. 산티의 표정이 뭔가 이상하다. 다시 돌아온 산티에게 소라가 묻는다.

"뭐래? 페러그린이 뭐라고 했어?"

그는 빠르게 고개를 젓는다.

"우리가 할 수 있는 일이 아닌 것 같아."

"어째서?" 그는 그녀의 시선을 피해버린다. "산티, 그럼 내가 페러그린한테 물어볼게. 우리한테 남은 시간을 다 쓰더라도 해볼 거야. 왜, 그렇게 하면 우주선이 망가지기라도 한대?"

"우주선이 아니라…." 그는 몸서리치며 숨을 들이마신다. "네가 들어있는 상자가 망가질 거래. 화재 때문에… 공기 유출 밸브를 제어하는 전선이 녹기 시작했어. 밸브가 반쯤 벌어진 거야. 그리로 공기가 새고 있어."

소라는 숨을 들이마실 때마다 몸 안의 구멍으로 공기가 새어 나가는 기분이다. 그녀의 의식은 오디세움으로 돌아간다. 텅 빈 우주복, 우주 헬멧 안면창에 반사된 일곱 살 소녀의 일그러진 얼굴이 보인다. 로페즈 선생님이 소녀를 안심시키며 말한다. '구멍이 작으면 우주복 안의 기압이 천천히 줄어들겠지. 공기가 점점 없어지면서 잠이 들 거야.' 해변에서 종소리와 연기 냄새가 점점 사라지자 소라는 숨을 참고 있는 것처럼 머리가 핑 돌았다. 소라가 말한다.

"그래, 알겠어. 그런데 페러그린이 수리했을 거야."

산티는 괴로운 눈으로 그녀를 바라보며 설명한다.

"페러그린이 불을 끄긴 했어. 차라리 좀 더 불타게 됐으면 우리가 깨어났을 수도…."

"그랬으면 밸브가 찢어져 있던 시간이 더 길었겠지. 우리가 깨어나기도 전에 난 질식했을 거야." 소라는 아주 멀리 떨어진 곳에서 이 대화를 듣고 있는 것처럼 자기 목소리가 메아리치는 걸 느낀다. "내 생존 가능성은 얼마나 돼?"

"6퍼센트. 그러니까 우리는…."

소라는 그의 말을 막는다.

"넌? 네 생존 가능성은 얼마인데?" 그는 그녀의 눈을 피하며 입술을 깨문다. "대답해. 낮더라도 말하라고."

그는 힘겹게 미소 지으며 대답한다.

"92퍼센트."

그들의 삶이 두 자리 숫자로 압축됐다. 고개를 숙인 소라는 이 세상을 구성하는 숫자들에 관해 생각해 본다. 나무들, 앵무새들, 산티의 벽화들. 계산, 도박. 그래도 이 방정식에는 해법이 하나 있긴 하다.

"페러그린에게 일을 시킬 수 있지?" 소라는 손을 들어 산티가 하려는 말을 가로막는다. "네 의향이 아니라, 할 수 있는지를 묻는 거야."

"내가 요청하면 하기는 할 거야. 하지만 우리… 우리 둘 다…."

"그래, 우리 둘 다 동의해야겠지." 소라는 마음이 가벼워지면서 동시에 무겁게 가라앉는 기분이다. "물론 그럴 거야." 잠시지만 화가 난다. 이 세상에 불을 질러버리고 싶을 만큼 분노가 치민다. 그러다 웃음이 터진다. 웃음소리에 소라 본인뿐 아니라 산티도 놀란다. 그는 괴로운 표정으로 그녀를 바라본다. "왜, 진짜 웃기지 않아?" 소라는 별이 반짝이는 천장을 향해 고개를 젖히며 다시 웃어버린다. "그래도 계획이 있는 게 어디야."

"그 계획대로는 할 수 없어."

소라는 그를 가만히 쳐다보며 묻는다.

"미안한데, 우주선을 누가 지휘하고 있더라?"

"그런 뜻이 아니야. 나더러 널 죽게 하라는 명령을 내리지 말라는 거야."

소라는 팔짱을 낀다.

"그래서, 대안이 있어?"

"이대로 있으면 돼. 천천히… 시간을 두고 우리 둘 다 살 수 있는 안전한 방법을 찾아보자."

소라가 웃는다.

"천천히는 무슨 천천히? 지난번에 확인했을 때 우리한테 남은 시간은 6개월도 채 안 됐어. 그때 이미 걷잡을 수 없는 상황이라 우린 가만히 앉아 우리가 죽는 꼴을 지켜보기로 했었잖아."

"우리 생각이 틀렸어. 좀 더 노력해야 해. 6개월 동안 여러 가지를 해볼 수 있어." 그는 화를 내며 밀어붙인다. "지난번에 네가 말했잖아. 우리 둘 다 살든지 아니면 둘 다 죽든지 둘 중 하나라고."

"내 생각이 틀렸던 거야. 너도 알잖아. 우리 중 한 명만 탈출할 수 있어도 우린 그 기회를 잡아야 해. 무조건."

산티는 고개를 젓는다.

"우린 둘이 함께여서 여기까지 올 수 있었어."

소라가 웃는다.

"여기까지가 어디인데? 어디야, 산티?" 소라는 팔을 크게 휘저으며 말을 잇는다. "바로 이곳이잖아. 언제나 그랬어."

그는 말없이 걸어가 버린다. 소라는 영상 패널이 있는 벽 앞에 서있는 그의 윤곽을 바라보다가 입을 연다.

"우리 솔직해지자. 입장이 반대였으면 넌 1초도 망설이지 않았을 거야. 질문을 하자마자 넌 네 목숨을 포기하겠다고 했겠지."

그는 돌아서서 묻는다.

"내가 그렇게 했으면 넌 행복할까?"

"물론 행복하진 않겠지만 달라지는 건 없었을 거야. 너도 고집을 꺾지 않았겠지. 그러니 나도 내 고집대로 할 거야."

그는 이를 악문다.

"그렇게 하게 두지 않을 거야."

소라는 그를 가만히 바라본다.

"희망과 절망을 동시에 품어야 한다며, 산티. 여기서 탈출하려면 우리가 어떤 사람이 되어야 할까?" 소라는 어깨를 으쓱하며 말을 잇는다. "이렇게 해야만 해. 위험을 감수할 가치가 충분한 방법이야. 우리가 자발적으로 포기해야 하는 부분이 바로 이거라고."

산티는 두 손으로 머리를 부여잡고 웅크려 앉는다.

"그렇게 할 수는 없어."

소라는 그의 옆에 같이 웅크린다.

"넌 네가 순교자가 되고 싶은데 그럴 수 없게 돼서 화난 것뿐이야. 미안한데, 친구, 이번엔 사자들이 날 물어뜯겠다잖아."

행복에 가까운 기쁨이 온몸을 관통하면서 소라는 경외감에 휩싸인다. 이런 감정은 곧 가라앉을 테고, 지금 동의한 데 따른 결과를 맞닥뜨려야 할 것이다. 그래도 지금은 하늘을 힘차게 가로지르는 전차처럼 확신이 든다. 오랫동안 올바른 선택을 내리는 문제를 놓고 고민해 왔다. 이제 끝에 다다랐는데 선택했다는 느낌이 들지 않는다. 원래 길은 하나뿐이니 기쁜 마음으로 그 길을 걸어가면 된다. 역설적인 이 상황이 놀라울 뿐이다. 제약 속에서 필연적으로 이 길을 가야 한다는 것을 깨닫자, 지금까지 오랫동안 살면서 악쓰고 갈구해 온 자유를 비로소 손에 넣은 듯하다.

산티는 손으로 머리카락을 쓸어 넘긴다.

"신께서는 나를 시험하는 방법을 참 잘 아셔. 내가 준비하고 있던 것과는 항상 다른 방법을 쓰신단 말이지." 그는 나지막하게 웃는다. "너도 지금쯤은 내가 그런 쪽으로 각오가 되어 있는 줄 알겠구나."

소라는 다정하게 그를 바라본다.

"네가 여기서도 신의 섭리를 찾아낼 줄 알았어. 놀랍지도 않아. 넌 커피 컵에서도 신을 찾았잖아." 그는 몸이 떨리도록 웃는다. 소라는 맞은편으로 옮겨가 앉으며 그의 두 손을 꼭 잡는다. "너도 날 위해 이렇게 했을 거잖아?"

그는 소라의 눈을 마주 본다.

"당연하지. 너라면 내 목숨을 내놓을 이유가 충분하니까."

"나도 널 위해 그렇게 하겠다는데 왜 말려?"

그는 반박하려고 입을 열었다가 잠시 머뭇거린 후 말한다.

"이건 공평하지 않아. 이런 상황에서 네가 어떻게 행동할지를 내 경우에 비교해서 말하는 건 공평하지가 않다고. 내 믿음은… 나는…."

소라는 미소 짓는다.

"아, 알겠다. 내가 신을 믿지 않는 이교도라 그러는구나? 내가 삶과 죽음을 무의미하게 여기는 이교도라 목숨을 내놓는 게 더 어려울 것 같아?"

"그런 뜻이 아니라…."

"말했잖아. 난 나만의 의미를 찾는 사람이야. 그래. 난 죽고 나서 다른 어딘가로 가게 된다는 생각을 안 해. 신이 지켜보고 있다고도 생각하지 않아. 내 죽음을 통해 달성하려는 우주적인 계획이 있다는 믿음도 없어." 소라는 자신의 잠든 얼굴을 올려다보며 말을 잇는다. "솔직히 화는 나. 줄스를… 진짜 줄스를 다시는 만날 수 없게 되는 거니까. 저 바깥에… 우주선 바로 바깥에 완전히 새로운 세상이 있다는 것도 화가 나." 소라는 어둠 반대편에 바로 그 행성이 떠있는 것처럼 손을 뻗는다. "난 그곳에 갈 수 없겠지." 소라는 산티의 눈을 마주 본다. 따뜻하게 빛나는 그의 눈이 소라에게 닥칠 일을 두려워하고 있다. "그래도 네가 살아남아서, 우리 둘을 위해 살아남아서 새로운 세상을 볼 수 있다면… 그것만으로도 충분한 의미가 있어."

"아니." 그는 고개를 젓는다. "아니, 난 못 해. 네가 죽게 둘 순 없어."

유리병 안에 갇힌 파리처럼 소라의 심장이 마구 뛴다. 소라는 산티의 얼굴에 새겨진 주름을 손으로 쓸며, 흘러내리는 눈물을 닦아준다.

"내가 왜 웃는지 알아?"

그는 목이 잠겨 아무 말도 못 하고 고개를 젓는다.

"이번에 내 주장의 설득력이 워낙 대단해서 네가 반박을 못 하잖아." 소라는 그의 눈을 들여다보며 묻는다. "우리가 누구지, 산티?"

그는 그 말뜻을 알아듣는다. 그가 고개를 돌리고 그녀에게 잡힌 두 손을 빼내려는데 소라는 그의 손을 놓지 않는다.

"넌 우리가 누구인지 알고 있어. 우린 탐험가야. 언제나, 영원히." 그는 산티의 손을 꼭 잡고 그의 이마에 자기 이마를 가져다 댄다. "우린 이 임무를 위해 모든 걸 포기했어. 사랑하는 사람들, 우리의 미래와 인생까지 다 바쳤어. 오직 새로운 세상을 찾기 위해서. 그런데 여기서 포기하자는 거야? 이 정도를 감당 못 하겠어? 이게 그만한 가치가 없겠어?"

그는 가까이에서 그녀를 바라본다. 이곳에는 오직 둘뿐이다. 그 순간, 그들을 이루는 무수한 버전의 자아들이 펼쳐지고 소라는 마침내 깨닫는다. 앞으로 무슨 일이 일어나든 그들 모두는 하나하나 존재할 것이다.

산티가 갈라진 목소리로 대답한다.

"없어."

소라는 그와 이마를 맞댄 상태에서 고개를 젓는다.

"우리가 항상 추구해 온 게 바로 이거야. 미지의 세상에 가 닿든지, 아니면 애쓰다 죽든지." 소라는 미소를 짓는다. "난 새로운 세상을 보지 못하겠지만 여기까지 온 것만으로도 기뻐."

그들은 밤새 가로등이 켜진 다리를 건너, 한밤중이라 고요하기만 한 구시가지를 통과해 천천히 집으로 돌아간다.

산티가 말한다.

"지금 당장 할 필요는 없어. 아직 몇 달 남았잖아. 그때까지는 그냥 살자."

"내가 그럴 수 있을 것 같아? 눈앞에 죽음이 닥쳤는데?" 소라는 그를 바라본다. "네가 나였으면 이 상황에서 무엇을 원할지 알아. 이별 여행이라도 하고 싶겠지. 엘로이즈와 네 부모님을 만나 마음을 터놓고 대화하고 싶을 거야. 네 존재의 의미를 표현하는 벽화들도 몇 점 그리면서." 소라는 그의 슬픈 미소를 더는 볼 수 없어 고개를 놀린다. "하지만 난 달라. 난 이 도시를 마지막으로 둘러볼 거고, 그러고 나면 우린 이 일을 하는 거야."

'마지막으로 둘러본다'는 말이 가슴에 콱 박힌다. 소라는 정말 두려운 부분을 꾹 내리누른다. 생각할 시간이 더 있으면, 계획을 늦추고 자신이 내린 결정을 찬찬히 들여다보게 되면, 지금 결정을 무르고 싶어질지도 모른다.

그들은 천천히 시계탑을 올라간다. 소라는 그들이 신중하게 움직이고 있다고 믿고 싶지만, 실은 작별 인사를 해야 할 시간을 늦추고 있을 뿐임을 안다.

시계탑 꼭대기에 다다른 그들은 나란히 앉아 도시를 바라본다. 성당, 강, 아름답지만 어리석은 사랑의 표현으로 가득한 호엔촐레른 다리. 소라는 눈을 감자 또렷한 환영이 보인다. 새로운 세상에 내려서는 산티 그리고 그의 첫걸음을 환영하듯 발밑에서 피어오르는 먼지.

소라는 결심을 굳힌다.

"내가 살아남지 못하면 날 그곳에 묻어줘."

"어디?"

소라는 사랑스럽고 기진맥진한 산티의 얼굴을 똑바로 보며 말한다.

"새로운 세상."

그는 길게 숨을 들이마신 후 대답한다.

"그게 네가 원하는 거라면 해줄게."

소라는 그 말뜻을 알아채고 인상을 쓴다.

"너라면 네 시체를 지구로 다시 끌고 가길 바라겠어? 지금은 기억 못 할지 몰라도, 우린 화물 이송의 효율성을 따져서 결정을 내리도록 훈련받았을 거야."

그는 부드러운 미소를 지으며 고개를 젓는다.

"아니. 내 말뜻은 그런 게 아니야. 나라면 별들 사이에 묻히고 싶을 것 같아."

소라는 콧방귀를 뀌며 받아친다.

"인간 고드름이 돼서 영원히 우주를 떠돌고 싶다고? 너 좋을 대로 해."

미소 띤 얼굴 너머로 그는 다시 울고 있다. 소라는 진공청소기 안에 빨려 들어간 통조림처럼 몸이 들썩인다. 지금 이 일을 하지 않으면 힘이 없어서 못 할 것 같다. 소라는 목청껏 외친다.

"페러그린!"

아무 일도 일어나지 않는다. 소라가 불안한 눈으로 쳐다보자 산티가 말한다.

"페러그린이 여기로 올라올 수 있나?"

"구름 속에서 나타나 둥둥 떠서 여기로 내려올 줄 알았어."

그때 시계탑 안에서 버스럭거리는 소리가 들린다. 시계탑의 틈새를 통해 올라온 페러그린이 외투에 묻은 먼지를 털며 대답한다.

"예."

소라는 헛기침을 한 후 말한다.

"우린 결정을 내렸어."

페러그린은 산티를 바라보며 머뭇거리다 묻는다.

"두 분 다요?"

산티는 몸을 떤다. 소라에게는 두려우면서도 안심되는 순간이다. 만약 여기서 산티가 안 하겠다고 하면, 소라가 당장은 좀 더 살 테지만 결국 둘 다 죽게 될 것이다.

산티가 대답한다.

"그래."

끝났다. 드디어 선택이 이루어졌다.

처음으로 제대로 된 공포가 밀려와 소라는 몸이 마구 떨린다. 떨림이 가라앉을 때까지 탑 가장자리를 손으로 붙잡고 입을 연다.

"페러그린, 나를 위해 뭘 좀 해줄 수 있을까?"

"무엇입니까?"

"시뮬레이션 도시에 내 복사본을 남겨줘. 내가 여기서 살아온 흔적을 남겨달라고. 젠타우르 술집 바깥에 앉아있게 하고, 신입 사원들한테 욕도 하게 하고, 브리기타한테 레드 와인도 주문해 마실 수 있게 해줘." 소라는 이 말을 하면서 산티의 눈을 마주 보고 만다. 그녀는 숨을 삼키며 덧붙인다. "그렇게… 해줄 수 있지?"

페러그린은 고개를 끄덕인다.

소라는 산티를 돌아보며 그의 손을 잡는다. 그녀의 심장은 폭발하는 별처럼 격하게 뛴다. 이 일을 어서 끝내고 싶으면서도, 끝이 오지 않기를 바라는 마음이다.

"나를 기억해 줘." 소라는 목이 메지만 웃으며 덧붙인다. "내 모든 걸 기억해 줘."

산티는 고개를 젓는다.

"내 마음이나 시뮬레이션으로는 네 모든 걸 담아내지 못해. 우주만이 너를 담아낼 수 있을 거야."

"생각해 보면 난 참 운이 좋았어. 다른 사람들은 한 번밖에 살지 못하는데 나는 셀 수도 없을 만큼 여러 번 살았잖아." 소라는 그의 손을 꼭 잡아준다. "그들이 우릴 속였어. 어떻게 그렇게 했는지 알아?"

"아니." 그는 비통한 목소리로 대답한다. "말해줘."

소라는 그의 머리에 자기 머리를 기대고 함께 강을 바라본다.

"난 옳은 선택을 해야 한다는 것에 집착했어. 그래서 우리한테 무슨 일이 일어나는지 알게 됐을 때, 우리가 여기서 한 선택은 아무 의미가 없다고 생각했어. 그런데 잘못 생각한 것 같아. 우리가 한 선택 하나하나가 우리를 이루고, 서로에 대해 알게 한 거야." 소라는 다시 그를 돌아보면서 그의 손을 잡고 말에 힘을 준다. "페러그린이 우리한테 말해주려고 했는데 전에는 이해를 못 했지만 이제 알겠어. 중요한 건 바로 이거야. 내가 너의 모든 걸 알고, 네가 나의 모든 걸 아는 것. 여긴 우리 둘뿐이니까 서로에 관해 모든 걸 알아야겠지. 하지만 딱 한 번 살아서는 서로에 대해 다 알 수가 없잖아." 소라의 목소리가 떨린다. "그런데 우린 무수히 삶을 반복했어. 그 결과 난 나 자신에 관해 아는 만큼 너에 대해서도 알게 된 거야. 그럼 너나 나나 어떤 대가를 치르더라도 여정을 계속하는 방향으로 선택을 하겠지."

소라를 바라보는 산티의 얼굴에서 눈물이 계속 흘러내린다.

소라는 답답한 척 한숨을 쉬며 말한다.

"이거 봐. 다 얘길 했는데도 이러네. 왜 울어?"

그러자 산티는 흐느끼면서 웃는다. 소라가 그의 이마에 입을 맞추는데 위에서 그림자가 앞을 가린다. 페러그린이 소라와 별들 사이에 서서 묻는다.

"준비됐습니까?"

소라는 깊게 숨을 들이마신다. 죽음을 맞이할 준비라는 건 어떻게 하는 걸까? 그동안 살아온 삶이 눈앞에 주마등처럼 스쳐 지나가야 하지 않나? 하지만 어떤 삶이 스쳐 지나가야 할까? 소라가 누려본 적 없는 삶이었으면 좋았을 것이다. 이 상상의 도시 안에 메아리처럼 흩어진, 그녀가 기억조차 못 하는 진짜 삶 말이다. 머릿속에서 줄스가 말한다. '그래요, 우주 아가씨. 기다리고 있을게요.'

"한 가지 더 말할 게 있어." 소라는 산티를 바라본다. 이상하게 마음이 차분해진다. "줄스에게 얘기 좀 전해줘. 내가 줄스와 지금도 커플인지, 아니면 커플인 적이 있는지, 그것도 아니면 그녀와 잠시 함께하고 싶었던 것뿐인지 모르겠어. 난 아마 살아서 그 답을 찾지는 못할 거야. 그러니까 이 말을 전해줘. 실제 줄스가 시뮬레이션 속 흔적의 절반만이라도 놀라운 사람이라면, 그녀를 알게 돼서 난 정말 운이 좋았다고."

산티는 고개를 끄덕인다.

"전해줄게."

그는 감정을 억누르느라 눈을 감는다. 소라는 그를 가만히 바라본다. 긴 속눈썹, 강한 코, 울지 않으려고 애쓸 때 씰룩이는 입술. 가까이서 자주 보고 살아서 아무렇지 않았는데 막상 떠날 때가 되니 가슴 아프게 그리워지는 유년 시절의 집 같다. 소라가 눈을 돌리기 전에 그가 눈을 뜬다. 그는 애원하듯 말한다.

"지금이라도 마음 바꿔."

소라가 미소를 지으며 묻는다.

"너라면 그러겠어?"

그는 조용히 고개를 젓는다.

"그럼 된 거야."

분수에서 앵무새 떼가 일제히 날아오른다. 소라는 건너 도시 변두리로 날아가는 앵무새 떼를 바라보다가, 문득 그 새들이 사라지는 순간을 포착할 수 있을 것 같다는 생각이 든다. 무수한 삶 이전에 이 탑 꼭대기에 서서 깜박이는 라이터 불을 보며 했던 말이 기억난다. '무언가를 불로 태워야 할 일이 있을지도 모르잖아요.'

"난 준비됐어."

그러자 산티가 페러그린을 향해 돌아서서 무어라 말한 후 소라를 품에 안는다.

시린 팔다리로 온기가 퍼져나가는 게 처음으로 느껴진다. 시야 한옆에서 확연히 밝게 타오르는 불빛이 보인다. 별들 옆에서 보이는 유일한 빛이다. 소라는 숨이 짧아진다. 산티가 그녀의 귀에 대고 숨을 몰아쉬고 소라는 그를 꼭 붙잡는다. 죽고 싶지 않다. 소라는 절박하게 생각한다.

'아니야. 난 이거 못 하겠어. 살고 싶어.'

이 생각을 소리 내어 말하면 산티는 그녀를 구해줄 것이다. 소라는 산티에게 눈의 초점을 맞추며, 함께 꾸던 꿈에서 깨어날 그를 생각한다. 소라는 손가락에 힘을 풀고 자발적으로, 기쁘게 그를 놓는다.

실시간으로 종소리가 날카롭게 울려 퍼지고 연기가 짙어진다. 더 이상 산티를 느낄 수가 없다. 그녀의 시야는 환영으로 채워진다. 우주선 벽을 뚫고 날아가는 앵무새 떼, 별들 사이에 적혀있는 소라와 산티의 이름, 인간의 사랑 무게 때문에 무너져 가는 다리. 시계탑 꼭대기에서 바라다보는 풍경도 눈에 들어온다. 저 아래 펼쳐진 광장이 몹시도 환한 햇빛에 물들어 있다. 눈을 가늘게 뜬 소라는 젠타우르 술집 바깥 테이블에 앉아있는 산티의 모습을 본 것도 같다. 그녀가 쭉 알아온 산티는 고개를 숙인 채 기억 수첩에 스케치를 하고 있다.

고통받는 몸뚱이에서 웃음이 터져나온다. 몸 안에 마지막 남은 공기를 웃음으로 다 써버린다. 어쩌면 이게 소라의 사후 세계인지도 모른다. 산티아고 로페즈 로메로와 무한한 논쟁을 벌이는 곳. 문득 영원의 시간을 그렇게 보내는 것도 나쁘지 않다는 생각이 든다.

환영이 흐릿해지더니 웅웅거리며 팽창하는 하얀 빛에 떠밀려 사라진다. 마지막 숨을 들이마시려던 소라는 자기가 빛에 파묻혀 어디에도 존재하지 않음을 깨닫는다. 소라는 빛에 빨려 들어간다.

'환한 빛이라. 더럽게 독창적이네.'

★★★

강 렬 한 빛에 눈이 아프다.

불협화음이 끝없는 경고음으로, 그리고 페러그린의 추출장치에서 흘러나오는 웅웅 소리로 이어진다. 소라는 추가로 움직일 공간이 확보되기라도 한 것처럼 정맥 주사와 가열 패드를 어설프게 떼어낸다. 소라는 여기 있다. 그리고 살아있다. 숨을 몰아쉬면서 상자의 문을 열 버튼을 찾아 손을 더듬거린다. 훈련 내용을 기억한 몸은 무중력 상태로 의식이 혼미한 상태에서도 상자 밖으로 나가는데, 의식은 시뮬레이션 세상에 남아 시계탑 꼭대기에서 산티를 붙잡고 있다. 산티의 본체가 들어있는 상자의 불에 탄 벽을 손바닥으로 더듬어 본 소라는 처음으로 기적을 믿게 됐다.

'우리 둘 다. 우리 둘 다 해냈어.'

그리고 유리 패널 안쪽으로 그를 들여다본다.

숨이 쉬어지지 않는다. 소라는 분명 살아있고, 살아남았는데 숨을 쉴 수가 없다. 단단히 얼어붙은 산티의 시신이 상자 안에 떠있는 모습을 멍하니 바라보는데 숨이 막힌다. 이해가 안 된다.

"페러그린!"

하지만 아무도 없다. 우주선에 감도는 정적은 소라가 이 우주선에서 유일하게 살아있는 사람임을 말해준다. 벽에 화재의 흔적이 보인다. 산티가 들어있던 상자 옆의 패널이 손상돼 있다. 불에 녹은 전선들 너머로 산티를 죽게 만든 작고 치명적인 틈새가 보인다.

소라는 벽을 두드리며 절규한다.

한 시간 후 착륙선 조종석에 앉은 소라는 발아래에서 자전하는 행성을 내려다본다. 푸른색과 회색의 광대한 행성에 낯선 구름 덩어리들이 점점이 떠있다. 새로운 세상이다.

우주선이 삐걱거리며 미세하게 조정되는 소리가 마치 지진처럼 소라의 감각을 온통 뒤흔든다. 깨어난 후 눈에 들어온 현실이 너무나 고통스러워 감당하기가 힘들다. 생각해 보면 시뮬레이션 도시는 그림자 진 꿈 같은 곳이었다. '거울에 비추어 보듯 희미하지만'이라는 구절이 문득 떠오르는데 이 생각은 어디서 온 걸까 싶다.

천천히 머리를 움직이며, 벽에 붙은 추억거리들을 둘러본다. 웃고 있는 줄스의 사진이 보인다. 정보를 투사해 만든 시뮬레이션 버전보다 실제 줄스의 모습은 한층 더 눈부시다. 소라 자신의 두려움과 불안정함이 렌즈를 흐리게 만들어서일 것이다. 소라는 계속 고개를 돌린다. 스페인, 아이슬란드, 체코 공화국 같은 여러 동맹국의 국기들, 파란 바탕에 황금색 별이 담긴 유럽 연합의 깃발이 보인다. 창문 너머로 보

★★★

이는 엄청난 풍경을 그린 어린아이의 그림도 있다. 그리고 마지막으로 바로 옆의 빈 의자에 시선이 꽂힌다.

삶의 이유는 중요하지 않다. 그런데도 그동안 소라는 미친 사람처럼 이유를 찾으려 애썼다. 그 이유를 찾으면 다시 시작할 수 있을 것 같고, 인생을 바로잡을 기회로 삼을 수 있을 것 같았다. 충돌 부위가 얼마나 손상됐는지 확인해 보니, 페러그린이 소라와 산티가 들어있는 상자들의 전선을 어설프게 연결해 수리해 놓은 흔적이 보인다. 소라의 상자에도 구멍이 나서 소라는 상자 안쪽에서 죽어가고 있었다.

'그는 너를 나로, 나를 너로 생각했어.'

슬픔에 잠기고 비통한 순간이지만 그 말이 사실인 건 인정해야 한다. 소라는 산티를 잃지 않았다. 잃은 것은 자기 자신이다. 차가운 금속 벽에 이마를 대고 생각해 보면, 산티가 소라 입장이었어도 자기가 희생하겠다고 고집했을 테고 소라는 그의 결정을 따랐을 것이다.

소라는 산티가 바란 대로 그를 별들 사이에 자유로이 풀어주었다. 안전벨트를 하고 착륙선 좌석에 앉아있자니, 눈을 뜬 채 영원히 우주를 떠돌다 결국 신을 대면할 산티 생각이 난다. 산티를 충만하게 느끼면서도 동시에 속이 텅 빈 느낌이다. 소라가 도저히 이해할 수 없는 역설이며 물리학의 장난일 것이다. 산티를 속속들이 안다고 생각했는데 여전히 그에 대해 알 것이 무한히 남아있는 것 같아 당황스럽다. 그를 기다리고 있을 사람들을 생각해 본다. 지구로 돌아가면 그 사람들에게 사정을 설명해야 한다. 시뮬레이션 세계에서 산티와 인연이 되었다가 헤어졌다가를 되풀이한 그의 여자친구 엘로이즈는 다들 언젠가 산티와 결혼할 것으로 알고 있었다. 퀼른시에서 우주 적응 기본 훈련을 받는 소라와 산티를 찾아온 하이메는 그들과 함께 구시가지의 술집들을 돌아다니며 신나는 저녁 시간을 보냈다. 산티를 배웅하러 온 그의 부모님도 생각난다. 그의 아버지는 자긍심으로 빛나는 얼굴이었고 그의 어머니는 산티에게 닥쳐올 일을 예감한 듯 아들이 출발하기 전부터 슬퍼 어쩔 줄 몰라 했다. 산티의 누나 아우렐리아와 산티의 조카 에스텔라도 생각난다. 에스텔라는 시뮬레이션 세계에서 산티와 소라의 딸로 등장했었다. 그리고 주인 산티가 집으로 돌아오지 못하는 이유를 절대 이해 못 할 고양이 펠리세트도 있다. 어째서인지 그 생각을 하자 소라는 가슴이 무너져 내린다. 몸 전체가 슬픔을 쏟아내는 통로가 된 것처럼 흐느낌에 온몸이 흔들린다. 마침내 소라는 산티를 위해 울지만, 그는 그 모습을 볼 수 없다.

마음을 다잡기로 한다. 흐느낌이 가라앉을 때까지 숨을 죽인다. 그리고 소리 내어 말한다.

"진정하자."

우주를 접어 상자에 넣듯 슬픔을 속으로 밀어 내린다. 완수해야 할 임무가 있고, 그 임무를 홀로 수행해야 한다.

정해진 순서대로 착륙 준비를 시작한다. 그녀는 최대한 오랫동안 산티 생각을 하지 않기로 한다. 대신 궤도, 생존을 위해 고려해야 할 천 가지 변수, 새로운 세상 표면에서 무엇이 그녀를 기다리고 있을지를 생각한다. 하지만 산티 생각을 아주 떨쳐낼 수가 없다. 그는 소라의 균열을 통해 속속 스며든다. 그의 미소, 고개를 숙이고 기억 수첩에 신중하게 스케치하던 모습, 허리를 굽히고 미간에 입 맞춰주는 신처럼 굴 때의 그의 얼굴이 계속 떠오른다. 소라가 참 사랑하는 표정인데, 이미 늦고 말았다. 손으로 조종 장치를 다루는 동안 소라의 머릿속은 산티를 얼마나 사랑하는지에 관한 생각으로 가득해진다. 산티는

★★★

개울처럼 자유롭게 흘러 다니는 열린 존재였지만, 소라는 둑으로 막힌 물처럼 차갑고 경계심이 많아 산티에게 그가 자기에게 어떤 의미인지도 말하지 못했다. 이제 다시는 그를 볼 수 없을 것이다. 수그리고 앉아있는데 깊은 슬픔이 밀려와 마음이 몹시 괴롭다.

"어떻게 이런 일이 일어났지?"

소라는 여전히 그에게 묻는다. 아마 그의 뒤를 따라가는 날까지 이렇게 계속 물을 것이다. 답은 이미 알고 있다. 시뮬레이션 세상에서 자신이 소멸되겠다고 주장한 결과가 이것이니 무를 수도 없다. 최악인 것은, 설령 무를 수 있다고 해도, 소라의 무수한 버전 중 그 누구도 다른 선택을 하지 않았을 것이다.

산티는 '잘못된 선택이라는 건 없어. 그냥 그렇게 될 뿐이야'라고 말한다.

소라는 숨을 헐떡이며 허리를 편다. 선물처럼, 저주처럼 소라는 산티를 기억한다. 그는 그녀의 내면에서 살아 숨 쉬고 있다. 소라, 릴리와 함께 공원에서 웃고 떠들고, 앵무새들에게 빵 부스러기를 던져주며, 페러그린에게 얼굴을 빌려준 엔지니어 요스트와 탁구를 친다. 미간을 찌푸리고 집중하면서 시계탑의 벽에 벽화를 그린다. 우주 유영 훈련을 진행한 수영장에서 그는 물 밑에 들어가 소라를 향해 엄지를 들어 보인다. 그의 진짜 자아와 가상의 자아들이 충돌해, 진실보다 작지만 소라가 감당하기 어려울 만큼 큰 무언가가 된다. 소라는 떨리는 숨을 들이마시며 한 가지 이미지에 집중한다. 젠타우르 술집 바깥 테이블에 앉아 그녀에게 잔을 들며 건배하는 산티의 모습이다.

'내가 너에게 어떤 의미인지 난 알아.'

산티가 이 말을 정말 하려고 했는지 소라는 알 수 없다. 그는 소라를

놀라게 하는 방법을 늘 잘 알긴 했다. 하지만 산티가 정말 전하고 싶은
말이 무엇인지는 분명히 알 것 같다.

'이제 가. 우리 둘을 위해 네 눈으로 봐.'

"그럴게."

소라는 카운트다운을 시작한다.

★ ★ ★

감사의 말

이 자리를 빌려 감사를 표하고 싶은 분들이 있습니다.

훌륭하고 단호한 에이전트 브라이어니 우즈에게 감사드립니다. 이분이 없었다면 이 책은 두 인물을 중심으로 한 단순한 이야기에 불과했을 것입니다.

너태샤 바든과 줄리아 엘리엇에게도 고마움을 전합니다. 이분들의 천재적 편집 실력과 인물에 대한 깊은 이해력 덕분에 원래보다 훨씬 풍성한 책으로 거듭날 수 있었습니다.

잭 레닝슨, 비키 리치 마테오스, 하이메 위트컴, 애비 솔터, 케이티 블로트를 비롯한 하퍼 보이저 출판사 분들, 엘리자 로즌베리, 앤절라 크래프트를 비롯한 윌리엄 모로 출판사 분들께도 감사를 표합니다. 이분들의 창의력과 세밀함, 책에 대한 열정

덕분에 저는 책의 편집과 제작에 관한 불안감을 극복할 수 있었습니다.

처음으로 전문 작가로 일해볼 기회를 주신 애나 버키와 바버라 멜빌에게도 감사드립니다. 중요한 시기에 도움이 되는 비평을 해준 데이비드 D. 러빈, 데이비드 J. 슈워츠를 비롯한 2016년 및 2017년 위스콘(WisCon) 작가 워크숍 참가자 여러분들에게도 감사를 전합니다. 또한 제 원고를 읽고 피드백을 해준 크리스토스 크리스토둘로풀로스, 로라 개빈, 킷 홀랜드, 피터 켄들, 헤이즐 리, 카를라 세이어, 리넷 탤벗에게도 무척 감사한 마음입니다. 2010년부터 제 원고를 매번 읽어주고, 격려를 아끼지 않으면서 함께 기뻐해 준 해나 리틀과 아리아나 올슨에게도 특별히 감사 인사를 드리고 싶습니다. 우리의 즐거웠던 시간은 영원할 것입니다.

(책의 표지를 본떠 멋진 케이크를 만들어 준 에밀리 스메일을 비롯해) 제 일에 저보다 더 신나 했던 친구들에게도 고맙다는 말을 하고 싶습니다. 스코틀랜드와 미국, 그리스에 사는 제 가족들의 사랑과 열정, 지지에도 감사를 전합니다.

마지막으로, 사랑스러운 운명론자 크리스토스에게 제 모든 사랑을 전합니다. 우리의 논쟁 내용 중 일부가 이 책에 담겼다는 걸 그가 알게 되겠네요. 우리가 만나게 된 우주에 제가 존재하는 게 얼마나 다행인지 모르겠습니다. 이 책을 집필하면서 몇 달 함께했을 뿐이지만 상상하기 힘든 놀라움과 기쁨을 선사해 준 앨리스터 오피어스에게도 감사드립니다.

옮긴이 **공보경**

고려대학교 영어영문학과를 졸업하고 소설, 에세이, 인문 분야 전문 번역가로 활동하고 있다. 옮긴 책으로 《메이즈 러너》 시리즈, 《테메레르》 시리즈, 《제인 스틸》, 《아크라 문서》, 《작은 아씨들》, 《물에 잠긴 세계》, 《하이라이즈》, 《양들의 침묵》, 《개들의 섬》 등이 있다.

백만 번의 세계가 끝날 무렵

초판 1쇄 인쇄 2024년 6월 14일
초판 1쇄 발행 2024년 6월 28일

지은이 | 캐트리오나 실비
옮긴이 | 공보경
발행인 | 강봉자, 김은경

펴낸곳 | (주)문학수첩
주소 | 경기도 파주시 회동길 503-1 (문발동 633-4) 출판문화단지
전화 | 031-955-9088(마케팅부) 031-955-9530(편집부)
팩스 | 031-955-9066
등록 | 1991년 11월 27일 제16-482호

ISBN 979-11-93790-16-8 03840

* 파본은 구매처에서 바꾸어 드립니다.